ro
ro
ro

Julie Masson, geboren 1975 in einem kleinen Dorf am französischen Atlantik, studierte Germanistik und Literatur an der Sorbonne in Paris. Während eines Auslandssemesters an der Freien Universität Berlin verliebte sie sich nicht nur in die deutsche Sprache – und blieb. Nach dem Studium verfasste sie diverse Sachbücher, die in mehrere Sprachen übersetzt wurden. Heute lebt die Autorin mit ihrer Familie in der Nähe von Frankfurt. Die Kindheitserinnerungen an die Bewohner der Küste mit all ihren Eigenheiten inspirierten die Autorin zu den Verstrickungen, die ihren Commissaire Lefevre viel Nerven kosten.

JULIE MASSON

PASTIS FÜR DEN COMMISSAIRE

KRIMINALROMAN

Rowohlt Taschenbuch Verlag

2. Auflage Juli 2014

Originalausgabe
Veröffentlicht im Rowohlt Taschenbuch Verlag,
Reinbek bei Hamburg, April 2014

Lektorat Tobias Schumacher-Hernández
Das Gedicht von Charles Baudelaire auf Seite 5 wurde der
Ausgabe «Die Blumen des Bösen» in der Übersetzung
von Therese Robinson, Georg Müller Verlag,
München 1925, entnommen.
Umschlaggestaltung any.way, Barbara Hanke/Cordula Schmidt
(Abbildung: plainpicture/Folio Images)
Satz Requiem PostScript (InDesign) bei
Pinkuin Satz und Datentechnik, Berlin
Druck und Bindung CPI books GmbH, Leck
Printed in Germany
ISBN 978 3 499 23248 0

Du freier Mensch, du liebst das Meer voll Kraft,
Dein Spiegel ist's. In seiner Wellen Mauer,
Die hoch sich türmt, wogt deiner Seele Schauer,
In dir und ihm der gleiche Abgrund klafft.

Du liebst es, zu versinken in dein Bild,
Mit Aug' und Armen willst du es umfassen,
Der eignen Seele Sturm verrinnen lassen
In seinem Klageschrei, unzähmbar wild.

Ihr beide seid von heimlich finstrer Art.
Wer taucht, o Mensch, in deine letzten Tiefen,
Wer kennt die Perlen, die verborgen schliefen,
Die Schätze, die das neidische Meer bewahrt?

Und doch bekämpft ihr euch ohn' Unterlass
Jahrtausende in mitleidlosem Streiten,
Denn ihr liebt Blut und Tod und Grausamkeiten,
O wilde Ringer, ewiger Bruderhass!

Charles Baudelaire
«Der Mensch und das Meer»

PROLOG

Als der Wecker um vier Uhr morgens klingelte, verfluchte Jupp de Moi sein leichtsinnig gegebenes Versprechen, mit seinem kleinen Sohn angeln zu gehen. Sie waren mit ihrem Wohnmobil viel später als geplant auf dem Campingplatz in dem kleinen Ort an der französischen Atlantikküste angekommen und hatten nur ein paar Stunden geschlafen. Er überlegte, ob er sich noch mal umdrehen und den geplanten Angelausflug auf den nächsten Morgen verschieben sollte. Aber ein Blick in die leuchtenden Augen seines aufgeregten Sohnes, der bereits neben seinem Bett stand, ließ jeden Widerstand in ihm schmelzen. Gemeinsam zogen sie sich an, nahmen die Fahrräder aus der Heckklappe des Wohnmobils und zockelten verschlafen, aber glücklich den kurzen Weg vom Campingplatz über den befestigten Dünenweg zum Strand.

Sie stellten ihre Fahrräder an der Rettungsstation auf der Düne ab. Jupp band die beiden Räder mit einem Schloss zusammen, während Phillip bereits den asphaltierten Weg zum Strand hinunterrannte. Zum ersten Mal in seinem Leben sah er das Meer, das sich in der beginnenden Dämmerung bis zum Horizont erstreckte. Der fünfjährige Junge drückte fest die Hand seines Vaters, der an seine Seite getreten war, und schaute strahlend zu ihm hoch. Glücklich erwiderte Jupp seinen Blick. Er liebte das Meer und seine Wildheit und hatte sich nach diesem Urlaub mit jeder Pore gesehnt.

Nachdem sie die Gummistiefel angezogen hatten, hängte sich Jupp Angel und Ködertasche um die Schulter. Phillip sprang derweil schon begeistert zwischen den Möwen umher und versuchte sie aufzuscheuchen. Meckernd über die Ruhestörung, erhoben sie sich kurz in die Luft, um dann einige Meter weiter mit wildem Gezeter wieder zu landen. Jupp ging bis zum Brandungssaum. Mit kräftigen Zügen atmete er die gischtfeuchte Meeresluft tief ein. Ein leichter Verwesungsgeruch lag in der Luft. Jupp dachte schmunzelnd darüber nach, dass das Gehirn unliebsame Erinnerungen, wie den Gestank der Papeterie von Mimizan, den man hier manchmal morgens riechen konnte, wenn der Wind ungünstig stand, einfach verdrängte, während er sich an den angenehmen Duft der Pinienwälder oder den salzigen Geruch des Meeres noch sehr gut erinnern konnte.

Er drehte sich um, als Phillip aufgeregt nach ihm rief. Er zeigte auf einen bunten Haufen, der sich in einiger Entfernung gegen den hellen Sand abhob. Das Dämmerlicht tauchte das Objekt in verschwommene Grautöne. Gespannt gingen die beiden gemeinsam an der Brandung entlang und genossen ihre aufregende Schatzsuche. Schließlich hielt es Phillip nicht mehr aus. Er ließ die Hand seines Vaters los und rannte dem Strandgut entgegen. Jupp musste lächeln, als er seinem Sohn hinterhersah. Mein Gott, war das Leben schön. Dieser Moment war ein Geschenk für die Ewigkeit.

Doch der magische Moment zerbrach in tausend Stücke, als ihn Phillips schriller, panikerfüllter Schrei aus seinen unbeschwerten Gedanken riss.

1. KAPITEL

Als Lucien um kurz nach fünf vom melodiösen Läuten seines Festnetztelefons aus dem Schlaf gerissen wurde, hätte ihm eigentlich klar sein müssen, dass so ein früher Anruf nur Ärger bedeuten konnte. Doch er war noch zu verschlafen, um die richtige Konsequenz zu ziehen: sich einfach umzudrehen und das Klingeln zu ignorieren.

«Allô?», meldete er sich verschlafen und versuchte gleichzeitig einen Blick auf die Uhr zu werfen, die auf seinem Nachttisch lag.

«Allô! Spreche ich mit Monsieur Commissaire Lucien Lefevre?» Der offizielle Tonfall ließ ihn schlagartig aufwachen.

«Oui, am Apparat. Mit wem spreche ich?»

«Bonjour, Monsieur Commissaire, entschuldigen Sie den frühen Anruf. Hier spricht Jeanne Perigot, Vermittlungszentrale Dax. Bei uns ist gerade ein Anruf der Gendarmerie von Lit-et-Mixe eingegangen mit der Bitte um Amtshilfe bei einem Leichenfund. Verdacht auf Fremdeinwirkung. Wir sind aufgrund der Urlaubszeit unterbesetzt. In diesem Fall ist, wie Sie wissen, die Abteilung Kriminalität in Bordeaux für die Atlantikküste zuständig. Die Zentrale hat mir Ihre Nummer gegeben und gemeint, Sie würden die Ermittlungen leiten. Ich wollte Sie nur kurz über die Fakten informieren, bevor Sie losfahren.»

«Halt, Moment mal», unterbrach Lucien den monotonen Redefluss der Telefonistin. «Da muss ein Missverständnis vorliegen. Ich habe keine Ahnung, von welchem Fall Sie sprechen. Vielleicht hat man Ihnen die falsche Telefonnummer gegeben. Ich leite keine Ermittlung.»

Doch die Telefonistin beharrte darauf, dass Lucien Lefevre, leitender Commissaire der Police judiciaire, einer Unterabteilung der Police nationale mit Sitz in Bordeaux, für die Ermittlungen zuständig war.

«Vielleicht hat Sie die Zentrale noch nicht erreicht und meldet sich noch bei Ihnen. Mich hat jedenfalls die Gendarmerie von Lit-et-Mixe erneut angerufen und gedrängt, Sie zu kontaktieren. Die Leiche liegt am Strand, etwa vier Meter vom Wasser entfernt, und scheint dort in den frühen Morgenstunden mit der letzten Flut angeschwemmt worden zu sein. Das Wasser steigt schon wieder, und der Anrufer befürchtet, dass Spuren vernichtet werden könnten. Da er als Sergeant keine Befugnis hat, die Leiche zu bewegen, wartet er auf die Anweisung, was er machen soll, falls das Wasser bis zur Leiche steigt. Ich gebe Ihnen seine Handynummer, dann können Sie ihn direkt instruieren.» In ihrer typisch unbeteiligten Warteschleifenstimme leierte die Telefonistin Telefonnummer, Name und Dienststelle des Sergeanten vor Ort, François Chevalier, durch.

Lucien klemmte sich umständlich den Hörer unters Kinn, fischte einen Kugelschreiber aus dem Nachttisch und schrieb automatisch mit.

«Eh bien», brummelte er in den Hörer und starrte auf das Buchcover, das er vor kurzem bekritzelt hatte. Merde, das Buch hatte er sich vor kurzem gekauft und noch nicht gelesen. «Ich melde mich nachher bei ihm, wenn ich mit meinem Vorgesetzten gesprochen habe.»

Seufzend ließ er sich wieder ins Kissen sinken. Eine Leiche vor dem Aufstehen – das hatte ihm gerade noch gefehlt. Leider war er in der Tat während der Ferienzeit für alle eingehenden Mordfälle zuständig. Genauso wie in den vergangenen Jahren auch, mit dem Unterschied, dass es bisher nie einen derartigen Fall gegeben hatte. Ein Franzose besaß schließlich Stil und ließ sich nicht ausgerechnet in den großen Ferien umbringen. Die «grandes vacances» waren für die französischen Familien die Zeit des wahren Lebens. Zu Beginn der acht Wochen dauernden Ferien stellten sich die Franzosen mit überladenen Autos vergnügt am Stauende in Paris an und schlichen dann so lange Stoßstange an Stoßstange mit, bis sie von der Blechschlange am Meer wieder ausgespuckt wurden. Im Staufahren waren alle Franzosen vereint. Ein Land, ein Stau. Während der Ferien blieben eigentlich nur diejenigen übellaunig in der Stadt zurück, die nicht anders konnten. Paris selber wurde großzügig den schwitzenden Sightseeing-Touristen überlassen, während die Franzosen entspannt im Meer plantschten.

Lucien liebte den August. Es war der stressfreieste Monat des Jahres. Da seine Kollegen alle in den Urlaub fahren wollten und er zwar eine teure Scheidung, aber keine Kinder vorweisen konnte, wurde er stets für die Urlaubsvertretung eingeteilt. Im ersten Jahr hatte er zähneknirschend akzeptiert, dass ihm vorübergehend die Leitung der Abteilung überlassen wurde. Nach den ersten Tagen im vollklimatisierten und sehr ruhigen Büro hatte er aber die Vorteile zu schätzen gelernt und freute sich inzwischen schon sehr auf die ereignislosen Wochen hinterm Schreibtisch. Meist nutzte er die Zeit, um immer wieder seinen Schreibtisch aufzuräumen, die Akten nach einem neuen System zu ordnen oder die Bleistifte zu spitzen. Eine Leiche passte ihm überhaupt nicht ins Konzept. Er hatte sich gerade ein neues System der E-Mail-

Ablage überlegt. Seine Kollegen waren dagegen seltsamerweise genervt, wenn er während ihrer Abwesenheit die E-Mail-Ordner oder -Verteiler neu organisierte. Auf Unverständnis stieß er auch beim letzten Kartenabend seiner Abteilung vor dem Urlaub, den sie einmal im Monat im Bistro «La Roche» abhielten. Er hatte damit begonnen, die Ergebnisse der einzelnen Spielrunden in eine Exceldatei zu tippen und von seinen Kollegen nur Kopfschütteln geerntet. Sie hatten ihm auf die Schulter geklopft und gemeint: «Tja, der Lucien mit seinen Tabellen», als ob er eine ansteckende Krankheit hätte oder irgendeinen Spleen.

Lucien schloss die Augen und versuchte wieder einzuschlafen. Sollte der Dorftrottel von Polizist doch selbst zusehen, wie er die Leiche vorm Wasser rettete. Er würde sich um alles Weitere kümmern, sobald er im Büro wäre.

Doch bevor er sich wieder in seine gewohnte Schlafposition ruckeln konnte, klingelte das Telefon erneut. Merde, das war bestimmt die Zentrale, oder noch schlimmer, sein Vorgesetzter, René Pontarrasse. Kurz ließ er sich von dem Gedanken verführen, einfach nicht ranzugehen, doch das penetrante Klingeln deutete darauf hin, dass sein Vorgesetzter von seinem Gespräch mit der Zentrale in Dax wusste und es wohl sinnlos war, sich schlafend zu stellen.

«Allô, Commissaire Lucien Lefevre, Diensthabender Abteilungsleiter der Abteilung für Kriminalität und Verbrechensbekämpfung, am Apparat», meldete er sich daher vorschriftsmäßig, um seinen Vorgesetzten zu beeindrucken. Doch er hatte nur eine weitere Telefonistin der Polizeibehörde in Bordeaux in der Leitung, die sich von seinem Rang wenig beeindruckt zeigte. Sie hauchte lediglich ein «Moment, ich verbinde Sie mit dem Apparat von Commissaire Divisionnaire Pontarrasse» in den Hörer.

Immerhin war er nicht der Einzige, der um diese Zeit arbeitete, dachte Lucien, während er den Knackgeräuschen in der Leitung lauschte. Pontarrasse war bestimmt ebenfalls noch zu Hause und sicher auch nicht begeistert über die frühe Störung. Er konnte sich nicht daran erinnern, schon einmal um diese Uhrzeit zu einem Fall gerufen worden zu sein. Normalerweise wurden Leichen tagsüber gefunden, was die Sache doch sehr erleichterte – Und überhaupt, warum diese Eile, ihm war während seiner nun fast zwanzigjährigen Laufbahn noch nie eine Leiche weggelaufen.

«Lucien, grand ami!» Die dröhnende, sonore Stimme seines auf jovial machenden Vorgesetzten riss ihn aus seinen Gedanken. «Wie schön, dass Sie schon wach sind. Tja, unangenehme Sache, zumal gleich die ersten Touristen an den Strand kommen. Aber Sie sind ja in einer halben Stunde in Contis-Plage und können die Spuren sichern, bevor die Schaulustigen über die Absperrung klettern. Das Team von der Spurensicherung ist vor zehn Minuten losgefahren, aber ich denke, die holen Sie noch ein, stehen sowieso im selben Stau.» Das kehlige Lachen hallte durch Luciens weiträumige Wohnung.

Halbe Stunde. Das wäre nicht mal mit der Concorde möglich gewesen! Selbst bei normalem Verkehr brauchte man mindestens zweieinhalb Stunden, um von der Innenstadt von Bordeaux über die verwinkelten Landstraßen nach Contis-Plage zu kommen. Jetzt zum Ferienbeginn waren es eher vier Stunden. Lucien erinnerte sich an den spontanen Ausflug mit seiner Exfrau von Bordeaux nach Biarritz, für den sie ganze neun Stunden gebraucht hatten, schrecklicher Ehestreitszenen inklusive. Diese Fahrt war der Sargnagel für seine Ehe gewesen, und er hatte es seither vermieden, in diese Gegend zu fahren. Fliegen müsste man, dachte er. Bei diesem Gedanken fiel ihm ein, dass die Helis der Polizei doch eh dauernd entlang der Küste Rettungseinsätze hatten und routinemäßig mehrmals täglich von Bordeaux nach Biarritz an der Uferkante entlangflogen.

«Bonjour, Monsieur Pontarrasse. Ja, da haben Sie recht. Mit dem Helikopter könnte ich in einer halben Stunde an der Küste sein. Dann könnte ich den Leichenfundort nach der Spurensicherung schnell wieder freigeben. Und wir hätten auch das Problem mit den Touristen gelöst.»

Lucien freute sich insgeheim, dass ihm spontan diese geniale Lösung eingefallen war. So konnte er schon am frühen Nachmittag zurück sein und sich mit seinen Freunden im Bistro um die Ecke treffen. Dort gab es eine attraktive Kellnerin, die ihm schon öfter aufreizende Blicke zugeworfen hatte. Lucien war sich seiner Wirkung auf Frauen durchaus bewusst, obwohl er zugeben musste, dass ein Teil seiner Ausstrahlung sicherlich von seiner wohlhabenden Herkunft und seinem selbstsicheren Auftreten herrührte. Auch war sein an den Schläfen leicht ergrautes Haar noch recht voll und kräftig und ließ ihn nach eigenem Ermessen ein bisschen wie George Clooney aussehen. Ein Umstand, dem er auch schon mal nachhalf, indem er die Klatschblätter durchsah und seinen Kleidungsstil an dem des Schauspielers orientierte.

«Äh, der Heli?», stotterte sein Vorgesetzter überrumpelt. «Nun, äh, ja, das ist natürlich möglich, da muss ich mal im Dienstplan nachsehen, ob einer einsatzbereit ist. Normalerweise sind die allerdings nicht für den Transport eines Ermittlers zu einem Tatort vorgesehen. Ich denke, Sie machen sich schon mal startklar und packen eine Tasche, falls Sie länger vor Ort bleiben müssen, und ich frag derweil bei dem diensthabenden Einsatzleiter der Hubschrauberbrigade nach.»

Zufrieden legte Lucien auf. Immerhin hatte er so etwas Zeit

gewonnen und musste nicht umgehend aus dem Haus stürmen. Er zog sich seinen Bademantel über den gestreiften Pyjama und schlüpfte in die mit Lammfell gefütterten Lederpantoffeln, die er auch im Sommer trug, da der Steinboden in der Küche morgens immer noch empfindlich kalt war. Lucien öffnete zum Schlafen meist alle Fenster, sodass stets eine angenehme Atlantikkühle hereinwehte. Als er die Küche betrat, konnte er noch die nächtliche Feuchtigkeit riechen, die etwas modrig-erdig vom Garten reinströmte. Er stützte sich auf die schwarz gestrichene Fensterbank und lehnte sich in die Morgendämmerung hinaus. Lucien liebte diese Stimmung, wenn die Welt noch schlief. Es war eine Art elitärer Stolz, etwas beizuwohnen, das die meisten Menschen (und er zugegebenermaßen in der Regel auch) verschliefen. Die hohen Pinien schwankten kaum merklich in der leichten Brise, die vom nahen Meer her wehte. Sie ließ das silbrige Laub der Zitterpappeln zerbrechlich knistern. Das melancholische Geräusch erinnerte ihn an seinen Onkel George. Lucien hatte als Kind oft die Ferien bei ihm verbracht. Sonnengebräunt, mit salzigen Haaren und Sand in jeder Körperritze hatten sie bis spät in die Nacht im Garten gesessen und sich in der milden Luft Geschichten erzählt und die Sterne angeschaut. Er hatte seinen Onkel vergöttert und heftig getrauert, als er bei einem Unfall ums Leben kam. George hatte ihm, dem gerade mal neunjährigen Neffen, sein Haus vererbt, doch Lucien konnte es lange nicht über sich bringen, zu diesem Ort zurückzukehren, der voller Erinnerungen steckte.

Lucien ließ das Haus leerstehen und kehrte erst zurück, als er seiner Frau seine Idee, das Haus zu einer Ferienwohnung für sie beide umzubauen, präsentieren wollte. Aufgeregt wie ein kleines Kind hatte er seine elegante Frau an die Hand genommen und war mit ihr den verwilderten Weg von der Straße zum

Haus gelaufen und erst vor der großen Doppelflügeltür aus alter Eiche zum Stehen gekommen. Andächtig hatte er die Tür geöffnet und war erwartungsvoll eingetreten. Die alte klassizistische Villa am Stadtrand von Bordeaux hatte hohe Decken, bei denen noch Teile der prächtigen Stuckverkleidung erhalten waren. Doch der jahrelange Leerstand hatte ihr etwas Morbides verliehen, das seine damalige Frau Amélie abgeschreckt hatte. Distinguiert hatte sie ihn mit vernichtendem Schweigen angeschaut. Die Idee vom Ferienhaus an der Küste war schlagartig gestorben. Da er mit Amélie eine sehr schicke Stadtwohnung in der Nähe des Louvre bewohnte, wollte sie unter keinen Umständen auch nur einen Cent in die heruntergekommene Bruchbude stecken. Hier würde sie bestimmt nicht den Sommer verbringen, zumal ihr eher ein Beauty-Urlaub in St. Barth vorschwebte.

Später, als ihre kostspielige Ehe gescheitert war, schien ihm dagegen die heruntergekommene Villa ein perfekter Fluchtpunkt vor Amélie und der gehobenen Pariser Gesellschaft zu sein. Er begann damit, das vernachlässigte Gebäude Zimmer für Zimmer zu renovieren und war inzwischen ganz zufrieden mit dem Ergebnis. Die Küche war einigermaßen funktionstüchtig, das Bad halbwegs fertiggestellt, abgesehen vom Wasserboiler, der abwechselnd kochend heißes oder eiskaltes Wasser über ihn ergoss, und der Heizung, die nachts klopfte, als wäre der Keller voller Gefangener. Für den großzügigen Wohnzimmerbereich hatte er alle Zwischenwände rausgerissen. Die restlichen Zimmer blieben vorerst in ihrem maroden Zustand, bis er wieder Lust auf weitere Handwerkerdiskussionen und nervenaufreibenden Baulärm hätte.

Zufrieden ließ er den Blick über den schwarz-weiß gefliesten Küchenboden gleiten, den er erst vor kurzem hatte legen lassen, während er das frischgemahlene Arabica-Mocca-Pulver in seine chromglänzende Espressomaschine schaufelte. Das Gas zischte und flammte kurz auf, als er es mit einem langen Streichholz entzündete. Mit lässiger Bewegung warf er das glühende Hölzchen in die Edelstahlspüle, wo es mit einem leisen Zischen erlosch. Der Duft von frischem Kaffee stieg ihm in die Nase. Geräuschvoll klapperte die Tasse auf der Untertasse, als er sich genüsslich an den gusseisernen Marmortisch setzte. Er griff nach einer Zigarette. Einer der Vorteile, wenn man Single war. Früher musste er zum Rauchen immer auf den Balkon gehen, da Amélie Rauch in der Wohnung hasste. Lucien hatte große Probleme mit dieser Regelung gehabt und sie immer wieder gebrochen. Zufrieden blies er nun den Rauch in die Küche. Vom Fenster drangen Geräusche des beginnenden Tages herein, die Welt erwachte langsam aus der nächtlichen Stille.

Ein Zweitakter knatterte mit überhöhter Geschwindigkeit am Fenster vorbei und wurde vom wütenden Gebell des Nachbarhundes begleitet.

«Merde», entfuhr es Lucien, als das Telefon klingelte. «Commissaire Lucien Lefevre, Diensthabender Abteilungsleiter der –»

«Ja, ja, schon gut», fiel ihm sein Vorgesetzter ungeduldig ins Wort. «Also, die Hubschrauberbereitschaft ist nur für einen Einsatz im Notfall bemannt und kann keine Personalflüge übernehmen. Es bleibt Ihnen also nichts übrig, als sich ins Auto zu setzen und umgehend loszufahren. Ich hoffe, Sie sind inzwischen angezogen und können sofort starten. Rufen Sie von unterwegs den zuständigen Sergeanten an, er wartet immer noch auf Ihre Anweisung. Und ein bisschen mehr Einsatz, wenn ich bitten darf. Ich weiß, dass Sie schon länger nicht mehr aktiv ermitteln, aber es wird Zeit, dass Sie den Hintern mal wieder hochkriegen, bevor Sie hinter Ihren Ordnern verstauben und Fett ansetzen.»

Noch bevor Lucien etwas erwidern konnte, beendete sein Vorgesetzter das Gespräch. Pontarrasse hatte anscheinend einen ordentlichen Einlauf vom Brigadechef verpasst bekommen wegen der Idee mit dem Hubschrauber. Nur so konnte Lucien sich den plötzlichen Stimmungswechsel seines Vorgesetzten erklären.

Fett ansetzen. Pfft. Lucien war stolz auf seinen immer noch sportlichen Körper, obwohl er schon bald die magische Fünfzig erreichen würde. Ein Blick in den Spiegel hätte ihn wahrscheinlich mit der nicht mehr ganz so straffen Realität konfrontiert, aber in seiner persönlichen Wahrnehmung war er noch der athletische Mann, der die Frauenblicke auf sich zog. Kritisch schaute Lucien an sich herab. In der Tat wölbte sich trotz Trainings ein minimaler Bauchansatz über dem Bund seiner gestreiften Pyjamahose. Er sollte noch mehr Sport treiben oder das Essen reduzieren oder beides. Genervt drückte er die Zigarette aus, nahm noch einen Schluck Kaffee und schüttete den Rest direkt in den Abfluss.

«Sachen packen», schnaufte er verächtlich. Glaubte René Pontarrasse wirklich, dass er für mehrere Tage in diesem Kaff an der Küste bleiben würde, wenn er innerhalb von zwei Stunden wieder zu Hause sein könnte? Er hatte Contis gerade gegoogelt. Dieses Dorf bestand eigentlich nur im Sommer und war im Winter verlassen. Nur eine überschaubare Gruppe von Leuten lebte dort das ganze Jahr. Im Sommer strömten dann die Franzosen und ausländischen Touristen ans Meer und überrannten das Dorf förmlich. Jeder Bewohner, der ein Stück Land übrig hatte, witterte das große Geschäft, bot einen Zeltplatz an und bezeichnete seinen Acker großspurig als Campingplatz. Hatte das Kaff überhaupt ein Hotel, wo er im Notfall bleiben könnte?

Lucien holte seine elegante Reisetasche aus dem Schrank,

wo sie seit dem Einzug lag, und begann lustlos eine Hose und zwei Hemden zu falten und sorgfältig in die Tasche zu legen. Vielleicht sollte er noch eine weitere Ersatzhose mitnehmen und einen etwas schickeren Anzug, falls er in einem guten Restaurant essen würde. Zum Schluss zog er den cremefarbenen Trenchcoat über seinen hellen Anzug, obwohl die Temperaturen schon jetzt einen heißen Sommertag ankündigten. Er schnappte sich die Reisetasche, nahm seine Aktentasche, kontrollierte sein Aussehen noch kurz im Spiegel und setzte zum Schluss die neue Sonnenbrille auf, die auch «Georgie Boy» trug, wie er sein Alter Ego liebevoll nannte.

Mit Schwung rannte er die Treppe runter und musste sich eingestehen, dass er sich trotz der Umstände sogar ein wenig auf das Meer freute. Als er die Garage betrat, verharrte er unschlüssig vor dem kleinen blauen Dienstwagen. Lucien hatte wie alle anderen Ermittler einen passablen Kleinwagen zur Verfügung, der im chaotischen Stadtverkehr von Bordeaux durchaus praktisch war. Aber die Vorstellung, jetzt mehrere Stunden in dieser Büchse ohne Klimaanlage zu verbringen, frustrierte ihn. Er kannte jedoch die Vorschriften: Im Einsatz war er verpflichtet, den Dienstwagen zu benutzen. Lucien hielt sich immer strikt an die Vorschriften, wenn ihm nicht gerade eine vielversprechende Sonderregelung einfiel, mit der er die Anweisung elegant umgehen konnte. So kam er schnell zu der Überzeugung, dass der Dienstwagen nur für Einsätze im Stadtgebiet von Bordeaux vorgesehen war. Erfreut über diese geschickte Lösung, öffnete er die vordere Klappe seines alten Porsche 911, verstaute die Taschen und warf den Trenchcoat und das Jackett auf den Beifahrersitz. Mit einem lauten Röhren erwachte der Boxermotor. Lucien lächelte unwillkürlich: Eine Fahrt übers Land zum Meer war vielleicht doch nicht so schlecht.

2. KAPITEL

Erschöpft von der langen Fahrt, bog Sophie von der Autobahn ab und freute sich, auf der Landstraße endlich etwas schneller fahren zu können. Auf der Autobahn war sie, seit sie an der Peripherie von Paris vorbeigefahren war, nur im Schneckentempo vorangekommen. Die unzähligen Mautstationen in Frankreich verlangsamten das Tempo noch zusätzlich. Vor Bordeaux hatte sie fast eine Stunde in einer der endlosen Schlangen vor den Automaten gestanden.

An der Abfahrt von der N10 mit dem Hinweis «Morcenx/Onesse et Laharie/Contis-Plage» fuhren die meisten Autos unbeeindruckt vorbei. Für Sophie versprach es das Ende ihrer langen Reise. Sie kurbelte das Fenster runter und sog begierig die nach Pinien und würzigem Dünengras duftende Luft ein. Ihr Herz schlug vor Vorfreude höher. Der Geruch weckte längst vergessene Erinnerungen in ihr.

Sophie liebte die französische Atlantikküste. Seit sie fünf war, hatte sie mit ihrer Familie die Sommerurlaube auf dem Campingplatz von Contis-Plage verbracht. Sie waren jedes Jahr hierhergekommen, bis die Eltern aus gesundheitlichen Gründen die lange Fahrt nicht mehr antreten wollten. Später war sie noch einige Male mit ihrem vier Jahre älteren Bruder Thomas hergekommen und hatte die freieste Zeit ihres Lebens gehabt. Ihr war die entspannte und teilweise auch verruchte Zeit unter kiffenden Surfern, alternden Aussteigern, sonnenhungrigen Touristen und knackigen Rettungsschwimmern wie ein Befreiungsschlag vom strengen Regiment ihrer Eltern vorgekommen. Sie wunderte sich bis heute, dass ihr konservativer Vater seiner sechzehnjährigen Tochter das erlaubt hatte. Zum Glück hielt ihr Bruder dicht und hatte ihren Eltern nie erzählt, was in dieser Zeit alles passiert war. Die Diskretion ließ sich Thomas zwar teuer bezahlen, aber dafür hatte sie viel Spaß gehabt.

Vor zwei Jahren hatte ihr Bruder spontan seinen Beruf als Hauptschullehrer hingeworfen, nachdem ihn einer seiner Schüler mit dem Messer bedroht hatte, weil er ihm eine schlechte Note geben musste. Er hatte sein Erspartes genommen und einen alten Bauernhof im Hinterland von Contis-Plage gekauft, den ihm alte Surffreunde vermittelt hatten. Seit seinem Umzug hatte sie ihn nicht mehr gesehen, sondern nur ab und zu am Telefon gesprochen. Sie musste sich eingestehen, dass sie neben ihrem Beruf als Psychologin auch für diesen letzten familiären Kontakt kaum Zeit abzweigen konnte. Ihre Eltern waren bereits vor längerem verstorben, und ihr Bruder war nun ihre ganze Familie.

Am Abend, als Frank sich von ihr trennte – am Tag vor ihrer Hochzeit –, hatte sie ihn in ihrer Verzweiflung angerufen und ihr Herz ausgeschüttet. Thomas hatte ihr sofort vorgeschlagen, alles stehen und liegen zu lassen und zu ihm zu kommen. Das Gespräch mit ihm war so herrlich leicht gewesen, dass sie spontan zugesagt hatte zu kommen, sobald sie alle Formalitäten abgewickelt, die Hochzeitstorte, den Blumenschmuck, das Fünf-Gänge-Menü im romantischen Waldschlösschen und vieles mehr abgesagt hätte. Sie hatte dann mehrmals versucht, ihn telefonisch zu erreichen, um ihm zu erzählen, dass sie nun losfahren wollte, ihn aber nie ans Telefon bekommen. Da dies aber bei der chaotischen Art ihres Bruders nichts Ungewöhnliches war, hatte sie einfach ihre Sachen ins Auto geworfen und sich auf den Weg an die fast 2000 Kilometer entfernte Atlantikküste gemacht.

Die schmale Straße schlängelte sich durch dichte Pinienwälder. Napoleon hatte einst die sumpfige Heidelandschaft mit Hilfe von durstigen Piniensetzlingen entwässert und damit bewohnbar gemacht. Sophies Vater hatte ihnen oft die Geschichte erzählt, dass Napoleon die einzelnen Parzellen als Altersruhesitz an verdiente Veteranen verschenkt und so als Vorbild für den Asterix-und-Obelix-Band «Das Geschenk Cäsars» gedient hatte. Inzwischen bildeten die dichten Pinienwälder ein riesiges homogenes Gebiet und standen unter strengem Naturschutz. Sophie strich sich einige widerspenstige Haarsträhnen zurück, die sich im Fahrtwind befreit hatten, und drehte das Radio lauter. Das französische Geplapper und der vertraute Geruch ließen sie wehmütig werden. Sie spürte ein Heimweh nach diesem Ort, von dem sie keine Ahnung gehabt hatte, dass sie es in sich trug. Oder war es vielmehr ein Sehnen nach den vergangenen Zeiten und ihrer Kindheit? Mist, sie ertappte sich schon wieder bei der Selbstanalyse. Schluss damit, du hast jetzt frei, tadelte sie sich selbst und schaute auf die Straße. Die Kreuzung, auf die sie gerade zufuhr, kam ihr sehr bekannt vor.

Tatsächlich erspähte sie kurz darauf das vertraute Hinweisschild für den Campingplatz im dichten Wald vor dem Dörfchen Lit-et-Mixe. Sie bremste den Wagen ab, blieb am Wegesrand stehen und betrachtete das verrostete Schild: «Camping ‹Le Tuc›, Calme & Confort, a 500 m». Hier hatten sie ihre gemeinsamen Urlaube verbracht. Vor ihrem geistigen Auge sah sie sich wieder um sechs Uhr morgens verschlafen hinter ihrem

Vater aus dem Zelt krabbeln, nachdem ein Schuss die Stille der Nacht zerrissen hatte. Der surreale Anblick des in voller Jagdmontur ausstaffierten Campingplatzbesitzers, der mit abgesägter Schrotflinte vor einem Maulwurfshügel stand und auf seine Beute wartete, hatte sich für alle Zeiten in ihr Gedächtnis eingebrannt. Thomas hatte neulich doch tatsächlich erzählt, dass Bruno Frecheré immer noch auf Maulwurfjagd ging, obwohl sein Bauch inzwischen die Jacke gesprengt hätte und das Schießen außerhalb der Jagdzeit, ohne Jagdschein und vor allem auf dem Campingplatz zwischen den Campern, streng verboten war, was ihn jedoch nicht davon abhielt.

Ihr Bruder war eine Lästerschwester und liebte es in den kleinen dreckigen Geheimnissen seiner Nachbarn zu stochern. Sie hatte gar nicht mehr aufhören können zu lachen, als er ihr in seiner unverwechselbaren Art den neusten Dorfklatsch erzählt hatte.

«In hundert Metern rechts abbiegen», informierte sie «Frau Schlau», wie Sophie liebevoll ihr Navi nannte. Endlich! An einem alten, abgebrochenen Pinienstamm hing das handbemalte Schild mit dem Hinweis «Rue de La Landes». Darunter war ein neueres Metallschild mit dem Aufdruck «Chateau ‹La Vache qui rit› Ferme biologique» befestigt. Das musste der Hof ihres Bruders sein: Der Name «Die lachende Kuh» für einen Biohof konnte auch nur Thomas einfallen. Als Kinder waren sie süchtig gewesen nach dem französischen Schmelzkäse, den es inzwischen auch in Berlin in jedem Supermarkt gab. Damals hatten sie versucht, sich die runden Käseschachteln ebenfalls an die Ohren zu hängen, so wie die lachende Kuh auf der Schachtel.

Gespannt bog sie in den unscheinbaren Weg ab, der sich zunehmend zu einem sandigen Kiesweg verengte. Unwillkürlich richtete sie sich auf und ertappte sich dabei, wie sie vor Aufregung das Lenkrad mit beiden Händen fest griff und sich fast in die schräge Windschutzscheibe reinlegte, um besser sehen zu können. Der Weg schlängelte sich durch den wildgewachsenen Wald. Durch die dichtstehenden Stämme konnte sie einen hellen Fleck erkennen, auf den sie zusteuerte. Endlich öffnete sich der Blick, und sie stand vor dem Traum einer idyllischen Bauernkate und dem Albtraum eines jeden Besitzers dieser Immobilie. Das Gebäude war nur eine Haaresbreite vom totalen Verfall entfernt. Typisch Thomas, dachte sie desillusioniert, was hatte er sich nur dabei gedacht, diesen alten Schuppen zu kaufen. Und hier soll ich sechs Wochen wohnen, durchfuhr sie die Erkenntnis. Unangenehm aus ihren Tagträumen in die Realität zurückkatapultiert, stellte sie das Auto ab.

Das Meer musste ganz nah sein, dachte sie, als sie beim Aussteigen die salzige Luft einatmete. Sofort spürte sie die wärmenden Strahlen der Sonne auf ihren Schultern. Komisch, hatte Thomas sie nicht kommen gehört? Sie ging auf den verfallenen Schuppen zu und klopfte an. Kein Lebenszeichen. Na ja, wahrscheinlich machte er noch Einkäufe in letzter Minute, das würde zu ihm passen. Sie ging zu einem der Fenster. Zunächst konnte sie kaum etwas im Inneren erkennen. Langsam gewöhnten sich ihre Augen an die Dunkelheit, und sie realisierte, dass das Gebäude als Scheune und vor allem als Geräte- und Fahrzeugschuppen genutzt wurde. In der einen Ecke konnte sie nun sogar die stromlinienförmige Silhouette von Thomas' schwarzem Citroën DS erkennen, auf den er so stolz war. Sie musste lachen, dass sie sich in Gedanken schon in der Garage einquartiert hatte. Kopfschüttelnd schaute sie sich um. Der unscheinbare Weg führte tatsächlich noch weiter in den Wald hinein. Erneut setzte sie sich hinter das Steuer und fuhr auf dem sandigen Waldweg weiter in die Tiefen des Pinienhains hinein.

3. KAPITEL

Wie Fliegen auf einem Kuhfladen, dachte Lucien beim Anblick der ersten Surfer am Morgen, die schon jetzt um die besten Wellen kämpften. Vom höchsten Punkt des Dünenkamms waren in der Tat nur kleine schwarze Flecken auf dem Wasser zu erkennen, die im sanften Spiel der Wellen auf und ab hüpften.

Commissaire Lucien Lefevre ließ den Blick über den Horizont gleiten. Der vom Meer kommende Wind spielte mit seinen kurzen Haaren. Er atmete die gischtfeuchte Luft tief ein. Leise summte er die Melodie von «La Mer» von Charles Trénet. Obwohl es noch früh war, flimmerte die Luft schon über dem aufgeheizten Sand. Lucien rückte seine dunkle Sonnenbrille zurecht. Der Ärger über das unsanfte Wecken und die nervige Autofahrt, die natürlich doch fast vier Stunden gedauert hatte, löste sich bei diesem Anblick sanft auf. Sein Blick schweifte über das endlose Meer, wanderte über den Strand an der Brandung entlang bis zu der Surfstation und dem Süßwasserpool für Schwimmanfänger. Und blieb schließlich auf seinen neuen italienischen Designerschuhen aus zartem Kalbsleder hängen, die schon nach den ersten Schritten vom Sand zerkratzt waren. Merde, er hatte vergessen, andere Schuhe anzuziehen. Der Tag fing wirklich gut an. Selber schuld, schimpfte er in sich hinein, er hätte ja nicht ans Telefon zu gehen brauchen. Er überlegte kurz, ob er es mit seiner Würde als leitender Ermittler vereinbaren konnte, die Schuhe und Socken auszuziehen, die Anzughose umzukrempeln und barfuß zum Fundort zu gehen, entschied sich aber rasch dagegen. Eine Leiche erforderte schon ein wenig Respekt.

Lucien sah in einiger Entfernung einen Gendarmen in blauer Kleidung, der ihm aufgeregt winkte. Unwillkürlich richtete Lucien sich zu seiner vollen Größe auf und zog die Schulterblätter nach hinten. Der winkende Mann musste François Chevalier sein, mit dem er unterwegs telefoniert hatte. Neben ihm hockten zwei Männer von der Spurensicherung in weißen Schutzoveralls. Super, es waren ja schon alle da, dann konnte er doch eigentlich erst mal frühstücken gehen. Doch zu spät, der junge Sergeant eilte bereits auf ihn zu und rannte den steilen Dünenaufgang hoch.

Seufzend ging Lucien ihm auf dem mit verrotteten Brettern behelfsmäßig gestützten Weg zum Strand entgegen. Hätte er doch bloß unterwegs noch kurz für ein Frühstück gehalten. Es wäre eh keinem aufgefallen, wenn er für die Strecke noch eine Stunde länger gebraucht hätte. Rasch zog er sich eine Zigarette aus der verknitterten Schachtel und zündete sie im Windschatten seiner Hände an.

«Sergeant François Chevalier, Police muncipale Lit-et-Mixe, Dienstelle Contis-Plage», stellte sich der junge Polizist vorschriftsmäßig, aber vor Anstrengung schnaufend vor. Er schaute Lucien erwartungsvoll aus dunklen Augen an. Aufgeregt wie ein kleines Kind, das eine Zirkusvorstellung besuchte. Offensichtlich freute er sich über die Abwechslung vom Alltag in Form einer Leiche. Lucien konnte an dem Fund eines brutal aus dem Leben gerissenen Menschen hingegen nichts Erfreuliches erkennen und fühlte sich dazu berufen, dem jungen Mann den Ernst der Sache klarzumachen: «Commissaire Lefevre, leitender Ermittler. Stehen Sie hier nicht so grinsend rum. Begleiten Sie mich zu der Leiche und informieren Sie mich derweil über die Fortschritte. Und wenn ich mit meinen Kollegen spreche, besorgen Sie mir einen starken Kaffee und was zu essen», donnerte Lucien und versuchte den sonoren Tonfall seines Vorgesetzten zu imitieren.

Lucien konnte förmlich spüren, wie der junge Mann seinen offenen Blick verschloss.

«Ja, Commissaire, hier lang, bitte», wies er ihm förmlich den offensichtlichen Weg.

«Wo ist eigentlich Ihr Vorgesetzter?», fragte Lucien den jungen Mann, der aus der Nähe mit seinen verstrubbelten, sonnengesträhnten Haaren eher wie ein Surfer aussah.

«Als der Notruf kam, hatte ich Bereitschaft, der Leiter unserer Dienststelle, André Lepoutre, hat einen dringenden Fall, bei dem er nicht gestört werden darf», antwortete der Sergeant kurz angebunden.

«Nun ja, über diese Zuständigkeitsverteilung muss ich wohl mit Ihrem Vorgesetzten noch mal sprechen.» Lucien versuchte einen etwas netteren Tonfall anzuschlagen. «Wissen Sie schon, ob die Leiche hier abgelegt oder angespült worden ist?»

«Nein, außerdem überschreitet es meine Kompetenz, Vermutungen auszusprechen. Fragen Sie doch Ihre Kollegen.»

Ups, anscheinend war Lucien dem jungen Mann ordentlich auf die Füße getreten. Was war denn das für eine Mimose? Vielleicht sollte er lieber wieder zu seinem Surfbrett gehen. Na gut, dachte Lucien, das Spiel beherrsche ich auch.

«Dann halten Sie sich an Ihren Rang und berichten Sie mir noch einmal alles, was wir bislang wissen», befahl Lucien barsch.

«Seit unserem Telefonat hat sich noch nichts Neues ergeben», konterte Chevalier schnoddrig.

«Dann wiederholen Sie doch bitte die Fakten noch einmal für mich.» Lucien hatte das Gefühl, dass sich das Gespräch zu dem Beginn einer wundervollen Feindschaft entwickeln könnte. In der Regel war er seiner Meinung nach ein relativ umgänglicher und charmanter Zeitgenosse, aber er nahm seinen Beruf sehr ernst und vertrat die Meinung, dass hier ein der Sache angemessener Tonfall herrschen sollte.

«Bon!», nuschelte Chevalier. Da passierte endlich mal etwas Aufregendes in seinem Dorf, und dann wurde ihm ausgerechnet so ein spießiger Schnösel aus der Stadt vorgesetzt. Mit monotoner Stimme leierte er die bekannten Fakten herunter:

«Männliche Leiche, um 4:49 Uhr von dem holländischen Touristen Jupp de Moi und seinem kleinen Sohn Phillip entdeckt. Er dachte erst, es handelt sich um eine in ein Fischernetz verhedderte Boje. Als sie erkannten, dass es ein Körper war, rannten sie direkt zur Strandwache, die um die Uhrzeit jedoch noch nicht besetzt war. Der Holländer rief die an der Tür angeschlagene Notfallnummer an, und die Polizei in Lit-et-Mixe wurde verständigt – also ich.» Sie waren mittlerweile bei den beiden Mitarbeitern der Spurensicherung und der Leiche angekommen.

«Na gut, besser als nichts. Und nun stehen Sie hier nicht so untätig rum, sondern riegeln Sie endlich den Strand vorschriftsmäßig ab und sorgen Sie dafür, dass sich keine Touristen hierher verlaufen und über die Leiche stolpern. Dann besorgen Sie uns erst mal einen Kaffee, etwas zu essen und schreiben mir einen Bericht, und zwar ausführlich», wies Lucien ihn barsch an. François schoss die Röte ins Gesicht, was seine vor Wut funkelnden Augen fast schwarz werden ließ. Er drehte sich schnell um, damit die anderen seinen Zorn nicht sahen, und marschierte den Weg zum Parkplatz durch den schweren, noch morgenfeuchten Sand vor sich hin schimpfend zurück.

Luciens Blick blieb schon von weitem angewidert an dem unnatürlich aufgeblähten Körper der Wasserleiche hängen. Ihm entfuhr ein spontaner Seufzer. Das war genau die Art von Arbeit, die er am Außendienst am meisten hasste. Solange er in seinem Büro die Strippen ziehen, Ermittler aussenden und Informationen per Telefon einholen konnte, war er ein engagierter und guter Ermittler, aber mit realen Leichen und Zeugenbefragungen kam er nicht klar. Zum einen hatte er überhaupt keine Geduld mit unsicheren Zeugen. Er wollte eine genaue Aussage und kein «Ich weiß nicht, vielleicht war das Auto grün, vielleicht aber auch rot, aber es war auf jeden Fall ein ausländisches Fabrikat, kein französisches».

Zum anderen hatte er ein ungutes Gefühl als verantwortlicher Leiter einer Mordkommission, denn vor einigen Jahren war er in einen Hinterhalt geraten, bei dem sein Assistent ums Leben kam. Er fühlte sich immer noch verantwortlich für den Tod des jungen Mannes, da er auf eigene Faust gehandelt und nicht die Ankunft des Spezialkommandos abgewartet hatte. Offiziell war er zwar von jedem Vorwurf freigesprochen worden, hatte sich aber seit diesem Vorfall vom aktiven Dienst zurückgezogen. Er hatte damals beschlossen, dass sein Einsatz im Innendienst, auch hinterm Schreibtisch, für die Aufklärung komplexer Fälle hilfreich sein könnte.

Lucien saß nun Tag für Tag im schicken Anzug in seinem klimatisierten Büro, weit weg von jeder Schießerei, und beschäftigte sich mit offenen Ermittlungssachen seiner Kollegen. Dabei verzweifelte er stets am meisten an den chaotischen Berichten und Faktensammlungen der einzelnen Abteilungen. Zeugenbefragungen, Ortsbeschreibungen, Laborberichte, alles war kreuz und quer zusammengeheftet worden, ohne Sinn und Verstand. Als Lucien immer mehr Kollegen ihre Ermittlungsarbeit nicht nur sprichwörtlich um die Ohren schlug, hatte er sich schnell den zweifelhaften Ruf eines «Korinthenkackers» erarbeitet. Mit seiner pedantischen Art legte er den Finger auf Ungereimtheiten, die die Kollegen übersehen, als unwichtig oder lästig empfunden hatten. Er war wie ein Beamter von der Steuerbehörde, der die Unterlagen auf Widersprüche und Fehler überprüfte, bevor er sie neu sortierte, einer strengen Ordnung unterzog und die einzelnen Puzzleteile des Falls wieder neu zusammenfügte.

Seine Kollegen waren darüber natürlich nicht so begeistert. Aber die Schlüsse, die er aus den neusortierten Fakten zog, waren oft brillant und führten nicht selten zur Auflösung des Falls, was ihm den Respekt der Kollegen einbrachte. Inzwischen wurden ihm auch Fälle von anderen Abteilungen und Behörden zugewiesen, die er entwirren sollte. Lucien liebte diese Art zu arbeiten. Er konnte für jeden Fall einen neuen Ordner anlegen, sorgfältig beschriften und anschließend ins Regal stellen. Für die abgeschlossenen Fälle hatte er sich eigens einen Stempel anfertigen lassen, mit dem er in leuchtendem Orange «FIN» auf den Ordnerrücken stempeln konnte.

Um die Konfrontation mit der Leiche noch ein wenig hinauszuschieben, beobachtete Lucien den dunkelhaarigen Lockenkopf Khalid al-Saud dabei, wie er vorsichtig das aufgerissene Fischernetz untersuchte, das er bereits von der Leiche gelöst hatte. Lucien hob seine Hand zur Stirn und deutete einen Gruß an. Er kannte den Forensiker mit marokkanischen Wurzeln bereits seit einigen Jahren und mochte seine lässige, aber dennoch hochprofessionelle Arbeitsweise.

«Bonjour, Khalid, habt ihr schon alle Spuren gesichert?»

«Bonjour, Lucien, lange nicht mehr gesehen. Ça va?», begrüßte Khalid ihn mit gutturalem Akzent.

«Ça va bien. Außer, dass ich ewig im Stau saß, aber das ging euch ja bestimmt genauso. Also, wie schaut's aus? Hast du schon irgendetwas Brauchbares entdeckt?» Lucien hockte sich neben ihn.

«Monsieur le Commissaire, du weißt doch, dass das Netz erst unters Mikro muss, wenn ich irgendwas entdecken will. Aber in der Tat ist schon jetzt etwas ziemlich auffällig. Schau dir das Netz mal genau an.»

Selbst bei der flüchtigen Betrachtung sah Lucien sofort, dass das Netz zwar zerrissen, aber neu war. In den rot gefärbten Seilen hatten sich nur wenige Algen, Muschelscherben, Krabbenarme und Ähnliches verfangen. Es sah nahezu unbenutzt aus. Kontrastreich hob sich das kräftige Karmesinrot gegen den hellen Sand ab. Der Commissaire beugte sich vor, um die einzelnen Fasern der Tauverknüpfungen besser betrachten zu können. Er öffnete seine braune Lederaktentasche und entnahm ihr ein Paar Einmalhandschuhe, die er vorsorglich noch schnell eingepackt hatte. Kurz hielt er inne, als er das vertraute, doch schon fast vergessene Gefühl beim Anziehen der Handschuhe verspürte. Das intensive Gefühl einer Art Déjà-vu überrollte ihn, als ihm klarwurde, wie lange er schon nicht mehr an einem Tatort gewesen war.

Vorsichtig zog er die Fasern an den Knotenpunkten auseinander. Dort hatten sie nahezu die identische Farbe wie das restliche Netz. Ein sicheres Indiz dafür, dass dieses Netz weder der Sonne noch dem Salzwasser lange ausgesetzt gewesen war. Nachdenklich überprüfte er das weitere Netz und blieb an den auffälligen Löchern hängen, an deren Enden die Fasern aufgeribbelt und zerrissen waren.

«D'accord, das Netz ist recht neu. Da stellt sich die Frage: Wurde das Opfer eingewickelt, oder hat es sich beim Baden in dem über Bord gegangenen Netz verfangen und ist dann ertrunken? Vielleicht haben es Fischer wegen der Löcher weggeschmissen?» Er deutete auf die groben Risse im Taugeflecht.

Khalid schüttelte den Kopf.

«Glaub ich nicht. Solche Fischernetze sind echt teuer und werden so lange geflickt, bis sie von selbst auseinanderfallen. Das schmeißt keiner absichtlich ins Meer. Möglich, dass es bei einem Sturm über Bord gespült wurde oder sich beim Fischen losgerissen hat», überlegte er laut. «Meiner Meinung nach sind aber die großen Risse neu und hängen mit der Leiche zusammen. Schau mal hier. Die Enden der gerissenen Fasern sind ausgefranst und enthalten viel mehr Algen und Muschelspuren als die anderen Stellen. Vermutlich ist das Netz am steinigen Meeresboden entlanggescheuert und dabei gerissen. Möglich, dass noch was im Netz war, das durch die aufgerissene Stelle rausgefallen ist.»

«Mh, verstehe. Du meinst ein Gewicht, um die Leiche am Boden zu halten. Das würde für einen vorsätzlichen Mord sprechen. Besteht eigentlich die Möglichkeit, dass es doch nur ein Badeunfall gewesen sein könnte? Immerhin ist der Mann nackt.»

«Das kann ich dir noch nicht sagen. Fehlende Kleidung ist leider kein Indiz für einen Badeunfall. Fast alle Ertrunkenen verlieren im Laufe der Zeit ihre Kleidung. Die Brandung zieht sie einfach vom Körper. Aber Etienne kann dir sicher mehr sagen. Ich hoffe, du hast einen stabilen Magen. Kein schöner Anblick so früh am Morgen.» Er wies mit einem flüchtigen Kopfnicken zu Etienne Bouché hinüber, der sich konzentriert über den aufgeblähten Körper beugte.

Der Commissaire schluckte und wappnete sich innerlich für

den unerfreulichen Anblick. Er näherte sich dem aufgedunsenen Leichnam, dessen bestialischer Verwesungsgeruch kaum auszuhalten war. Sein Respekt vor dem Gerichtsmediziner, der gerade routiniert die Leichenflecken des Opfers dokumentierte, wuchs mit jedem Schritt. Mit seinen in weißen Einmalhandschuhen steckenden Fingerspitzen drückte der Forensiker leicht auf einen dunklen Fleck, der sich unter der Haut abzeichnete. Mit der anderen Hand bediente er das Diktiergerät und sprach sachlich seine Beobachtungen auf Band. Als er Lucien registrierte, hielt er inne und schaute zu ihm hoch.

«Bonjour, Lucien, schön, dich mal wieder an der frischen Luft zu sehen. Vor allem, wenn sie so appetitanregend ist.» Der Forensiker gab sich keine Mühe, das Grinsen zu unterdrücken, als er in das angespannte Gesicht des Kollegen aus Bordeaux schaute.

«Bonjour, Etienne. Hast du schon was rausgefunden?» Lucien fokussierte mit seinen Augen das entfernte Spiel der Wellen in der tosenden Brandung.

Der Forensiker rückte ein Stück zur Seite und gab so den Blick auf die gesamte Leiche frei, die er mit seinem Oberkörper verdeckt hatte.

«Eh bien. Auf den ersten Blick kann ich dir nur sagen, dass es sich um eine männliche Leiche handelt. Circa 1,75 Meter groß, wenn man die Vergrößerung des Körpers durch das Aufquellen im Wasser mit einbezieht. Genauer kann ich es dir erst sagen, wenn ich die Knochen im Rahmen der Obduktion exakt vermessen habe. Das Alter lässt sich nicht schätzen, da sich die Haut schon abzulösen beginnt und Alterungsmerkmale wie Falten dadurch nicht mehr zu erkennen sind. Anscheinend haben auch schon ein paar Möwen Gefallen an dem Strandgut gefunden, die Nasenspitze und die Lippen sind abgerissen. Voilà, schau, hier sieht man tiefe Weichteildefekte, verursacht durch Möwenfraß. Sie haben die Haut bis zum unteren Kieferknochen runtergezogen, sozusagen wie eine Orange abgeschält, und die Zähne freigelegt.» Etienne wies unbeteiligt mit dem Finger auf die ehemalige Mundpartie.

«Ah, ja, interessant», murmelte Lucien, den Blick fest auf das kleine weiße Segel einer Yacht gerichtet, das sich wunderschön vom strahlend blauen Himmel abhob und in einiger Entfernung langsam am Horizont entlangglitt.

«Das erschwert natürlich die Identifizierung, aber bei einer Wasserleiche kann man den Todeszeitpunkt eh nur schwer feststellen. Ich kann dir auch noch nichts zur Todesursache sagen, falls du darauf wartest. Ich nehme ihn auf jeden Fall mit nach Bordeaux in die Pathologie. Die Lunge verrät bei einem Ertrunkenen meistens ziemlich viel. Ich würde an deiner Stelle aber mal eher nicht auf einen Badeunfall tippen. Es fehlt der typische Schaumpilz am Mund», führte der Pathologe weiter sachlich aus, ohne auf Luciens offensichtliches Unbehagen Rücksicht zu nehmen.

«Entschuldige, Etienne, was fehlt?»

«Ach so, Pardon, das ist immer das Erste, wonach man bei einer Wasserleiche schaut. Wenn jemand ertrinkt und ums Überleben kämpft, kommt er mehrmals an die Wasseroberfläche. Das Einatmen des Wassers führt zu einem Hustenreiz, bei dem Schleim hochgewürgt wird. Das Ganze vermischt sich zu einem relativ festen Schaum, der sich um den Mund herum sammelt. Aber diese Leiche hier ist schon etwas länger im Wasser, und der Schaumpilz ist nicht sehr stabil und wird bei längerem Verbleib im Wasser einfach abgewaschen», erklärte er Lucien freundlich. Ihm schien die Arbeit an dem grässlich stinkenden Leib nicht das Geringste auszumachen. Im Gegensatz zum Commissaire, der immer noch mit dem Brechreiz zu kämpfen hatte.

«Wie hältst du den Gestank und den Anblick nur aus, Etienne? Das lippenlose Gesicht verfolgt mich bestimmt noch nächtelang in meinen Träumen.»

«Ach, alles Routine. Du kannst mich gerne bei der Leichenöffnung begleiten, Lucien. Wenn ich den Y-Schnitt mache und den Abdomen öffne, entweicht die ganze aromatische Luft auf einmal, und die Plastikschutzbrillen bräuchten einen Scheibenwischer. Wenn das Verwesungsgas schlagartig den Körper verlässt, fliegen ganz gerne noch angrenzende Gewebeteile mit durch den Raum.»

Der Commissaire starrte ihn unsicher an. Nahm ihn der Forensiker jetzt auf den Arm, weil er seinen Ruf als Schreibtischhengst kannte, oder meinte er das wirklich ernst? Er hatte sich in der Vergangenheit schon des Öfteren über den makabren Humor des Gerichtsmediziners gewundert, der kurz vor seiner Pensionierung stand. Wahrscheinlich musste man im Laufe der Zeit diesen trockenen Humor zum Selbstschutz entwickeln, wenn man täglich mit solchen Horrorszenarien konfrontiert wurde.

«Kannst du dir deine ekelhaften Einzelheiten nicht für deinen Bericht aufsparen? Ich will jetzt eigentlich nur wissen, ob es sich um Mord handelt. Den Rest kannst du mir dann ja telefonisch durchgeben.» Lucien wandte sich zum Gehen.

«Vergiss es, Lucien. Aus der Sache kommst du nicht mehr raus. Es gibt schon jetzt zu viele Verdachtsmomente, die auf Fremdeinwirkung hindeuten. Ich fürchte, dass dir dieses hübsche Kerlchen noch ein wenig Gesellschaft leisten wird», erwiderte Etienne nicht ganz ohne Schadenfreude.

«Kannst du zumindest eine ungefähre Todeszeit angeben?», brachte Lucien das Gespräch wieder auf die elementaren Punkte zurück. Er ließ sich vom lautstarken Streit zweier Möwen ablenken, die sich in einiger Entfernung aufgeregt um ein Stück Beute stritten. Lucien betrachtete gedankenlos die laut schimpfenden Möwen bei ihrem Kampf. Erst als ihm klarwurde, um was für ein Stück Fleisch es sich handeln könnte, musste er sich mit aller Kraft konzentrieren, nicht auf der Stelle, vor den Augen des Gerichtsmediziners, seine Würde zu verlieren.

«Mh.» Nachdenklich kräuselte Etienne die Stirn, ohne Luciens Ekel zu bemerken. Sein langes, aber schon etwas schütter gewordenes Haar umspielte im Wind seine Brille, durch die er emotionslos auf den aufgedunsenen Körper schaute.

«Schwierig, sich jetzt schon festzulegen. Ich würde darauf tippen, dass er schon eine Woche im Wasser gelegen hat. Dafür spricht die aufgequollene Waschhaut, die man, wie einen Handschuh, einfach vom Muskelgewebe abschieben kann. Schau, hier ist die Hand wohl in der Brandung über den Sand gescheuert. Dabei ist die Oberhaut einfach abgefallen. Je wärmer die Umgebungstemperatur, desto schneller die Auflösung. Wir haben das Wasser vorhin gemessen. Momentan hat es knapp 17 Grad, aber ich würde sagen, im Durchschnitt hat es bestimmt 18 oder 19, sodass der Verfall relativ schnell geht. Da müsstest du vielleicht noch mal die Strandwache befragen, die notieren ja täglich die Daten. Die Fäulnisgase im Körper sprechen für mindestens sieben und maximal vierzehn Tage im nassen Milieu. Die Gase entstehen, wenn die eigenen Bakterien der natürlichen Darmflora damit beginnen, mangels Futternachschub den Darm und die Organe von innen aufzufressen und nach dem Essen ordentlich Luft abzulassen, d'accord?» Er konnte sich ein schelmisches Grinsen nicht verkneifen.

«Das Gas kann nicht raus, weil die Leiche den Hintern zukneift. Dadurch steigt der Leichnam an die Oberfläche, wie ein bunter Gasballon auf dem Volksfest, und kann, wie hier, angetrieben werden. Der Körper weist eigentlich überall Verletzungen, Abschürfungen und Schleifspuren auf. Ich kann noch nicht viel dazu sagen, woher die Verletzungen stammen und ob sie vor oder nach dem Tod entstanden sind. Auffällig ist eigentlich nur der zertrümmerte rechte Unterarm und die starke Kopfverletzung, aber beides kann ihm auch postmortal zugestoßen sein», beendete er seinen kurzen Vortrag, ließ die Handschuhe über die Fingerspitzen schnalzen und warf sie auf die Leiche, damit alles zusammen abtransportiert werden konnte.

«Meinst du, es war ein Zufall, dass er sich in dem Netz verfangen hat?», tastete sich Lucien an die nächste Frage in seinem Raster heran.

«Da musst du Khalid fragen. Ich würde aber eher davon ausgehen, dass er zusammen mit dem Netz ins Wasser kam. Sieh hier, die Hautoberfläche hat sich beim Aufquellen durch die Maschen des Netzes wie eine luftgetrocknete Salami gedrückt. Ich sehe jedoch auf den ersten Blick keine Fesselspuren oder Ähnliches, aber wie gesagt, ich muss erst die Obduktion abwarten, dann kann ich dir mehr sagen.» Bouché erhob sich, streckte vorsichtig den Rücken durch und schüttelte die steifen Beine gründlich aus.

«Aber es könnte sich auch um einen tragischen, aber harmlosen Badeunfall handeln, oder?», hakte der Commissaire vorsichtshalber noch einmal nach, in der Hoffnung, schnell wieder nach Bordeaux zurückzukommen.

«Wenn du meine persönliche Meinung hören willst: Richte dich besser vor Ort schon mal häuslich ein und fang damit an, die Identität der Leiche zu ermitteln, bis ich Näheres sagen kann. Und mein Angebot steht, mon ami. Du kannst mir gerne bei der Obduktion Gesellschaft leisten.» Grinsend gab er Lucien einen kameradschaftlichen Klaps auf die Schulter.

4. KAPITEL

Endlich öffnete sich der dichte Pinienwald und gab den Blick auf einen idyllisch gelegenen Hof frei. Die Sonne schien auf das alte Fachwerkhaus, das in neuem Glanz erstrahlte. Ihr Bruder hatte die verputzte Fassade in einem interessanten Blauton gestrichen und die Holzbalken geweißt, sodass sie sich schön im Kontrast dazu abhoben. Das Haus war von einer Blumenrabatte umgeben, die sich komplett um das Haus schlängelte und den Eindruck vermittelte, dass es auf einem Blumenteppich stand. Hortensien, Oleander und Rhododendren blühten in Blau, Lila und Weiß. Großartig. Die hölzernen Fensterläden waren ebenfalls frisch gestrichen und leuchteten strahlend weiß. Die Fensterrahmen hatte ihr Bruder dagegen in einem zarten Malve-Lila-Farbton hervorgehoben. Sophie war sprachlos. Nach dem Schock von eben konnte sie die Schönheit dieses Ortes kaum fassen. Ein Juwel. Jetzt konnte sie auch die Begeisterung ihres Bruders nachvollziehen, als er kurz entschlossen von seinen Aussteigerplänen erzählt hatte.

Sie ließ ihr Auto auf dem schattigen Platz vor dem Haus ausrollen, der als Parkplatz ausgewiesen war. Daneben stand vor einem weiß blühenden Oleander das gleiche Metallschild, das sie schon an der Straße gesehen hatte. Es wies auf den Hofladen hin, der sich hinter der geschlossenen Tür der kleinen Scheune befinden musste. Im Rückspiegel kontrollierte sie noch kurz ihr Aussehen, frischte den Lipgloss auf und schob eine Strähne unter das Tuch zurück, dass sie sich ins Haar gebunden hatte. Beim Aussteigen steckte sie noch kurz die hinausgerutschte weiße Bluse wieder in den Bund, zog die Hose glatt und ging auf den Hofladen zu. Die alte Scheune war direkt an das Wohnhaus angebaut. An der Tür hing ein Schild mit der Beschriftung «Fermé».

Geschlossen sah in der Tat nicht nur der Laden, sondern eigentlich der gesamte Hof aus. Eine eigentümliche Stille lag über dem friedlichen Gebäude, die zwar vom Geräusch des leichten Windes in den Pinienkronen, der zirpenden Grillen und den Motorengeräuschen der abseits gelegenen Straße überdeckt wurde, aber nicht darüber hinwegtäuschen konnte, dass hier kein Mensch war. So langsam wurde ihr mulmig. Hatte ihr Bruder die Einladung vielleicht doch leichtfertig ausgesprochen und nicht daran geglaubt, dass sie wirklich kommen würde?

Ihr wurde ganz komisch. Vielleicht war er selbst für ein paar Tage verreist? Schließlich hatte sie schon seit über einer Woche vergebens versucht, ihn zu erreichen. Der Sand knirschte unter ihren braun-rosa getigerten Ballerinas. Vereinzelte Grashalme kitzelten sie bei jedem Schritt an den nackten Fesseln. Die schöne Haustür aus Holz war ebenfalls weiß gestrichen. Als sie direkt davorstand, sah sie, dass die Farbe an einigen Stellen schon wieder abblätterte. Die feuchte, salzhaltige Luft, das intensive Sonnenlicht und die heftigen Herbststürme verlangten den Gebäuden dieser Region viel Durchhaltevermögen ab. Sie klopfte an die schwere Tür, erst zaghaft, dann stärker, und rief nach ihrem Bruder.

«Was mach ich hier eigentlich für einen Quatsch?», wies

sie sich laut selbst zurecht. «O.k., super. Du bist also nicht da. Typisch. Wie kann ich auch nur so blöd sein, mich einfach so ins Auto zu setzen.» Wütend biss sie sich auf die Unterlippe, zum einen weil sie schon wieder Selbstgespräche führte, was sie absolut unmöglich fand, und zum anderen weil ihr Bruder einfach ein gottverdammter Traumtänzer war, der das Leben immer auf die leichte Schulter nahm – ohne Rücksicht auf Verluste oder Empfindlichkeiten von anderen. Er war der größte Egoist, den sie kannte, und doch verzieh sie ihm alles. «Außer wenn er mich hier wirklich alleine stehen lassen sollte», entfuhr es ihr wieder unwillkürlich. Verdammt, verdammt, verdammt.

Genervt griff sie in ihre geräumige Handtasche von der Größe eines Sportbeutels. Mist, das Handy war in dem Riesenteil wirklich schwer zu finden. Sie hatte es einfach hineingeworfen. Nervös stellte sie die Tasche auf den Boden und kramte mit beiden Händen in dem Chaos. Sie nahm die große Wasserflasche und den leichten Sommerpulli heraus, schob ihre Hand an dem zerfledderten Krimi und ihrem roten Moleskine vorbei, drückte die Lakritztüte beiseite und spürte nun mit den Fingerspitzen das in Leder gebettete Gehäuse ihres Smartphones. Mit einem Schnappen öffnete sie den Magnetverschluss und schob das Handy heraus. «Noch 5 % Batterieleistung», las sie auf dem Display. Mist, sie hatte vergessen, es im Auto aufzuladen. Schnell suchte sie mit dem rechten Daumen die Kontaktliste durch.

Es klingelte, aber niemand nahm ab. Sophie nahm den Hörer vom Ohr und wollte gerade auflegen, als sie ein bekanntes Geräusch zu hören glaubte. Klingelte da Thomas' Handy etwa im Haus? Beunruhigt lauschte sie an der Tür. Doch das schwere Eichenholz ließ kein Geräusch durch. Hatte sie sich getäuscht? Ihr Handy hatte automatisch aufgelegt. Sie wählte erneut. Da war es wieder, ein leises Trommeln. Sie trat einen Schritt von der Eingangstür zurück und betrachtete die prächtige Fassade. Im oberen Stock stand ein Fenster auf Kipp. Sophie stellte sich direkt darunter. Tatsächlich, das war ein Handyklingelton. O.k., vielleicht war er ja nur irgendwo im Ort, um für sie noch etwas zum Essen einzukaufen. Am besten schaute sie sich hier erst mal um, vielleicht hatte er ja auch irgendwo einen Zettel mit einer Nachricht oder den Schlüssel deponiert.

Sie nahm ihre Tasche, ging zum Auto, steckte sich das Handy in die Hosentasche und stellte den Beutel auf den Beifahrersitz. Dabei fiel ihr Blick auf die prächtigen Sonnenblumen, die sie unterwegs bei einer kleinen Pinkelpause geklaut hatte. Sie ekelte sich nach wie vor vor den hygienischen Zuständen der französischen Autobahntoiletten, auch wenn sie deutlich besser als früher waren. Daher war sie von der Autobahn auf die Landstraße abgebogen. Sie hatte einen schmalen Sandweg entdeckt, der sie in ein großes Sonnenblumenfeld hineinführte. Als sie erleichtert wieder in den Wagen steigen wollte, war ihr Blick an den prächtigen goldgelben Blumen hängengeblieben. Das wogende Feld erstreckte sich über die gesamte Ebene und schien bis zum Horizont zu reichen. Die samenschweren Köpfe der mannshohen Blumen schienen ihr zuzunicken, als eine leichte Brise über das Feld strich. «Bitte, pflücke uns», hatten sie ihr zugeraunt.

Jetzt war es höchste Zeit, die Blumen ins Wasser zu stellen, da sich die großen Blätter schon am Rand einrollten. Sophie nahm den Strauß aus dem Auto, ließ die Türen offen und ging mit den Blumen in der Hand zu dem kleinen Weg, der ums Haus führte. An der Hausecke war ein Wasserhahn angeschlossen, unter dem eine große gusseiserne Gießkanne stand. Sie ließ Wasser in die Kanne einlaufen und stellte die Blumen hinein. Hinter dem Haus öffnete sich eine gepflegte Rasenfläche. Im

Hintergrund standen zwei wettergegerbte, grau verblichene Deckchairs aus Teakholz im Schatten unter den dicken Ästen einer ausladenden Eiche. Aus dem dichten Blätterdach ragte ein antiker Kronleuchter heraus, auf dessen gusseisernen Armen abgebrannte Kerzen steckten. Die im typischen Baskenstil gestreiften Polsterauflagen waren ebenfalls von der Sonne verschossen und fügten sich idyllisch in den Garten ein. Hier würde sie ihren neuen Roman lesen, gekühlten Rosé trinken und die Stille genießen. Sie sah sich um. Zu ihrer Rechten tauchte eine neu verlegte Terrasse aus verwittertem Redwood-Holz auf. Ihr Blick blieb an der weiß gestrichenen Voliere hängen, in der eine rostige Sturmlaterne leicht im Wind hin und her schaukelte. Sophie staunte, alle Objekte waren alt und verwittert und wirkten trotzdem nicht vernachlässigt oder verrottet, sondern im Gegenteil edel und gepflegt.

Ihr Bruder hatte wirklich einen exzellenten Geschmack, wenn auch sehr deutsch, musste sie sich eingestehen, als sie an den eher nüchternen Baustil dieses Landstrichs dachte. Nur wenige Bewohner verschwendeten einen Gedanken oder vor allem ihr Geld daran, ihr Haus von außen prächtig aussehen zu lassen. Häuser waren wie Autos Gebrauchsgegenstände, denen man ihr Alter und ihre Abnutzung auch gerne ansehen durfte. Die gepflegte Rasenfläche und die prächtigen Blumenbeete waren sicher auch für Einheimische ein seltener Anblick. Sophie ging auf die alte Terrassentür aus geweißtem Eichenholz zu und schaute sich nach einer Nachricht oder einem Hinweis für sie um. Instinktiv griff sie nach dem schweren Türgriff und drückte ihn runter. Erschrocken hielt sie die Luft an, als die Klinke nachgab und sich die Tür knarzend öffnete.

5. KAPITEL

Die krächzenden Schreie der Möwen begleiteten den Commissaire auf seinem Weg zurück zum Parkplatz. Elende Mistviecher. Unwillkürlich sah er eine Möwe vor seinem inneren Auge, die auf der Schulter der Wasserleiche saß und den Schnabel in das weiche Fleisch der Unterlippe schlug, zupackte und es bis zum Kinn abriss. Brr, gruselig, dachte Lucien und versuchte den Kopf freizubekommen. Der Verwesungsgestank war mit zunehmenden Temperaturen unerträglich geworden. Rasch hatte er sich von den Kollegen von der Spurensicherung verabschiedet. Er wollte nun schnell noch mit dem zuständigen Polizisten die Liste der vermissten Personen durchschauen, um möglichst noch zum Abendessen wieder zurück zu sein. Das Lachen der Möwen hallte ekelhaft in seinem Kopf.

Schwer atmend nahm er die letzten Meter auf den notdürftig befestigten Holzbrettern und stand schließlich erneut an dem nüchternen Gebäude der Rettungsschwimmer. Auf einer Tafel neben dem Strandweg war mit Kreide das bunte Bild der aktuellen Positionen der Untiefen, Sandbänke und Strömungsverhältnisse sowie Luft- und Wassertemperatur aufgemalt. Ein Scherzkeks hatte nackte Frauen an den Abschnitt gemalt, der als FKK-Strand ausgewiesen war. Lucien nahm sein Handy aus der

Innentasche seines leichten Sommerjacketts und fotografierte die Darstellung der Sandbänke und Strömungslinien. Zudem notierte er sich in sein schwarzes Notizbuch, unbedingt die Rettungsschwimmer nach der Strömung zu befragen, die in der vergangenen Nacht die Leiche angespült hatte. Er würde wahrscheinlich auch die Reedereien kontaktieren müssen, deren Handelsrouten hier vorbeiführten, ob jemand vermisst wurde. Mit ein wenig Abstand von dem Toten erwachte wieder der engagierte Commissaire in ihm, aber eine lippenlose Leiche war wirklich schwere Kost auf nüchternen Magen. Apropos, wo war eigentlich der junge Sergeant abgeblieben, den er zum Kaffeeholen ausgeschickt hatte? Das konnte ja wohl nicht so schwer sein. Lucien hielt nach der blauen Uniform des jungen Sergeanten Ausschau, doch außer ein paar Wellenreitern, die ihre Bretter und Ausrüstungsgegenstände vom Parkplatz an den Strand schleppten, und Familien mit Kindern waren noch kaum Menschen zu sehen. Genervt ließ er den Blick über die verwitterte Holzwand des «Poste de secours» schweifen. Plakate von lokalen Veranstaltungen und dem aktuellen Kinoprogramm hingen neben den Badevorschriften. Daneben erkannte er den aktuellen Gezeitenplan und nahm erneut sein Handy heraus, um die Zeit für die letzte Flut zu fotografieren. Nach der Tabelle musste die letzte Flut gegen 3:20 Uhr eingesetzt haben. In etwa einer halben Stunde musste erneut der Scheitelpunkt erreicht sein. Lucien ging noch einmal ein paar Meter den befestigten Weg bis zu der Stelle zurück, von der er auf den Strand hinuntersehen konnte. Das würde ungefähr hinkommen, überlegte er stirnrunzelnd. Die Kollegen hatten schon vor seiner Ankunft die Leiche ein Stückchen über den Sand weiter hochgezogen und der Stock, der den ersten Fundort markierte, stand schwankend im Wellensaum der Brandung.

Ein lautes Hupen riss ihn aus seinen Überlegungen. Der Leichenwagen der Pathologie stand hinter ihm. Gemächlich trat er einen Schritt zur Seite und ließ den Wagen an sich vorbeirollen. Weit kam der schwere Transporter allerdings nicht, da der befestigte Weg kurz hinter der Strandwache endete. Die beiden Männer stiegen aus, nickten dem Commissaire zu und holten die Bahre aus dem Heck des Wagens. Lucien beobachtete die zwei, die bei jedem Schritt ein wenig tiefer im Sand einsanken, bis ihn jemand von hinten auf die Schulter tippte. Erschrocken drehte er sich um und schaute in das eifrige Gesicht von Sergeant Chevalier.

«Eh bien, Kaffee und Croissant. Ging leider nicht schneller. Ich musste vorher ein paar Falschparker aufschreiben, die den Durchgang der Einsatzfahrzeuge und den Leichenwagen behindert haben. Einen musste ich sogar abschleppen lassen. Der Volltrottel hatte sich direkt vor den Rettungsweg gestellt.»

Lucien zuckte zusammen. Hatte er nicht selber direkt vor der Zufahrt geparkt? Er drückte dem verdutzten Mann den Kaffeebecher wieder in die Hand und stürmte den Weg zur Dünenkante hoch. Als er die Anhöhe erreichte, sah er seine Befürchtung bestätigt. Wütend wirbelte er herum und schrie den verblüfften Sergeanten an.

«Mon Dieu! Verdammt, Sie Idiot! Sie haben ja meinen Porsche abgeschleppt. Das ist ein alter 911 von 1972. Eine Rarität. Wenn der Wagen auch nur einen Kratzer abbekommen hat, melden Sie sich besser freiwillig zur Fremdenlegion, bevor ich Sie zu fassen bekomme. Rufen Sie sofort den Abschleppdienst an!»

«Äh, ja, mach ich», stotterte François, heute war echt nicht sein Tag. Dabei hatte er gedacht, er könnte den Commissaire beeindrucken. Konnte er doch nicht ahnen, dass der Schnösel einen Porsche und kein Dienstauto fuhr. Obwohl es natürlich schon passte – wer besaß hier im Ort schon so eine teure Kiste?

Wütend riss Lucien ihm wieder den Kaffeebecher aus der Hand. Er nahm einen kräftigen Schluck und spuckte ihn angewidert in den Sand. «Merde, der ist ja auch noch kalt.»

Lucien schaute vorwurfsvoll zu dem eingeschüchterten Dorfpolizisten.

«Ich hab doch nur meine Arbeit gemacht», verteidigte sich François beleidigt. «Parken Sie halt anständig, oder kennzeichnen Sie Ihren Privatwagen als Polizeiwagen im Einsatz. Was sollte ich denn machen? Der Leichenwagen kam nicht vorbei, und der Fahrer war nicht zu sehen. Wenn er nicht innerhalb von fünf Minuten erscheint, muss ich abschleppen – das muss ich Ihnen ja nicht erklären.»

Lucien musste sich eingestehen, dass der junge Polizist recht hatte und sich strikt an die Vorschriften gehalten hatte.

«Mag ja sein, aber als leitender Polizist kann ich parken, wo ich will, wenn ich zu einem Einsatz muss», versuchte er einen letzten Funken Ehre zu retten. «Rufen Sie jetzt endlich den Abschleppdienst an. Ich fahre mit Ihnen zu Ihrer Wache, damit wir die Vermisstenkartei durchschauen können.»

«Das können wir uns sparen, wir haben nämlich keine. Aber wir können gerne zusammen zur Wache fahren, da können wir auch einen heißen Kaffee trinken und über alles reden», versuchte François einen versöhnlichen Ton anzuschlagen, während er die Nummer des Abschleppdienstes wählte und den Wagen direkt zur Dienststelle nach Lit-et-Mixe umleitete.

Grummelnd stieg Lucien in den kleinen blauen Dienstwagen, auf dem auffällig der Schriftzug «Gendarmerie» prangte. Er stieß sich beim Hinsetzen die Knie am Handschuhfach an, da der Beifahrersitz ganz nach vorne gestellt war. Die Rückbank des Clio war bis unter das Dach mit Kartons vollgestopft. Lucien beugte sich vor, um den Sitz nach hinten zu schieben. Ein knirschendes Geräusch ließ ihn innehalten. Schnell zog er den Sitz wieder ein kleines Stück vor und setzte eine unschuldige Miene auf, als sich François auf den Fahrersitz fallen ließ.

«Sagen Sie mal, Chevalier, was transportieren Sie denn alles in Ihrem Dienstwagen, der ist ja kaum einsatzfähig», maulte Lucien, um sein schlechtes Gewissen zu überdecken.

Dem jungen Mann schoss die Röte ins Gesicht und ließ seine dunklen Augen funkeln. «Mh, nichts Besonderes. Nur Akten und Unterlagen, die ich in die kleine Sommerdependance unserer Polizeistation in Contis bringen wollte, die wir im August für den Touristenbetrieb öffnen. Sehen Sie, dort drüben, das kleine Haus neben dem Strandweg?» François zeigte auf eine kleine Baracke, die Lucien beim besten Willen nicht als Polizeistation erkannt hätte. Auf der Rückseite des schmucklosen, gemauerten Gebäudes erkannte er offene Duschräume und nach Geschlechtern getrennte Toiletten. So was, dachte Lucien, eine Polizeistation mit Duschmöglichkeit für Strandläufer. So etwas konnte es wirklich nur in der Provinz geben.

«Soll ich Ihnen helfen, die Sachen auszupacken, bevor wir ins Hauptquartier fahren?», schlug Lucien vor. Er bereute seine schnell aufbrausende Art, doch in seinem Beruf konnte man nur etwas erreichen, wenn man die Leute zur Schnecke machte. Niemand nahm einen netten Polizisten ernst, und schon gar nicht die eigenen Mitarbeiter.

François lehnte den Vorschlag höflich ab und bog in den Weg nach Lit-et-Mixe ab. Das hatte ihm gerade noch gefehlt, dass der Commissaire aus Bordeaux ihm beim Tragen seiner heißen Ware half. Nein, das Zeug würde er nachher selber schleppen. Es reichte schon, dass sich der Commissaire in sein Auto quetschte, und das Zeug überall verteilt lag. Nächstes Mal musste er echt vorsichtig sein.

Im Gegensatz zu François, der sich auf die Fahrbahn zu konzentrieren schien, was Lucien bei dem Affenzahn auch angemessen schien, registrierte er das prächtige Farbspiel der wildwachsenden Hortensien und des Heidekrauts, das sich gegen den strahlend azurblauen Himmel abhob. Die Küstenlandschaft war wirklich gar nicht so übel, dachte Lucien, und verglich Chevaliers Arbeitsweg mit seinem eigenen, der ihn täglich mindestens eine Stunde im Stau fesselte und ihn im Schneckentempo über die stinkende, schlammgraue Garonne führte. Hier konnte man sein Auto jedenfalls ausfahren, wenn man denn eines hatte.

Er strich sich über sein vom Wind zerzaustes Haar und rückte die Sonnenbrille zurecht. Langsam wich die Anspannung des Morgens von ihm, und er begann die Fahrt zu genießen. Aus dem Radio ertönte ein Lied der bretonischen Sängerin Nolwenn Leroy und erfüllte das Auto mit einer sehnsüchtigen, melancholischen Stimmung. Fasziniert betrachtete er die alten Bauernkaten am Straßenrand. Ein Haus hob sich deutlich von den anderen ab. Es war von einem prächtigen Blumengarten umgeben. Hortensien, Rosen, Lilien und Oleander umgaben den Ort mit einem romantischen Flair, das im Widerspruch zu der rauen und eher kargen Natur stand. François fing seinen Blick auf und erklärte ihm anzüglich kichernd, dass dieses Haus dem Bürgermeister gehörte, dessen vernachlässigte Frau sich und ihren Garten von einem jungen Gärtner bearbeiten ließ, damit er nicht vertrocknete. Lucien lehnte sich kopfschüttelnd zurück und schloss die Augen, bevor er mit noch mehr indiskreten Details der Dorfbevölkerung überschüttet wurde, und versuchte trotz der beengten Verhältnisse ein wenig zu schlafen.

Kurz darauf verlangsamte François die Fahrt. Lucien öffnete

die Augen und schaute auf die Uhr neben dem Tacho. Es war schon nach elf. Vielleicht sollten sie lieber gleich eine Kleinigkeit essen gehen, bevor sie sich an die Arbeit machten. François schlug ihm ein kleines Bistro unweit der Wache von Lit-et-Mixe vor. Lucien betrachtete den jungen Mann neben sich. Die Uniform der Gendarmerie hatte sich in den Jahren, seit er in den Innendienst gegangen war, grundlegend verändert. Trugen die Gendarmen früher gebügelte Hemden mit Stehkragen zu paspelierten Uniformhosen, so sahen sie nun eher wie Mitglieder einer militärischen Einheit aus. Zu hellblauen Poloshirts, auf deren Rücken breit der Schriftzug Gendarmerie prangte, trugen sie dunkelblaue Cargohosen und Springerstiefel. Gut sichtbar wurden auf der linken Hüfte die Handschellen und der Schlagstock präsentiert und auf der anderen Seite die geladene Waffe.

Geschickt lenkte Sergeant Chevalier den Kleinwagen auf einen schmalen Parkplatz neben dem nüchternen Gebäude der Hauptwache von Lit-et-Mixe. Lucien drückte sich aus dem engen Beifahrersitz hoch und dehnte sich nach der kurzen Fahrt ausgiebig. Vor der Tür der Wache standen zwei Krüppelplatanen, deren knorrige Äste auf das blassrosa gestrichene Gebäude bizarre Schatten warfen. François öffnete umständlich die verwitterte Tür. Dann trat er ins Büro und warf seinen Schlagstock und das Handy auf einen der unaufgeräumten Schreibtische. Lucien trat hinter ihm in den Raum, der eigentlich eher wie ein Wohnzimmer mit mehreren Schreibtischen aussah als eine Polizeistation. Spitzengardinen und mit dem Vertrocknen ringende Topfpflanzen auf schmalen Fensterbänken verstärkten diesen Eindruck noch.

Chevaliers Kollege, Sergeant Yves Dubertrand, stand auf und begrüßte den neuen Vorgesetzten aus Bordeaux. Nach den üblichen Floskeln – «Ça va? Ça va, bien!» – gab Chevalier eine kurze Zusammenfassung vom Stand der Ermittlung. Dubertrand nahm währenddessen gemächlich einen Stapel Kartons und einige Aktenstapel von einem Schreibtisch, der offensichtlich als Ablage diente, wischte provisorisch mit dem Ärmel über die staubige Oberfläche und drehte Lucien den Stuhl bereit. «Voilà, hier können Sie sich einrichten, bis der Fall geklärt ist, Monsieur le Commissaire.»

«Äh, merci», antwortete Lucien überrumpelt und stellte intuitiv seine Aktentasche auf den Schreibtisch.

«Voilà! Und los geht es.» Chevalier sprang vom Schreibtisch, auf den er sich während seines kurzen Berichtes gesetzt hatte. «Wir gehen ins ‹Les Landes›.»

Lucien beobachtete erstaunt, wie die beiden Polizisten munter vor sich hin plaudernd zur Tür gingen.

«Sie haben doch wohl nicht vor, Ihre Dienststelle jetzt gemeinsam zu verlassen, oder?», fragte Lucien streng.

Betroffen wechselten die beiden Männer einen Blick. Seit vielen Jahren setzten sie sich über die Vorschriften hinweg und hängten in der Regel von 12:00 bis 15:00 Uhr das «Fermé»-Schild an die Tür. Im Dorf wusste jeder, dass sie zu dieser Zeit beim Essen waren. Im Notfall wäre man ins Restaurant gekommen. Resigniert setzte sich François hinter seinem Schreibtisch. Als Jüngster im Team und damit Rangletzter war er natürlich derjenige, der bleiben musste.

«D'accord, dann bleib ich eben hier und bestell mir eine Pizza», grummelte Chevalier genervt.

«Eh bien», nuschelte Lucien versöhnlich, «wir können ja auch alle hierbleiben und eine Pizza essen.» Ein Blick auf die dreckige Tischplatte und seinen Bauchansatz sagten ihm, dass dies keine gute Idee wäre.

«Ach, egal, es wird schon nichts passieren, wenn wir ausnahmsweise mal zusammen ins Bistro fahren. Gehen wir, ich habe Hunger», beschloss Lucien spontan entgegen seiner Überzeugung. Was mischte er sich denn ein, es konnte ihm doch wirklich egal sein, zumal er morgen wieder an seinem eigenen Schreibtisch sein würde. Er sah es nicht ein, jetzt aus erzieherischen Gründen selber auf ein vernünftiges Essen zu verzichten.

Begeistert sprang der junge Polizist wieder von seinem Stuhl auf.

«Sollten Sie nicht wenigstens Ihr Handy mitnehmen?» Lucien wies auf die verwaisten Dienstgeräte.

Yves aktivierte stattdessen den Anrufbeantworter seines grauen Schreibtischtelefons. «C'est tout! Wir können gehen», grinste er Lucien an.

Gut gelaunt verließen die beiden Männer das Büro. Lucien folgte ihnen kopfschüttelnd. Provinzgendarmerie!

Gemeinsam quetschten sie sich in den blauen Mègane der Gendarmerie, um die kurze Strecke zum Restaurant zu fahren. Lucien konnte nur hoffen, dass sein Porsche nach dem Essen wieder wohlbehalten vor der Polizeistation stehen würde und er heute Abend noch nach Bordeaux zurückfahren konnte.

Kurz nachdem sie mit ihrem Wagen um die Kurve und damit außer Sichtweite der Polizeistation waren, leuchtete das kleine Lämpchen des Anrufbeantworters. Die verzweifelte Stimme einer ausländischen Anruferin hallte in dem verlassenen Büro von den kargen Wänden.

«Hallo, ist da die Polizei von Lit-et-Mixe? Bitte kommen Sie schnell! Bei meinem Bruder ist eingebrochen worden. Die Adresse ist: Route de Contis. Chateau ‹La Vache qui rit›. Sie können es nicht verfehlen, es ist das einzige Haus hier. Bitte kommen Sie! Hier war –» Die Stimme brach unvermittelt ab, als das Gerät die Aufnahme automatisch nach 30 Sekunden beendete.

6. KAPITEL

«Na so was!» Empört starrte Sophie auf das Handy in ihrer Hand. Das konnte ja wohl nicht wahr sein. Was war denn das für eine Polizeistation, die nicht rund um die Uhr besetzt war und bei der man seinen Hilferuf auf ein Band sprach, das sich zudem auch noch einfach abschaltete? Sie drückte auf Wahlwiederholung und hinterließ den Rest ihrer Nachricht und ihren vollständigen Namen. Kurz dachte sie darüber nach, vielleicht lieber doch die Zentrale in Dax anzurufen und sich zu beschweren, ließ es aber dann doch.

Erneut schaute sie sich um. Das Haus ihres Bruders war sehr individuell eingerichtet. Im Wohnzimmer verbanden sich Antiquitäten aus den verschiedensten Epochen zu einem geschmackvollen Interieur. Alle Gegenstände, Möbel und Stoffe waren aus natürlichen Materialien wie Fell, Holz oder Ton in leisen Erd- und Pflanzenfarben. Obwohl alles alt, abgenutzt und gebraucht war, war der Gesamteindruck sehr modern. Sie betrachtete ein Bild des Malers Jules Didier, das über einer alten Kommode hing. Es zeigte einen jungen Mann bei der Gartenarbeit. Sie meinte sich daran zu erinnern, das Bild schon in seiner alten Wohnung in Berlin gesehen zu haben. Sämtliche Gegenstände im Raum waren liebevoll ausgewählt und stilvoll platziert und standen damit im krassen Gegensatz zu dem herrschenden Chaos. Die Schubladen standen offen oder waren auf den Boden ausgeleert worden. Die cremefarbenen Polster des Sofas lagen auf dem dunklen Holzboden neben Zeitschriften, Büchern und Spielkarten. Sophie zögerte, in die anderen Räume zu gehen. Sollte sie vielleicht doch lieber auf die Polizei warten?

«Quatsch.» Wer wusste schon, wann die das Band abhörten. Sie schüttelte ihre Starre ab und murmelte ein Stoßgebet, bevor sie das Haus Raum für Raum erkundete.

Küche, Bad, Flur, Vorratszimmer – überall das gleiche Bild: die Schränke offen und durchwühlt, der Inhalt der Schubladen ausgekippt. In der Küche trat sie auf getrocknete Linsen und Haferflocken. Jemand hatte sich bei seiner Suche sogar die Mühe gemacht, die gläsernen Vorratsgefäße auszuschütten. Was hatten die hier nur gesucht? Antiquitäten und Bilder hatten die Einbrecher ebenfalls nicht angerührt.

Als sie ihren Rundgang im Erdgeschoss beendet hatte, betrat sie die Treppe aus alten Bootsplanken. Langsam ging sie Stufe für Stufe hoch und versuchte möglichst geräuschvoll aufzutreten, um ihr Kommen anzukündigen. Doch alles blieb ruhig. Vorsichtig öffnete sie eine Tür. Das war anscheinend das Gästezimmer. Ihr Blick fiel auf eine betagte Überseekiste, die als Nachttisch diente. Ihr Bruder schien sie doch erwartet zu haben, denn auf der Kiste standen eine Glaskaraffe und ein Trinkglas. Sie hob das Handtuch und ein Stück Seife auf, das mit der zerwühlten Bettwäsche zusammen auf dem Boden lag. Gedankenverloren roch sie an der Seife. Lavendel. Ihre Finger fuhren über die eingeprägten Buchstaben. «Lavande, Savon de Provence». An dem würfelförmigen Stück hing ein Etikett an einer Kordel. Die Seife stammte aus einem kleinen Laden in Saint Jean de Luz, in dem sie schon als Kinder eingekauft hatten. Sie musste lächeln, als sie an das Geschäft in der Rue Saint-Jacques dachte. Ihr älterer Bruder hatte ihr erklärt, dass in diesem speziellen Laden die Seife nicht nur gut roch, sondern auch gut schmeckte.

Jahre später hatte Sophie beim schmerzhaften Sortieren des Nachlasses ihrer Eltern eine kleine Kiste entdeckt und verwundert ein Stück Seife mit den Bissspuren ihrer Milchzähne in den Händen gehalten. Ihre Mutter hatte das Stück, das so herrlich nach Zitrone gerochen hatte, in die kleine Kiste zu den Milchzähnen und Haarlocken gelegt.

Wo war ihr Bruder nur? Behutsam öffnete sie eine weitere Tür. Sie holte tief Luft, als die Anspannung von ihr abfiel. Nichts. Keine Spur von Thomas, aber eben auch kein Hinweis auf einen Kampf. Das Zimmer war allerdings ebenso verwüstet wie der Rest des Hauses.

In einer Ecke lag ein Haufen Kleidungsstücke auf einem Stuhl. Schwer zu sagen, ob dieses Chaos auf die Einbrecher oder Thomas zurückzuführen war.

Entschlossen wandte sie sich um, um wieder nach unten zu gehen, als sie sich an das Handy erinnerte. Rasch überflog sie noch einmal das Chaos, ohne es zu finden. Sie nahm ihr eigenes Handy aus der Tasche und wählte seine Nummer. Laut und deutlich hörte sie es klingeln. Die Diebe hatten das Handy anscheinend übersehen oder nicht hier oben gesucht, vielleicht waren sie auch von jemandem gestört worden.

«O Gott», entfuhr es ihr, vielleicht waren sie von ihr gestört worden! Sophie stürmte panisch die Treppe hinunter, rannte aus dem Haus und sprang in ihr Auto, verriegelte die Türen und gab Gas. Geräuschvoll schleuderte der Kies hoch und knallte von unten ans Blech. Sie wendete und raste über den Feldweg. Blind vor Panik. Ohne zu schauen, schoss sie aus dem Wald und bog auf die Allee ein, die nach Lit-et-Mixe führte. Immer wieder schaute sie in den Rückspiegel, aber es war ihr kein Auto gefolgt. Sie ließ den Wagen auf einen kleinen Waldweg rollen, stellte zitternd den Motor aus und ließ sich auf das Lenkrad sinken.

Es dauerte einige Zeit, bis die Panikattacke abflaute und sich ihr Herzschlag wieder beruhigte. Mit einem tiefen Atemzug richtete sie sich auf und startete den Motor. Ich muss zur Polizei. Alleine betrete ich dieses Haus bestimmt nicht mehr. Was hatte sie sich nur dabei gedacht? Sie hätte gleich verschwinden sollen, aber der Anrufbeantworter auf der Wache hatte sie vollkommen aus der Fassung gebracht. Sie hatte keinen Gedanken daran verschwendet, dass sie selber in Gefahr sein könnte. «Mein Gott, wo steckt er nur?» Sie fuhr durch die Allee, ohne ihre Schönheit wahrzunehmen, und versuchte sich an den Weg zur Polizeistation zu erinnern. Die Ausschilderung war, wie überall in Frankreich, sehr sparsam, man wusste ja, wo die Polizei war, und Touristen würden sich schon durchfragen können – falls sie Französisch sprachen. Und wenn nicht, hätten sie woanders Urlaub machen können.

Langsam rollte Sophie durch den ruhigen Ort. Vorbei an der alten Backsteinkirche, vorbei am «Tabac-Shop» und dem Metzger, dessen heruntergelassene Metalljalousien anzeigten, dass Mittagszeit war. Einzig auf den Plastikstühlen der Bistros saßen einige Dorfbewohner und folgten dem ausländischen Wagen mit interessierten Blicken. An einem Kreisverkehr blieb sie kurz stehen. «Toutes directions», «Alle Richtungen», diesen Scherz konnten sich auch nur Franzosen ausdenken. Sie fuhr einmal im Kreis, um einen weiteren Hinweis zu finden, doch das Schild war an jeder Abzweigung gleich, einzig in die Stadt zurück stand der Hinweis «centre municipale Lit-et-Mixe».

«Okay, fahre ich halt wieder zurück, vielleicht habe ich von dieser Seite ja mehr Glück.»

Tatsächlich entdeckte sie in Höhe des Bistros «Les Landes» ein Schild, das auf die Polizeistation hinwies. Nach einigen Metern kam sie an ein rosafarben gestrichenes Gebäude, das eher nach einem Privathaus denn nach einem Polizeirevier aussah. Sie stellte ihren Wagen ab und ging zu der unscheinbaren Tür. Auch hier machten das heruntergelassene Gitter und das «Fermé»-Schild eindeutig klar, dass die Mittagspause eine ernste Angelegenheit war. Im paradoxen Gegensatz dazu standen die gehäkelten Halbvorhänge in den verwitterten Fenstern, die ehemals weiß gewesen sein mochten, aber nach ausgiebiger Sonneneinstrahlung und Zigarettenrauch ein dezentes Umbrabraun angenommen hatten. Sophie schüttelte den Kopf und setzte sich auf die Stufen vor der verschlossenen Tür. Ein Blick auf die Uhr zeigte ihr, dass die Mittagszeit bald um war. Wenn sie Glück hatte, ließen die Polizisten sie nicht mehr lange in der brütenden Mittagshitze warten.

Nachdem sie ihre E-Mails zum fünften Mal auf dem iPhone durchgegangen war, wechselte sie in den kargen Schatten der Krüppelplatanen. Bei jedem Auto, das sich näherte, stand sie auf. Dadurch bremste der Fahrer zwar ab, fuhr dann aber glotzend an ihr vorbei. Nach dem vierten Auto überlegte sie ernsthaft, ob sie vielleicht die Polizeistation mit dem Straßenstrich verwechselt hatte. Vielleicht hatte die Polizei nur vergessen, beim Umzug das Stationsschild mitzunehmen. Das würde auch die Vorhänge und den rosa Anstrich erklären. Sie wartete nun schon über eine halbe Stunde.

Endlich verlangsamte ein blauer Mégane und hielt neben der Wache. Sophie trat aus dem Schatten und ging auf die Männer in Uniform zu, die schwatzend aus dem Auto stiegen. Als sie die junge, hübsche Frau auf sich zukommen sahen, nahmen sie sofort Haltung an, streckten den Rücken durch und verstummten mit ernstem Gesicht in ihrem Gespräch. Der Fahrer drehte sich rasch noch mal zum Wagen um, griff hinein und setzte sich seine Dienstmütze auf, was zum legeren Poloshirt etwas deplatziert wirkte. Sophie war sich ihrer Wirkung auf Männer durchaus bewusst, doch die Franzosen reagierten selbst im Dienst wie auf Knopfdruck. Flirten war Nationalsport, das war ihr noch gut aus ihren Urlauben in Erinnerung geblieben.

«Bonjour, Mademoiselle, Moment noch, wir öffnen gleich», sprach sie Sergeant Yves Dubertrand diensteifrig an, ging an ihr vorbei und machte sich an der Tür zu schaffen, indem er umständlich den Schlüssel aus seiner Hosentasche angelte. Die anderen Männer stellten sich daneben und musterten sie unverhohlen neugierig. Sophies Blick blieb an dem großgewachsenen Polizisten hängen, der mit seiner souveränen Ausstrahlung das Trio beherrschte. Zudem trug er als Einziger einen Anzug.

«Monsieur, bitte, ich brauche Ihre Hilfe», wandte sie sich an Lucien. «Ich suche meinen Bruder. Bei ihm ist eingebrochen worden.»

«Pas de problème, Mademoiselle, kommen Sie erst einmal rein, und dann nehmen wir Ihren Fall auf», unterbrach Sergeant Dubertrand sie nuschelnd, während er immer noch mit dem Schloss kämpfte. «Merde, wann kommt endlich der Schlosser? François, ruf noch mal an und sag ihm, dass wir ihn wegen Behinderung der Polizei vorladen, wenn er nicht augenblicklich erscheint.» Mit einem seufzenden Ruck gab das Schloss nach und ließ den Schlüssel einrasten.

«Können Sie nicht gleich mitkommen? Vielleicht sind die Täter noch in der Nähe», drängte Sophie, während sie alle die Wache betraten. Sophie sah sich staunend um, das Revier wirkte wie ein Wohnzimmer. Sie setzte sich Dubertrand gegenüber und konnte ihre Ungeduld kaum zügeln.

«Wurde bei Ihrem Bruder etwas gestohlen?»

«Soweit ich sehen konnte, nicht, wieso?

«Weil wir dann eh nicht zum Tatort rausfahren. Wir kommen nur zu einem Einbruch, wenn auch etwas gestohlen wurde. Den Fall können wir dann auch genauso gut hier in der Wache aufnehmen.»

François hörte derweil das Band ab. «Waren Sie das?», fragte er mit einem kurzen Kopfnicken in Richtung des Anrufbeantworters.

«Ja, nett, dass Sie das jetzt schon abhören», entfuhr es ihr sarkastisch. Sie war kurz vorm Platzen. Ihr Bruder war in Gefahr, und sie saß hier auf dieser verschlafenen Polizeiwache. Der Anzugträger schien doch nicht der Chef zu sein, er hielt sich im Hintergrund und ließ dem Wichtigtuer mit der albernen Lesebrille aus Halbgläsern den Vortritt.

François schaute erneut auf das Gerät und notierte die Uhrzeit des eingegangenen Anrufs.

«Jetzt nehmen wir erst mal Ihre Daten auf. Geben Sie mir bitte Ihren Reisepass oder Personalausweis.» Dubertrand schob mit dem Zeigefinger die Brille in Position und begann zu tippen.

Widerstrebend kramte sie in ihrer Tasche nach dem großen Portemonnaie. Jeder Widerspruch würde die Prozedur nur verlängern. Hilfesuchend blickte sie zu dem gut aussehenden Mann, der nach wie vor unbeteiligt an der Wand lehnte und sie nachdenklich musterte.

«Können Sie jetzt bitte jemanden zum Haus schicken? Ich mache mir wirklich Sorgen, dass mein Bruder in Gefahr ist.»

«Können Sie Ihren Bruder beschreiben? Name, Alter, Figur», mischte sich nun endlich der Mann ein, der sich ihr als Commissaire Lucien Lefevre vorstellte.

«1,71 m groß, blaugrüne Augen, dunkelblonde, lockige Haare,

42 Jahre alt. Die Figur eher schlank und sportlich, jedenfalls als ich ihn das letzte Mal gesehen habe.»

«Wann war das?», fiel ihr Dubertrand ins Wort und schaute dabei von seinem PC auf, in den er die Daten von ihrem Ausweis abtippte.

«Keine Ahnung, etwa vor zwei Jahren, als er noch in Deutschland gewohnt hat.»

Erstaunt sah Dubertrand sie an und schob dabei die Lesebrille wieder höher. «Zwei Jahre? Und warum machen Sie dann jetzt so eine Panik?»

«Weil er mich eingeladen hatte, ihn zu besuchen. Er wusste, dass ich heute kommen würde, aber er hat sich weder bei mir gemeldet noch eine Nachricht hinterlassen. Und im Haus war alles durchwühlt, deshalb hab ich Sie angerufen, und als Sie nicht kamen, hatte ich Angst, allein in dem Haus zu bleiben, und bin hergefahren. Können Sie mir jetzt bitte helfen, meinen Bruder zu finden, indem Sie zu dem Hof fahren, Spuren sichern und die Umgebung absuchen?» Sophies Stimme drohte sich zu überschlagen.

Lucien dachte an den zerschundenen Körper am Strand. Eine unbekannte Leiche war etwas Seelenloses, ein Stück Fleisch ohne Leben, ohne Persönlichkeit, ohne Geschichte. Ein weiterer Fall, der abgearbeitet werden musste, indem man mit viel Aufwand die Identität der Leiche ermittelte. Die Chancen standen gut, dass es sich bei der Leiche um den Bruder der Deutschen handeln würde. Mit etwas Glück konnte er schon bald wieder zurück nach Bordeaux fahren. Auf der anderen Seite tat ihm die junge Frau natürlich leid, und er überlegte, wie er ihr schonend beibringen könnte, dass sie ihren Bruder eventuell schon gefunden hatten.

«Wozu die Eile», nuschelte Yves in seiner unverwechselbar trockenen Art vor sich hin. «Ihr Anruf kam um 13:06 Uhr, und jetzt haben wir schon fast vier. Da sind die Einbrecher eh längst weg, außerdem kann der Einbruch auch schon länger her sein.»

«Ja, aber mein Bruder, vielleicht braucht er Hilfe!»

«Einer Vermisstenanzeige können wir frühestens 48 Stunden nach Meldung nachgehen, aber das ist wohl eh nicht nötig, da wir heute Morgen die Leiche schon gefunden haben.»

Lucien zuckte zusammen. Das war zwar nicht gerade schonend, aber immerhin war er den schwarzen Peter los.

«Was?» Sophie starrte ihn mit aufgerissenen Augen an.

«Mademoiselle, was der Kollege sagen will, ist, dass wir in den Morgenstunden eine Leiche gefunden haben, die am Strand angespült wurde. Wir haben den Mann noch nicht identifizieren können, aber es spricht einiges dafür, dass es sich hierbei um Ihren Bruder handeln könnte», versuchte Lucien die Situation zu retten. «Mein Beileid», schob er noch hinterher, als wenn dies etwas an der schockierenden Nachricht ändern könnte.

Sophie saß wie betäubt. Ihr Bruder sollte tot sein?

«Mein Gott, sind Sie denn sicher, dass es mein Bruder ist?», fragte sie entsetzt.

«Nein, sind wir nicht», warf Lucien ein und versuchte den kurzen Hoffnungsschimmer, der über Sophies Gesicht huschte, zu ignorieren. «Es liegen uns jedoch keine Vermisstenmeldungen aus der Gegend vor, und die Beschreibung, die Sie uns gegeben haben, könnte passen. Sicher können wir uns natürlich nur sein, wenn Sie die Leiche identifiziert haben.»

Sophies pikierter Blick ließ ihn wieder mal erkennen, dass er wohl nicht besonders taktvoll gewesen war. Sie schüttelte den Kopf, als könnte sie damit die ganze suspekte Situation abschütteln. Sie wollte, nein, sie konnte es nicht glauben.

Lucien wählte derweil die Handynummer des Forensikers, vielleicht waren sie ja noch am Strand.

«Allô?», meldete sich der Pathologe.

«Allô! Spreche ich mit Etienne Bouché?»

«Ja, hier ist Etienne, wer spricht?»

«Bonjour, hier spricht Commissaire Lucien Lefevre. Ich habe hier eine Frau, die eventuell unsere Leiche vom Strand identifizieren könnte. Seid ihr noch in Contis?», fragte er hoffnungsvoll. Vielleicht käme er ja doch noch rechtzeitig nach Hause.

«Wir haben den Leichnam schon nach Bordeaux überführen lassen, ich wollte morgen mit der Autopsie beginnen. Vielleicht kommt ihr besser noch, bevor ich den Ballon zum Platzen bringe», kicherte Bouché.

Lucien konnte über den Humor des Forensikers nur den Kopf schütteln.

«Eh bien, sollen wir heute noch kommen, oder kannst du mit der Leiche noch bis morgen warten?»

Merde, schon wieder zuckte Sophie bei seinen Worten zusammen. Der Außendienst war wirklich nichts für ihn, da waren ihm seine Aktenschränke lieber, die sich nicht an seiner Taktlosigkeit störten.

«Für heute wollten wir eigentlich Schluss machen. Ich kann morgen noch ein bisschen warten, bis ich die Luft rauslasse, er wird mir bis dahin schon nicht wegfliegen. Also, ich hab eh noch genug andere Kunden, die ungeduldig auf ihre Sonderbehandlung warten, dann stelle ich ihn noch zurück. Salut.»

Lucien hatte das Gefühl, dass der Pathologe in seiner Laufbahn vielleicht ein bisschen zu viel Äthanol eingeatmet hatte.

Er drehte sich zu Sophie um, die den Beamten derweil weitere Einzelheiten über ihren Bruder und den Einbruch diktiert hatte.

«Also, wir können morgen zur Pathologie gehen. Am besten treffen wir uns um zehn vor dem Gebäude der Rechtsmedizin.»

Sophie nickte betäubt. Dann schreckte sie wieder hoch. «Morgen früh? Und wo schlafe ich heute? Ich bleibe auf keinen Fall alleine in dem Haus, nachher kommen die Einbrecher wieder.»

«Sie können mit mir fahren.» Lucien erschrak, als er laut aussprach, was er dachte. «Äh, ich meine, ich nehme Sie mit nach Bordeaux und bringe Sie in einem Hotel unter. Ich hole Sie dann morgen früh ab und begleite Sie zur Gerichtsmedizin.

Wenn ich mein Auto wiederhabe», sagte er mit strafendem Blick auf François, «können wir gleich losfahren, bei dem Verkehr brauchen wir eine Weile.» Dann wandte er sich an Dubertrand, der das Revier leitete, solange der Stationschef unterwegs war. «Dubertrand, Sie kümmern sich um den Einbruch. Chevalier, Sie befragen die Mitarbeiter der Rettungsstation am Strand, ob ihnen irgendetwas Verdächtiges aufgefallen ist. Bitte erkundigen Sie sich auch nach den Strömungsverhältnissen und den Gezeiten in der letzten Woche. Und dann befragen Sie die Surfer, gehen den Strand ab, ob weitere Spuren zu finden sind, und versuchen Zeugen aufzuspüren. Vielleicht haben wir ja Glück, und jemand hat etwas Auffälliges beobachtet. Morgen Nachmittag besprechen wir die Ergebnisse.»

François nickte. Der Auftrag passte ihm ganz gut in den Plan, er hatte schon befürchtet, dass er den Stadtschnösel heute gar nicht mehr loswürde. Die Zeit wurde eh schon knapp, wollte er seine Ware noch halbwegs pünktlich am Strand abliefern. Er griff nach seinem Handy und schaute, ob der Abschleppdienst sich schon gemeldet hatte. Dann zündete er sich eine Zigarette an und ging mit dem Handy nach draußen, um ungestört zu telefonieren. Sophie folgte ihm, um ein paar Sachen für die Übernachtung aus ihrem Auto zu holen. Gedankenverloren schmiss sie schnell frische Unterwäsche und ein neues T-Shirt in den ledernen Weekender und griff nach ihrer Laptoptasche. Der Rest des Gepäcks konnte ruhig im Auto bleiben. Das würde ja wohl nicht auf dem Polizeiparkplatz aufgebrochen werden, oder? Sie griff noch rasch nach ihrer Schmuckschatulle und warf sie zu der Kleidung in die Tasche. Die Wertsachen sollte sie vielleicht doch lieber mitnehmen, der Rest war ersetzbar, falls wirklich etwas wegkam. Sophie wickelte ihr Seidentuch ab, aus dem sich einzelne Haarsträhnen gelöst hatten, und band es gerade wieder um, als ein Abschleppwagen krächzend um die Kurve bog und einen alten Porsche am Haken hinter sich herzog. Unsanft kam der Laster zum Stehen und ließ den Sportwagen herunter. François schnipste die brennende Zigarette weg. Der Commissaire hatte den Wagen ebenfalls gehört und kam energisch aus der Tür geschossen. Kritisch umkreiste er seinen Wagen und strich zärtlich über den Lack. François und der Fahrer, über dessen dickem Bauch sich der schmutzige Blaumann straffte, verdrehten die Augen. So ein Theater wegen eines Wagens. Lucien atmete erleichtert auf, wie es schien, war nichts passiert. Gilbert Montabour von der Firma Montabour & Co. strich sich über den Bart und griff in die Tasche der engen Latzhose.

«Macht achtzig Euro», erklärte er, während er mit Blick auf den Polizisten den nahezu unbenutzten Quittungsblock aus der Hosentasche zog. «Brauchen Sie 'ne Quittung?»

«Sind Sie wahnsinnig? Ich bezahl Sie doch nicht noch dafür, dass Sie mein Auto mutwillig beschädigen! Verschwinden Sie, bevor ich Sie wegen Sachbeschädigung einbuchte!» Lucien war kurz vorm Platzen. Wo gab's denn so was?

Gilbert blickte hilfesuchend zu François, doch der zuckte nur mit den Achseln. «Dann halt nicht», maulte der bärtige Mann in sich hinein, stieg mit unterdrückter Wut in seinen alten Renault

Berliet, knallte mit Gewalt den Gang rein und fuhr ruckartig vom Hof, wild auf den Armleuchter vor sich hin schimpfend.

Sophie hatte die ganze Szene verfolgt und sich immer wieder gefragt, ob das alles real war. Und jetzt sollte sie mit dem zwar attraktiven, aber auch leicht cholerischen George-Clooney-Verschnitt nach Bordeaux fahren und die Leiche ihres Bruders identifizieren. Was für ein Tag.

7. KAPITEL

Lucien ärgerte sich, dass er in Anwesenheit so vieler Zeugen die Contenance verloren hatte. Er war wirklich nicht mehr gesellschaftsfähig. An diesem Punkt musste er unbedingt arbeiten. Am besten fing er gleich damit an, seinen negativen Auftritt zu verwischen. Entschlossen richtete er sich auf, rückte seine schicke Sonnenbrille zurecht und setzte sein charmantes Lächeln auf.

«Mademoiselle Schumasché, wollen wir fahren? Ich werde versuchen, Ihnen so wenig Umstände wie möglich zu machen.» Er deutete mit einem Nicken zu ihrer Tasche, die schon vor ihrem Wagen auf dem Boden stand.

Sophie löste sich aus ihrer Schockstarre, griff ihre Handtasche vom Beifahrersitz und drückte den Knopf für die Zentralverriegelung. Lucien hatte derweil ihre lederne Übernachtungstasche aufgehoben. Mit einer Hand öffnete er die vordere Klappe des Porsche und verstaute die Reisetasche neben seiner eigenen. Erleichtert dachte er darüber nach, dass er nun doch noch heute zurückfahren durfte. Allerdings standen sie am nächsten Tag garantiert wieder in der Blechlawine Richtung Meer. Er öffnete seiner Begleitung die Tür und half ihr beim Einsteigen. Dabei kam er nicht umhin, ihre schlanke, sportliche Figur zu bewundern. Unwillig musste er sich eingestehen, dass diese Frau etwas an sich hatte, das ihn faszinierte. Obwohl sie eine Deutsche war, hatte sie nicht diese plumpe, dominante Art wie viele andere deutsche Frauen, die er kennengelernt hatte. Im Gegenteil, sie war sehr elegant und hatte fast etwas Französisches an sich. Der Commissaire beugte sich zu seiner Beifahrerin hinab und erklärte ihr liebenswürdig, dass sie es sich schon mal bequem machen sollte, er würde gleich zurück sein. Dann erhob er sich und ging in das Büro zurück, um seine Aktentasche zu holen.

«Also, Sergeant Dubertrand. Als momentan Ranghöchster halten Sie hier die Stellung, solange Ihr Vorgesetzter nicht anwesend ist, und informieren mich bitte direkt, wenn es neue Erkenntnisse gibt. Wie gesagt, Sie kümmern sich als Erstes um das Haus von diesem Deutschen und sichern die Einbruchsspuren. Wenn Sie irgendetwas Verdächtiges bemerken, rufen Sie die Spusi dazu. Dann versiegeln Sie das Gebäude. Und anschließend fahren Sie ins Dorf und hören sich mal um. Ich melde mich von unterwegs. Adieu, Dubertrand.» Lucien hob kurz seine Hand an die imaginäre Dienstmütze, die er schon seit Ewigkeiten nicht mehr trug, und ging hinaus, ohne den Blickwechsel der beiden Sergeanten zu bemerken, die bereits wieder ins Gespräch vertieft waren.

Ein komischer Kauz, dieser Lefevre, dachte Sophie. Auf der einen Seite charmant und attraktiv, auf der anderen überheblich und cholerisch. Sie spürte, wie die Anspannung des Tages langsam von ihr abfiel und einer schmerzenden Müdigkeit Platz machte. Sie war erschöpft und fühlte sich krank. Nein, nicht krank, eher verwundet. Ihr Bruder sollte tot sein. Das konnte einfach nicht wahr sein, durfte nicht wahr sein.

In dem Moment riss der Commissaire die Fahrertür auf und ließ sich geräuschvoll auf seinen Sitz fallen. Sophie schluckte den Schmerz herunter und verschloss ihr Unterbewusstsein. Tapfer versuchte sie ein Lächeln und schnallte sich an. Der Commissaire schaute unwillkürlich auf die attraktive Rundung, die durch den straffen Gurt besser zur Geltung kam

«Also, meinetwegen brauchen Sie sich nicht anzuschnallen. Ich bin ja kein Verkehrspolizist», grinste er sie an. Die Gurtpflicht war ein weiteres Prinzip, das er rigoros ablehnte, da es den Anzug verknitterte, den Bauch im Sitzen unvorteilhaft betonte und außerdem sehr unbequem war. Zudem klemmte sein Gurt seit Jahren schon, sodass er sich, auch wenn er gewollt hätte, nicht anschnallen konnte.

«Ich bleib lieber angeschnallt, da fühl ich mich wohler.» Typisch deutsch, musste Sophie über sich selber den Kopf schütteln.

Der Wagen fuhr mit sattem Sound an und rollte im sportlichen Tempo vom Hof. Lucien genoss das Geräusch und freute sich auf die Fahrt zurück in die Stadt. Er war so in Gedanken an die Leiche am Strand vertieft, dass ihm Sophies Schweigen kaum auffiel. Er dachte über den seltsamen Umstand nach, dass die Leiche nackt in ein Fischernetz gewickelt war. Hatte die Strömung sie zufälligerweise an diesen Strandabschnitt geschwemmt, oder sollte die Leiche gar gefunden werden? Er streckte die Hand aus, um nach seinem Telefon zu greifen, das er immer auf den Beifahrersitz legte, und zuckte zurück, als er Sophies Oberschenkel berührte.

«Oh, Pardon, Mademoiselle», entschuldigte er sich erschrocken. Er hatte seine Beifahrerin komplett vergessen.

Sophie schmunzelte über den ertappten Gesichtsausdruck auf dem Gesicht des Commissaires. Angenommen, er hatte wirklich nach dem Telefon greifen wollen, so hatte er doch seine Hand ein bisschen zu lange auf ihrem Bein liegen lassen.

«Kein Problem.» Sophie lächelte ihn flüchtig an. Dann verfielen beide wieder in Schweigen und hingen ihren Gedanken nach.

Erst kurz vor Bordeaux zerriss ein Telefonklingeln die Stille.

«Oui», meldete sich Lucien kurz angebunden.

«Salut, Lucien, Etienne hier», tönte die Stimme des Forensikers durch den Wagen. «Ich wollte dich nur rasch auf dem Laufenden halten, was die hübsche Leiche von heute Morgen betrifft. Die Haut an den Händen ist zwar größtenteils abgefallen, aber wir konnten aus einem Fetzen einen brauchbaren Fingerabdruck nehmen», plapperte der Gerichtsmediziner in seiner typischen Art los. Der Commissaire spürte förmlich, wie seine Beifahrerin erstarrte, und beeilte sich, den Forensiker zu unterbrechen.

«Allô, Etienne. Kannst du mit den Einzelheiten vielleicht bis morgen früh warten? Ich habe hier die Schwester des vermeintlichen Opfers neben mir im Auto sitzen, und du bist auf die Freisprechanlage geschaltet. Wir sind gerade auf dem Weg nach Bordeaux.»

«Oh, Pardon, das habe ich nicht gewusst. Ich will dir trotzdem schnell das Ergebnis des Scans durchgeben. Dann kannst du deinem Gast vielleicht die Identifizierung ersparen. Wir hatten einen Treffer in der europäischen Datenbank. Bei eurem Toten handelt es sich um einen deutschen Staatsbürger namens Thomas Schumacher mit Hauptwohnsitz in Berlin.»

Lucien fuhr den Wagen an den Straßenrand und stellte den Motor aus, um besser sprechen zu können.

«Bist du dir bei der Identifizierung absolut sicher, Etienne?»

Sophie starrte versteinert aus dem Fenster.

«Ja, es gibt keinen Zweifel.»

«In dem Fall ist wohl eine persönliche Identifizierung nicht mehr nötig, oder?» Lucien dachte an den grauenerregenden Anblick des fleischlosen Gesichtes ohne Lippen, den er ihnen beiden gerne ersparen würde.

«Leider doch. Da es sich um einen Ausländer handelt, muss die Leiche zusätzlich von einem Angehörigen identifiziert werden, bevor wir sie zum Transport freigeben können. Ich bereite alles vor. Ihr könnt morgen schon gleich in der Früh kommen. Ich führe die Autopsie dann danach durch.»

«Also dann bis morgen.» Lucien drehte sich zu seiner Begleitung um. «Mein Beileid, Mademoiselle. Es tut mir leid, dass Sie es so erfahren mussten. Kann ich irgendetwas für Sie tun?», versuchte er ungelenk seine Beifahrerin zu trösten.

Sophie schaute den Commissaire verwirrt an. Seine warmen Worte ließen die nüchterne Nachricht des Gerichtsmediziners erst real werden. Der Tote vom Strand war wirklich ihr Bruder. Die Trauer schlug über ihr wie eine Welle zusammen.

Commissaire Lefevre musste hilflos mit ansehen, wie die junge Frau litt.

«Mademoiselle», begann er erneut schüchtern angesichts ihres Schmerzes. «Ich weiß, dass ich Ihnen nicht helfen kann, aber glauben Sie mir, wenn es irgendetwas gibt, zögern Sie nicht zu fragen.»

Sophie schaute ihn an. «Dann finden Sie den Mörder. Mein Gott, wieso mein Bruder, er hat doch niemandem etwas getan.»

Der Schmerz überrollte sie mit ungeahnter Intensität. All der unverdaute Schmerz der vergangenen Jahre wollte nun endlich zu seinem Recht kommen. Der Tod ihrer Eltern, das Hochzeitsdrama und nicht zuletzt auch das Wissen darum, nun wirklich alleine auf der Welt zu sein. Das war einfach zu viel.

Der Commissaire legte vorsichtig seine Hand auf ihre Schulter, doch die junge Frau rollte sich im Sitz zusammen und überließ sich ihren Tränen. Er schüttelte seufzend den Kopf. Auch wenn er ihr im Moment nicht helfen konnte, schwor er sich, den Fall mit Hochdruck zu verfolgen und rasch aufzuklären – auch wenn er dafür vor Ort ermitteln musste.

Lucien startete den Motor und fuhr zum Hotel Regent Central in der Rue Saint Sebastien in der Nähe der Gerichtsmedizin, damit sie es am nächsten Morgen nicht weit hatte. Lucien hielt direkt vor dem Hotel im Halteverbot und half ihr beim Aussteigen. Wie betäubt ließ Sophie sich von ihm zur Rezeption führen. Souverän meldete der Commissaire sie an, füllte ihre Papiere aus, griff nach dem Schlüssel mit dem großen Messinganhänger und begleitete sie zum Lift. Die Tür öffnete sich und ließ seinen Blick auf einen wunderschönen Fahrstuhl im Jugendstil-Design fallen. Dunkles Holz umfasste die Messingtafel mit den Knöpfen für die Etagen. Spiegel mit eingeätzten Schnörkeln und Girlanden ließen den kleinen Raum optisch größer wirken. Lucien konnte sich gut vorstellen, wie hier früher die jungen Liftboys in ihrer schmalen Uniform die Gäste der oberen Klasse zu ihren Zimmern führten. Knarzend und ruckelnd blieb der Lift schließlich im dritten Stock stehen. Zu Fuß wären sie sicher genauso schnell gewesen.

Er schob Sophie sanft aus der Kabine und führte sie zu ihrem Zimmer, schloss die Tür auf und stellte ihre Tasche auf die Kofferablage. Der Raum war im typischen, leicht pompösen Stil der Jahrhundertwende eingerichtet worden; man sah ihm die langen Jahre der Benutzung bereits deutlich an. Der einzige Kompromiss an die Moderne, den die Hotelleitung eingegangen war, war der Flachbildschirm, der etwas deplatziert auf der großen hölzernen Schminkkonsole stand. Unbeholfen druckste Lucien herum und legte seine Visitenkarte neben den Bildschirm.

«Mademoiselle, ich gehe jetzt, Sie möchten sicherlich ein wenig alleine sein. Zögern Sie nicht, mich anzurufen, wenn ich Ihnen irgendwie behilflich sein kann. Soll ich vielleicht einen Arzt rufen, damit er Ihnen ein Beruhigungsmittel geben kann?»

Doch Sophie schüttelte nur den Kopf. Sie wollte in der Tat nur noch alleine sein und ins Bett gehen dürfen, um sich die Decke über den Kopf zu ziehen und die Realität zurückzulassen. Sie ließ sich auf das Bett fallen und bemerkte nicht, wie Lucien leise die Tür hinter sich schloss.

Der Commissaire ging betroffen die herrschaftliche Treppe hinab, er hatte in all seinen Jahren im aktiven Dienst noch nie so direkt mit Angehörigen eines Mordopfers zu tun gehabt. Meistens traf er erst später bei den Hinterbliebenen ein, nachdem sie sich etwas gefasst hatten, um sie zu befragen. Ein Mord war im Laufe der Jahre zu einer Sache geworden, zu einem Fall, der gelöst werden musste. Die grausame Realität konnte er hinter seinem ordentlichen Schreibtisch ganz gut ausblenden. Doch hier lag der Fall anders. Am meisten graute ihm vor der erneuten Begegnung mit der lippenlosen Leiche.

Als er aus dem Hotel trat, konnte er schon von weitem den Zettel an seiner Windschutzscheibe erkennen. Heute hatten es aber wirklich alle darauf abgesehen, ihn zu ärgern. Genervt zog er den Strafzettel vom Scheibenwischer, setzte sich hinters Lenkrad, öffnete das Handschuhfach und warf ihn zu den anderen.

Zum Glück konnte er jetzt in seine Wohnung und musste nicht in einem kleinen Touri-Nepp-Hotel in Contis-Plage schlafen. Da fiel ihm ein, dass er Chevalier und Dubertrand noch über die neue Lage informieren musste. Er griff nach seinem iPhone. Merde, er hatte sich noch gar nicht die Nummer der beiden notiert. Er scrollte die Liste der getätigten Anrufe durch und stieß auf die Nummer von François Chevalier. «Na, immerhin etwas», murmelte er in seinen Dreitagebart. François nahm nicht ab. «Mon Dieu, sind die alle schon nach Hause gegangen?», fluchte er laut und ließ den Motor an.

Doch François hatte noch nicht Feierabend gemacht. Der Sergeant war in ein Gespräch mit zwei holländischen Touristen vertieft, die gerade einen Diebstahl in der kleinen Polizeistation am Strand meldeten. Er hätte sie am liebsten zum Teufel gejagt, denn sie hielten ihn jetzt schon seit einer halben Stunde auf.

«Also», wiederholte er ungeduldig, «Sie waren nur kurz am Strand und bemerkten nach Ihrer Rückkehr, dass Ihr Auto aufgebrochen worden war. Es fehlten Ihr Gepäck, die Einkäufe aus dem Supermarkt und Ihr mobiler CD-Wechsler. So weit habe ich die Sache aufgenommen. Vielleicht sollten Sie sich in der Umgebung des Wagens noch einmal umsehen. Meistens werfen die Diebe die Sachen, die sie nicht brauchen können, gleich wieder weg.»

«Was heißt hier meistens», regte sich der rotgesichtige Mann auf, der offensichtlich nicht nur «kurz» am Strand war, was auch der leuchtend rote Sonnenbrand auf seinen Waden bestätigte.

«Werden in Ihrem feinen Kaff etwa regelmäßig die Autos von Touristen aufgebrochen? Das ist ja unerhört. Warum tut die Polizei dann nichts? Dafür werden Sie doch bezahlt. Dann müssen Sie eben Wachen aufstellen, wenn das öfter vorkommt.»

François ließ die Wut des Fremden an sich abperlen. Je weniger er auf den Mann einging, desto schneller würde er ihn wieder los sein. Nichtsdestotrotz fühlte er sich verpflichtet, sich und seine Kollegen zu verteidigen.

«Tatsächlich haben die Diebstähle abgenommen, seitdem wir diesen zentralen, kostenpflichtigen und bewachten Parkplatz haben.»

Perplex trat der Mann auf der Stelle.

«Ach so, der Parkplatz ist bewacht. Na ja, ich hab nicht direkt auf dem kostenpflichtigen Platz geparkt, sondern eher ein bisschen daneben. Ich hab gedacht, hier würde eh niemand einbrechen, und habe das Auto näher am Strand abgestellt.» Dann wurde er wieder lauter. «Die wollten zehn Euro für den Tag, das ist Wucher!»

«Und wo genau haben Sie Ihr Auto abgestellt?», fragte François betont höflich.

Er ließ sich die genaue Stelle auf dem kleinen Stadtplan von Contis-Plage zeigen, der in übersichtlicher Vergrößerung an der sonst schmucklosen Wand des Aushilfsbüros hing. Der Abschnitt befand sich in einem schraffierten Areal, das ausdrücklich als Naturschutzgebiet ausgewiesen war, und zwar am Übergang von der Dünenbepflanzung zum Pinienwald.

Flink beugte sich der Polizist unter den Tresen und zog einen Quittungsblock und eine kleine Geldschatulle hervor.

«Also», begann er genüsslich, «die Düne und der angrenzende Wald sind Naturschutzgebiet. Das weiß doch jeder. Im Wald ist Parken natürlich strengstens verboten, da erhöhte Waldbrandgefahr durch überhitzte Motoren besteht. An der Straße weisen Schilder extra noch einmal darauf hin. Haben Sie die etwa nicht gesehen?»

«Doch», erwiderte der Tourist eingeschüchtert, «aber wir haben gedacht, das gilt nur für offene Feuer und Raucher.»

François schüttelte den Kopf. «Oje, leider kann ich Sie da nicht verwarnen, sondern bin verpflichtet, den Vorgang anzuzeigen. Sie können gleich bar bezahlen, oder wir schicken Ihnen einen Bescheid, der dann deutlich teurer ausfällt.»

Erschrocken versuchte sich der Mann rauszureden, während seine Frau nun ängstlich schaute. «Aber ich habe das gar nicht gewusst! Außerdem habe ich nicht so viel Geld dabei und bin gerade bestohlen worden, das wissen Sie doch.»

«Pas de problème. Ihr Portemonnaie haben Sie ja noch, wie Sie mir vorhin bestätigt haben. Gleich gegenüber ist ein Bankautomat. Die Strafe beläuft sich auf 120 Euro, wenn Sie gleich bezahlen, oder 180 Euro zuzüglich Verwaltungskosten, wenn wir Ihnen das Ticket nach Amsterdam nachschicken müssen.»

Wutentbrannt rannte der Mann aus der Station und kam kurze Zeit später wieder reingestürmt und warf, wild vor sich hin fluchend, das Geld auf den Tisch. «Ich will eine Quittung mit Ihrem Namen und Ihrer Dienstnummer. Sie hören noch von meinem Anwalt. Das letzte Wort ist hier noch nicht gesprochen.»

Der junge Polizist füllte unbeeindruckt von dem Geschrei den Strafzettel aus und schob ihm die Quittung und die aufgenommene Diebstahlsanzeige zu.

«Also, wie gesagt: Schauen Sie noch einmal bei Ihrem Auto, vielleicht finden Sie ja noch etwas.» Mit diesen Worten schob er die beiden meckernden Touristen aus der Tür, schloss hinter ihnen ab und drehte das «Fermé»-Schild herum.

Pfeifend ging er zum Tresen zurück. Das war ja doch noch ein ganz guter Abschluss dieses komischen Tages. François griff in die Schatulle und nahm die 120 Euro wieder raus. Dann legte er 12 Euro aus seinem Geldbeutel hinein und malte ein Komma zwischen die Zahlen auf dem Quittungsblock. Er nahm seinen Rucksack und verließ die Station. Im Auto fiel sein Blick auf sein Handy, und er bemerkte den verpassten Anruf. Kurz zögerte er, bevor er die Rückruftaste drückte. Commissaire Lefevre informierte ihn schnell über den aktuellen Stand der Dinge. François versprach eifrig seinem Vorgesetzten, sich am Strand und im Dorf schon mal umzuhören, wer den Toten kannte, und verheimlichte ebenso eifrig, dass er selber dazugehörte.

Ausgezeichnet, jetzt konnte er sogar noch seine kleinen Geschäfte am Strand abwickeln, ohne aufzufallen. François startete die Signalanlage auf dem Dach. Schließlich war er im Einsatz, das konnten die Leute ruhig sehen. Langsam fuhr er die hundert Meter zum Strand mit Blaulicht und Lichthupe. Die meisten mit Sonnenschirmen, Kühltaschen und Boogieboards bestückten Touristen, die bereits in Scharen vom Strand zurückkehrten, machten bereitwillig Platz. Doch viele blieben einfach im Weg stehen und glotzten. Hätte er die Ware nicht dabeigehabt, hätte er den Wagen an der kleinen Wache stehen lassen können und wäre mit Sicherheit schneller zu Fuß durchgekommen.

8. KAPITEL

Eine Melange aus knatternden Motorrädern, Hundegebell und Streitgesprächen waberte mit zunehmender Intensität durch das geöffnete Fenster. Die morgendliche Geräuschkulisse schlängelte sich durch den kleinen Spalt zwischen den schweren Stoffvorhängen hindurch und suchte sich ihren Weg zu der unruhig schlafenden Sophie. Sie schlug die Augen auf und schaute sich um. Die hohen Decken waren mit Stuck verziert und die Wände mit abgenutzten Stofftapeten verkleidet, auf denen drei kleine Jungen abgebildet waren, die in einem Baum saßen und junge Vögel aus dem Nest raubten. Langsam erkannte sie ihre Umgebung. Doch mit der Erkenntnis, wo sie war, kam auch die Erinnerung zurück, warum sie hier war. Sie wollte sich gerade aufsetzen, als ein schrilles Geräusch sie zusammenzucken ließ. Unkoordiniert tastete sie nach dem Telefon auf dem Nachttisch.

«Bonjour, Mademoiselle. Ich hoffe, Sie haben gut geschlafen», meldete sich die junge Hotelangestellte fröhlich. «Ich wollte Ihnen mitteilen, dass Commissaire Lefevre in der Lounge auf Sie wartet.»

«Oh, bonjour, Mademoiselle.» Mist, sie hatte vergessen, den Wecker zu stellen. «Bitte richten Sie dem Commissaire aus, dass ich gleich komme. Er soll bitte einen Moment warten.»

Gereizt legte sie den Hörer auf und bereute, überhaupt drangegangen zu sein. Zögernd streckte sie die Füße aus dem Bett und stieß dabei die leeren Flaschen der Minibar um, die sie in der Nacht geleert hatte, um etwas Schlaf zu finden. Nach dem Motto «Alkohol ist zwar keine Lösung, aber kein Alkohol ist auch nicht besser» hatte sie ihren Schmerz mit Hochprozentigem betäubt. Allerdings hatte sie jetzt zusätzlich zu dem Trauerschmerz mit einem bösen Kater zu kämpfen. So schnell wie es ihr Schwindel zuließ, huschte sie in ihre Kleidung, «hübschte sich an», wie ihre Mutter immer zu sagen pflegte, und schmiss ihre Übernachtungssachen in die Tasche.

Als der Fahrstuhl ruckelnd und knarzend im Erdgeschoss ankam, erhob sich Lucien aus seinem Sessel. Sophie entgegnete seiner Begrüßung nur mit einem kurzen Nicken und steuerte die Rezeption an, um die Übernachtung zu bezahlen. Der Commissaire stellte sich neben sie.

«Bonjour, Mademoiselle, wie geht es Ihnen heute Morgen?» Ein Blick in ihre verquollenen Augen hinter den Sonnenbrillengläsern beantwortete seine Frage, und so schob er schnell nach: «Ich habe mir erlaubt, die Rechnung auf Staatskosten schon zu begleichen, wir können gleich aufbrechen.»

Sophie schob ihre Sonnenbrille auf den Kopf, wo sie die wilden Locken wie ein Haarreif bändigte, und griff nach ihrem Geldbeutel, legte einen 50-Euro-Schein auf den Tresen und hob ihre Tasche auf, um zu gehen. Die Hotelangestellte nahm unsicher den Geldschein und wechselte einen fragenden Blick mit dem Commissaire. Sophie, die bereits den Ausgang ansteuerte, sagte über die Schulter: «Stimmt schon so. Ihr Zimmermädchen muss die Minibar wieder auffüllen. Ich habe sie vollständig geplündert. Kommen Sie, Commissaire?»

Während Lucien nun die Begegnung mit der lippenlosen Leiche bevorstand, versuchte sich Yves Dubertrand vor seiner Aufgabe zu drücken, die Einwohner von Contis zu befragen. Er lebte seit zehn Jahren in diesem kleinen Dorf, trotzdem war er immer noch der Zugezogene, der «Neue», der sich durch Heirat eingeschlichen hatte. Sie behandelten ihn nach wie vor wie einen Fremden, obwohl er aus Mimizan stammte und damit keine 20 Kilometer von hier entfernt aufgewachsen war. Yves hatte die Tochter des Polizeichefs von Lit-et-Mixe, André Lepoutre, geheiratet und die Stelle in Contis angenommen. Die Ehe der beiden war leider nicht das, was er sich unter einer Lebensliebe vorstellte, aber man hatte sich arrangiert. Verlegen strich er sich über seinen Bauch, der bereits etwas aus der Form geraten war, obwohl er erst vor kurzem seinen dreißigsten Geburtstag gefeiert hatte. Sein Körper spiegelte seine Lebenssituation wider: Auch sie war etwas aus der Form geraten. Er hatte den Biss und Ehrgeiz verloren und sich mit dem Alltag abgefunden.

Und jetzt kam dieser Schnösel aus Bordeaux. Er hatte ihn zwar eingeteilt, den Dorfklatsch ein bisschen abzuklopfen und Zeugen zu finden. Aber er hatte ihn nicht gefragt, ob er das Opfer persönlich kannte, was Yves sehr recht war. So musste er nicht lügen. Was wusste der Typ schon vom Leben auf dem Land. Als wenn einer aus dem Dorf ihm irgendetwas erzählen würde. Ausgerechnet ihm. Da konnte er sich die Zeit auch sparen und gleich Frühstückspause machen, solange der Typ noch in Bordeaux war.

Yves haderte mit sich, fuhr dann aber doch auf den kleinen Parkplatz hinter der alten Kirche. Der Parkplatz war gut besucht, und er musste sich zwischen ein Wohnmobil und einen vollbepackten Kombi quetschen. Der Massenbetrieb im Sommer war schon lästig, aber ohne Touristen würden sie alle wegziehen müssen, das war hier jedem klar, also nahm man das Übel in Kauf und versuchte so viel wie möglich von dem Trubel zu profitieren. Er schlenderte zum Marktplatz. Hochsommerlich gekleidete Touristen schoben sich mit ihren Kindern durch die engen Gassen an den Ständen vorbei. Die Luft war erfüllt von Pinienhonig und Ziegenkäse. Yves ließ sich von der Masse treiben und ging an den appetitlich duftenden Ständen vorbei. Von weitem sah er die Frauen aus dem Dorf, die mit Weidenkörben an einem der kleinen Verkaufstische standen, ein Pläuschchen hielten und dabei die Auslage begutachteten. Auf einer farbenprächtigen Decke mit baskischem Muster waren verschiedene Produkte aus eigenem Anbau ausgelegt.

Yves schnappte Bruchstücke der Unterhaltung auf, die sich um den Toten am Strand drehte, doch als er sich vorsichtig näherte, verstummten die Gespräche, und alle Augen richteten sich auf ihn.

«Ah, bonjour, Monsieur le Commissaire, schon so früh im Dienst?», begrüßte ihn Marianne, die vorlaute Frau des Metzgers, und erreichte genau die erwünschte Wirkung. Yves ärgerte sich, denn sie wusste genau, dass er nur Sergeant war. Marianne war die geachtetste, weil gefürchtetste Frau des ganzen Dorfes. Sie war der Inbegriff des Dorfklatsches und die Neugierde in Person. Marianne Fournet hätte immer noch ein hübsches, ja fast mädchenhaftes Gesicht, hätte sie ihre Leibesfülle in den Griff bekommen. Jetzt schauten kleine Schweinsäuglein neugierig aus dem aufgedunsenen, immer leicht geröteten Gesicht. Ihre Vorliebe für mädchenhaft weiße Rüschenblusen und zartrosa Seidenröcke verstärkten noch den offensichtlichen Verlust ihrer Jugend, obwohl sie noch nicht einmal dreißig Jahre alt war. Yves erinnerte sich noch gut an das junge Mädchen, das die begehrteste Partie in der gesamten Region gewesen war. Sie machte damals jedem Mann schöne Augen, um ihn dann genüsslich von sich zu weisen. Dieses Spiel hatte er nicht mitgemacht und die schöne Femme fatale einfach ignoriert. Marianne hatte sich ihm dann sprichwörtlich an den Hals geworfen. Yves war trotzdem bei Isabelle geblieben. Zumal sich Marianne schon damals zu Höherem berufen fühlte und ein Auge auf den Grafen Hugo Rarécourt de La Vallée geworfen hatte, der im Nachbarort mit seinem Vater auf dem Gut seiner Vorfahren wohnte. Es überraschte daher alle, dass sie Hals über Kopf den langweiligen Philippe Fournet, den Sohn des Dorfmetzgers, geheiratet hatte. Nachdem ihr der soziale Aufstieg nicht durch Heirat gelungen war, eroberte sie sich die Rolle der wichtigsten Frau im Dorf auf andere Weise. Ihre gegenseitige Abneigung hatte sich seit damals gefestigt. Aber sie war nun einmal die beste Informationsquelle im Ort.

«Bonjour, Marianne. Wie ich sehe, verschaukelt ihr schon wieder die Touristen!», wandte er sich in liebenswürdigem Tonfall an die Gruppe. Der Stich saß, die Frauen zuckten zusammen und drehten sich entrüstet weg.

«Was willst du, Flic, wir machen nichts Verbotenes, im Gegensatz zu dir», zischte Marianne ungehalten.

«Ist ja schon gut, Mariannchen. Eure Verkaufstaktik geht mich ja auch gar nichts an. Ich komme wegen der Leiche, die wir gestern am Strand gefunden haben.» Jetzt schauten ihn die drei Furien doch tatsächlich interessiert an. «Vor euch ist doch kein Geheimnis sicher: Habt ihr irgendwelche Gerüchte gehört, wer das getan haben könnte?»

Yves konnte förmlich sehen, wie das Interesse abflaute und sich die Gesichter wieder verschlossen. Marianne schüttelte entrüstet den Kopf.

«Yves Dubertrand, der Spitzendetektiv, fragt die Marktweiber nach dem Mörder. Ts, ts, ts. Sollen *wir* etwa für dich den Mörder finden? Wie wäre es mit dem Bürgermeister? Der schleicht doch immer um Mitternacht aus dem Haus. Oder den Bogosch-Brüdern, die sind doch bei jeder Schlägerei dabei. Oder wie wäre es gar mit deiner Frau? Die soll doch in letzter Zeit gerne bei dem écologiste eingekauft haben. Ich hab mich schon gefragt, wie sie sich das leisten kann, beim Gehalt eines einfachen Sergeanten. Aber frag sie doch selbst, warum sie so oft bei dem ecolo war. Vielleicht war sie ja auch gar nicht einkaufen oder hat in Naturalien bezahlt, eine schöne Auslage hat sie ja. Und der Deutsche ist vielleicht ja gar kein écologiste, sondern eher ein egoiste.

Die drei Weiber brachen in gehässiges Lachen aus. Kochend vor Wut, die Hände zu Fäusten geballt, drehte er sich um und ließ sie kommentarlos stehen. Dabei stieß er mit Serge Ducasse zusammen, einem der stadtbekannten Zwillinge. Er fluchte und zwängte sich ohne Entschuldigung durch die Menge. Serge schaute ihm verwundert hinterher, schüttelte den Kopf und führte die langbeinige Schönheit an seiner Seite weiter über den Markt. Sergeant Dubertrand erreichte mit hochrotem Kopf sein Auto. Was für Dorfhexen, er konnte nur hoffen, dass der Mörder noch mal zuschlug und diesmal die Richtigen erwischte. Sollte der Trottel aus Bordeaux doch selber zusehen, wie er mit denen klarkam. Er würde bestimmt nicht mehr mit den Dorfhyänen sprechen.

Marianne, Claudine und Marie schauten dem wütenden Polizisten kichernd hinterher, bis er von der Menge verschluckt wurde.

«Mensch, Marianne, dem hast du es aber gezeigt. Der kann einem ja fast schon leidtun. Stimmt das mit seiner Frau?», hakte Marie neugierig nach.

Marianne lächelte vieldeutig. «Ich will ja nichts behaupten, was nicht wahr ist, aber ich habe sie in letzter Zeit wirklich öfters auf dem Fahrrad fahren sehen. Wisst ihr, sie hatte so einen Korb vorne am Lenker mit Milch in Flaschen und Gemüse in Papiertüten. Ich bin mir sicher, dass sie die bei diesem Öko gekauft hat, sonst wäre sie doch mit dem Auto zum Supermarkt gefahren, wie sonst auch immer.»

Die anderen beiden nickten nachdenklich, das war schon sehr eindeutig.

«Haben Sie noch von dem großartigen Ziegenkäse, den Sie letzte Woche hatten? Ich weiß, den haben Sie ja nicht so oft, weil Sie den auf Ihrem Biohof ganz frisch machen», fiel Marianne den anderen laut ins Wort, als sich eine vermeintliche Kundin näherte, die auch gleich interessiert stehen blieb.

«Und dann hätte ich gerne noch ein Glas von Ihrem hausgemachten Honig mit Rosmarin. Es gibt an der ganzen Küste keinen besseren. Ach, geben Sie mir gleich zwei Gläser, der ist ja immer so schnell ausverkauft.»

Marie packte ihr alles ein, gewährte ihr einen großzügigen Rabatt und wandte sich an die Kundin, die am Stand stehen geblieben war. Die blonde Touristin lächelte die Französinnen an, als sie Marie zwei Gläser Honig gab, um sie zu bezahlen. Als ihr Marie großzügig den gleichen Rabatt gewährte, legte die Kundin strahlend noch weitere Produkte dazu. Marie machte ihr einen guten Preis und bedankte sich für den Einkauf, während sie ihr die Tüte überreichte. Als die Kundin außer Sichtweite war, kam Marianne zurück, und die Ware samt Geld wanderte wieder an ihren Platz. Der Trick war gut einstudiert und klappte seit Jahren einwandfrei. Es war ja eigentlich kein Betrug. Marianne hatte die Idee gehabt und festgestellt, dass die Touristen gerne bei Händlern kauften, bei denen auch die Einheimischen kauften. So konnten sie ganz gute Preise erzielen, zumal Marie den

Honig in großen Kanistern im Lebensmitteldiscounter kaufte und dann in Gläser mit Schraubverschluss umfüllte. Sie hatten festgestellt, dass die Produkte sich umso besser verkauften, je «selbstgemachter» sie aussahen. Die Touristen waren schließlich im Urlaub und wollten etwas Besonderes kaufen. So legte sie ein Stückchen karierten Stoff auf den Deckel, band es mit einer hübschen Kordel zusammen und hängte ein handbeschriebenes Kärtchen daran.

«Und du meinst, die hatten was miteinander?» Das Thema war zu interessant, als dass man es hätte fallenlassen können.

«Meine Lippen sind verschlossen, ich will ja keine Gerüchte streuen», sonnte sich Marianne in ihrer Diskretion.

«Aber mit einem hast du auf jeden Fall recht, der Deutsche hatte ja Wucherpreise. Bei dem konnten doch nur die reichen Touristen einkaufen.»

«Eigentlich vor allem die Touristinnen, oder hast du schon mal einen Mann bei ihm gesehen?», kicherte Claudine. «Apropos, schaut mal, der Serge hat schon wieder einen frischen Fisch an der Angel.» Belustigt schauten sie dem wippenden blonden Pferdeschwanz an der Seite des alternden Lebenskünstlers hinterher.

«Na ja, soweit man hört, soll er ja kein Kostverächter gewesen sein, aber dass er so endet ...» Marianne ließ genussvoll den Satz unvollendet in der Luft hängen. Sofort hatte sie die ungeteilte Aufmerksamkeit der beiden Freundinnen zurück. «Ich kann schon gar nicht mehr schlafen», räkelte sich Marianne in den gruseligen Details und schilderte erneut wortreich den unappetitlichen Leichenfund. «Und stellt euch vor, die Möwen haben ihm die Lippen abgerissen.»

«Eklig», schüttelte sich Claudine wohlig, «und hat die Polizei schon einen Verdacht?»

Marianne schüttelte den Kopf.

«Und du?»

Marianne richtete sich auf und schnippte ein imaginäres Staubkorn von ihrer Rüschenbluse. «Meine Lippen sind versiegelt, ich will ja keine Gerüchte streuen.»

Claudine und Marie schauten sich wissend an.

9. KAPITEL

Der scharfe Geruch von Reinigungs- und Desinfektionsmitteln hing ihr immer noch in der Nase. Der grässlich verstümmelte Leichnam hätte ohne weiteres als Requisite in einem Horrorfilm verwendet werden können. Die verquollene weißlichwächserne Haut hatte keinerlei Ähnlichkeit mit dem lebendigen und sehr präsenten Körper ihres Bruders gehabt. Gefasst hatte sie dem lippenlosen Gesicht gegenübergestanden, die Identität sicher bestätigt und anschließend rasch den Raum verlassen. Der Commissaire, der sich während der Prozedur auffällig weit hinten im Raum rumgedrückt hatte und so tat, als ob er sich für die in Äthanol schwimmenden Organe in verschieden großen Glasbehältern interessiere, wollte ihr folgen. Doch der Gerichtsmediziner rief ihn zurück.

«Monsieur le Commissaire, einen Moment noch.» Der Pathologe ließ die Handschuhe schnalzen und warf sie in den Treteimer. Dann zog er den Mundschutz hinunter und ging einige Schritte auf Lucien zu. «Mir ist da etwas aufgefallen, das ich dir gerne zeigen möchte.» Er zog sich ein Paar neue Handschuhe an und winkte Lucien heran. «Oberflächlich betrachtet würde ich davon ausgehen, dass er an diesem Schlag hier auf den Hinterkopf gestorben ist. Das Röntgenbild und die Einblutungen um die Wunde herum weisen darauf hin, dass er noch lebte, als er den Schlag abbekam. Ebenso scheint das rechte Handgelenk gebrochen zu sein. Ich würde daraus erst einmal schließen, dass er versucht hat, sich zu verteidigen. Schau, so.» Der alte Mann stellte sich in eine groteske Abwehrstellung und schaute ängstlich auf einen vermeintlichen Feind.

«Lucien, steh da nicht so dumm rum und grins. Versuch so zu tun, als ob du mich mit einem schweren Gegenstand angreifst.»

Lucien war froh über die Ablenkung, maulte aber trotzdem.

«Etienne, deine Schauspielkunst in Ehren, aber können wir das nicht auch in deinem Büro proben?»

«Zu umständlich, ich will dir ja gleich noch etwas an dem Körper zeigen. Jetzt mach halt mit. Du versuchst mich also zu schlagen.» Lucien seufzte, hob seinen rechten Arm mit einer fiktiven Keule und versuchte den alten Mann vor ihm zu treffen, ohne zu lachen.

Der grauhaarige Gerichtsmediziner wehrte den Luftschlag mit seiner Hand ab, knickte mit den Beinen ein und krümmte sich vor Schmerzen. Lucien hielt erschrocken die Luft an. Er hatte den alten Mann doch gar nicht getroffen, oder etwa doch?

«Mon Dieu, Etienne! Bist du verletzt?»

«Papperlapapp», kam es gedämpft vom Boden, «jetzt schlag halt endlich mal zu.»

Lucien riss so langsam der Geduldsfaden. Er war doch hier nicht im Kasperletheater. Vielleicht sollte er dem Mann zu seinen Füßen den Gefallen tun und richtig zuschlagen. Doch der drahtige Mann kam trotz seiner kurz bevorstehenden Pensionierung erstaunlich schnell wieder auf die Beine.

«Hast du's verstanden? Er hat erst den Schlag mit der Hand abgewehrt und dann einen zweiten auf den Schädel bekommen, an dem er wahrscheinlich gestorben ist.»

Jaja, schon gut, dachte Lucien bei sich, ich bin ja nicht blöd.

«Und das wolltest du mir zeigen?»

«Nein, natürlich nicht, aber das beantwortet vielleicht die Frage, ob es sich um Mord oder einen Unfall gehandelt hat. Es war auf jeden Fall Totschlag: Ob es ein Mord im Affekt oder Notwehr war, kann ich dir natürlich nicht sagen, aber das ist ja auch nicht meine Aufgabe. Da gibt es aber etwas viel Interessanteres. Schau mal hier. Ich muss natürlich noch Proben nehmen, aber das ist schon sehr merkwürdig.»

Lucien versuchte seine Aufmerksamkeit auf die behaarte Stelle oberhalb des rechten Ohres zu fokussieren, ohne sich dabei zu übergeben. Er konnte auf den ersten Blick nichts Ungewöhnliches erkennen und wandte sich rasch ab. Unbewusst hatte er die Luft angehalten. Er sehnte sich nach einer Zigarette, um den Gestank zu überdecken. Instinktiv griff er in die Innentasche seines Trenchs und holte die zerknitterte Schachtel hervor. Sein Blick fiel auf die Verpackung und das Autopsiefoto einer krebszerfressenen Lunge. Merde. Unwirsch stopfte er die Packung in die Jackentasche zurück.

«Lucien, hier ist absolutes Rauchverbot, das weißt du doch», wies ihn der Gerichtsmediziner scharf zurecht. «Außerdem wäre es eh besser aufzuhören, bevor du hier bei mir auf dem Tisch landest.»

Ungeduldig tippte er mit der filigranen Spatelspitze auf das Gewebe und entnahm eine Probe der gelborange öligen Schmiere, die sich wie ein Film über das Haar verteilte. Routiniert füllte er die Substanz in ein Reagenzglas und entnahm noch an anderen Stellen weitere Proben.

Lucien beobachtete ihn eine Weile und fragte dann in die entstandene Stille:

«Und was ist an dem Haargel so besonders?»

«Eh bien, dass es eben kein Haargel ist. Das steht schon mal fest. Riech mal. Möchtest du dieses Bouquet von Meeresdüften im Haar tragen?» Etienne hielt Lucien das Reagenzglas unter die Nase, von dem ein widerlicher Fischgestank ausging.

«Hör auf, mir den Tag zu versauen, und komm endlich auf den Punkt. Ich habe Wichtigeres zu tun, als dir bei deiner Arbeit zuzusehen.»

Der Gerichtsmediziner schaute ihn verärgert an.

«Lucien, was glaubst du, was ich hier gerade mache? Schau halt hin und guck nicht die ganze Zeit auf den Fußboden. Den Anblick hältst du ja wohl aus, oder soll ich dir eine Krankenschwester zum Händchenhalten holen?»

Lucien schaute dem Pathologen erbost in die Augen und fixierte dann demonstrativ die entstellte Leiche.

«Also noch mal, für die nun auch mental anwesenden Zuhörer. Der Leichnam weist ungewöhnliche Spuren einer öligen, hydrophoben Flüssigkeit mit starkem Fischgeruch auf. Spuren dieser Flüssigkeit lassen sich bei oberflächlicher Betrachtung der Leiche auf der Kopfhaut, den Augenwinkeln, der Nasen- und Mundschleimhaut sowie dem Handrücken finden. Der Film erinnert in der Konsistenz an schweres Erdöl und hat sich nicht im Salzwasser abgelöst. Ich lass die Substanz nachher durch den Ionenchromatographen laufen. Fest steht, dass er unmittelbar vor seinem Tod mit dieser ungewöhnlich zähflüssigen, stinkigen Brühe in Berührung gekommen ist.»

Etienne schaute auf und streckte sich. Sein Rücken schmerzte permanent durch die jahrelange Arbeit in gebückter Haltung.

«So, das war's, was ich dir erzählen wollte, jetzt verschwinde endlich. Ich habe zu tun.»

Er wartete nicht Luciens Verabschiedung ab, sondern beugte sich über den Toten, um mit der eigentlichen Obduktion zu beginnen. Als Lucien im Halogenlicht das spitze Skalpell aufblitzen sah, das sich routiniert auf die Haut senkte, um mit dem Y-Schnitt zu beginnen, drehte er sich schleunigst um und verließ den Raum. Kaum hatte er die große Eingangstür der Gerichtsmedizin hinter sich geschlossen, sog er die frische Sommerluft mit tiefen Zügen ein. Er griff nach einer Zigarette, ohne einen Blick auf das abschreckende Foto auf der Packung zu werfen. Gierig nahm er einen tiefen Zug, doch die Zigarette hatte den Geruch des Todes angenommen und schmeckte nach Fisch und Verwesung. Angewidert spuckte er aus, zertrat die Glut unter seinen Schuhen und warf die Packung genervt über den Zaun.

Eine zarte Hand legte sich sachte auf seinen Arm und ließ ihn erschrocken zusammenzucken.

«Können wir jetzt fahren?»

«Oh, Mademoiselle Schumasché, es tut mir leid, dass Sie warten mussten. Es gab noch einige kriminalistische Fragen zu klären, aber wir können jetzt starten.»

Lucien richtete sich zur vollen Größe auf, schob die Sonnenbrille zurecht und strich sich durchs Haar.

«Darf ich Sie vorher noch zu einem café crème einladen? Oder zu einem petit déjeuner? Ich kenne eine kleine Patisserie hier in der Nähe, die für ihre hervorragenden chocolatines berühmt ist.»

Sophie konnte sich zwar nicht vorstellen, jetzt etwas zu essen, aber ein starker Kaffee war bestimmt nicht verkehrt. Lucien holte den Wagen, obwohl das Geschäft nur zwei Blocks entfernt lag. Über diese sinnlose Aktion schüttelte sie den Kopf, als sie bereits nach hundert Metern wieder anhielten. Natürlich gab es um diese Uhrzeit keinen Platz vor der kleinen Patisserie, und so verschaffte sich Lucien eben auf seine Weise einen Parkplatz. Er fuhr direkt auf den Bürgersteig vor dem Laden, stellte das

Blaulicht auf das Dach, legte seinen Dienstausweis auf die Mittelkonsole und stieg aus.

Das kleine Geschäft von Eduard Lepeué in der Rue Balzac war nicht sehr voll. Die meisten Bewohner des Viertels waren im Urlaub, und Touristen fühlten sich anscheinend von der schmucklosen Fassade des Ladens nicht angesprochen. Sie wussten nicht, was sie verpassten.

Durch dickes Glas gegen neugierige Hände und plattgedrückte Nasen geschützt, lagen in der Auslage Maccarons in den herrlichsten Pastellfarben zum Greifen nah. Sophie staunte selber über ihren plötzlich einsetzenden Heißhunger, als sie vor der Auslage stand. Unschlüssig, ob sie ein chocolatine, pain au raisin oder Brioche nehmen sollte, bestellte Lucien derweil eine Schale grand crème für sie beide und zeigte auf ein knuspriges Croissant. Sophie hatte sich inzwischen für ein chocolatine und ein pain au raisin entschieden. Dieses klebrig-süße Gebäck hatte sie schon als kleines Kind geliebt. Mit dem Selbstbewusstsein einer Fünfjährigen war sie, ohne ein Wort Französisch sprechen zu können, zum Bäcker gegangen und hatte «Dö döhons und dö rosöins» genuschelt, auf die begehrten Objekte gezeigt und dabei zwei Finger in die Höhe gestreckt. Mit dem Wort döhon für Croissant hatte ihr Bruder sie noch lange Jahre aufgezogen.

Lucien sah Sophie staunend dabei zu, wie sie mit großem Appetit die fettigen Gebäckstückchen genüsslich mit den Fingern aß. Diese junge Frau war wirklich das komplette Gegenteil von seiner eleganten Exfrau, die sich immer sehr geziert hatte, solche Kalorienbomben auch nur anzufassen. Er fragte sich, ob alle Frauen in Deutschland so waren, und fand den Gedanken zwar befremdlich, aber ganz reizvoll.

Der Commissaire stand nach einem Blick auf die Uhr auf und drängte Sophie zum Aufbruch nach Contis.

Langsam krochen sie aus der Innenstadt und reihten sich in die entnervend langsam vorwärtskriechende Blechlawine ein, die ans Meer fuhr. Bis auf ein paar Gespräche, die Lucien mit den Dorfpolizisten führte und die so weit keine neuen Erkenntnisse brachten, verlief die Fahrt schweigend. Sophie verarbeitete noch die grässlichen Bilder, und Lucien wusste nicht, wie er die Stille durchbrechen und sie aus ihren grüblerischen Gedanken holen könnte.

Als sie endlich an der Wache ankamen, bedankte sich Sophie für die Unterstützung. Commissaire Lefevre öffnete die Kofferraumklappe seines Porsches und reichte ihr die Übernachtungstasche.

«Was werden Sie jetzt machen, Mademoiselle? Fahren Sie zurück nach Deutschland?», fragte er und ertappte sich dabei, dass er hoffte, sie würde noch bleiben.

«Nein, ich bleibe hier. Ich muss ja auch noch die Geschäftspapiere meines Bruders durchsehen, Händler kontaktieren und Bestellungen retournieren.» Ihr wurde ganz schlecht bei dem Gedanken, was ihr noch an Arbeit bevorstand, aber natürlich wusste sie, dass die Probleme nur noch größer werden würden, wenn sie damit noch wartete. Sie schluckte die aufkommende Panik hinunter und griff nach der Tasche, um sich nicht die Blöße zu geben, vor dem Commissaire Tränen zu vergießen.

Rasch stieg Sophie in ihr Auto, das sie gegenüber der Wache abgestellt hatte, und nickte Lucien beim Wegfahren flüchtig zu. Lucien schaute dem Wagen nach, bis er außer Sichtweite war. Er seufzte, als er an den vor ihm liegenden Tag dachte. Jetzt konnte er sich nicht mehr länger davor drücken, mit diesen Provinzdummköpfen zusammenzuarbeiten. Immerhin blieb das hübsche deutsche Fräulein noch vor Ort, das war doch ein Hoffnungsschimmer. Entschlossenen Schrittes ging er auf die

Wache zu und stand vor dem schweren heruntergelassenen Metallgitter.

Na großartig. Der Commissaire schluckte seinen Stolz hinunter, stellte sich auf die Zehenspitzen und versuchte durch die gehäkelten Vorhänge hineinzuschauen. Doch wegen der gleißenden Helligkeit draußen war es nicht möglich, in dem dunklen Zimmer etwas zu erkennen, außer der großen Uhr an der Wand. Da dämmerte ihm, wo die beiden waren. Er drehte sich um und stieg in sein Auto, um zum Bistro «Les Landes» zu fahren.

Sophie fuhr die zehn Kilometer lange Allee entlang zum Hof ihres Bruders. Der Geruch nach Pinien und Meer verstärkte das Gefühl der Unwirklichkeit, als sie den strahlend blauen Himmel betrachtete, der so gar nicht zu ihrer eigenen düsteren Stimmung passte. Wie konnte alles so wunderbar sein, wenn es in ihrem Inneren so verzweifelt tobte? Wohin sie sah, umgab sie Urlaubsgefühl, blauer Himmel und ausgelassene Sommerstimmung. Sie dachte darüber nach, dass ihr Bruder nicht zugelassen hätte, dass sie trauerte, und sie zum Lachen gebracht hätte. In Gedanken versunken, verpasste sie fast die Abzweigung zum Hof. Sie bremste ab, stieg aus und drehte das Hinweisschild, dass der Bioladen geöffnet hatte, um, bevor sie in den schmalen Weg einbog.

Die Schönheit des Hauses ließ sie unwillkürlich die Luft anhalten, als sich die Fassade aus dem dichten Grün herausschob. Sophie fasste spontan den Entschluss, das Haus zu erhalten und im Sinne ihres Bruders weiterzuführen. Was hatte sie schon zu verlieren? In Berlin erwartete sie niemand so schnell zurück, und das Wintersemester war noch fern. Langsam ließ sie den Wagen auf den Platz vor dem Haus rollen, nahm ihre Tasche vom Beifahrersitz und stieg aus. In die Stille mischten sich erneut die Geräusche des Sommers, sie hörte Grillen zirpen und nahm aus der Ferne das Geschrei der Möwen wahr. Sie entfernte das Polizeisiegel an der Tür und begann damit, ihr Gepäck ins Haus zu tragen. Als sie wieder zu ihrem Auto ging, spürte sie einen Anflug von Angst. War sie hier draußen wirklich allein?

«Reiß dich zusammen.» Entschlossen nahm sie die letzte Tasche mit den Strandutensilien und ging ins Haus zurück. Hätte sie dabei noch einmal über die Schulter zurückgeschaut, hätte sie vielleicht die leichte Bewegung des Laubes gesehen, als eine wettergegerbte Hand vorsichtig die Äste auseinanderschob.

Auch Commissaire Lucien Lefevre war besorgt. Er befürchtete, dass die Aufklärung des Falles mit diesen Dorfpolizisten eine Weile dauern könnte. Gereizt stellte er seinen Porsche ins Halteverbot vor dem «Les Landes» und erkannte schon von weitem auf der Terrasse des Bistros die beiden hellblauen Poloshirts der Sergeanten, die gemütlich am Tisch saßen.

«Merde.» François verschluckte sich fast am Baguette, das er sich gerade in den Mund geschoben hatte. Yves folgte seinem Blick, und das schlechte Gewissen schob sich wie eine Wolke über sein Gesicht.

«Ah, Monsieur le Commissaire, wie nett, dass Sie uns Gesellschaft leisten wollen», versuchte Dubertrand die peinliche Situation zu retten.

«Wie war die Fahrt von Bordeaux? Sie haben doch bestimmt Hunger. Setzen Sie sich.» Umständlich zog er einen Stuhl vom benachbarten Tisch herüber und rutschte ein wenig, um Platz zu machen.

Lucien war kurz davor, eine gewaltige Standpauke über das Arbeitsverhalten im Allgemeinen und die Pflichterfüllung im

Speziellen zu halten, als sein Blick auf das Glas mit der milchiggelben Flüssigkeit fiel, das vor Sergeant Dubertrand auf dem Tisch stand.

«Sergeant Dubertrand, trinken Sie etwa im Dienst?» Das war ja die Höhe, was hier für Zustände herrschten.

«Äh, Monsieur le Commissaire, ich hab gedacht ... äh, wir ... äh, na ja, eigentlich sind wir ja gar nicht im Dienst, sondern in der Mittagspause, und da darf man ja wohl ein kleines Gläschen trinken.» Yves stieg die Röte ins Gesicht. Nach dem Auftritt der Marktweiber hatte ihm der Rüffel jetzt gerade noch gefehlt.

Lucien holte tief Luft, und Dubertrand duckte sich unwillkürlich in Erwartung des drohend über ihm schwebenden Donnerwetters.

Doch statt zu explodieren, ließ sich Lucien neben den verdutzten Sergeanten auf den klapprigen Metallstuhl fallen, schluckte seine Moralpredigt hinunter und winkte dem Kellner. Sollten sie das hier doch machen, wie sie wollten, er hatte jetzt Hunger.

«Für mich einen Pastis – einen Feuille Morte –, und was ist heute das Tagesgericht?»

Der Kellner zeigte stumm auf die Schiefertafel am Eingang. Unter der Überschrift «plat du jour» stand Soupe, Ailerons de poulet und Banana Split. Er nickte dem Kellner zu und drehte sich zu den immer noch ertappt dreinschauenden Polizisten.

Dubertrand versuchte sich zu rechtfertigen und fasste das Ergebnis der Zeugenbefragung vom Vormittag zusammen.

Lucien hörte dem ebenso nichtssagenden Bericht des anderen Sergeanten zu, denn auch Chevalier hatte keine neuen Erkenntnisse von den befragten Surfern beizutragen, außer dass der Deutsche ab und zu bei der Surfschule ausgeholfen und Unterricht gegeben hatte. Dabei wechselte der junge Sergeant unsicher einen raschen Blick mit seinem älteren Kollegen. Lucien bemerkte das Zögern und fragte nach. Chevalier zierte sich ein bisschen.

«Ach, Monsieur le Commissaire, das ist bestimmt nicht wichtig, Gerüchte und Dorfklatsch halt.» Dabei versuchte er die knusprigen Hähnchenschenkel auf dem Teller vor sich mit dem Besteck zu zerlegen. Nachdem er die krosse Haut mehr zerfleddert als geschnitten hatte, legte er das Besteck beiseite und fasste den fettigen Schenkel direkt mit den Fingern an.

Lucien, der noch auf sein Essen wartete, schaute ihm dabei zu. Dem Commissaire lief das Wasser im Munde zusammen. Er konnte sich nicht mehr daran erinnern, wann er das letzte Mal Hähnchen gegessen hatte. Seine Ex hätte nicht zugelassen, dass er sich etwas derart Fettiges und Ungesundes bestellte.

Im Vorbeigehen stellte eine junge Bedienung einen braunen Tonkrug mit eisgekühltem Wasser vor den Commissaire sowie ein Glas mit einer klaren gelben Flüssigkeit. Lucien holte die davoneilende Bedienung zurück.

«Mademoiselle! Was ist das? Ich wollte keinen normalen Pastis, sondern einen Pastis Feuille Morte.»

«Pardon, Monsieur, wir haben gerade keine Grenadine mehr, wollen Sie trotzdem einen Schuss Pfefferminzsirup?», versuchte sie mit einem Lächeln den Commissaire zu vertrösten.

«Nein, schon gut, dann trink ich ihn eben so», grummelte er, «aber wenn Sie wollen, dass ich noch mal wiederkomme, dann besorgen Sie fürs nächste Mal Grenadine, und der hier geht aufs Haus, verstanden?» Lucien legte in diesen Satz seine gesamte Autorität und starrte sie so lange an, bis sie mit einem Nicken verschwand. Lucien tat sie fast ein bisschen leid, zumal sie wirklich niedlich war, aber das konnte er ja anschließend mit einem großzügigen Trinkgeld wieder zurechtrücken. Viel wichtiger war, dass er gegenüber den Sergeanten Autorität ausstrahlte.

Er räusperte sich und nickte seinen Kollegen zu. «Was für Klatschgeschichten haben Sie denn gehört, die uns weiterhelfen könnten?», munterte er Chevalier auf, das Gespräch wiederaufzunehmen.

François wollte gerade anfangen, als sie erneut unterbrochen wurden und der Kellner dem Commissaire eilig die Fischsuppe vor die Nase stellte. Lucien tauchte den Löffel in die klare Brühe, auf der Fettaugen schwammen. Seine angeschlagene Laune besserte sich, als er in der reichhaltig mit Fischstücken gefüllten Schale rührte. So mochte er seine provinzielle Fischsuppe. Vorsichtig probierte er einen Löffel. Sie war überraschend delikat, etwas salzig vielleicht, aber durchaus gut essbar. Vielleicht war ein Mittagessen auf der Terrasse des «Les Landes» unter strahlend blauem Himmel ja doch eine gute Alternative zu seinem verstaubten Büroalltag. Lucien tauchte den Löffel erneut ein und forderte Chevalier auf, endlich zu erzählen.

«Wie gesagt, eigentlich habe ich nicht viel erfahren. Der Deutsche hat ab und zu bei der Surfschule ausgeholfen. Er hat den Touristen erklärt, dass sie bei den Sandbänken höllisch aufpassen müssen, damit sie nicht abgetrieben werden und in Spanien wieder auftauchen. Er hat das wohl ganz gut gemacht und war zumindest bei den Teilnehmerinnen ziemlich beliebt. Da gibt's 'ne Menge Klatsch, dass er nicht nur Theorie unterrichtet hat, wenn Sie verstehen, was ich meine. Die Zwillinge waren wohl auch nicht gut auf ihn zu sprechen, wollten aber nichts weiter dazu sagen.»

«Zwillinge?» Lucien schob die leere Suppenschale zur Seite. «Was für Zwillinge?»

Dubertrand erklärte Lucien, dass die Zwillinge Serge und Michél im Prinzip zum Dorfinventar gehörten. Die beiden Männer hatten ihre Berufe an den Nagel gehängt und schon früh beschlossen, ihren Traum zu verwirklichen: Sie hatten selbst einen Katamaran gebaut und den Atlantik nach Amerika überquert. Ohne GPS und Verpflegung waren sie nach mehreren Wochen in der Karibik angekommen. Seitdem waren die beiden so etwas wie Lokalhelden und sonnten sich in ihrer Bekanntheit, vor allem bei den Touristinnen. Tagsüber hingen sie am Strand herum und beschäftigten sich den ganzen Tag mit Surfen, bastelten an dem Katamaran oder flirteten. Die Haut der beiden hatte inzwischen die Farbe und Konsistenz von dunklem, gegerbtem Leder angenommen. Serge und Michél seien die ungekrönten Könige von Contis.

«Und weswegen hatten sie dann ein Problem mit dem Deutschen?» Lucien griff hungrig einen Hähnchenschenkel vom Teller, den der Kellner gerade vor ihn stellte.

«Es gibt Gerüchte, dass der Ecolo wohl ein Verhältnis mit einer aus dem Dorf hatte», ergänzte Dubertrand den Bericht seines Kollegen, der bei dessen Worten kaum merklich die Luft anhielt.

«Und das stört die Zwillinge?»

«Na ja, stören. Es gab da wohl Gerüchte, dass er was mit der kleinen Schwester der beiden hatte, oder, Yves?»

Er blickte ihn Zustimmung heischend an.

«Stimmt, das Gerücht hab ich auch gehört. Aber das war wohl keine so besonders glückliche Liaison. Kurz und schmerzhaft, würde ich sagen. Jedenfalls haben sie dem Deutschen an Silvester ganz schön die Meinung gesagt. Aber ich kann nicht sagen, ob das wegen der Schwester war. Die beiden streiten ganz gerne mal lautstark. Da muss nicht unbedingt ein echter Grund vorliegen. Genau wie bei den Bogosch-Brüdern. Liegt vielleicht daran, dass Brüder ganz gerne mal ihre Grenzen untereinander austesten.»

«Also, da kommen wir wohl erst mal nicht weiter», unterbrach Lucien den Sergeanten. Er hatte mittlerweile mitbekommen, dass er gerne abschweifte. «Aber haltet mal die Ohren offen für Klatsch. Liebe, Eifersucht, Hass könnten Motive gewesen sein, wenn der Typ viele Weibergeschichten am Laufen hatte. Wir sollten uns auch mal die gehörnten Ehemänner anschauen, nicht dass da jemand dem Treiben einen Riegel vorgeschoben hat.»

Lucien betrachtete den vollmundig als Banana Split angekündigten Nachtisch. Vor ihm lag eine aufgeschnittene Banane mit Sprühsahne und Kakaopulver.

Er schob den Teller zur Seite. Als er François' gierigen Blick auffing, reichte er ihm aufmunternd den Teller.

«O danke, Monsieur le Commissaire! Mein Lieblingsnachtisch, keiner macht ihn besser als das ‹Les Landes›, wollen Sie wirklich nicht?»

«Nein danke, essen Sie nur. Ich mach mir nichts aus Obst.» Er winkte den Kellner heran, bestellte für alle noch einen café crème und suchte nach Zigaretten. Merde, die Packung hatte er ja weggeworfen. Dieser Fall verdarb ihm noch den letzten Spaß am Junggesellendasein.

Lucien legte das Geld auf den Tisch und stand auf. Die beiden Sergeanten folgten ihm und blieben vor dem Porsche stehen. Yves griff gerade in die Hosentasche, um den Strafzettelblock rauszuziehen, als François zischte: «Der gehört dem Chef.»

Lucien rückte seine Sonnenbrille zurecht und stieg im sicheren Bewusstsein ein, alle Blicke auf sich zu ziehen. Betont lässig ließ er die Scheibe herunter und signalisierte ihnen, sich zu ihm hinunterzubeugen.

«Sergeant Chevalier, fahren Sie bitte zum Hafen und befragen Sie die Fischer, ob jemandem ein Netz fehlt. Und Sergeant Dubertrand, Sie kümmern sich um die Weibergeschichten des

Opfers. Vielleicht hören Sie sich auch mal auf dem Campingplatz bei den Touristen um.»

Die beiden nickten und verharrten erwartungsvoll in der unbequemen Haltung.

«Ja, worauf warten Sie noch, vite, vite, an die Arbeit!»

Sofort richteten die beiden sich auf und wechselten einen für den Commissaire nicht sichtbaren Blick.

«Ach ja», Lucien beugte sich aus dem Fenster, «falls Sie Ihren ominösen Chef sehen oder sprechen: Ich werde langsam ungeduldig. Er hat gefälligst auf der Wache zu erscheinen, wenn in seinem Dorf eine Leiche an den Strand gespült wird.» Noch bevor die beiden etwas erwidern konnten, kurbelte Lucien die Scheibe hoch und gab geräuschvoll Gas.

«Und was macht *er* jetzt?», fragte François.

«Frag lieber nicht. Hauptsache, es beschäftigt ihn bis morgen, und wir müssen ihn heute nicht mehr ertragen.» Yves dachte mit Unbehagen an seinen Auftrag. Aber immerhin konnte er so von der Fährte ablenken, die ihm ganz und gar nicht passte.

10. KAPITEL

Das Röhren des starken Motors versetzte Lefevre immer in eine Art Meditation. Nirgends konnte er so gut abschalten wie hinter dem Lenkrad seines Sportwagens. Lucien ließ den Blick hinauf in das grüne Dach der Allee schweifen, durch das sich Flecken von azurblauem Himmel schoben. Zarte Töne eines alten Chansons umspielten sein Ohr und verführten ihn dazu, die Melodie mitzusummen. Er genoss den kurzen Augenblick der Entspannung und atmete tief durch, als er die wenigen Kilometer von Lit-et-Mixe nach Contis fuhr. Als er auf die Straße in Richtung Küste abbog, nahm der Verkehr merklich zu und seine gute Laune merklich ab.

Schleichend erreichte er das kleine Dörfchen Contis-Plage. Die einzige Hauptstraße und damit die direkte Zugangsstraße zur Düne und dem Parkplatz war nicht passierbar. Touristen schlenderten seelenruhig durch die hupenden Autos und stoppten dadurch zusätzlich den Verkehr, der sich durch die zugeparkte Straße schlängelte. Zudem stellten einige Autofahrer ihre Wagen einfach in zweiter Reihe ab oder parkten direkt auf dem Bürgersteig. Lucien bog daher rasch in eine kleine Seitenstraße ab, die zum alten Marktplatz, dem Friedhof und einer kleinen Kirche führte.

Er parkte direkt vor dem Hotel «Belle Atlantique». Gegenüber warb ein altmodisches Kino mit dem neuesten Blockbuster. Lucien warf einen Blick auf das Filmposter, das hinter Glas in einem schlichten Holzrahmen hing, von dem die Farbe bereits abblätterte. Den Film hatte Lucien mit seinen Bürokollegen bereits gesehen. Provinziell, dachte Lucien abfällig, und der Gedanke galt auch dem Hotel. Das «Belle Atlantique» war wie eine Zeitkapsel aus den siebziger Jahren. Obwohl Contis-Plage im Sommer von Touristen überrannt wurde, gab es hier kaum Gäste, die für einen längeren Zeitraum im Hotel blieben. Die meisten Touristen wohnten in Ferienwohnungen oder auf einem der zahlreichen Campingplätze. Das Hotel war oft nur eine Notunterkunft, wenn es mal wieder sintflutartig geregnet hatte und die Camper genug vom Outdoor-Vergnügen hatten. Die Touristen, die ihren Urlaub im Hotel verbringen wollten, stiegen lieber in den luxuriösen Unterkünften im malerischen St.-Jean-de-Luz oder mondänen Biarritz ab, die mit eleganten Strandpromenaden lockten. Contis konnte weder eine Promenade noch ein gehobenes Hotel vorweisen, dafür aber einen nahezu unberührten Naturstrand. Dementsprechend lockte es traditionell eher die Naturliebhaber, Surfer und Aussteiger an.

Lucien wurde aus seinen Gedanken gerissen, als eine alte Frau aus der Küchentür geschlichen kam, sich die Hände an der Schürze abwischte und mit kreischend heller Stimme ein «Ça va?» krächzte. Lucien orderte ein Einzelzimmer und nahm den Schlüssel entgegen. Die ältere Dame nannte ihm den Stock und wies ihm mit einem Kopfnicken den Weg zur Treppe. Er wartete noch einen Augenblick, um ihr die Gelegenheit zu geben, ihm das Zimmer zu zeigen, doch sie nickte ihm nur kurz zu, nuschelte etwas von einem schönen Aufenthalt und schlurfte zurück in die Küche.

Lucien ging die knarzende Treppe hinauf und suchte im dämmrigen Flur sein Zimmer. Der Raum war spartanisch eingerichtet, aber überraschend groß und hell. Durch die Fenster blickte er auf die kleine Straße und das Kino hinunter. Dahinter, auf der Düne, konnte er Häuser in verschiedensten Baustilen erkennen. Wie bunte Bauklötze durcheinandergereiht, bildeten sie eine Art Krone. Ein großes Schild kündigte den Bau weiterer Apartments an. Kaufinteressenten konnten sich bei einem Immobilienbüro melden. Das Bild zeigte eine moderne Anlage mit etwa dreißig Wohneinheiten. Nachdenklich ließ er den Blick über die unterschiedlichen Häuserdächer schweifen. Man konnte den Deutschen ja schon ein bisschen verstehen. Die Bebauung der Düne war wirklich eine Katastrophe. Aber der Wertzuwachs der Immobilien war natürlich gigantisch, für diesen unverbaubaren Blick waren die Leute verständlicherweise bereit, viel Geld in die Hand zu nehmen.

Lucien stellte seine Tasche ab, zog die Vorhänge zu, um die Hitze draußen zu lassen, und hängte seinen Trench und das zerknitterte Jackett an die Garderobe. Kurz prüfte er im bodentiefen Spiegel, der an der Rückseite der Tür befestigt war, seine Erscheinung. Er glättete mit der Hand sein weißes Hemd, zog die cremefarbene Anzughose wieder in Position, band sich die Krawatte ab und öffnete die oberen Knöpfe. Ja, so war es besser, dachte er. Strich sich noch kurz durchs Haar und ging wieder hinaus.

Das gleißend helle Tageslicht blendete ihn, als er die dunkle Eingangshalle verließ, und er beeilte sich, seine neue Sonnenbrille aufzusetzen. Ziellos schlenderte er die Straße hinunter und ging in den ersten Kiosk auf seinem Weg, um sich neue Zigaretten zu kaufen. Ein großes Regal nahm die gesamte Wand ein und bot unterschiedlichste Zeitungen, Bücher und

Zeitschriften in verschiedenen Sprachen an, daneben standen Muscheln, Leuchttürme, Plastikeimer und Sandförmchen.

Der kleine Laden war gut besucht. Doch die Gespräche der Leute waren bei seinem Eintreten schlagartig verstummt. Neugierige Blicke verfolgten jede seiner Bewegungen. Anscheinend hatte es sich schon rumgesprochen, dass der Commissaire im Dorf abgestiegen war. Wahrscheinlich hatte die alte Wirtin nichts Besseres zu tun gehabt, als direkt alle im Dorf anzurufen. In die Stille hinein kaufte Lucien zwei Packungen Zigaretten und die Lokalzeitung. Er bezahlte und versuchte das Gespräch auf den Toten zu bringen. Da sich dabei jedoch alle Augen auf ihn richteten und der Ladenbesitzer knapp meinte, er hätte den Ecolo gar nicht gekannt, gab er die Befragung rasch auf. Hier würde er nicht weiterkommen. Schließlich gab er dem Verkäufer seine Visitenkarte.

«Rufen Sie mich doch bitte an, Monsieur, falls Ihnen etwas einfällt, was mit der Tat zu tun haben könnte.»

Beim Hinausgehen sah Lucien im Augenwinkel, wie der grauhaarige Ladenbesitzer die Karte demonstrativ in den Papierkorb fallen ließ. Seufzend trat er hinaus in den Sonnenschein und geriet in eine Gruppe gutgelaunter Touristen. Ziellos ließ er sich mitziehen und stand nach ein paar Metern vor einem kleinen Lebensmittelmarkt, der jeden nur möglichen Zentimeter seiner kleinen Fassade mit allerlei Touristen-Krimskrams gepflastert hatte: Schwimmreifen, aufgeblasene Luftmatratzen in lustigen Tierformen, Strandlaken, Pareos, Strohhüte, ja selbst ein Ständer mit Bikinis und Schnorchelmasken. Drinnen setzte sich dieses Chaos fort. Die Regale waren vollgestopft mit Lebensmitteln, Drogerie- und Hygieneartikeln, Putzmitteln, Tiernahrung und Getränken. Lucien schob sich zum Kühlschrank und griff eine Flasche Wasser, stellte sich in die Schlange und nahm schon mal einen kräftigen Schluck aus der Plastikflasche.

«He, Monsieur. Erst bezahlen und dann trinken.»

Lucien drehte sich ertappt um. Neben ihm hatte sich eine ältere Frau aufgebaut, die Besitzerin, die mit keifender Stimme auf ihn einredete. Gab es in diesem Dorf denn nur hässliche alte Frauen?

Lucien nickte und schob sich eingeschüchtert in der Schlange weiter. Dabei schnappte er ein Wortgefecht zwischen ihr und einigen Touristinnen auf, die sich beschwerten, dass die Milch sauer und der Joghurt bereits abgelaufen war.

«Woher soll ich denn wissen, ob ihr die Produkte bei mir gekauft habt und nicht im SuperU in Lit-et-Mixe? Meine Ware ist immer einwandfrei», wetterte die Alte zurück. Doch als sie den skeptischen Blick von Lucien auffing, überlegte sie kurz und bot den Kundinnen dann großzügig einen Umtausch an. Lucien beschloss, noch einen Versuch zu wagen.

«Ah, Madame, darf ich einen Moment Ihrer kostbaren Zeit stehlen? Ich bin Commissaire Lucien Lefevre, leitender Ermittler der Mordkommission aus Bordeaux.»

Lucien spürte förmlich, wie die Hexe, wie er sie insgeheim nannte, bei seinem schmeichelnden Ton und der Nennung seines Ranges aufblühte, und musste unwillkürlich lächeln, als sie sich eine Haarsträhne kokett hinters Ohr schob. Gut, dass kein Sergeant sah, wie er versuchte, sich bei der Alten anzubiedern. Was tat man nicht alles für eine Information.

«Madame, Sie haben bestimmt von der Leiche am Strand gehört.» Der Blick der Alten verfinsterte sich augenblicklich. «Kannten Sie das Opfer?»

«Nein, den Ecolo kannte ich nicht. Den wollte ich auch gar nicht kennen. Der war ja was Besseres und wollte mit uns eh nichts zu tun haben. Das hat die kleine Monique dann ja auch gemerkt. Selber schuld, das kleine Luder, wenn sie sich ihm so an den Hals schmeißt.»

«Äh, Sie sprechen von der kleinen Schwester der Zwillinge? Was war denn mit ihr und dem Deutschen?»

Die Alte biss sich schuldbewusst auf die Zunge. Sie wollte dem Commissaire doch gar nichts sagen. Sie drehte sich erstaunlich flink um und begann demonstrativ die Ware im Regal umzustellen.

Der Commissaire sprach sie noch einmal an, doch sie stellte sich taub und blind. Genervt ging Lucien zur Kasse.

«Bonjour, Monsieur, das macht 12 Euro.»

«Wie bitte? 12 Euro für eine Flasche Wasser?»

«Für eine Flasche Wasser, zwei Packungen Zigaretten und eine Tageszeitung», erklärte die junge, ganz ansehnliche Verkäuferin an der kleinen Kasse.

Lucien hatte in Gedanken seine Einkäufe aus dem Kiosk mit auf die Theke gelegt. Ruhig versuchte er ihr den Sachverhalt zu erklären. Doch die Menschen hinter ihm in der Schlange murrten bereits genervt. Schließlich waren sie hier im Urlaub, und die Zeit war viel zu kostbar, als sie in der Schlange stehend zu verschwenden. Chloe Moisson, wie sie laut Namensschild hieß, blieb jedoch unbeeindruckt von seinem Erklärungsversuch, bot ihm aber an, ihre Mutter zu rufen, um die Sache zu klären.

Der Commissaire starrte sie an. Das war kein Angebot, sondern eine Drohung, so viel war sicher. Er hatte jetzt schon Mitleid mit dem späteren Ehemann und keine Lust, sich noch einmal mit der alten Schachtel auseinanderzusetzen. Genervt legte er das abgezählte Geld auf die Kasse und ging grummelnd aus dem Laden.

Vor der Tür unterhielten sich zwei Touristinnen lautstark.

Lucien schnappte das Wort «Schumacher» auf. Vielleicht waren diese beiden ja auskunftsfreudiger als die Dorfbewohner. Die beiden Deutschen zeigten sich geschockt über den Tod von Thomas Schumacher. Sie schwärmten ihm von dem wunderschönen Haus im Wald und dem gepflegten Hofladen vor. Wenn er ihren Französisch-Englisch-Mischmasch richtig deutete, hatten sie immer lieber bei dem netten Deutschen eingekauft als hier im überteuerten und unfreundlichen Strandladen. Die beiden sprachen aufgeregt durcheinander, und Lucien, dessen Englischkenntnisse nicht ausreichten, um dem Geschnatter folgen zu können, verabschiedete sich rasch. Das brachte ihn auch nicht weiter.

Während Lucien an der Verschlossenheit der Dorfbevölkerung und der Offenheit der Touristinnen verzweifelte, versuchte Sophie Ordnung in die durchwühlte Bauernkate zu bringen. Entschlossen sperrte sie die Flügel der großen Terrassentür auf, öffnete die Fenster und ließ die Sonne in alle Räume, um die trübe Stimmung zu vertreiben. Laute Musik flutete die Räume und fegte die abgestandene Luft nach draußen.

Energisch band sie die Haare, die ihr in wilden Locken auf der Schulter lagen, hoch und strich sich eine vereinzelte blonde Locke, die sich befreit hatte, mit einem Klämmerchen fest. Sophie überlegte nicht lange, wo sie wohl am besten begann, sondern hockte sich an der Stelle, an der sie gerade stand, auf den Boden. Sie griff nach den verstreut liegenden Büchern, Zeitschriften und Katalogen. Es waren vorwiegend Naturzeitschriften und Fachliteratur zur Ökologie. Sie erinnerte sich wieder daran, dass vor einigen Jahren Thomas' ökologisches Bewusstsein erwacht war, nachdem er eine Reportage über die Zerstörungen durch den Klimawandel und Monokultur gesehen hatte. Dass er sich kaum noch für etwas anderes zu interessieren schien, erstaunte sie aber doch sehr. Na ja, ihr Bruder war schon immer etwas extrem gewesen.

Da die meisten Gegenstände nur einfach aus den Schubladen und Regalen auf den Boden gefegt worden waren, bekam sie das Chaos viel schneller in den Griff, als sie anfangs gedacht hatte. Nachdenklich griff sie nach einer unter dem Sofakissen herausschauenden Metallschnalle. Sie betrachtete die alte Armbanduhr in ihrer Hand, die wohl bei dem Chaos in die Sofaritze gerutscht war. Das antike Schmuckstück war ein Erbstück von ihrem Großvater und hatte nicht nur ideellen Wert. Soweit Sophie wusste, war so eine alte Jäger Le Coultre aus den frühen dreißiger Jahren ein Vermögen Wert. Sie legte sich die eckige Herrenuhr auf ihren zarten Arm und spürte das angenehm kühle Metall auf der Haut. Sie schloss andächtig das noch ganz ansehnliche Krokolederarmband, zog die Mechanik vorsichtig auf und stellte die Uhrzeit ein. Erstaunlich, dass der Einbrecher sie liegengelassen hatte. Er musste es auf etwas Bestimmtes abgesehen haben.

Sophie schaute sich um. Was könnte hier fehlen? Als ihr Blick auf den umgeworfenen Papierkorb neben dem zierlichen Sekretär ruhte, wurde ihr schnell klar, was es war. Natürlich! Der Laptop fehlte. Er hatte ihr etwa vor einem Jahr erzählt, dass er sich einen neuen zulegen wollte. Da er in den Herbst- und Wintermonaten kaum verdiente, hatte er begonnen, für verschiedene größere Naturzeitschriften zu schreiben. Sophie griff nach dem Stapel mit den Zeitschriften und blätterte sie mit neu erwachtem Interesse durch. Tatsache. Ihr Bruder hatte einige längere Reportagen geschrieben und stand manchmal sogar als fester freier Mitarbeiter im Impressum.

Und noch etwas fehlte: die Kamera. Soweit sie wusste, waren

die Fotos besser bezahlt als die Textbeiträge. Er war immer sehr bemüht gewesen, möglichst viele Fotos unterzubringen. Sie griff wieder nach einem Stapel Bücher.

Irgendwie war es tröstlich, die Sachen ihres Bruders aufzuräumen. Fast alle Romane, Krimis und Thriller seiner Büchersammlung hatte sie auch schon gelesen oder sich vorgenommen, irgendwann einmal zu lesen. Vielleicht würde sie sich ja mal eine Auszeit gönnen, das Wintersemester ausfallen lassen und einfach hierbleiben und lesen. In Berlin wartete kein Verlobter mehr auf sie, und ihre Freunde hielten wegen ihres straffen Zeitplans eh nur über E-Mail oder Telefon Kontakt mit ihr, da sie ja nie Zeit hatte. Ihr Bruder hatte sie eindringlich davor gewarnt, ihr Leben zu sehr zu verplanen und ehrgeizig mit Scheuklappen durchs Leben zu gehen. Er hatte sie schon fast beschworen, das Leben zu genießen. Und jetzt saß sie durch seinen plötzlichen Tod von ihren Scheuklappen befreit in seinem Haus. Sie beschloss, auf der Stelle damit aufzuhören, pflichtbewusst die Wohnung aufzuräumen.

Mit der Kaffeetasse in der Hand ließ sie sich auf das gemütliche Sofa fallen. Sie schaute die Bücher auf dem Tisch durch. Erfreut nahm sie den dicken Gedichtband «Die Blumen des Bösen» von Charles Baudelaire auf den Schoß. Das Buch hatte sie schon in jungen Jahren fasziniert. Wahrscheinlich weil ihr Bruder ihr es mit den Worten «Das ist noch nichts für dich» weggenommen hatte. Immer wenn er außer Haus war, hatte sie sich in sein Zimmer geschlichen, um heimlich darin zu lesen. An das Kribbeln im Bauch, das sich bei der damals Achtjährigen einstellte, konnte sie sich noch gut erinnern. An den Inhalt weniger, da sie kaum einen Sinn hinter den schwierigen Versen ausmachen konnte. Fast zwanzig Jahre hatte sie es nicht mehr in der Hand gehabt. Es war noch dieselbe alte, abgegriffene Ausgabe.

Erschrocken hielt sie die Luft an, als ihr etwas aus dem Umschlag entgegenfiel. In ihrem Schoß lag ein dünnes rotes Moleskine. Sophie blätterte die ersten Seiten durch. In akkurater Handschrift waren die Klatschgeschichten aus dem Dorf dokumentiert, die ihr Bruder schon am Telefon zum Besten gegeben hatte. In dem Moment klingelte das Telefon. Sophie legte das Heft wieder in den Umschlag und griff nach dem Hörer.

«Bonjour, Mademoiselle Schümasche, hier spricht Commissaire Lucien Lefevre, dürfte ich Sie bitten, noch einmal zu uns auf die Wache zu kommen? Wir müssten das Protokoll aufnehmen. Ich weiß, dass dies nicht angenehm für Sie ist, und hoffe, dass Sie die Unannehmlichkeiten verzeihen.»

Sophie versprach, in wenigen Minuten in Lit-et-Mixe zu sein. Unwillkürlich musste sie über die stets kreative Aussprache ihres Namens den Kopf schütteln. Der Commissaire konnte sich das Wort Schumacher wohl einfach nicht merken, oder er war zu faul, sich die Mühe zu machen, es korrekt auszusprechen. Sie stellte die Tasse in die Spüle und verstaute die restlichen Bücher ordentlich im Regal. Beim Hinausgehen verriegelte sie die Terrassentür, stieg in ihr Auto und verließ in einer Staubwolke den Hof, ohne den Schatten zu bemerken, der auf der Rückseite entlanghuschte.

Der Commissaire hob den Kopf, als sich die Tür öffnete.

«Mademoiselle Schümake», begrüßte er sie herzlich. «Entschuldigen Sie das Prozedere, aber wir müssen noch ein paar Fragen nachgehen. Setzen Sie sich doch bitte.» Galant rückte er ihr einen Stuhl zurecht.

«Haben Sie schon eine Spur?» Sophie setzt sich angespannt auf die Stuhlkante.

«Leider nicht, aber wir glauben, dass es sich um eine Beziehungstat handeln könnte. Hat er Ihnen gegenüber mal jemanden erwähnt? Hatte er vielleicht eine amouröse Beziehung im Dorf?»

Sophie ließ die letzten Telefonate und Briefe Revue passieren, konnte sich aber an nichts Bestimmtes erinnern.

«Er hat schon von der einen oder anderen Frau erzählt», begann sie vorsichtig. Aber sie hatte nie auf Namen geachtet. Sie hatte aber den Eindruck, dass Thomas mit der Dorfbevölkerung nur wenig zu tun hatte und stattdessen eher auch mal Freunde aus Deutschland zu Besuch hatte. «Ich werde mich mal in seinem Freundeskreis umhören.»

In dem Moment kamen Dubertrand und Chevalier in die Wache geschlendert, sahen den Commissaire und Sophie und eilten geschäftig zu ihren Plätzen. Lefevre schaute demonstrativ auf seine Uhr, nickte ihnen streng zu und wandte sich erneut an die vor seinem provisorischen Schreibtisch sitzende Zeugin.

Von der Tür dröhnten die Geräusche eines Akkubohrers durch das Zimmer. Der Schlosser war nach mehrfacher Aufforderung und unter Androhung von Strafe endlich erschienen, um das verklemmte Schloss zu reparieren. Lucien hatte den Verdacht, dass er nun besonders störend arbeitete, um zu demonstrieren, dass er anwesend war. Wie sollte man hier eine ordentliche Zeugenbefragung durchführen, wenn ständig jemand hereinkam? Wie aufs Stichwort erschien Marianne Fournets füllige Figur im Türrahmen. Dubertrand verschwand umgehend auf die Toilette, als er den weiten Seidenrock erblickte. Die Frau des Metzgers rauschte in die Wache, stellte ihren Weidenkorb auf den Tisch von Chevalier und räumte betont langsam die beim Metzger bestellte Ware aus ihrem Korb.

Lucien schüttelte den Kopf und schaute aufmunternd in das hübsche Gesicht seines Gegenübers.

«Entschuldigen Sie die Unterbrechung, Mademoiselle Schümatche, bitte fahren Sie doch fort. Können Sie sich einen Grund denken, warum er hier im Dorf Feinde gehabt haben könnte?»

In Gedanken versunken, hatte Sophie nichts von dem Auftritt der Metzgersfrau mitbekommen, die sich hinter ihrem Rücken damit abmühte, die Ware möglichst langsam auszupacken.

«Wirklich, Monsieur le Commissaire. Ich kann mich an nichts Besonderes erinnern. Sind Sie sicher, dass es jemand aus dem Dorf war?»

Marianne erstarrte in der Bewegung, das war hier ja noch viel interessanter, als sie gedacht hatte.

«Ich kann mir beim besten Willen nicht vorstellen, wer meinen Bruder so gehasst haben könnte. Natürlich hatte er seine Fehler, und er liebte es, die kleinen Schwächen und Geheimnisse der Leute herauszukitzeln und sie damit aufzuziehen. Aber das war doch für ihn stets nur ein Spiel. Thomas liebte die Inszenierung. Er hat schon früher für mich Zettelchen mit kleinen schmutzigen Geheimnissen aus der Nachbarschaft versteckt, die ich dann suchen sollte. Aber er hat das doch nie ernst gemeint.» Sophie dachte an das blutrote Moleskine und den entstellten Körper ihres Bruders. «Vielleicht ist er jemandem zu nahegekommen. Eventuell steht ja doch etwas in dem Notizbuch», sagte sie mehr zu sich selbst.

Commissaire Lefevre fing den neugierigen Blick von Madame Fournet auf, die vergessen hatte, weiterhin so zu tun, als sei sie mit dem Zubereiten der Brote beschäftigt.

«Danke für die Lieferung, Madame, ich rechne später mit Ihnen ab.» Lucien machte eine wegwischende Bewegung Richtung Tür.

Die Frau des Metzgers sammelte rasch ihre Sachen zusammen und nickte Sophie kurz zu, die sich erstaunt zu ihr umdrehte, als ihr bewusst wurde, dass noch mehr Personen im Raum waren.

Kaum hatte Marianne die Wache fluchtartig verlassen, kam Sergeant Dubertrand zurück und setzte sich neben Sophie.

«Entschuldigen Sie die Unterbrechung, ich wollte nur verhindern, dass diese neugierige Person zuhört. Bitte erzählen Sie von dem Notizbuch.»

Sophie zögerte. Sie hatte eigentlich gar nicht darüber sprechen wollen, da es sicherlich nicht für die Augen der Polizei bestimmt war.

«Ach, ich glaube, das ist nicht weiter wichtig. Ich hab beim Aufräumen ein kleines Notizbuch von Thomas gefunden, aber beim raschen Durchblättern nichts Interessantes erfahren, was er mir nicht auch schon am Telefon erzählt hatte.»

«Dürfte ich das Buch mal sehen?», hakte jetzt Dubertrand nach und schaute interessiert zu ihrer Handtasche.

Das hatte ihr gerade noch gefehlt. Soweit sie sich erinnerte, hatte sie auch seinen Namen gelesen. Sie griff nach ihrer Tasche und zog sie schnell zu sich auf den Schoß.

«Ich habe es im Haus gelassen. Aber ich kann nachher gleich reinschauen und Sie anrufen, falls ich irgendetwas finde, das mit dem Mord in Zusammenhang stehen könnte.»

«Monsieur, ich fahr dann noch einmal zum Strand und befrag den Leiter der Surfstation, der heute Nachmittag wieder da sein soll», verabschiedete sich Chevalier und ging hinaus, ohne die Reaktion seines Chefs abzuwarten.

«Äh, ja, ist gut. Aber bis morgen früh liegt das Protokoll auf meinem Schreibtisch», rief der Commissaire dem Sergeanten nach, der schon an der Tür war. «Dubertrand, dann gehen Sie halt jetzt zum Hafen und befragen die Fischer, oder war Chevalier schon dort?»

«Nein, soweit ich weiß, meinte er, dass die Fischer erst am Nachmittag von ihrer Tour zurückkämen.»

Sophie stand auf.

«Wenn Sie sonst keine Fragen mehr haben, würde ich gerne noch ein paar Lebensmittel einkaufen, bevor die Geschäfte schließen.»

Lucien begleitete sie hinaus. Er sollte lieber mit Dubertrand zum Hafen fahren, um sich nach den Netzen zu erkundigen. Immerhin war das momentan ihre einzige Spur, und er wollte die Verantwortung dafür nicht dem Sergeanten überlassen. Außerdem wollte er sichergehen, dass er wirklich die Fischer befragte und nicht in der Hafenkneipe versackte.

11. KAPITEL

Sergeant Dubertrand setzte sich ans Steuer des blau-weißen Renaults. Nach kurzer Fahrt bog er von der Hauptstraße in die kleine Landstraße zum alten Fischereihafen ein, der etwas außerhalb von Contis in Richtung Cap de l'Homy lag. Die kaum befahrene Straße schlängelte sich idyllisch durch die Ausläufer der Pinienwälder und der versandeten Dünenvegetation. Lilablaue Farbflecken mit blühendem Heidekraut, bruyère genannt, bedeckten den Waldboden und dufteten aromatisch. Eine Weile lang folgte die Straße dem natürlichen Verlauf eines kleinen Flusses, der durch zulaufende Nebenäste beständig breiter wurde. Schließlich überquerten sie den Fluss über eine schmale Holzbrücke. Die asphaltierte Straße endete an einer kleinen Ausbuchtung, die sich in einer natürlichen Beuge des Flussarms gebildet hatte. Luciens Blick folgte dem weiteren Verlauf des Flusses und konnte am Horizont die Mündung und den Wellengang des Atlantiks ausmachen.

Der kleine Hafen verdiente eigentlich kaum die großspurige Bezeichnung «Port Bay of Biscay». Eine Handvoll kleiner Fischerboote war an der provisorisch gemauerten Kaimauer vertäut sowie eine strahlend weiße Yacht, die alleine sicherlich mehr wert war als die anderen Boote zusammen. Dubertrand stellte den Einsatzwagen auf dem gekiesten Platz neben den Trailern ab, mit denen die Fischer ihre Boote für anfallende Reparaturen an Land zogen. Über einem Holzzaun hingen die bunten Netze zum Trocknen aus. Von der Sonne und dem Meer gebleichte Bojen und Tender rundeten das idyllische Bild ab. Geschmeidig stieg Dubertrand aus, setzte seine Dienstmütze auf und ging ein paar Schritte auf die Wellblechbaracke zu, die als Unterstand und Kaffeehäuschen diente. Lucien bemühte sich, an ihm vorbeizukommen und als Erster durch die Tür zu treten. Yves machte unwirsch Platz und überließ unwillig seinem Vorgesetzten den Vortritt.

«Bonjour, Messieurs. Ich bin Commissaire Lefevre aus Bordeaux, Leiter der hiesigen Mordkommission. Ich würde Ihnen gerne ein paar Fragen hinsichtlich des gestrigen Leichenfundes stellen», wandte sich Lucien beim Eintreten an die Männer, die an einfachen Holztischen zusammensaßen. Elf Augen richteten sich in der plötzlichen Stille gespannt auf ihn, und ein zwölftes starrte an ihm vorbei. Der Mann mit dem Glasauge stand auf und ging auf ihn zu.

«Bonjour, Monsieur le Commissaire. Jacques Albi, Sprecher der Gewerkschaft», stellte sich der schlaksige Mann vor.

«Gewerkschaft? Hier?» Lucien schaute sich verdutzt in der einfachen Hütte um. «Wie viele Mitglieder haben Sie denn?»

Albi drehte sich schmunzelnd um und zeigte auf den Rest. «Na ja, wir sechs halt.»

«Sechs! Und wozu brauchen Sie dann eine Gewerkschaft und einen Sprecher?»

«Sie haben schon recht. Eigentlich arbeitet hier eh jeder auf eigene Rechnung und macht, was er will, aber seit die Bürokraten in Brüssel sich in alles einmischen, muss jeder Fischereihafen eine Gewerkschaft haben. Und da sind wir alle halt eingetreten, weil wir dann weniger Krankenkassenbeiträge zahlen müssen und zudem steuerlich begünstigt werden. Der einzige Nachteil ist, dass wir nun strenge Vorgaben aus Brüssel erhalten.»

«Halsabschneider!», meldete sich ein Mann aus dem Hintergrund. In seinem wettergegerbten Gesicht blitzten die blauen Augen vor Zorn auf. Lucien blickte ihn erstaunt an. «Ich meine die von der Fischereigenossenschaft», ergänzte er und starrte wieder in sein Glas, das vor ihm auf dem Tisch stand.

Albi beeilte sich zu erklären, dass Brüssel seit kurzem jedem Schiff eine individuelle Quote für die regulierten Fischarten zugeteilt hatte. Alle Fänge und Anlandungen mussten nun penibel aufgezeichnet werden. Dabei konnte man auch manchmal ein bisschen tauschen, sodass die Gesamtmenge dann wieder stimmte. Zudem würden die Bürokraten auch die Ausrüstung regulieren. Albi rieb sich seinen wettergegerbten Vollbart.

«Das größte Problem ist der Beifang, denn für den angelandeten Fisch gibt es eine Mindestgröße, um die Jungtiere zu schützen. Das ist ja eigentlich ganz o.k., aber die Bürokraten zwingen uns, die kleineren Fische einfach tot ins Meer zurückzukippen. Stellen Sie sich das vor, wenn wir den Fischabfall dennoch an Land bringen, droht uns sogar Gefängnis. Wegen ein paar toter Krabben.» Er redete sich immer mehr ins Zeug, als er seinen Frust endlich mal loswerden konnte.

«Ich verstehe das Gesetz nicht, schließlich würden sich ja die Möwen über den kostenlosen Fisch freuen. Im Gegenteil, seitdem wir die neuen Netze verwenden und weniger Beifang ins Meer werfen, sind die Möwen ganz schön aggressiv geworden und greifen sich regelmäßig gegenseitig an.»

«Das stimmt», mischte sich Bruno Balsace ein, der auf einer umgedrehten Bierkiste am Fenster stand, «ich hab neulich sogar gesehen, wie ein Vogel die anderen regelrecht bespuckt hat und die anderen Möwen empört gezetert haben.»

Die anderen lachten ihn aus.

Albi schüttelte den Kopf über diese unqualifizierte Störung und richtete seine Aufmerksamkeit wieder auf den Commissaire und erklärte ihm, dass die EU jetzt sogar Mindestmaschengrößen für Netze eingeführt hatte, um kleineren Fischen ein Entkommen zu ermöglichen. Das Problem war damit aber nicht gelöst, da die ausgewachsenen Tiere verschiedener Fischarten unterschiedlich groß waren und die Fischer für jede zu fangende Fischart eigentlich ein anderes Netz benutzen müssten.

«Alles Halsabschneider», meldete sich wieder der ältere Fischer. Die anderen starrten resigniert vor sich hin.

«Genau wegen der Netze sind wir hier», unterbrach Lucien die Ausführungen des Gewerkschaftlers, bevor dieser sich weiter in Rage redete und den Commissaire noch als neues Mitglied anheuerte.

«Ich nehme an, Sie haben alle bereits gehört, dass gestern Morgen am Strand von Contis eine Leiche angespült wurde.»

Der Commissaire fasste das allgemeine Gemurmel als Zustimmung auf.

«Bei der Leiche handelt es sich um Thomas Schumasché.» Der Commissaire machte eine Kunstpause. Er registrierte einen kurzen Moment der Unsicherheit, in dem die Fischer Augenkontakt mit ihrem Sprecher suchten, bevor sie wieder desinteressiert zu dem Commissaire schauten.

«Kannten Sie den Deutschen? Er hatte im Hinterland von Contis einen kleinen Biohof.»

«Ah, Sie meinen den Ecolo, den Schumacher.»

«Ja, genau, kannten Sie ihn?»

«Nein.»

Allgemeines Kopfschütteln.

«Die Leiche war in ein neues rotes Fischernetz eingewickelt. Wir können im Moment noch nicht sagen, ob der Mörder das Netz benutzte oder ob sich der Körper im Meer in dem Netz verwickelt hat», kürzte Dubertrand die investigative Befragung ab und brachte die Ermittlungen auf den Punkt. Commissaire Lefevre bedankte sich mit einem finsteren Blick.

«Willst du damit etwa andeuten, dass einer von uns den Mann umgebracht hat?» Jacques Albi baute sich vor dem einen Kopf kleineren Sergeanten auf und starrte ihm ins Gesicht.

«Nein, Jacques. Du weißt doch genau, dass ich das fragen muss. Wir haben halt keine andere Spur.»

Lucien versuchte noch finsterer zu schauen, damit Yves endlich aufhörte, die Befragung zu boykottieren.

«Schon gut, Yves», beruhigte sich Albi. «Also, die Netze haben alle eine andere Farbe, je nach Maschengröße, damit der Kontrolleur die Netze gleich den Sorten zuordnen kann. Rot, sagst du? Mit einer Lochgröße von 7,5 Zentimetern?»

Lucien blätterte in seinem Notizbuch und bestätigte die Angaben.

«Das Netz dürfen wir nicht mehr verwenden. Damit fängt man die Meerbrasse, und die darf in unserem Gebiet nicht mehr gefangen werden. Die roten Netze mussten wir alle aussortieren.»

«Halsabschneider!», dröhnte es erneut von hinten, diesmal aber mehrstimmig.

«Und was haben Sie mit den alten Netzen gemacht?»

«Von wegen alt. Pierre und Bruno hatten sich gerade erst noch neue bestellt.»

«Das war eine riesige Sauerei!» Zustimmendes Gemurmel erfüllte den Raum.

«Also, was haben Sie dann mit den ausgemusterten Netzen gemacht?», formulierte Lucien genauer.

«Die meisten haben wir in kleinere Stücke geschnitten und in die Scheune mit den Trailern gelegt. Da kann sich jeder ein Stück nehmen, der es gebrauchen kann.»

«Wieso zerschnitten? Die hätte man doch noch verkaufen können, oder?», fragte Lucien irritiert. Immerhin hatten die Netze ja einen nicht unerheblichen Wert.

Jacques Albi schaute kurz hilfesuchend die Gruppe an, doch keiner schaute zurück, und so heftete sich sein Blick wieder an das strenge Gesicht des Commissaires.

«Nicht dass Sie jetzt was Falsches denken, Monsieur le Commissaire. Die Sache war die: Wir mussten die Netze direkt vor den Augen des Inspektors unbrauchbar machen, weil wir erwischt wurden.»

«Halsabschneider!»

«Es war ein Inspektor hier, der die Netze überprüft hat. Wir haben halt gedacht, bei uns schaut eh niemand nach, ob wir alles wirklich so machen wie von Brüssel verlangt.»

«Das hat ja auch jahrelang großartig geklappt, bis der verdammte Inspektor hier auftauchte.» Brunos Einwurf erntete zustimmendes Gemurmel. Lucien fühlte sich an das sonore Gemurmel im britischen Parlament erinnert, bei dem er einmal zu Gast sein durfte.

«Verdammte Ökos!», kam wieder die dunkle Stimme aus dem Off.

«Öko? Meinen Sie da etwa jemand Bestimmtes?»

«Alles Halsabschneider, diese Ökos aus Brüssel und in der Regierung. Alles langhaariges Ökopack», ließ sich der ältere Mann weiter aus und stürzte mit einem Zug die klare Flüssigkeit hinunter.

«Wir mussten die verdammten Netze vor den Augen des Kontrolleurs zerschneiden», übernahm Jacques wieder die Gesprächsführung. «Außerdem müssen wir seitdem jeden Abend um Punkt 18 Uhr die exakten Fangmengen des Tages in sein Büro faxen. Eine Höllenarbeit, kann ich Ihnen sagen. Wenn ich den Hund in die Finger bekomm, der uns bei der Fischereibehörde verpfiffen hat.» Albi biss sich auf die Lippe und schaute den Commissaire schuldbewusst an. «Pardon, habe ich nicht so gemeint. Wir haben bloß alle eine Stinkwut auf den Kerl, der uns das eingebrockt hat.»

«Haben Sie denn eine Ahnung, wem Sie die Anzeige zu verdanken haben?»

«Nein. Ich weiß auch gar nicht, ob da wirklich jemand gequatscht hat. Auf jeden Fall hatten wir plötzlich den Mist hier am Hals. Kann auch Zufall gewesen sein.»

«Können Sie uns mal die Netze zeigen?» Lucien notierte sich, dass er bei der Fischereibehörde nachfragen wollte, wer den Tipp gegeben hatte. Lucien stand auf und ging zur Tür.

Albi nickte und drehte sich zu einem der jüngeren Männer um, der im Hintergrund untätig am Fenster saß. «Jean, geh doch bitte mal mit dem Commissaire zum Schuppen und zeig ihm alles. Entschuldigen Sie, Monsieur le Commissaire, dass ich Sie nicht selber begleiten kann, wir müssen uns beeilen, die Fangprotokolle fertigzustellen. Jean wird Ihnen alles zeigen.»

Sergeant Dubertrand und Commissaire Lefevre folgten dem jungen Mann, der noch nicht volljährig zu sein schien. Respektvoll öffnete Jean die unverschlossene Holztür des alten Holzschuppens, in dem Werkzeug, Farbeimer und Taue im malerischen Durcheinander, oder anders ausgedrückt, im totalen Chaos verstreut herumlagen. Durch die verdreckten Fensterscheiben konnten sich nur wenige Sonnenstrahlen den Weg in den Raum bahnen. An der Rückwand des Verschlages lagen die Reste der roten Netze. Lucien griff nach einem neu aussehenden Stück und packte es in einen Beweismittelbeutel. Unnötig, es mit dem Handschuh anzufassen. Die Netze waren eh durch viele Hände gegangen und wiesen bestimmt keine brauchbaren Spuren auf. Das Labor sollte aber zumindest feststellen, ob es sich um die gleichen Fasern handelte wie bei dem Netz am Tatort.

«Wer hat hier Zugang?», wandte sich Lucien an den jungen Mann, der ihnen schüchtern zuschaute.

«Zugang? Äh, jeder. Hier gibt es ja nichts zu stehlen. Die alten Netze durfte sich jeder mitnehmen.»

«Was will man denn mit einem alten Netz?», fragte Yves.

«Na, du stellst Fragen. Deine Frau hat sich alleine doch bestimmt schon vier geholt.»

Über die Aktivität seiner Frau mal wieder nicht informiert, versuchte Yves abzulenken. «Nein, ich meine die anderen. Was machen die mit den Netzen?»

«Mh, keine Ahnung. Aber ich glaube, sie sind ganz beliebt, um die Ferienwohnungen für die Touristen zu dekorieren. Manche hängen sie auch in den Garten über die Rabatten, um die Vögel abzuhalten, oder, wie deine Frau, an die Garage, damit die Rosen eine Kletterhilfe haben. Oder man macht es so wie Bruno und hängt das Netz über die Mariannenbüste im Rathaus. Mann, war der geladen, als er sein neues Netz zerstörten musste.»

Lucien freute sich. Endlich traf er mal auf ein auskunftsfreudigeres Mitglied der verschworenen Dorfgemeinschaft.

«Hier war ja ganz schön miese Stimmung, als der Inspektor kam, oder?», schlug der Commissaire einen kumpelhaften Ton an. «Wem habt ihr den Schlamassel denn eigentlich zu verdanken, was denkst du?»

«Monsieur le Commissaire, das weiß ich wirklich nicht. Jedenfalls habe ich keine Beweise, und die Polizei will doch nur beweiskräftige Aussagen und nicht die Vermutungen eines alten Klatschweibs, oder, Yves?» Der zuckte zusammen und öffnete entschlossen die Tür.

«Das war's erst mal, Jean. Sieh zu, dass du wieder an die Arbeit gehst, sonst endest du so wie dein versoffener Vater.» Der freundliche Blick des Teenies verdunkelte sich.

Lucien ärgerte sich über das rapide Ende des Gesprächs, das so vielversprechend begonnen hatte. Er würde dieses Dorf und seine Bewohner, Polizisten eingeschlossen, nie verstehen. Da gab es einfach zu viele alte Geschichten, und er verspürte nicht den geringsten Wunsch, sie alle zu entwirren. So kam er einfach nicht weiter. Er musste systematisch vorgehen, durfte sich nicht von den persönlichen Empfindlichkeiten und der unerträglichen Trägheit der Dorfpolizisten ablenken lassen.

«Also, Sergeant Dubertrand», begann Lucien seine kleine Ansprache, als sie wieder im Auto saßen, «so kommen wir nicht weiter. Sobald es interessant wird, schmeißen Sie Sand ins Getriebe. Ich sehe ein, dass es hier Dinge im Dorf gibt, die ich nicht verstehe und auch nicht verstehen soll. Aber hier geht es um Mord, und je eher wir den Fall geklärt haben, desto eher sind Sie mich wieder los und können hier weitermachen wie zuvor. Aber solange ich die Untersuchung leite, halten Sie sich an meine Vorgaben. Bis morgen will ich Ihren vollständigen Bericht. Außerdem möchte ich ein ausführliches Protokoll des Gesprächs mit den Fischern sowie die Lebensläufe und familiären Hintergründe von jedem, der hier arbeitet. Außerdem erwarte ich, dass Sie jederzeit Ihr Organisationsprogramm auf Ihrem PC kontrollieren und alle Aktivitäten dokumentieren. Ich habe einen speziellen Ordner unter dem Stichwort Dünenmord angelegt. In dieses Programm schreibt ab sofort jeder im Team, wo er gerade ist und was es für neue Erkenntnisse gibt. Dadurch sind wir immer alle auf dem gleichen Stand, und es gibt keine zeitlichen Verzögerungen bei der Aufklärung. Verstanden?»

Yves nickte und verfiel in düstere Gedanken gegen seinen Vorgesetzten. Lucien war dagegen ungemein stolz auf seine Idee und nutzte die Zeit auf der Rückfahrt, um die Erkenntnisse des Gespräches in seinen Tablet-Computer einzutippen. Außerdem telefonierte er mit der Fischereibehörde. Die Anzeige war anonym erfolgt.

Unterdessen war Sophie froh, der muffigen Polizeiwache entkommen zu sein. In der warmen Sommersonne konnte sie die irrealen Vorgänge des letzten Tages besser verdrängen. Sie beschloss, die paar Meter zu Fuß ins Dorf zu gehen, um ihre Einkäufe zu erledigen. Zielstrebig ging sie in den Laden von Madame Dufaux, in dem sie schon vor 20 Jahren gemeinsam mit ihren Eltern regelmäßig einkaufen gegangen war. Sie fühlte sich gleich zu Hause. In den alten Geschäftsräumen hatte sich auf den ersten Blick nicht viel verändert. Bei näherer Betrachtung fiel ihr auf, dass das Sortiment inzwischen umfangreicher geworden war und dabei leider die typisch französische Ausrichtung verloren gegangen war. Die meiste Ware bekam sie genauso gut in Berlin. Als kleines Kind hatte sie dagegen die französischen Konservendosen mit ihren lustigen Bildern geliebt.

«Ça va, Sophie!», erscholl die schrille Stimme der Ladenbesitzerin freundlich durch den kleinen Raum.

«Ça va, Madame Dufaux, wie geht es Ihnen?» Fabienne Dufaux eilte auf sie zu und begrüßte sie herzlich mit den obligatorischen Wangenküssen. Sophie wusste nie, auf welcher Seite sie beginnen sollte, und so streifte auch dieses Mal wieder der

Mund von Madame Dufaux ihren eigenen. Sie würde es nie lernen, bedauerte sie und wischte sich heimlich den Mund ab.

«Sophie, mein Kleines, wie geht es dir? Was rede ich da, es muss dir schrecklich gehen!» Die Alte plapperte ungezwungen darauflos und scherte sich kaum um Sophies Reaktion, die auf die überschwängliche Begrüßung sehr gut hätte verzichten können. Vielleicht hätte sie die Lebensmittel doch lieber im anonymen Supermarkt kaufen sollen.

«Fabienne, jetzt lass doch die arme Sophie in Ruhe. Du siehst doch, dass es ihr nicht gutgeht», kam aus dem Hintergrund die tiefe Stimme ihres Mannes. Sophie schaute dankbar in das vertraute Gesicht des Verkäufers. Auch bei Sébastien hatten sich die Spuren der Jahre tief ins Gesicht eingegraben. Sophie hatte den souveränen Mann immer sehr gemocht und freute sich wirklich, ihn zu umarmen. Unwillkürlich traten ihr Tränen in die Augen.

«Es geht mir so weit ganz gut. Ich wollte mir nur schnell etwas zu essen für heute Abend holen und dann wieder verschwinden, bevor ich noch dem ganzen Dorf begegne.» Sébastien nickte verständnisvoll.

«Ich pack dir alles ein, was du brauchst.» Er drehte sich um und griff nach der Dose Confit de Canard im Regal hinter sich, einem Baguette aus dem Brotkorb und einigen getrockneten Feigen und frischen Äpfeln. Während Sophie staunend zusah, wie lauter Köstlichkeiten in der Einkaufstasche verschwanden, stellte sich wieder Fabienne Dafaux neben sie.

«Sag mal, Sophie, was machst du denn jetzt? Bleibst du hier, oder verkaufst du das Haus? Also, falls du schnell Geld brauchst, so eine Beerdigung ist ja ganz schön teuer, können wir dir für das Haus ein Freundschaftsangebot machen, ohne Makler, versteht sich.»

«Fabienne, es ist gut jetzt.» Sébastien kam mit hochrotem Kopf hinter dem Tresen hervor. «Entschuldige, Sophie, sie ist undiplomatisch wie immer, aber sie hat schon recht. Bevor du das Haus irgend so einem Großinvestor oder windigen Immobilienmakler wie den Bogosch-Brüdern gibst, würden wir dir gerne selber ein Angebot machen.»

«Äh, ja, das ist nett», versuchte sie ihre Überrumpelung zu überspielen, «aber ehrlich gesagt habe ich mir darüber noch gar keine Gedanken gemacht.»

Sébastien stellte sich neben sie und legte jovial den Arm um ihre Schulter. «Na klar. Wir können uns schon vorstellen, wie viel jetzt auf dich einstürmt. Du warst ja auch schon ein paar Jahre nicht mehr hier. Es hat sich einiges geändert, und wir wollten nur nicht, dass die Brüder sich auch noch das Andenken an deinen Bruder krallen, wie alles andere hier im Dorf.»

«Die Bogosch-Brüder. Kenn ich die?»

«Bestimmt», mischte sich Fabienne wieder ein. «Ich glaube, die beiden haben früher mal zusammen mit Thomas gesurft. Du erinnerst dich bestimmt, wenn du sie siehst. Damals kamen ja nur wenige Gäste, da kannte man sich untereinander – anders als heute. Aber früher waren eh immer alle Kinder aus dem Dorf am Strand. Die Jugend von heute chillt ja nur noch und hängt vorm PC ab.» Sophie musste lachen, als sie sah, wie Fabienne bei dem Versuch, die Jugendsprache zu imitieren, ihren Mund wie ein Karpfenmaul nach vorne schob. Dann wurde sie wieder ernst.

«Mit wem war mein Bruder eigentlich hier im Dorf befreundet?»

Fabienne schüttelte bedauernd den Kopf. «Also, an deiner Stelle würde ich da nicht so tief bohren. Du weißt, wir kennen dich, seitdem du an der Hand von deinem Bruder in den Laden kamst, mit Holzclogs und geblümter Jeans. Aber dein Bruder hat sich hier nicht so gut eingelebt. Doch man soll ja nicht schlecht über Tote reden.» Fabienne hielt unvermittelt den Mund und bekreuzigte sich.

«Wieso, hatte er Krach mit jemandem?»

«Eh bien, in unserem Dorf hat jeder mal mit irgendwem Krach, das weißt du doch», versuchte Fabienne das Gespräch auf unverbindliche Wege zu führen. Dabei kratzte sie sich am Hals. Offensichtlich wollte sie nicht tiefer auf dieses Thema eingehen. Sophie strich sich eine Locke aus dem Gesicht und stellte sich unauffällig neben Fabienne und schaute in die gleiche Richtung.

«Aber du hast gerade an etwas Bestimmtes gedacht, oder? Du kannst es mir ruhig erzählen, ich weiß, dass mein Bruder zwar eine gewinnende Art hatte, aber eben auch unsensibel war und kein Fettnäpfchen ausließ.»

Fabienne hakte sich bei Sophie ein und schob sie ein bisschen abseits der anderen Kunden, die bereits interessiert hinüberschauten.

«Also gut, du wirst es ja eh merken. Dein Bruder war im Dorf nicht sehr beliebt. Er hat alle mit seinem Biogewissen genervt und viel Ärger gemacht.» Sie senkte die Stimme. «Soweit ich weiß, vermutete der einäugige Jacques sogar, dass Thomas der Grund für den Besuch des Inspektors der Fischereibehörde war. Das wäre schon ein dicker Hund, wenn das wahr wäre.» Sie schaute sich um, ob jemand zuhörte. «Dann hatte er sich noch mit dem Bürgermeister wegen irgendeines Müllcontainers und wegen irgendeines Bebauungsproblems in den Haaren. Stell dir vor, selbst mit dem Geschäftsführer der Papeterie in Mimizan hat der sich angelegt, obwohl das der größte Arbeitgeber in der Gegend ist.»

Sie hielt die Hand schützend vor den Mund und flüsterte in Sophies Ohr.

«Außerdem soll er letztes Jahr ein Verhältnis mit der kleinen Schwester der Zwillinge gehabt haben, du weißt schon, die kleine Monique. Stell dir vor, die war da erst 17. Die betrunkenen Zwillinge haben lauthals rumgeschrien, dass sie den Kerl umbringen, der ihre Schwester auf dem Gewissen hat.»

«Wieso auf dem Gewissen?», fragte Sophie irritiert nach. Das war schon eine heftige Bezeichnung für den Liebeskummer, den ihr Bruder verbreitete.

Fabienne kratzte sich am Hals und lehnte sich skeptisch zurück.

«Dein Bruder hat dir nichts erzählt?» Mit hochgezogenen Augenbrauen betrachtete sie Sophie neugierig.

«Nein, nichts, wir hatten in den letzten Jahren nur wenig Kontakt.»

«Dann weißt du gar nichts von dem schrecklichen Drama? Weißt du, Serge hat mir persönlich damals sein Herz ausgeschüttet und alles ganz genau erzählt. Monique war völlig vernarrt in deinen Bruder. Für ihn war es aber wohl nur ein oberflächlicher Flirt, jedenfalls ging es schnell in die Brüche. Monique war am Boden zerstört, nachdem sie deinen Bruder mit einem anderen Mädchen zusammen gesehen hatte. Sie lief verzweifelt zu Serge und Michél, die wie jeden Mittwoch gerade im ‹La Belle› Billard spielten. Serge macht sich heute noch Vorwürfe, dass er sie damals fortgeschickt hat, weil er die Partie noch zu Ende spielen wollte. Sie ist dann in ihrer Verzweiflung weggelaufen. Lola, die Frau vom Fischhändler, hat mir zwar erzählt, dass Serge und Michél Monique statt zu trösten noch öffentlich gedemütigt und als naives Flittchen bezeichnet hätten, aber Serge hat mir die Geschichte anders erzählt, und er wird es ja wohl besser wissen. Er meinte, Monique wäre dann nach Hause gerannt und hätte sein Auto geklaut. Stell dir vor, wie verzweifelt sie gewesen sein musste, sie hatte ja noch nicht mal einen Führerschein.

Sie fuhr viel zu schnell und verlor in der Kurve auf der Straße nach Bordeaux die Kontrolle über den Wagen. Schrecklich, die Vorstellung, dass so ein hübsches Mädchen einfach so verbrennt. Der Wagen hatte sich um den massiven Stamm einer alten Pinie gewickelt. Der Unfall passierte eine Woche vor ihrem 18. Geburtstag. Serge und Michél waren vollkommen fertig. Klar, dass sie Thomas die Schuld gaben.»

«Mein Gott, das ist ja furchtbar. Wann ist das passiert?»

«Im letzten Herbst. Aber wenn du es genauer wissen willst, dann fragst du am besten Marianne. Die weiß doch immer alles. Du hast sie eben verpasst. Sie war gerade vor dir hier und hat ganz empört erzählt, dass die Polizei einen von uns verdächtigt. Stimmt das?»

Fabienne reckte den Hals, beugte den Oberkörper vor und legte interessiert die Hand an die Wange. Sie sah dadurch aus wie ein neugieriges Erdmännchen.

«Na, da fragst du am besten Marianne. Sie wird ja wohl am besten wissen, wer meinen Bruder getötet hat und wen die Polizei verdächtigt.»

Eingeschnappt runzelte Fabienne die Stirn, zog den Arm zurück und begann damit, geschäftig das Regal umzusortieren.

Erleichtert griff Sophie nach der gefüllten Tasche, die Sébastien gerade an die Kasse stellte.

«Merci, Sébastien, was bekommst du dafür?»

«Eh bien, Sophie, ein Geschenk des Hauses. Komm erst mal zur Ruhe, und falls du es dir später mit dem Haus überlegst, kannst du dich jederzeit bei uns melden.»

Grinsend überreichte er ihr die Tasche. Sophie wäre es lieber gewesen, die Rechnung zu bezahlen, wusste aber, dass es einer Kriegserklärung gleichgekommen wäre. So bedankte sie sich mit mulmigem Gefühl und wollte gerade zur Tür gehen, als sie versehentlich die neben ihr stehende Frau anrempelte. Sophie erkannte die gepflegte, aber etwas zu aufgedonnerte Frau. Es war Emilia Beauchamp, die Frau des Bürgermeisters und enge Freundin von Fabienne und Sébastien. Noch bevor Sophie eine Entschuldigung murmeln konnte, sagte die Bürgermeistergattin schnippisch:

«Ach, die kleine Schumacher, dass du dich überhaupt noch hierhertraust, nach dem, was deinem Bruder passiert ist. Hast du keine Angst, dass einer von uns der Mörder ist und du die Nächste bist? Oder steht das nicht in dem Buch?», fügte sie spöttisch hinzu. Sophie verfluchte Mariannes Geschwätzigkeit. Was konnte sie dafür, dass Lucien den Mörder im Dorf vermutete?

«Oh, Madame Beauchamp, ich freue mich ebenfalls, Sie nach so langer Zeit wiederzusehen. Sie sehen ja keinen Tag älter aus, und vielen Dank für Ihre warmen Worte zu dem schmerzlichen Verlust meines Bruders.»

Sophie erfreute sich an dem entgleisten Gesichtsausdruck der arroganten Frau. Auf eisigen Spott mit Herzlichkeit zu antworten klappte immer, um Leute aus dem Konzept zu bringen.

«Sébastien, Fabienne, vielen Dank für euer großzügiges Geschenk und euer Angebot für den Hauskauf. Ich gebe euch recht. Ich sollte das Buch meines Bruders sofort der Polizei übergeben, der Inhalt ist wirklich schockierend.»

Draußen musste sie sich beherrschen, nicht zu lachen. Emilias Ausdruck hatte sich von arrogant über empört zu ängstlich verändert. Sophie blieb stehen, als ihr die Konsequenzen bewusst wurden. Besonders der schockierte Gesichtsausdruck von Sébastien hatte sie tief berührt. Da waren wohl wieder mal die

Pferde mit ihr durchgegangen. Sie hatte die Situation noch auf die Spitze getrieben. Sie musste sofort nach Hause, das verflixte Buch holen und Lefevre geben, bevor wirklich jemand glaubte, dass es mehr enthielt als harmlosen Klatsch. Was hatte sie sich nur dabei gedacht, in einem vollen Laden so einen Unfug von sich zu geben? Sie konnte sich nur zugutehalten, dass sie einfach tief verletzt war von der offenen Boshaftigkeit von Menschen, die sie doch zu kennen glaubte. Sophie schluckte. Wie konnte sie nur so naiv sein und denken, dass sie die Leute hier kannte?

Sie hatte die Freundlichkeit für selbstverständlich gehalten, doch jetzt spürte sie, dass unter der Oberfläche etwas Boshaftes lauerte, was jederzeit hervorbrechen konnte. Sie warf ihre Einkaufstasche auf den Beifahrersitz und fuhr die zehn Kilometer zu dem einsam gelegenen Haus hinter den Dünen zurück.

Der Wagen wirbelte kleine Steinchen hoch, als sie auf dem gekiesten Parkplatz zum Stehen kam. Eine unwirkliche Stille lag plötzlich über dem Ort. Sophie meinte die Anwesenheit einer anderen Person zu spüren, als sie ausstieg. Sie setzte sich wieder ins Auto, verriegelte die Tür und blieb sitzen, bis sich ihr Herzschlag beruhigt hatte. «Hier ist niemand», versuchte sie sich laut zu beruhigen, stieg erneut aus und steuerte auf das friedlich in der milden Abendsonne liegende Haus zu. Gerade wollte sie aufschließen, da gab die Tür nach und sprang mit einem lauten Ächzen auf.

12. KAPITEL

Lucien hatte den kurzen Weg zur Wache genutzt, um seine Erkenntnisse auf dem Tablet zu notieren. Akribisch trug er jedes Gespräch samt Uhrzeit, Personen und Ort ein. Zufrieden scrollte er die Seite hoch und genoss den Anblick der gutgefüllten Tabelle, bis er zu den Spalten von Sergeant Chevalier, Dubertrand und Lepoutre kam, die durch absolute Leere glänzten. «Dubertrand, wo bleibt eigentlich Ihr Vorgesetzter? Geben Sie mir doch bitte seine Telefonnummer, damit ich ihn herzitieren kann. Das ist doch keine Art, bei so einem wichtigem Fall zu fehlen.»

Dubertrand starrte angestrengt auf die Straße, wurde aber durch das Klingeln des Handys erlöst.

«Oui», meldete sich der Commissaire unwirsch. «Ah, Etienne. Ich leg dich gerade mal auf die Freisprechanlage, dann kann dich Sergeant Dubertrand auch verstehen. Was gibt's Neues?»

«Âllo, Lucien. Ich wollte dir nur noch kurz das erste Ergebnis der Autopsie durchgeben, bevor du Feierabend machst. Das Labor arbeitet noch, aber die Todesursache hat sich bestätigt. Wie schon vermutet, ist der Mann an dem Schlag auf den Hinterkopf gestorben und nicht ertrunken. Er wurde erschlagen, in das Netz gewickelt und dann im Meer versenkt. Ich denke, der Todeszeitpunkt dürfte etwa eine Woche bis zehn Tage zurückliegen. Genaueres kann ich nicht sagen. Interessant ist die ölige Flüssigkeit, die ich dir gezeigt habe. Khalid hat Spuren davon auch überall auf dem Netz gefunden. Da sie auch im Magen und den Lungenbläschen zu finden war, gehe ich nach wie vor davon aus, dass er kurz vor seinem Tod intensiv mit dem Öl in Berührung gekommen ist.»

«Und was ist das für ein Öl? Lässt sich die Herkunft nachweisen? Vielleicht Erdöl von einem Containerschiff, von einer illegalen Verklappung auf dem Meer oder Sondermüll von einer Fabrik?»

«Keine Ahnung. Aber Schweröl scheidet aus, es handelt sich um kein künstliches oder raffiniertes, sondern um ein unbearbeitetes natürliches Öl. Es entspricht keiner mir bekannten Substanz. Ein endgültiges Ergebnis kann ich dir erst mitteilen, wenn die noch ausstehenden Laborwerte eintrudeln. Ich melde mich dann wieder bei dir. Salut, Lucien.»

Der Commissaire verabschiedete sich und beendete das Gespräch. Dabei sah er eine Kurznachricht auf seinem Handy. Chevalier bat um Rückruf. Lucien tippte als Antwort, dass François sein Protokoll noch nicht in die Tabelle eingetragen hatte und Lucien sich erst melden würde, sobald dies erledigt wäre.

Zufrieden lehnte er sich zurück. Wollen wir doch mal sehen, ob sich diese Dorfpolizisten so nicht doch noch zu guten Ermittlern ausbilden ließen.

Yves lenkte das Einsatzfahrzeug routiniert auf den Parkplatz hinter der Wache, der inzwischen im Schatten lag. Die Luft war angenehm abgekühlt und frisch. Ein Sommerabend, der Lust auf einen langen Strandspaziergang machte. Lucien streckte sich und beschloss, vor dem Abendessen noch einmal ans Meer zu gehen und die Gedanken über den Fall dort neu zu sortieren. Gut gelaunt stieg er aus.

«Kommen Sie, mein Lieber. Machen wir Schluss für heute. Morgen früh treffen wir uns und besprechen die Ergebnisse der ersten Untersuchung. Sie tragen bitte die Infos über die Fischer noch in die Tabelle ein. Ich füge den Bericht der Pathologie dazu.»

Dubertrand nickte und freute sich, dass Lucien nicht nach den Ergebnissen der Recherche über Thomas' Liebesleben oder nach dem Stationsleiter fragte.

«Und ich hoffe, Ihr Vorgesetzter kommt mit einer guten Entschuldigung, ansonsten muss ich wohl doch mal der Inneren Revision Bescheid geben.»

Merde, konnte der etwa Gedanken lesen?, fluchte Yves innerlich.

«Ach ja. Tragen Sie bitte auch die Ergebnisse der Recherche über Monsieur Schümaschers Liebesleben direkt in die Datei ein.»

«Ja, Monsieur le Commissaire, wird alles erledigt.» Die Ergebnisse seiner «Recherche» musste er erst einmal intern klären, dachte er grimmig.

«Na, so viel Arbeit ist das nun auch wieder nicht», interpretierte Lucien Yves' Gesichtsausdruck fehl und versuchte den Sergeanten aufzumuntern, indem er ihm jovial auf die Schulter klopfte.

Chevalier saß derweil hinter seinem Schreibtisch und bemühte sich, das Tagesprotokoll in die Datei einzufügen. Unwirsch schaute er auf, als seine Kollegen den Raum betraten.

«Bonsoir, wie ich sehe, fertigen Sie gerade Ihren Bericht an. Das finde ich sehr löblich.» Lucien nickte ihm anerkennend zu und legte die Unterlagen, die sich auf dem Schreibtisch türmten, in seine Aktentasche. Er wollte die Zeit nutzen und am Abend die neuen Fakten des Tages durchsehen und ins System einfügen.

«Also dann. Ich nehme mir die Akten mit und arbeite sie noch durch. Wenn Sie Ihre Protokolle fertig haben, können Sie auch Schluss machen.» Man konnte die Erleichterung auf ihren Gesichtern sehen. Kurz vor der Tür fiel ihm die SMS ein.

«Äh, Chevalier, Sie wollten mich noch sprechen, oder hat sich das schon erledigt?»

«Ach ja, das hätte ich jetzt beinahe vergessen. Ist wahrscheinlich auch nicht so wichtig. Mademoiselle Schumacher hat angerufen, anscheinend war wieder jemand in dem Haus.»

«Was? Und das sagen Sie mir so nebenbei? Haben Sie schon einen Einsatzwagen hingeschickt?»

«Wir haben hier nur einen großen Einsatzwagen, und mit dem waren Sie doch unterwegs.»

«Chevalier, so ein Unsinn. Sie haben doch noch den kleinen Dienstwagen, warum sind Sie nicht selber zu der Frau gefahren?»

«Na, Sie haben mir doch ausdrücklich untersagt, die Wache zu verlassen, weil sie ständig besetzt sein muss. Außerdem habe ich ja versucht, Sie zu erreichen. Aber der Anruf ist erst etwa vor einer halben Stunde eingegangen. Schneller kommen wir sonst auch nicht», versuchte sich Chevalier zu rechtfertigen.

Wo war er hier nur hingeraten. Das war wirklich «La France profonde», die Provinz in ihrer reinsten Form. Inkompetente Volltrottel.

«Worauf warten Sie noch, kommen Sie jetzt endlich?»

Lucien konnte nicht fassen, dass die beiden in aller Seelenruhe einfach an ihrem Schreibtisch sitzen blieben und unbeeindruckt den PC bedienten.

«Ich dachte, wir sollen erst noch die Berichte schreiben und Sie fahren schon mal alleine vor. Mademoiselle Schumacher hat gemeint, die Einbrecher wären wahrscheinlich schon weg, aber sie hätten erneut alles durchsucht. Deswegen glaub ich nicht, dass wir alle da extra rauszufahren brauchen, zumal ja gleich Feierabend ist.» Sergeant Dubertrand schaute demonstrativ auf die große Wanduhr.

«Kein Problem», unterdrückte Lucien knirschend seinen Frust, «dann fahre ich eben alleine hin, und Sie halten sich bereit, falls ich Verstärkung brauche.»

Ungehalten knallte er die Tür hinter sich zu. Unfassbar. Mit schnellem Schritt steuerte er auf seinen Sportwagen zu und bemerkte nicht, wie eine Hand den gehäkelten Vorhang zur Seite schob und sein Abgang grinsend beobachtet wurde.

Lucien schob das Blaulicht aufs Dach und hoffte, dass dadurch nicht der Lack beschädigt wurde. Er hatte das Polizeisignal noch nie während der Fahrt benutzt, sondern immer nur zur Dekoration, wenn er mal wieder unvorschriftsmäßig parkte. Das Blaulicht war noch ein Relikt aus seiner aktiven Zeit, als er bei der Ermittlung häufig zivile Autos benutzen musste. Er stöpselte es in den Zigarettenanzünder und gab Gas. Mit Signal scherte er aus der Schlange der vom Meer abfahrenden Tagestouristen aus und brauste auf der Gegenspur, die nahezu unbefahren war, in Richtung Contis. Als er an dem Hinweisschild zum Hof abbog und auf dem gekiesten Vorplatz zum Stehen kam, öffnete sich die Tür, und Sophie kam ihm entgegengelaufen. Unwillkürlich öffnete er seine Arme, und Sophie drängte sich zitternd an ihn.

Direkt wurden sie sich der kompromittierenden Situation bewusst. Lucien spürte, wie sich die Muskulatur an ihrem Rücken anspannte und sie sich sanft abdrückte.

«Oh, Monsieur le Commissaire, entschuldigen Sie. Aber mir ist das hier alles zu viel. Es war schon wieder jemand im Haus.»

Lucien schob sie sanft zur Seite und signalisierte ihr, dass er alleine hineingehen wollte. Sophie lehnte sich an ihr Auto und betrachtete die trügerische Idylle der Umgebung. Besorgt versuchte sie, im Dickicht der Bäume etwas zu erkennen. War sie alleine, oder wurde sie etwa beobachtet? Erleichtert bemerkte sie, dass Lucien bereits zurückkam.

«Mademoiselle, im Haus ist niemand mehr, aber würden Sie mich bitte hineinbegleiten, damit wir feststellen können, ob etwas fehlt?»

«Ja, sicher, ich komme. Mir ist übrigens heute Morgen beim Aufräumen aufgefallen, dass der Laptop meines Bruders und seine teure Spiegelreflexkamera fehlen.»

«Also vielleicht doch ein normaler Einbruch?»

«Nein, das glaube ich nicht. Diese Uhr haben die Einbrecher liegen gelassen.»

Sie hob ihr Handgelenk.

«Oh, eine alte ‹Reverso›, die ist in der Tat sehr wertvoll», sagte er mit dem Blick des Kenners.

«Ja, sie stammt von meinem Großvater, er hatte sie meinem Bruder schon bei der Geburt vermacht. Ich glaube, sie hat eine kleine Unwucht in der Unruhe, weil sie etwas nachgeht. Vielleicht hat Thomas sie deshalb in der Schublade aufbewahrt und nicht getragen.»

Der Commissaire schaute sich in dem Chaos um.

«Haben Sie beim Aufräumen vielleicht irgendetwas gefunden, das die Einbrecher gesucht haben könnten? Ist das Notizbuch noch da?»

Lucien beobachtete die junge Frau dabei, wie sie hektisch die auf dem Boden liegenden Bücher durchwühlte.

Einen Moment spielte Sophie mit dem Gedanken, dem Commissaire das Notizbuch zu zeigen. Doch wahrscheinlich wäre es besser, erst selbst gründlich reinzuschauen, bevor sie es weggab. Zumal sie sich erinnerte, beim oberflächlichen Durchblättern auch die Namen beider Sergeanten gelesen zu haben.

Entschlossen nahm sie ein dickes Buch auf und löste den Umschlag von Jules Vernes «Reise zum Mittelpunkt der Erde».

«Das Notizheft ist nicht mehr da. Verdammt, vielleicht haben sie nach dem Heft gesucht.»

«Sind Sie sicher, dass es in dem Buch steckte?»

Sophie nickte nachdrücklich. «Ich bin mir ganz sicher.»

Der Commissaire seufzte. Er griff nach einem Stapel Bücher und stellte sie ungeordnet ins Regal zurück. Sophie wollte gerade protestieren, ließ es aber, als er die Ausgabe von Baudelaire aufhob.

«‹Die Blumen des Bösen›. Ein schreckliches Buch. Musste ich in der Schule lesen.» Das Buch verschwand neben den anderen im Bücherschrank.

Als ein Trommelton aus Sophies großer Tasche kam, hoffte sie einen verzweifelt kurzen Moment, dass es ihr Bruder wäre und sich alles als Missverständnis aufklären würde. Doch es war jemand, den sie im Moment auf keinen Fall sprechen wollte. Sie legte das Telefon kommentarlos zurück.

«Wollen Sie nicht drangehen?», fragte Lucien mit einem Kopfnicken zu der Tasche, die nach wie vor trommelte.

«Nein, das ist mein Verlobter. Ich ruf ihn vielleicht später an oder gar nicht», antwortete sie geistesabwesend. Erst als sie registrierte, dass Lucien bei der Erwähnung eines Verlobten erstaunt aufgeschaut hatte, ertappte sie sich dabei, eine Rechtfertigung anbringen zu müssen.

«Ich meine mein Exverlobter. Wir haben uns vor kurzem getrennt. Aber mir fällt dabei gerade etwas ein. Thomas hatte sein Handy hier im Haus, ich habe es klingeln gehört, als ich gestern vor der Tür stand. Vielleicht lässt sich in der Adress- und Anrufliste ja ein Hinweis finden.»

Lucien war wie vor den Kopf geschlagen. Als professioneller

Ermittler hätte er sich sofort bei den Kollegen, die das Haus untersucht hatten, nach einem Handy erkundigen müssen. Das lag nur an der völlig chaotischen Besatzung dieser Polizeistation, versuchte er sich vor sich selber zu rechtfertigen. Schnell tippte er eine SMS an Sergeant Dubertrand: «Telefonliste beim Amt anfordern. Sowie eine Bankauskunft, Steuererklärungen, Lebensversicherung, Grundbucheintrag etc.» Lucien steckte das flache schwarze Gerät zurück in seine Hosentasche. Der Gedanke daran, dass Yves in diesem Moment über die zusätzliche Arbeit schnaufen würde, erfreute ihn mehr, als er sich eingestehen wollte.

«Wo haben Sie das Klingeln denn gehört?»

«Ich glaube, es kam aus dem Schlafzimmer.»

«Waren Sie schon oben?

«Ja, beim letzten Mal.» Sophie dachte betroffen an ihre panische Flucht. «Ich habe oben nach meinem Bruder gesucht und dann Angst bekommen und das Haus ziemlich kopflos verlassen. Vielleicht haben wir ja Glück, und die Batterie geht noch.» Sophie schob die Hand in ihre Tasche, griff nach ihrem weißen iPhone und wählte Thomas' Nummer, doch es kam kein Freizeichen.

«Mist. Entweder der Akku ist leer, oder die Einbrecher haben es.»

«Begleiten Sie mich doch bitte in das Schlafzimmer.» Lucien erhob sich und ging Richtung Treppe.

Zögernd betrat Sophie das Zimmer und spürte wieder einen Anflug von Panik, als sie an ihren letzten Besuch dachte. Sie hob vorsichtig die Kleidung vom Boden auf und legte sie auf den Stuhl. Lucien schob die Matratze wieder auf den Lattenrost zurück. Doch vom Handy keine Spur. Sie fingen die Sache falsch an, das war ihr klar. Wo könnte ihr Bruder seine Wertsachen versteckt haben, wenn er Angst vor Dieben hatte? Ihr

Blick schwenkte durch das Zimmer und blieb an der verkleideten Dachschräge hängen. Natürlich. Darauf hätte sie auch gleich kommen können. Schon ihre Eltern hatten ein Faible für grifflose, verdeckte Einbauschränke.

Lucien beobachtete erstaunt, wie sie zur Dachschräge trat, mit beiden Händen auf die Wand drückte und dadurch den verborgenen Magnetverschluss löste. Ein Teil der Deckenkartonage ließ sich abnehmen. Aufgeregt griff Sophie in die Vertiefung.

«Mademoiselle, halt! Darf ich Sie bitten, nichts anzufassen.» Lucien griff in seine mitgebrachte Aktentasche und zog ein Paar Latexhandschuhe zur Beweismittelsicherung heraus. Sophie zog ihre Hand zurück und ging aus dem Weg. Mit einem Knall ließ er die Handschuhe beim Anziehen schnalzen und griff in das Versteck. Er zog vorsichtig eine Spiegelreflexkamera heraus und zeigte sie Sophie.

«Haben Sie die gemeint?»

«Mh, ich denke schon. Die Marke stimmt jedenfalls.»

Lucien schaltete sie ein und blätterte die letzten Bilder durch. Die Fotos zeigten unendlich viele Möwen aus den verschiedensten Blickwinkeln. Teilweise auch mit Nest und Küken in den Dünen und am Strand. Dann erschienen einige Bilder von starken Schaumansammlungen in der Brandung und am Strand und verschiedene Ansichten eines alten Gebäudekomplexes. Eine Fabrik oder Werkshalle.

«Kennen Sie das Gebäude?» Sophie trat neben ihn.

«Mh, ich weiß nicht so recht. Sieht halt nach einer Fabrik aus, aber ich sehe kein Firmenlogo.»

Lucien scrollte weiter, doch erneut huschten in schneller Folge nur Bilder von Tieren vorbei. Sein Blick fiel auf die Nummer der aufgenommenen Bilder. 3654. Seufzend schloss er das Menü und ließ die Kamera vorsichtig in der Plastiktüte verschwinden. Darum sollten sich die anderen kümmern. Mit einer Hand blätterte er den Reisepass durch, der auch im Versteck gelegen hatte, doch der schien keine auffälligen Reisen zu enthalten. New York, Dubai, Qaasuitsup. «Qaasuitsup?»

Sophie, die ihm über die Schulter schaute, nickte. «Das ist ein kleiner Ort in Grönland. Mein Bruder war letztes Jahr dort, um eine Expedition mit der Kamera zu begleiten und darüber für eine große Zeitschrift zu berichten.»

Der Commissaire nickte. Neben dem Reisepass lagen noch ein Stapel verblasster Familienfotos und ein Bündel Geldscheine.

Lucien zählte das Geld und pfiff erstaunt durch die Zähne.

«43 000 Euro. Das ist aber eine Menge. Wussten Sie von dem Geld?»

«Nein. Ich wusste zwar, dass er Banken misstraute und sein Geld gerne bar bei sich hatte, zumal er manchmal recht schnell zu einer Exkursion aufbrechen musste. Aber von dieser Höhe hatte ich keine Ahnung.»

Sophie runzelte die Stirn. Erneut erstaunt darüber, dass es augenscheinlich so viel gab, was sie nicht über ihren Bruder wusste.

Nachdem Geld, Pass und Fotos ebenfalls eingetütet waren, richtete Lucien sich auf. «Vom Handy keine Spur. Sind Sie sicher, dass Sie es hier gehört haben?»

«Natürlich!», empörte sich Sophie. Der Commissaire hatte wirklich eine arrogante Art. Gleichzeitig wurde ihr bewusst, dass sie die Frage vielleicht ein bisschen zu persönlich nahm.

«Oh, Pardon, Mademoiselle. Ich wollte Ihnen nicht zu nahetreten.»

Wo steckte das Mistding nur? Sie hatten doch alles durchsucht. Thomas hatte es bestimmt nicht extra so gut versteckt, schließlich benutzte er sein Telefon ja ständig. Vielleicht war es irgendwo hineingerutscht. Normalerweise trug er sein Telefon immer in der Hosentasche. Sie ging auf den umgestoßenen Wäschekorb und zog aus der benutzten Wäsche eine dreckige Jeans heraus.

«O Gott, ist das Blut?» Erschrocken hielt sie Lucien die Hose mit dem großen dunklen Fleck hin.

«Ich glaube, es ist etwas in der Hosentasche, aber es ist wohl besser, wenn Sie es rausholen.»

Ein anerkennender Blick von dem attraktiven Mann an ihrer Seite erfreute sie. «An Ihnen ist ja eine Polizistin verlorengegangen. Was machen Sie eigentlich beruflich?», schob er interessiert hinterher, als er die Hose abtastete und vorsichtig einpackte. Das Handy war wirklich in der Tasche, ließ sich aber nicht anschalten.

«Ich arbeite an der Freien Universität in Berlin, in der Abteilung Nonverbale Kommunikation. Körpersprache», ergänzte sie schnell, seinen fragenden Blick richtig deutend.

Lucien nickte, nahm vorsichtig die eingepackten Beweismittel und ging die Treppe hinunter.

«Ich denke, wir werden hier keine weiteren Spuren mehr finden.»

An der Eingangstür drehte er sich noch einmal herum, um sich zu verabschieden, und registrierte überrascht, dass Sophie ihre Übernachtungstasche aufhob und einige Bücher hineinwarf.

«Sie wollen abfahren?»

«Monsieur le Commissaire, Sie glauben doch nicht, dass ich hier auf die Täter warte. Meinetwegen können sie das ganze Haus auf den Kopf stellen, wenn ich nicht da bin. Ich gehe ins Hotel.»

«Prima, dann wohnen wir ja sozusagen zusammen. Ich muss

noch mal zurück auf die Wache, aber darf ich Sie anschließend heute Abend zum Essen einladen?» Ganz Kavalier alter Schule, nahm er ihr die Tasche aus der Hand.

Sophie zögerte, sie hatte das Buch ihres Bruders dabei und wollte es so schnell wie möglich durchlesen, zudem war sie nicht sicher, was sie von dem Kontakt zu dem Polizisten halten sollte. Wollte er sie ausspionieren, weil er sie für verdächtig hielt? Oder wollte er sie ins Bett bekommen – was ihrer Erfahrung nach bei einem Franzosen der einzige Grund für eine Einladung zum Essen war. Andererseits war die Aussicht auf einen einsamen Abend auch nicht verlockender. Was hatte sie schon zu verlieren? Sie würde sich schon zur Wehr setzen können, falls er aufdringlich wurde.

«Ja, gerne. Falls in dem Hotel überhaupt so kurzfristig ein Zimmer frei ist.»

«Ach, machen Sie sich da keine Sorgen, vorhin schien in dem verstaubten Kasten noch keine Bettenknappheit zu bestehen, und im Notfall kann ich Ihnen ja meins anbieten.»

Aha. Möglichkeit zwei.

«In meinem Zimmer gibt es ein Schlafsofa», schob er eilig nach.

Sie wollte die Tür verriegeln, doch das Schloss war bei dem Einbruch beschädigt worden.

«Auch egal.» Desillusioniert ließ sie den Schlüssel in ihre Tasche fallen.

Lucien beendete gerade das kurze Telefongespräch mit der Wache. Sich über die euphorische Reaktion seines Gesprächspartners freuend, steckte er das Handy in die Tasche zurück.

«Keine Angst, Mademoiselle Schümake. Ihr Haus ist in guten Händen. Die beiden Sergeanten freuen sich schon darauf, hier heute Nacht aufzupassen.»

13. KAPITEL

Sophie lag auf der Tagesdecke mit verblasstem Blumenmotiv und starrte an die Decke. Hier im Hotelzimmer traf sie die Trauer stärker als in den freundlichen Räumen ihres Bruders, die noch seine Anwesenheit spüren ließen. Sie war nun schon den zweiten Tag hier und hatte das Meer noch gar nicht gesehen. Entschlossen schnappte sie sich «Die Blumen des Bösen», eine kleine Plastikflasche Wasser aus der Minibar und schmiss alles beim Hinausgehen in ihre Handtasche.

Leise zog sie die Tür des Zimmers Nr. 8 hinter sich zu. Unwillkürlich musste sie wieder an das halb entrüstete, halb neugierige Gesicht der Frau am Empfang denken, als Lucien noch ein Einzelzimmer für sie gebucht hatte. Es war offensichtlich, dass sie davon ausging, dass sich der Commissaire eine Mätresse einquartiert hatte.

Die frische Luft vorm Hotel kam ihr nach dem stickigen Zimmer wie eine Dusche vor. Sie schlenderte an der kleinen Außenstelle der Polizei vorbei, die gut besucht war von Touristen, die vom Strand kamen und die öffentlichen Duschen benutzten, bevor es wieder in den Wohnwagen oder ins Zelt ging. Mühsam musste sie sich wie ein Geisterfahrer durch die Menschenmenge kämpfen. Als sie direkt neben dem zweistöckigen Gebäude des Strandrettungsdienstes stand, konnte sie auf den endlosen Horizont schauen. Der Atlantik. Diese fast ehrfürchtige Liebe erfasste sie immer, sobald sie auf das Meer schaute, das sich unendlich vor ihr erstreckte. Nur mühsam konnte sie den kindlichen Drang unterdrücken, ihre Tasche einfach fallen zu lassen, die Sandalen in den Sand zu schleudern und ungestüm den Wellen entgegenzulaufen. Sie ging zum Brandungssaum und ließ ihre Füße von dem erfrischend kalten Wasser umspülen. Lange schaute sie aufs Meer, atmete die salzige Gischt ein und genoss den Augenblick, versunken in die Melodie der brechenden Wellen und das Geschrei der Sturmvögel und Möwen. Sie schlenderte am Wasser entlang, das im ewigen Spiel der Gezeiten auf den Sand donnerte, bis sie nach etwa einer halben Stunde Fußmarsch die alte Bunkeranlage aus dem Zweiten Weltkrieg erreichte. Die Betonbauten hatten sich erfolgreich jedem Sprengungsversuch widersetzt, und die beschädigten Überreste boten so manchen Touristen Schutz vor den hier so häufigen und schnell einsetzenden Gewittern.

Sophie setzte sich in den warmen Sand in den Windschutz der Ruine, lehnte sich an den warmen Beton und schaute gedankenversunken ins Meer. Die Erinnerungen an ihren Bruder überrollten sie erneut, doch war der Schmerz hier schon nicht mehr so intensiv. Als der Wind sanft durch ihr Haar fuhr und ihr Haarband löste, fühlte sie sich sonderbar getröstet. Ihr kam es fast vor, als wäre es Thomas' Hand, der ihr wie früher in einer zärtlichen Geste das Band vom Kopf streifte, weil er ihre wilden Locken lieber ungebändigt sah.

«Ich vermisse dich auch», flüsterte sie in den Wind, schloss einen Moment die Augen und schüttelte die traurige Stimmung ab. Sie zog Thomas' Notizbuch aus ihrer Tasche und begann zu lesen.

Etwa zur selben Zeit verfluchte Lucien, der wieder in der Wache war, die sparsame Ausstattung der Polizeistation. Mit den veralteten Geräten kam er einfach nicht zurecht. Da Dubertrand und Chevalier schon mit der Observation begonnen hatten, musste er sich alleine um die Technik kümmern. Er schloss das Handy des Opfers an seine eigene Ladestation an und verband die Spiegelreflexkamera über USB mit dem PC. Das Importieren der Bilddateien würde über fünf Stunden dauern.

Was soll's, er freute sich auf das gemeinsame Essen mit Sophie, versprach es doch der Höhepunkt dieses Tages zu werden. Zumal hatte er inzwischen großen Hunger und konnte nur hoffen, dass er in Contis-Plage keinen Touristenfraß vorgesetzt bekam. Lucien suchte im Internet nach einem hochwertigen Restaurant in der näheren Umgebung, um Sophie angemessen ausführen zu können. Doch das nächste Restaurant, das einen Sternekoch vorweisen konnte, war fast 80 Kilometer entfernt. Da er einen guten Wein zum Essen mindestens so sehr schätzte wie das Essen selbst, kam eine lange Fahrt nicht in Frage. Und ein Taxi war indiskutabel. Als er die Liste der Restaurants in Contis durchschaute, erkannte er schnell, dass er nur die Wahl zwischen Bistro, Brasserie und Pizzeria hatte. Seufzend beendete er die Suche und widmete sich wieder dem Schreibtisch. Er griff nach dem Handy von Thomas Schumacher, aber die Batterie war noch im roten Bereich. Lucien strich sich die Haare nach hinten und griff nach dem Hörer des Diensttelefons, um Khalid zu erreichen, dessen Nummer er in seinem kleinen schwarzen Moleskine vermerkt hatte. Lucien vertraute der Technik nicht blind und führte zur Sicherheit parallel noch handschriftlich sein Notizheft.

«Allô, hier Commissaire Lefevre.»

«Allô, Lucien, ça va?»

«Gut, und wie geht es dir?», absolvierte er routiniert die nötigen Höflichkeitsformeln, ohne die in Frankreich kein Gespräch auskam. «Hast du schon Zeit gehabt, das Material zu prüfen, das ich dir geschickt hatte?»

«Eh bien, seit wann legst du denn so viel Eifer an den Tag? Kann es sein, dass du nur so fleißig bist, damit du das Kaff schnell verlassen kannst? Freu dich doch, dass du Ferien am Meer auf Staatskosten machen kannst.»

«Jaja, ist gut», überging Lucien die Sticheleien seines Kollegen aus Bordeaux.

«Also, was ist jetzt mit dem Netz?»

«Das Wichtigste zuerst: Das Netz, das du mir geschickt hast, ist typgleich mit dem Netz, in das der Tote eingewickelt war. Auf deinem Stück Netz sind jedoch keine Spuren von dieser komischen Flüssigkeit. Mit Sicherheit ist er während des Todeskampfs mit dem Öl in Berührung gekommen. Ich habe Etienne schon Proben von der Flüssigkeit gegeben, die er selber auch auf und in dem Leichnam gefunden hat. Zudem konnte ich einige Federfragmente aus dem Netz ziehen, die ich gerade noch identifiziere. Aber Vogelfedern sind am Meer wahrscheinlich keine spektakuläre Spur. Solange ihn kein Riesenvogel bespuckt und dann mit seinem Schnabel erschlagen hat, hilft uns diese Spur wohl nicht weiter. Trotzdem bleibt Etienne dran, du kennst ihn doch, solange etwas nicht zusammenpasst, bleibt er hartnäckig.»

«Wenn ihr Lust habt, könnt ihr euch dann noch die passenden Fotos zu den Federn anschauen. Stell dir vor: Der Typ hat fast 4000 Fotos von Vögeln geschossen. Soll ich euch die Datei rüberschicken, damit ihr sie euch anschauen könnt?»

«Nein danke, keine Zeit. Wir haben gerade einige Tote von einem Chemieunfall hereinbekommen, bei dem ein Behälter mit Säure ausgelaufen ist. Schreckliche Sache. Da vergeht einem der Gedanke an idyllische Naturaufnahmen. Ich glaube, die Fabrik ist sogar bei euch ganz in der Nähe. Kennst du die Papeterie de Gascogne in Mimizan?»

«Papeterie? Nein, kenn ich nicht. Aber ich schau mal im Internet. Danke erst mal, Khalid. Melde dich, wenn du was Neues hast.»

Der Commissaire gab das Stichwort «Papeterie in Mimizan» in die Suchmaschine ein und klickte auf den ersten Link, der sich mit der Fabrik beschäftigte. Es war die Onlineausgabe der hiesigen Zeitung. Vor ihm öffnete sich das Foto eines Gebäudes, das er augenblicklich erkannte. Es war die Frontalaufnahme einer Fabrikhalle, die er aus einer anderen Perspektive schon auf der Kamera gesehen hatte.

Ein melodisches Ping riss ihn aus der Grübelei. Auf dem Handy des Toten erschien der angebissene Apfel, und das Handy verlangte eine vierstellige PIN. Der Commissaire griff nach seinem eigenen Handy und wählte die Nummer von Sophie.

«Bonjour, Mademoiselle. Ich hoffe, ich störe Sie nicht, Sie sind nur schwer zu verstehen.»

«Moment. Verstehen Sie mich jetzt besser? Ich bin noch am Strand. Sorry, ich hab die Zeit ganz vergessen. Warten Sie schon auf mich?»

«Nein, nein, Mademoiselle. Kein Problem. Ich hab ehrlich gesagt auch nicht auf die Zeit geachtet und bin noch im Büro. Ich habe das Handy Ihres Bruders zum Laufen gebracht, aber es ist gesichert. Kennen Sie zufällig seine PIN?»

«Leider nicht.»

«Macht nichts. War ein Versuch. Dann müssen sich die Technikfreaks in Bordeaux an das Ding setzen. Übrigens, wann wollen Sie eigentlich essen gehen?», wechselte er spontan das Thema.

«Mh. Lassen Sie mich mal überlegen. In einer halben Stunde könnte ich zurück im Dorf sein, oder wo wollten Sie essen gehen?»

«Am liebsten in Biarritz, direkt am Meer, in einem Fischrestaurant mit Sternekoch, aber ich fürchte, wir müssen uns mit der hiesigen Dorfspezialität zufriedengeben.»

«O.k., kennen Sie das ‹La Terrasse›? Das liegt recht nett ein wenig abseits der Hauptstraße, und man hat einen wunderschönen Blick auf den Atlantik.»

«Hört sich gut an. Soll ich Sie irgendwo abholen?»

«Ich würde sagen, wir treffen uns im Hotel. Dann kann ich mich noch schnell umziehen und den Sand aus den Haaren schütteln. So um sieben?»

«Abgemacht, au revoir!» Lucien ertappte sich dabei, dass er sich vorstellte, wie sie ihr Haarband löste und die Locken sanft auf die nackten Schultern fielen. Mon Dieu, er war ein Mann der Prinzipien! Und in seinem Beruf war Regel Nummer eins klar definiert: Fange niemals etwas mit einer Beteiligten in einem Mordfall an. Außerdem war sie nicht einmal sein Typ. Sie war viel zu selbständig und taff. Er mochte Frauen, die sich ängstlich in seinen starken Arm kuschelten und die temperamentvoll ihre Weiblichkeit auslebten, Gläser warfen, hysterisch in Tränen ausbrachen und melodramatisch in Ohnmacht sanken. Frauen, die divenhaft und kompliziert waren. Das konnte man von der Deutschen nun wirklich nicht behaupten. Sie strahlte Stärke und Willenskraft aus. Und trotzdem war sie zitternd in seine Arme gesunken, dachte er vergnügt.

Er verpackte das Handy für den Transport in die Technische Abteilung im Commissariat de Police in der Rue Marbotin in Bordeaux. Der Balken, der die importierten Bilder anzeigte, bewegte sich nur marginal nach rechts, und Lucien erhob sich seufzend, drückte seine Zigarette aus und griff nach seinen Unterlagen. Sollte der PC ruhig noch die ganze Nacht durcharbeiten, er würde jetzt Feierabend machen. Pfeifend verließ er die Wache und stieg in seinen Sportwagen. Die Luft war mild und trug noch die Erinnerung an die Hitze des Tages in sich. Die kurze Fahrt nach Contis erfüllte ihn mit Vorfreude auf den gemeinsamen Abend mit der hübschen Deutschen. Lucien zückte während der Fahrt sein Tablet und öffnete die Datei «Dünenmord», scrollte mit dem Daumen zu der Spalte Sophie Schumacher und wollte noch einmal alle Informationen zu ihrer Person durchlesen, die er inzwischen eingetragen hatte, als ein lautes Hupen ihn aufschauen ließ. Er war unwillkürlich langsamer geworden und hielt den Verkehr auf. Röhrend schoss der Wagen nach vorne, als Lucien das Gaspedal durchdrückte und die hinter ihm fahrenden Autos in einer Staubwolke zurückließ. Das durch sein Manöver ausgelöste Hupkonzert amüsierte ihn. Das Leben konnte herrlich sein. Lucien öffnete das Seitenfenster und genoss die frische Meeresluft, die mit seinen Haaren spielte. Als er durch den Wald fuhr, kam intensives Pinienharzaroma hinzu und vervollständigte Luciens Feriengefühl. Vielleicht sollte er noch ein paar Tage bleiben, wenn der Fall gelöst war.

Ein leises «Ping» störte die aufkeimende Urlaubsstimmung. Das Display zeigte einen neuen Eintrag in seinem Ordner «Dünenmord» an.

«Ach sieh an, der kleine François hat sein Tagesprotokoll eingetragen», freute sich Lucien, dass seine Erziehungsmethoden funktioniert hatten. «Vielleicht sollte ich den beiden morgen früh ein paar Croissants und frischen Kaffee vorbeibringen, wenn ihre Nachtschicht vor Sophies Haus beendet ist.» Er fuhr auf den kleinen Parkplatz hinter dem Hotel, der für Hausgäste reserviert war, und blieb noch einen Moment im Wagen sitzen, um den Bericht zu überfliegen.

Der war allerdings nicht sehr ergiebig. Der Sergeant hatte den Biobauern George Benét befragt, während Lucien mit Yves bei den Fischern gewesen war. Es gab das Gerücht, dass Benét und Thomas einen handfesten Streit gehabt hatten wegen irgendwelcher Hühnereier, doch Benét behauptete, es hätte keine Probleme gegeben. Von Konkurrenz zwischen den beiden könne man nicht sprechen, da er ja anbauen würde und eigene Hühner hätte, deren Eier seine Frau auf dem Markt verkaufen würde. Thomas hätte zwar das Gerücht in Umlauf gebracht, dass er zu seinen eigenen Eiern noch minderwertige Qualität vom Discounter genommen, einmal durch den Hühnerstall gezogen und als Bioeier verkauft hätte, aber das waren üble Gerüchte, die er jederzeit widerlegen könnte. Aber Thomas hätte ihm im Vertrauen erzählt, dass dessen Nachbar Paul Braque seine Felder mit Chemie düngen soll, obwohl das für Biobauern strengstens verboten wäre und er die Subventionen aus Brüssel verlieren würde, wenn das rauskäme. Thomas hatte wohl vor, ihn in Brüssel zu melden.

Lucien seufzte. Gerüchte, nichts als Gerüchte. Er hatte das Gefühl, in einen Schwarm Fische zu greifen, der sich blitzschnell vor seinen Augen auflöste und einen Meter daneben wieder formte. Er bekam einfach keine ermittlungsrelevanten Fakten zu fassen. Morgen würde er selber zu dem angeblichen Subventionsbetrüger fahren und der Sache mal auf den Zahn fühlen.

Als er das kleine Hotel betrat, erhob sich Sophie aus einem der beiden durchgesessenen Ledersessel, die der Lobby einen Anstrich mondänen Flairs geben sollten.

«Oh, Mademoiselle Schümake, ich hoffe, ich habe Sie nicht lange warten lassen.»

«Nein, kein Problem, ich war ein bisschen zu früh fertig und wollte nicht im Zimmer warten.» Ein zarter Schimmer überzog ihre Augen. Lucien hoffte, dass sich ihre Trauer im Zaum hielt. Seine Vorfreude auf einen lockeren Abend bekam einen kleinen Dämpfer.

«Ich muss meine Unterlagen noch schnell in mein Zimmer bringen und mich rasch frisch machen. Darf ich Ihnen einen Aperitif servieren lassen, während Sie warten?»

Sophie lächelte. «Danke, das ist nett von Ihnen. Aber lassen Sie sich ruhig Zeit. Machen Sie sich um mich keine Gedanken.» Sie ging wieder zu dem Ledersessel, legte die langen Beine, die in engen Jeans steckten, leger über die breite Armlehne und kuschelte sich in ihrem leichten Kaschmirschal an die hohe Rückenlehne und schloss die Augen.

Lucien ging mit diesem friedlichen Bild im Kopf die Treppe hoch und schämte sich für seinen unverhohlenen Egoismus. Die junge Frau hatte gerade den gewaltsamen Tod eines Angehörigen zu verkraften, und er war schlecht gelaunt, weil er sich eingestehen musste, dass er die Verabredung vielleicht doch als Date empfunden hatte. Er ermahnte sich innerlich zu mehr Professionalität. Dies war kein Date. Blieb aber die Frage im Raum stehen, was es dann war. «Mon Dieu, ich mach mir einfach zu viele Gedanken», grummelte er beim Kämmen seiner Haare.

Entschlossen, die Dinge einfach auf sich zukommen zu lassen, ging er festen Schrittes die Treppe hinab, als er Sophies helle Stimme hörte, die offensichtlich telefonierte.

Lucien überlegte, ob es mit seiner Würde vereinbar sei zu lauschen, stellte aber rasch fest, dass er eh nichts verstand, da sie deutsch sprach.

Sophie beendete das Gespräch und richtete sich auf.

«Ah, Monsieur le Commissaire. Haben Sie sich in Schale geworfen», neckte sie ihn, als sie seine Duftwolke wahrnahm.

Lucien war von ihrer forschen Art überrascht, das verriet sein Blick.

«Nicht mehr als üblich», fühlte er sich genötigt, ihre durchaus zutreffende Beobachtung abzuschwächen.

Sophie hakte sich bei ihm unter und schob ihn versöhnlich zur Tür, die er ihr öffnete. Lucien würde Frauen wohl nie verstehen. Aber genau diesen Gedanken fand er auf der anderen Seite auch sehr reizvoll. Vielleicht würde sich das Ganze ja doch zu einem Date entwickeln.

Die Tür zur Küche öffnete sich noch ein wenig mehr, als die beiden gemeinsam die Lobby verließen und neugierige Augen ihnen folgten.

Gemeinsam gingen sie den kurzen Weg zur Hauptstraße, in der sich die Restaurants befanden. Rechts und links säumten kleine Bistros, Pizzerien, Kioske und Strandboutiquen den Weg. Auf dem offenen Platz hatten sich einige afrikanische Händler niedergelassen, die handgemachtes Blechspielzeug anboten, das Kinder aus alten Konservendosen hergestellt hatten. Daneben knüpften Frauen mit langen Rastalocken Kindern bunte Bänder in die Haare. Gebräunte Touristen schlenderten gut gelaunt an den bunten Ständen vorbei. Zielstrebig überquerten sie den Platz und gingen ins «La Terrasse». Das Bistro war um die Uhrzeit noch relativ leer, da die Franzosen meist erst viel später zum Essen gingen.

Die junge Kellnerin nahm sie am Eingang in Empfang und führte sie in den ersten Stock. Das Restaurant war unerwartet modern und stimmig eingerichtet. Helle Wände kontrastierten mit dem dunklen Holzboden. Atmosphärische Schwarzweißfotografien der Dünenlandschaft schmückten die Wände.

Lucien schaute sich erfreut um. Die Räumlichkeiten gefielen ihm ausgesprochen gut.

Die Bedienung, die ein schmerzhaft aussehendes Piercing direkt unter dem Auge trug, führte sie zu einem schönen Zweiertisch auf der Dachterrasse. Von hier aus hatte man einen phantastischen Blick auf den Fluss, der ins Meer mündete. Lucien nickte ihr zufrieden zu, zog für Sophie aufmerksam den Stuhl zurück und ließ sie Platz nehmen. Sophie lächelte ihn an, sie genoss die typische Galanterie der französischen Männer und ließ sich von der entspannten Atmosphäre des milden Abends einfangen.

«Haben Sie schon gewählt?» Lucien legte die Karte auf den Tisch und schaute sie fragend an. Seine Ex hätte jetzt das exklusivste Menü zusammengestellt, von jedem Gang einen Bissen probiert und den Rest zurückgehen lassen mit dem Hinweis, dass die Portionen einfach nicht zu schaffen seien. Auch wenn ihm gefiel, dass seine Ex immer auf ihre Linie geachtet hatte, war diese Art doch stets ein Streitpunkt zwischen ihnen gewesen. Zumal Lucien ein Genießer war, der sein Mahl zelebrierte. Daher waren sie nur selten zusammen ausgegangen und stattdessen aufs Theater oder Kino ausgewichen, was den Vorteil hatte, dass sie nicht viel miteinander kommunizieren mussten.

«Die Fois gras mit Feigen und Honig als Vorspeise», holte Sophie ihn aus seinen Gedanken, «und einen Loup de mer zum Hauptgang. Und Sie?»

Der Commissaire schloss sich ihrer Wahl an und gab die Bestellung auf. Dann suchte er noch jeweils einen Wein zum Entree und Plats aus und bestellte einen Pastis Feuille Morte für sich und einen Crémant für Sophie.

Entspannt ließen sie schweigend den phantastischen Ausblick auf sich wirken, bis die Aperitifs kamen. Sophie betrachtete skeptisch die grün-rot-braune Flüssigkeit in seinem Glas.

«Das ungewöhnliche Farbspiel entsteht durch die Vermischung der einzelnen Zutaten, gelber Pastis, roter Grenadinesirup und grüner Pfefferminzsirup. Der Name ‹sterbendes Laub› soll wohl an die Herbstfarben des Blattes und die Endlichkeit des Seins erinnern. Ein exzellenter Cocktailmixer kann die Farben so geschickt mischen, dass sie noch einzeln zu erkennen sind, wenn das Getränk kommt, und sich langsam vermischen. Aber die meisten Kellner sind Stümper und mischen das Zeug einfach lieblos zusammen. Zum Wohl!»

«Zum Wohl!»

Lucien seufzte genüsslich. Das Leben war einfach schön. Er ließ seinen Blick erneut über die Flussmündung ziehen und folgte dem Flug einer Möwe. Mit wildem Krächzen ließ sie sich in der Nähe des Restaurants auf einer Brüstung nieder und begann ihr Federkleid zu putzen, das mit Öl verklebt zu sein schien.

Lucien erinnerte sich an den Bericht des Pathologen. Vielleicht gab es hier an der Küste doch eine Art Umweltskandal, dem das Opfer auf der Spur gewesen war. Er musste morgen unbedingt zur Papeterie fahren und herausfinden, wieso Thomas das Gebäude fotografiert hatte.

Die Kellnerin brachte die Vorspeisen und zwei Gläser Sauterne.

«Darf ich Ihnen noch ein paar Fragen zum Tod Ihres Bruders stellen?» Lucien wusste, dass er mit dieser Frage die entspannte Stimmung aufs Spiel setzte. Er bereute schon fast seine Frage, wollte aber die Ermittlung vorantreiben, bevor er sich gänzlich auf die angenehme Stimmung einließ.

«Na klar, ich freu mich, wenn ich Ihnen weiterhelfen kann.»

«War Ihr Bruder vielleicht irgendjemandem bei einer Recherche zu nahe gekommen?»

Nachdenklich schaute Sophie aufs Meer. Ihr Blick verfolgte eine kleine Gruppe von Reitern, die am Strand entlang in den Sonnenuntergang ritten.

«Glaub ich nicht. Er war ja kein investigativer Journalist, der Skandale aufklären wollte, sondern hat das Ganze eher als lukratives Hobby gesehen.»

«Eh bien, lukrativ schien es in der Tat gewesen zu sein, oder wie können Sie sich das Bargeld in seinem Schlafzimmer erklären?»

Sophie knabberte auf der Unterlippe. Eine Angewohnheit, die Lucien schon aufgefallen war, wenn sie sich konzentrierte.

«Gar nicht. Vielleicht hatte er es als Notreserve aus Deutschland mitgebracht. Er hatte damals seinen gesamten Besitz und das Haus unserer Eltern verkauft. Eigentlich müsste es sogar noch viel mehr sein.»

«Mh. Chevalier überprüft morgen die Konten und Geschäftsbücher des Hofes. Hat Ihr Bruder eigentlich ein Testament verfasst? Ansonsten sind Sie, soweit ich weiß, die Alleinerbin.»

«Und damit verdächtig? Wollen Sie das damit sagen?» Entrüstung schwang in ihrer Stimme mit.

«Nein, natürlich nicht!» Lucien setzte sich auf und schob die im Raum schwebende Anschuldigung mit den Händen von sich. Seine Körpersprache zeigte unmissverständlich seine aufrichtige Empörung. Trotzdem hatte Sophie seinen wunden Punkt getroffen. Lucien wusste als alter Profi, dass kein Beteiligter vorweg vom Mordverdacht ausgeschlossen werden darf, trotzdem hatte er innerlich mit dieser Regel gebrochen und sie eher als Verbündete gesehen denn als Verdächtige.

«Ich muss das fragen. Wir ermitteln schließlich in einem Mordfall», versteckte er sich hinter der abgegriffenen Floskel.

«Verstehe.» Sophie verwarf den Gedanken, ihn in die Geheimnisse des Buches einzuweihen, solange er sie verdächtigte und sie ihm nicht komplett vertrauen konnte.

Sie wurden von der Kellnerin unterbrochen, die den köstlich nach Butter und Rosmarin duftenden Fisch vor sie stellte und ihnen Wein nachschenkte.

Lucien kam die Unterbrechung ganz gelegen. Der Fisch, der nun vor ihnen lag, sah vielversprechend aus. Bedächtig legte er das Fischmesser an die kräftige Rückengräte an und schob vorsichtig ein Stück des weißen Fleisches auf seine Gabel. Ein prüfender Blick bestätigte ihm, dass der Fisch wirklich gar war, und schon verschwand der Bissen in seinem Mund. Verzückt leckte er einen Tropfen Butter, die mit Meersalz, Rosmarin und Thymian gewürzt war, von den Lippen. Sophie lachte kurz auf und erwiderte auf seinen erstaunten Blick:

«Entschuldigung, Monsieur le Commissaire, aber Sie sehen gerade wie ein zufriedener Kater aus, der sich genüsslich seine Schnurrbarthaare leckt.»

Einen Moment zögerte Lucien, ob diese Beschreibung mit seinem Stolz vereinbar sei, lächelte dann aber zurück.

Langsam löste sich die angespannte Stimmung wieder. Lucien entdeckte den feinen, hintersinnigen Humor der jungen Frau und stellte fest, dass sich keines seiner Vorurteile Deutschen gegenüber bestätigte. Auch Sophie ließ sich gerne auf die offensichtlichen Flirtversuche ihres attraktiven Gegenübers ein. Sie wollte nicht mehr an Einbrecher und Mörder denken und ließ sich gerne von dem exzellenten Wein nachschenken. Doch am Ende des gemeinsamen Essens hatte das Gespräch den Weg zu Thomas zurückgefunden. Jetzt aber mit einem anderen Charakter. Es glich nicht mehr einer polizeilichen Befragung, sondern eher einem Gespräch auf Augenhöhe.

Lucien verteilte den Rest der zweiten Flasche. Eigentlich schade, dass der Abend schon zu Ende ging. Aber sie waren die letzten Gäste, und die Kellner begannen demonstrativ damit, die Tische neu zu decken.

«Darf ich mich bei Ihnen für diesen schönen Abend bedanken?» Lucien machte der Kellnerin ein rasches Zeichen. Die Rechnung kam, und Sophie, die ihren Geldbeutel gezückt hatte, ließ ihn schnell wieder verschwinden, als sie Luciens entsetzten Blick auffing. Nachdem er gezahlt hatte, erhob er sich, um Sophie beim Aufstehen zu helfen.

Als sie vor die Tür traten, lag der Himmel tief und geheimnisvoll über ihnen. Ein zartes Netz aus funkelnden Sternen überzog ihn bis zum Horizont. Sophie genoss die frische Atlantikluft, die vom Meer über die Straßen strich. Hinter den niedrigen Dächern der Bungalows, eingebettet in den dichten Pinienwald, erhob sich der Leuchtturm von Contis schwarz gegen den Nachthimmel. Sein Lichtkegel huschte übers Wasser. Lucien und Sophie gingen schweigend nebeneinander durch die noch immer belebte Straße. Keiner der beiden wollte die magische Stimmung unterbrechen, und so gingen sie auf einem langen Umweg zum Hotel zurück. Trotz oder gerade wegen dieses gemeinsamen Schweigens spürte Sophie eine zarte Verbundenheit. Verstohlen schaute sie zu dem Mann an ihrer Seite. Sie konnte sich das Bild des verschrobenen Commissaires, den sie vorher in ihm gesehen hatte, kaum noch in Erinnerung rufen. Sie sah jetzt nur noch den interessanten, charmanten Mann neben sich, den sie heute Abend kennengelernt hatte.

Er öffnete ihr die Tür zum Hotel und nahm souverän ihre beiden Zimmerschlüssel vom Schlüsselbrett der unbesetzten Rezeption.

«Mademoiselle, darf ich bitten.»

Übertrieben höflich zeigte er mit einer ausladenden Bewegung zur Treppe, die Sophie unwillkürlich mit mädchenhaftem Kichern beantwortete. Lucien reichte ihr seinen Arm und begleitete sie die Stufen hoch. Erst als sie von der Dunkelheit des Treppenhauses verschluckt wurden und die Zimmertüren zufielen, schloss sich auch die angelehnte Küchentür.

14. KAPITEL

Die Erinnerung an den pulsbeschleunigenden Kuss hinderte Sophie am Einschlafen. Aus Erfahrung wusste sie, dass französische Männer nichts so sehr liebten wie das Flirten und Jagen. Nichts machte sie verrückter als arrogante Unnahbarkeit. Nun ja. Damit konnte sie nach diesem heißen Kuss wohl nicht mehr punkten. Filmszenen von Rock Hudson und Doris Day erschienen vor ihrem geistigen Auge, in denen beide auf einem diagonal geteilten Bildschirm zu sehen waren, wie sie im Bett lagen und aneinander dachten, zum Telefon griffen und dann doch nicht anriefen.

Dachte Lucien auch gerade an sie? Oder lachte er sich über ihre Naivität kaputt und ritzte sich für diese neue Eroberung eine weitere Kerbe in seinen Rasierpinsel?

«Verdammt.» Als wenn sie nicht schon genug Probleme hätte. Zudem sollte die geplatzte Hochzeit ja nun wirklich reichen, um von den Männern vorerst die Finger zu lassen und nicht als Jagdtrophäe auf der Liste eines George-Clooney-Verschnitts zu landen. Zudem wollte sie sich bestimmt nicht auf irgendeinen Urlaubsflirt einlassen, aber das Leben spielte wohl mal wieder nach seinen eigenen Regeln.

Sie stand auf und öffnete ein Fenster. Mit der kühlen, salzigen Meeresbrise drangen auch die hektischen Geräusche eines Actionfilms herein, der gerade im mangelhaft schallisolierten Kino gegenüber gezeigt wurde. Vielleicht half ihr das «Hörspiel» ja sogar dabei, schneller einzuschlafen. Doch die hektischen Actionszenen mit tiefen Basssequenzen waren eher hinderlich. Schließlich schwang sie ihre Beine aus dem Bett und holte das abgegriffene Notizbuch von Thomas. Wenn sie schon aufbleiben musste, konnte sie ebenso gut das Heft noch einmal lesen und versuchen ein Tatmotiv zu finden.

Auf der anderen Seite der Wand versuchte auch Lucien Schlaf zu finden. Immer wieder wälzte er sich von links nach rechts. Was hatte diese Frau, das ihn magisch anzog und mehr berührte, als er sich eingestehen wollte? Sie war weder sein Typ, noch passte der Moment, nur wenige Monate nach seiner teuren Scheidung, in seine Lebensplanung. Zudem war da noch diese unangenehme Sache mit dem Berufsethos. Er hatte immer den sicheren Weg im Leben gesucht. Sein Leben verlief in streng geregelten Bahnen. Berufswahl, Ausbildung, Studium. Bis zu jenem verhängnisvollen Tag, als er seinen Kollegen zu Grabe tragen musste. An diesem einen Tag, in dieser Sekunde, als der Schuss durch die Luft pfiff und das Fleisch durchschlug, zerbarst auch seine eigene Welt in tausend Splitter. Nur verschwommen kehrten Erinnerungsfetzen an die Beerdigung zurück, die Beileidsbekundungen an die geschockten Eltern des Opfers und die mitfühlenden Blicke seiner Kollegen, die ihm aufmunternd auf die Schulter klopften. Die interne Revision enthob ihn der direkten Verantwortung, doch für ihn selber blieb ein bitterer Nachgeschmack.

Er ließ sich vom aktiven Dienst beurlauben und nahm sich eine Auszeit von fast einem Jahr. Doch im Nachhinein musste er sich eingestehen, dass dies wohl der zweite große Fehler in seinem Leben gewesen war. Er hing bis nachts in Bars rum und rannte stundenlang ziellos durch das nächtliche Paris. Er vernachlässigte seine sozialen Kontakte, stieß langjährige Freunde zurück und entfremdete sich von seiner glamourösen Frau. Als er im letzten Jahr die Versetzung in den Innendienst außerhalb von Paris beantragte, stand er vor den Trümmern seines Lebens.

Langsam bekam er sein Leben wieder in den Griff, ähnlich wie sein Haus, in dem er einen Raum nach dem anderen langsam, aber gründlich renovierte. Er hatte einige Bettgeschichten, denen er aber keine Bedeutung beimaß. Im Gegenteil, Lucien genoss die Vorstellung, ein einsamer Wolf zu sein, der alleine durchs Leben ging und niemanden an sich heranließ. Und jetzt war da plötzlich diese Frau.

Er schmeckte noch den Kuss und atmete ihr dezentes Parfüm. Sie hatte seinen spontanen, forschen Kuss mit einer Leidenschaft erwidert, die ihm noch jetzt den Atem raubte. Hatte ihn dann aber abrupt von sich weggeschoben und die Tür schnell hinter sich geschlossen, bevor er etwas erwidern konnte. Wie ein abgekanzelter Schulbub hatte er vor seiner Tür gestanden, war schließlich hineingegangen und hatte den Kragen seines Hemdes geöffnet.

Die Luft im Zimmer erschien ihm zu dick zum Atmen. Lucien stand auf, und mit einer heftigen Bewegung riss er die Rollos hoch, die er am Nachmittag runtergelassen hatte, und öffnete die beiden Fensterflügel. Wie bei einem gelösten Vakuum schien das Zimmer die frische Nachtluft begierig nach innen zu saugen. Lucien atmete die nach Salz und Algen riechende Luft. Die Geräusche des Films aus dem Kino gegenüber drangen in Zimmerlautstärke herein. Das würde ja eine erholsame Nacht werden, da konnte er auch gleich aufbleiben.

Leise klirrte sein wertvolles Kristallglas, das er vorsichtig aus dem Koffer nahm. Er hatte sich angewöhnt, stets eine Flasche seiner Lieblingsmarke Pastis sowie die weiteren Zutaten für sein heißgeliebtes Getränk mitzunehmen, wenn er verreiste oder beruflich unterwegs war. Aus der Minibar holte er gekühltes stilles Wasser und füllte das Glas mit der gelben Flüssigkeit, ergänzte es mit einem Spritzer Grenadine und Pfefferminzsirup. Die Farben lagen noch eine Weile übereinander, bevor sie sich zu einem undefinierbaren Farbton vermischten.

Nach dem ersten Schluck fühlte er sich gestärkt, die Mappe mit den Untersuchungsergebnissen der Pathologie anzuschauen. Er zog sein Tablet hervor und trug die Ergebnisse in seine «Dünenmord»-Datei ein und überflog noch einmal die Einträge der beiden Sergeanten. Lucien strich sich durch seinen Dreitagebart, der inzwischen aber nicht mehr das Prädikat «gepflegt» verdiente, und stellte ernüchtert fest, dass die Liste der noch offenen Fragen die der bereits ermittelten Ergebnisse bei weitem übertraf. Ein Zufallsmord oder schlichter Raubmord schien unwahrscheinlich. Doch Lucien hatte das Gefühl, mit den Ermittlungen auf der Stelle zu treten. Wenn er einer Spur nachging, öffneten sich zwei weitere. Es war zum Verrücktwerden. Genau wie dieser Lärm hier, dachte Lucien genervt. Aber bei geschlossenen Fenstern zu schlafen war ausgeschlossen. Der Brandungslärm des ungestümen Atlantiks untermalte die Geräusche des Filmes und trug ihn schließlich in einen unruhigen Schlaf, als er über die Akten gebeugt im Sessel einschlief.

Contis lag noch im Tiefschlaf, als der Commissaire bereits früh am Morgen nach einer miserablen Nacht auscheckte. Er trank einen café crème im Stehen beim Bäcker an der Hauptstraße. Während er in seinen heißen Kaffee pustete, verfolgte er das

Treiben auf der Straße vor dem kleinen Holzhaus. Um diese Uhrzeit kamen nur vereinzelte Spaziergänger mit Hunden, Angler und Surfer an der provisorischen Sommerbackstube vorbei. Im Hinausgehen biss er in sein Croissant, warf die eingepackten Croissants zum Mitnehmen für die Sergeanten auf den Beifahrerplatz und startete den Motor. Da er noch keinen Bericht von den beiden erhalten hatte, ging er davon aus, dass die Nacht ruhig verlaufen war.

Die Sonne färbte die Wolken, die über dem weiten Binnenland lagen, zauberhaft gelb-orange. Lucien öffnete das Fenster und genoss die kurze Fahrt durch die Allee. Er empfand bereits eine Art Heimatgefühl, als er an den idyllisch in den Pinienwald eingebetteten kleinen Bauernhäusern vorbeifuhr. Der Gedanke an seine eigene Unterkunft ließ dies warme Gefühl jedoch auf den Gefrierpunkt sinken. Lucien war sich nach dieser Nacht absolut sicher, dass er lieber spät abends noch die Strecke nach Bordeaux zurückfuhr, als eine weitere Nacht in diesem Horrorhotel mit schlechten Betten und unbequemem Sofa zu verbringen. Er dachte sogar kurz darüber nach, in der kleinen Notzelle des Reviers zu schlafen. Aber das wäre unter seiner Würde, als leitender Commissaire der Mordermittlung auf einer Pritsche im Gefängnis zu liegen.

Lucien betrat die Wache und schwang die Tüte mit den Croissants.

«Bonjour, ich habe Ihnen etwas mitgebracht.»

«Ah, bonjour, Monsieur le Commissaire. Hatten Sie eine gute Nacht?» François, der lässig mit seinem zurückgeschobenen Stuhl kippelte, wechselte einen schelmischen Blick mit seinem Kollegen. Der schaute etwas verdrießlich drein, weil er sich furchtbar mit seiner Frau gestritten hatte.

«Bonjour», brummte er daher schlecht gelaunt zurück.

«Und war die Nacht auf dem Hof ruhig?», fragte Lucien, während er zu seinem Schreibtisch ging.

Wieder wechselten die beiden einen Blick.

«Alles ruhig. Und bei Ihnen? Genug Schlaf gehabt?» François konnte ein anzügliches Grinsen nicht unterdrücken.

Lucien hatte mal wieder das Gefühl, dass ihm etwas vorenthalten wurde.

«Also, was ist hier eigentlich los?», polterte er ungehalten.

«Nichts, oder gibt es etwas, das *Sie* uns mitteilen wollen?» Neugierig schaute Dubertrand von seinem PC hoch.

«Nein, bestimmt nicht. Also haben Sie schon mit der Sichtung der Fotos begonnen, Kontoauskunft und Telefonliste beantragt und die Buchführung des Hofladens überprüft?» Lucien registrierte mit Schadenfreude, wie die beiden Sergeanten unter der Aufgabenmenge förmlich immer tiefer einknickten.

«Wir wollten erst mal auf Sie warten, damit Sie die Aufgaben verteilen können», versuchte sich François rauszuwinden. «Außerdem sollte ich doch noch mal mit dem alten Paul Braque sprechen. Der George hat da ja so etwas angedeutet, dem ich auf den Grund gehen will.» François erhob sich, ohne eine Antwort abzuwarten, griff seine Uniformjacke und wollte gehen.

«Halt, nicht so schnell», unterbrach ihn der Commissaire. «Erst einmal will ich einen kurzen Bericht über die Nachtschicht, bevor Sie die Fakten zu Protokoll geben. Wie lange haben Sie observiert? Haben Sie die Umgebung auf Spuren abgesucht?»

«Dafür brauchen wir kein Protokoll zu schreiben. Es war niemand da außer uns», erklärte Yves mit einem raschen Blick zu seinem Kollegen.

«Ob Sie ein Protokoll brauchen oder nicht, entscheide immer noch ich. Also, bitte notieren Sie die Uhrzeiten, an denen Sie

Ihre Kontrollrunden gedreht haben, oder haben Sie etwa die ganze Zeit im Auto gesessen und geschlafen?»

«Nein, geschlafen haben wir nicht. Aber dass wir das Objekt kontrollieren sollten, haben Sie doch gar nicht gesagt. Sie haben lediglich angeordnet, dass wir uns im Dienstwagen vor das Haus stellen sollen, und das haben wir gemacht», verteidigte sich Chevalier und fuhr sich mit der Hand durch seine sonnengesträhnten Haare.

Lucien musste sich beherrschen, nicht zu explodieren.

«Und wie lange haben Sie da so vor dem Haus rumgestanden?», fragte er daher betont lässig.

«Na, Sie sind gut. Wir sollen in der Zeit das Haus bewachen, während Sie sich mit der Besitzerin vergnügen. Wir sind doch keine Housesitter», verteidigte sich François empört.

Lucien musste sich sehr zusammenreißen. Woher wussten die beiden schon wieder davon?

Der ältere Polizist versuchte seinem jungen Kollegen beizustehen.

«Also ehrlich. Wie stehen wir denn vor den anderen da, wenn wir das leere Haus bewachen, während Sie mit der Deutschen ein Rendezvous haben und anschließend im Hotel verschwinden. Das ist doch klar, dass da was läuft, und wir sind die Deppen, die sich die Nacht um die Ohren schlagen müssen. Nee, Chef, ohne uns.»

Lucien blieb der Mund offen stehen, das war ja offene Meuterei.

«Jetzt hören Sie beiden Trottelgesichter mir mal zu. Dass Sie im Dorf den Ruf von Deppen haben, ist ganz allein Ihr eigenes Verdienst. Sie wissen wohl nicht, mit wem Sie es zu tun haben. Ein Anruf genügt, und ich lasse Sie zur Verkehrspolizei versetzen! Was fällt Ihnen eigentlich ein, meine Vorschriften zu ignorieren? Ich bin hier immer noch Ihr Vorgesetzter, wenn ich Sie daran erinnern darf!»

Lucien schnappte nach Luft, als ihm die Sinnlosigkeit seiner Moralpredigt klarwurde. Sollte sich doch der Stationschef mit diesen Deppen rumärgern. Er musste den Fall schnell abschließen, um endlich wieder verschwinden zu können.

«Und nur so nebenbei: Was hat denn ein unverbindliches Abendessen, das übrigens rein dienstlich war, mit meiner Anweisung zu tun, das Haus zu observieren? Können wir jetzt endlich sachlich weitermachen? Wir haben schließlich einen Mord aufzuklären, falls das irgendwie von Bedeutung für Sie ist.»

Lucien ärgerte sich selber darüber, dass er nicht die nötige Neutralität gegenüber einer Zeugin und eventuell sogar Tatverdächtigen aufrechterhalten hatte, und beschloss, die Sache unter den Tisch fallen zu lassen.

«Also, ich will jetzt endlich Ergebnisse sehen. Gehen wir an die Arbeit, Leute. Sergeant Chevalier, Sie bleiben heute Morgen hier und kümmern sich als Erstes um die Kontobewegungen und Steuerdaten des Opfers. Dubertrand, Sie überprüfen die Telefonlisten, und ich schau mir die Fotos an.»

Lucien setzte sich seufzend auf seinen Platz. Der Import der Bilder war abgeschlossen. Lucien öffnete die Diashow, lehnte sich zurück, zündete sich eine Zigarette an und wünschte sich trotz der frühen Stunde ein kühles Glas Pastis. Hunderte von eintönigen Naturfotos zogen an seinen Augen vorbei und ließen ihn zunehmend schläfrig werden. Nachdem er die ersten 400 Bilder noch relativ gründlich betrachtet hatte, scrollte Lucien nun ungeduldig immer schneller durch. Schließlich schob er den Stuhl nach hinten, rief François zu sich und beauftragte ihn mit der exakten Durchsicht der Bilder.

«Ich fahr für Sie zu dem Bauern, wie heißt er noch, ach ja, Braque, und befrage ihn. Ihr macht hier weiter.»

Lucien achtete nicht auf das Murren, das er zur Antwort bekam, und war froh, als er die Wache und die unterdrückt feindselige Stimmung hinter sich ließ. Die Wärme des kommenden Sommertages stand schon verheißungsvoll auf dem Asphalt. Lucien stieg in seinen bereits empfindlich aufgeheizten Wagen. Er nutzte die kurze Fahrzeit und rief die Strandwache an, um sich nach dem merkwürdigen Öl zu erkundigen. Dort lag aber weder eine Meldung von einer illegalen Verklappung noch von einem Ölteppich vor. Der Station waren lediglich ein paar Möwen mit verklebtem Gefieder aufgefallen. Da Möwen aber täglich bis zu 100 Kilometer zurücklegen konnten, war es unmöglich zu sagen, wo sie sich mit dem Öl beschmutzt hatten.

Der Hof von Paul Braque war stark heruntergekommen. Die Farbe blätterte von der Fassade und den Fensterläden ab, und neben dem Haus türmten sich undefinierbare Müllberge und Gegenstände. In der weit geöffneten großen Scheune standen rostige Feldmaschinen und Traktoren. Lucien schlug der strenge Geruch von Gülle und Mist entgegen. Er schaute sich um, doch seine Ankunft schien nicht bemerkt worden zu sein. Das Geräusch von gackernden Hühnern vervollständigte das Bild eines idyllischen Landlebens, mit dem Lucien allerdings überhaupt nichts anfangen konnte. Er betrachtete seine edlen Lederschuhe und die helle Anzughose und überlegte, ob er über die schlammverspritzten Pflastersteine zum Haupthaus gehen oder doch lieber Sergeant Chevalier die Befragung durchführen lassen sollte. In dem Moment öffnete sich die Tür der Bauernkate, und ein Mann im mittleren Alter trat heraus. Er trug trotz der Hitze eine schmutzige Hose aus dickem Leinen und einen ausgeleierten Baumwollstrickpullover. Als er gemächlich auf den Commissaire zuging, nahm er ein kariertes Tuch ab, das er um den Hals trug, wischte sich damit Stirn und Hände ab und reichte dem Commissaire die notdürftig gesäuberte Hand.

«Monsieur le Commissaire, was verschafft mir die Ehre?», versuchte der Bauer eine weltmännische Begrüßung.

Lucien konnte sich wieder mal nur wundern, warum jeder im Dorf so gut über ihn und so schlecht über das Mordopfer unterrichtet war. Er versuchte den Frust herunterzuschlucken und sich auf das Gespräch zu konzentrieren.

«Bonjour, Monsieur. Ich nehme an, Sie sind Paul Braque?»

«Oui, so ist es.»

«Gut. Ich gehe davon aus, Sie haben von der Leiche am Strand gehört. Welches Verhältnis hatten Sie zu dem Opfer?»

«Leiche? Ach, Sie sprechen von dem Deutschen.»

«Wissen Sie noch von einer anderen Leiche? Natürlich spreche ich von dem Deutschen. Also, kommen wir zur Sache. Wie war Ihr Verhältnis?»

«Verhältnis? Entschuldigen Sie mal. Ich hatte doch kein Verhältnis mit dem, ich bin doch nicht andersrum, da können Sie meine Frau fragen.»

Mon Dieu, schenk mir Geduld, seufzte Lucien.

«Ich meine, wie haben Sie sich verstanden», nuschelte Lucien mit zusammengepressten Lippen.

«Monsieur le Commissaire, ich kannte den Typen kaum. Er hatte seinen Bioladen, ich meinen Biohof. Ich habe ihm angeboten, meine Produkte bei ihm zu verkaufen, er hat abgelehnt. Mehr gibt es da nicht zu berichten.» Der kräftige Mann begann ungelenk damit, sein Tuch wieder um den Hals zu binden. «Einen schönen Tag noch.»

Lucien starrte auf das etwas schüttere Haar am Hinterkopf des Mannes.

«Das Gespräch ist erst beendet, wenn ich es sage. Ich kann Sie auch unter Mordverdacht festnehmen und auf die Wache bringen lassen, wenn Ihnen das lieber ist.»

Lucien versuchte die gesamte Autorität seiner Stellung in die Stimme zu legen. Der Bauer drehte sich langsam um, mit einem hämischen Grinsen.

«Etwa von den beiden lächerlichen Flics aus Lit-et-Mixe? Dann könnten die sich ja auch gleich gegenseitig festnehmen.»

«Was sagen Sie zu den Vorwürfen, dass Monsieur Schümasche Sie in Brüssel anzeigen wollte, weil Sie Gülle auf Ihre Felder verteilen und Chemie spritzen? Also, wenn mich meine Nase nicht trügt, riecht es hier ganz schön nach Gülle.»

«Dann stecken Sie Ihre feine Nase halt nicht in Angelegenheiten, von denen Sie keine Ahnung haben. Ich hab mit dem Mord nichts zu tun, und der Rest geht Sie nichts an.» Er wollte sich gerade wieder abwenden, doch diesmal war Lucien schneller und ergriff seinen Arm.

«Und ob mich das was angeht. Denn wie es momentan aussieht, sind Sie der Einzige hier, der ein Motiv für den Mord hat, und damit sind Sie mein Hauptverdächtiger. Ich kann Ihren ganzen Hof auseinandernehmen, wenn ich Lust dazu habe.»

«Pff, der Einzige.» Der Franzose spuckte dicht neben Luciens Schuhen auf den Boden.

«Ich glaube wohl eher, ich bin einer der wenigen, die kein Motiv haben. Sie haben wirklich keine Ahnung, was hier abgeht, oder?»

Obwohl Lucien fast einen Kopf größer war, behandelte der Bauer ihn von oben herab.

«Ich habe die Ahnung, dass mich das ganze Dorf hier verarscht. Mon Dieu, aber es reicht jetzt. Ich will sofort wissen, was hier los ist, sonst verhafte ich jeden Dorfbewohner, der mir vor die Nase kommt. Wenn Sie nicht der Erste sein wollen, der heute Nacht auf der Pritsche schläft, erklären Sie mir jetzt auf der Stelle, was Sie mit Ihren Andeutungen meinen.»

Braque schaute unsicher in das zornrote Gesicht des Mannes vor ihm. Vielleicht hatte er die Sache doch etwas überzogen.

«Ist ja schon gut, regen Sie sich ab. Lassen Sie uns erst mal reingehen.»

Na, geht doch, dachte Lucien zufrieden. Er konnte ja nicht ahnen, dass Pauls Bruder vor kurzem während eines heftigen Streits einen Herzinfarkt erlitten hatte und Paul sich seitdem von seiner Schwägerin die schwersten Vorwürfe anhören musste, dass er seinen eigenen Bruder ins Grab gebracht hätte. Der Bauer bat daher dem Commissaire fürsorglich einen Platz am gemütlichen Tisch in der Küche an, bevor der am Ende auch noch bei ihm zusammensackte.

«Kaffee?»

«Ja, bitte.» Lucien beobachtete den Bauern, der bedächtig Pulver abmaß und Wasser in die Espressokanne goss. Lucien schwieg demonstrativ, um so eine unangenehme Stimmung aufzubauen und den Bauern zum Reden zu bewegen. Der setzte aber seelenruhig die Kanne auf den Herd und drehte sich zu dem Commissaire um.

«Hören Sie, Monsieur le Commissaire. Mit mir sind eben die Pferde durchgegangen. Ich hab momentan wirklich genug Probleme und keine Ahnung, wie ich Ihnen weiterhelfen soll.»

«Da wäre zum Beispiel die Sache mit der Anzeige.»

Paul wischte mit einer Handbewegung die Anschuldigung zur Seite.

«Alles Quatsch, das hab ich auch Thomas gesagt.»

«Ach, wann haben Sie denn mit ihm darüber gesprochen?»

«Mh.» Nachdenklich nahm er den Kaffee vom Herd. «Ich glaub, das war vor etwa einem Monat. Da kam er hier abends vorbei und wollte etwas mit mir trinken. Wir saßen auf der Terrasse und haben uns wie immer gut verstanden. Mensch, ich kenn den Thomas doch schon ewig. Der kam schon als Kind mit seiner Familie jeden Sommer her. Aber seitdem er sich von den Bogosch-Brüdern übers Ohr hat hauen lassen, war er irgendwie sehr misstrauisch und meinte, dass ihn jeder hier bescheißen wollte.»

«Und das stimmt nicht?»

«Na ja, da kann man wohl nicht so ganz widersprechen. Das Leben an der Küste ist schön, aber nichts für Warmduscher und Öko-Idealisten. Wir kämpfen alle ums finanzielle Überleben. Da guckt natürlich jeder auf seinen Vorteil. Wir können es uns nicht erlauben, Vorschriften allzu wörtlich zu nehmen.»

Lucien musste grinsen. Hinter seiner grobschlächtigen Art steckte ja ein echter Komiker.

«Aha, und daher legt hier jeder die Regeln halt so aus, wie es ihm gerade passt, habe ich Sie da richtig verstanden?»

«Hören Sie, was ich damit sagen will, ist, dass Thomas selber Schuld war, wenn er sich mit jedem anlegte, dass irgendjemandem mal der Kragen platzt. Wer Wind sät, wird Sturm ernten, sag ich dazu nur. Aus Angst, von anderen beschissen zu werden, hat er den Spieß umgedreht und sich mit seinem Wissen Vorteile verschafft, wenn Sie verstehen, was ich meine.»

«Erpressung?»

«Mon Dieu. Erpressung hört sich so kriminell an. Nein, er hat nie Geld haben wollen, sondern wollte, dass man sich an die Regeln hielt. Typisch deutsch, oder? Ein echter Klugscheißer, als ob das irgendjemanden von den Bürokraten in Brüssel oder

Paris interessiert, welche Fangnetze man benutzt oder was man auf die Felder sprüht. Verstehen Sie? Das Zeug nehme ich schon seit Jahren, und es gab nie Beschwerden. Meine Produkte sind einwandfrei. Sehen Sie mich an, ich ernähre mich fast autark von meinem Hof. Alles beste Bioqualität. Ich dünge nur ein bisschen dazu, sonst wächst das Zeug hier auf den kargen Böden nicht gut.»

«Aber er wollte Sie trotzdem in Brüssel anzeigen. Das mussten Sie verhindern und haben ihn hinterrücks erschlagen.»

«Quatsch.» In seinen Augen war jede Arroganz verschwunden. «Ich hab mit Thomas' Tod nichts zu tun. Ehrlich. Wir hatten einen Kompromiss geschlossen. Ich hatte ihm versprochen, dass ich in der nächsten Saison keine Pestizide mehr spritze, und er wollte mir dafür günstig ökologisch verträglichen Dünger besorgen.»

«Hm.» Lucien nickte nachdenklich. Das war wohl eine Sackgasse. «Mit wem hatte er sich denn noch angelegt?»

«Wie ich schon gesagt habe, ich glaube, Sie werden niemanden finden, der nicht eine Mordswut auf ihn hatte.» Erschrocken über seine Wortwahl, stellte er den dampfenden Kaffee vor den Commissaire. «Entschuldigung, hab ich nicht so gemeint.»

Lucien nickte. «Also, wer könnte so eine Wut auf ihn haben, dass er zum Äußersten gegriffen hat?»

«Mh, ich will ja nichts Schlechtes über andere sagen, aber mir würden da sofort die Bogosch-Brüder einfallen. Aber bei denen ist es wohl eher andersherum, auf die war Thomas sauer.»

«Wegen des Hauskaufs.»

«Ja, genau. Thomas hat mir selber erzählt, dass sie ihm freundschaftlich angeboten hatten, ihm bei der Haussuche zu helfen, als er von seinen Auswanderungsplänen erzählte.»

«Und die beiden haben ihm das tolle Haus vermittelt? Was

gibt es denn da zu meckern? Das würde ich auch sofort kaufen.» Falls ich je auf die schwachsinnige Idee kommen sollte, mich hier niederzulassen, ergänzte Lucien in Gedanken und pustete in die dampfende Tasse.

«Ja, das ist ein feines Haus. Die beiden hatten ihm per E-Mail Fotos geschickt. Das Haus hätten sie im Wald entdeckt und könnten es ihm unter der Hand besorgen. Weil es aber noch nicht auf dem Markt sei, müsste er innerhalb von 24 Stunden den Kauf bestätigen und das Geld persönlich in bar vorbeibringen.»

«Das riecht aber doch 100 Meter gegen den Wind nach Betrug.»

«Ja, wahrscheinlich schon. Aber Thomas hat nicht lange überlegt.»

«Der Deutsche hat das Haus gekauft, ohne es sich überhaupt anzusehen?»

«Ja, er war wirklich ein naiver Idealist. Er kannte die Brüder von früher und glaubte, sie würden ihm ein gutes Angebot machen.» Versonnen rührte der Bauer weiter in seiner schwarzen Brühe. «Thomas ist noch in der Nacht losgefahren und kam einen Tag später hier an, traf die Brüder und gab ihnen das Geld, bekam dafür die Schlüssel und den vorläufigen Eintrag ins Grundbuch.»

«Einfach so?» Lucien probierte vorsichtig einen Schluck. Überraschenderweise schmeckte der Kaffee sehr aromatisch. Er lehnte sich zurück und schaute sich um. Sein Blick blieb auf dem überquellenden Abfalleimer hängen, der für einen ökologisch angehauchten Bewohner, der sich nach eigenen Angaben autark ernährte, eindeutig zu viele Verpackungen von Fertiggerichten enthielt. Doch das konnte warten. Lucien wollte alles vermeiden, was den Redefluss des Mannes stören könnte, und beugte sich interessiert mit der Tasse in der Hand vor.

«Ja, er hat sich auf der Stelle in das Haus verliebt. Es sah damals schon so aus wie heute. Ein bisschen zu weiblich für meinen Geschmack, aber jedem das seine. Später erfuhr er, dass die Brüder das Haus einem jungen Mann abgeluchst hatten, der Aids im Endstadium hatte und gezwungen war, das Haus schnell zu verkaufen, um seine Medikamente zu bezahlen. Die Brüder hatten ihm einen Bruchteil dessen in die Hand gedrückt, was sie von Thomas abkassiert hatten, und haben den todkranken Mann noch am selben Tag vor die Tür gesetzt. Thomas war entsetzt, als er das später erfuhr. Doch die beiden amüsierten sich über seine weltfremde Entrüstung und zogen ihn damit auf. Seitdem waren sie immer mal wieder aneinandergeraten, weil die Brüder gerne auch im Altersheim nach Haus- oder Grundbesitzern ohne Erben suchten.»

Braque schaufelte sich bereits den dritten Löffel Zucker in die Tasse.

«Auf diese Weise sind sie übrigens auch an das Land von dem alten Réne gekommen, auf das alle scharf waren. Haben Sie die Bagger auf der Düne gesehen?»

Lucien dachte an die Aussicht von dem Hotelzimmer und nickte flüchtig.

«Die gehören den Bogosch-Brüdern?»

«Ja genau, die haben die Düne in Parzellen unterteilt und bebauen sie mit Apartments. Wissen Sie, was eine Wohnung kosten soll? Das ist der reinste Wucher, aber die Einheiten sind schon fast alle verkauft, obwohl noch gar nicht für alle eine Baugenehmigung vorliegt. Aber die Brüder kennen ja den Bürgermeister ganz gut, da dürfte das kein Problem sein.»

Lucien schaute fragend von seiner Tasse auf.

«Der Bürgermeister ist der Mann der Schwester der beiden Brüder», erklärte der Bauer etwas umständlich und rührte dabei in seinem Kaffee, als wollte er ihn schaumig aufschlagen.

«Aha. Und wann haben Sie Thomas das letzte Mal gesprochen oder gesehen?»

«Keine Ahnung. Vielleicht vor zwei Wochen? Man sieht sich ja immer mal auf der Straße oder in der Stadt und grüßt sich dann.»

Mit einem kräftigen Zug stürzte er den Kaffee hinunter, nahm sein Halstuch ab und wischte sich über den Mund, bevor er es wieder verknotete.

«Haben Sie noch Fragen? Ich muss nämlich noch in den Stall, die Tiere füttern, die werden sonst unruhig, und das schlägt sich auf die Qualität nieder.»

Knarzend schob sich der Stuhl über den Steinboden, und der kräftige Mann erhob sich.

«Na gut, ich will nicht schuld sein, wenn Ihre glücklichen Hühner keine Eier mehr legen», meinte Lucien sarkastisch und stand auf.

Ihm schwirrte der Kopf. Der Bruder von der Schwester war mit dem Bürgermeister verheiratet, oder wie war das. Das waren irgendwie zu viele unwichtige Details. Er hatte das Gefühl, dass er die Hälfte des Monologes schon wieder vergessen hatte, bevor er aus der Tür war. Gut, dass er das gesamte Gespräch mitgeschrieben hatte. Die Brüder würde er sich vornehmen.

«Und Sie hatten wirklich keinen Streit mit dem Opfer?», versuchte er auf dem Weg zur Tür noch mal eine greifbare Information zu bekommen.

«Nein. Wir waren nicht die besten Freunde, aber keine Feinde.»

«Und das soll ich glauben?»

«Glauben Sie doch, was Sie wollen, Monsieur le Commissaire. Ich sag Ihnen doch, ich habe mit dem Mord nichts zu schaffen.»

«Ich lasse Ihre Angaben überprüfen. Aber in mindestens

einem Punkt sagen Sie mir bestimmt nicht die Wahrheit: Sie sind nicht verheiratet, oder lebt Ihre Frau etwa im Hühnerstall bei den glücklichen Hühnern?»

Das wettergegerbte Gesicht verzog sich langsam zu einem schiefen Grinsen.

«Schlau gefolgert, Monsieur le Commissaire. Meine Frau ist schon vor einiger Zeit abgehauen, und das ist gut so. Meine Tochter hat es bei mir eh besser als bei dieser Schlampe.»

Lucien drehte sich kopfschüttelnd um und ging durch den dunklen Flur auf den Hof hinaus. Strahlender Sonnenschein umfing ihn und erinnerte ihn daran, dass bald Mittagszeit war. Er würde am besten direkt zum Bistro fahren und die beiden Sergeanten dort treffen, die sicher nicht mehr im Büro waren. Beim Essen und einem Pastis konnten sie ihre Besprechung genauso gut wie in der Wache abhalten, bevor er sie mit neuen Aufgaben versorgte.

15. KAPITEL

Auf der kurzen Fahrt zurück nach Lit-et-Mixe drehte Lucien das Radio laut auf. Wieder huschten die Schatten der Allee über sein Gesicht. Lucien genoss das Dröhnen des starken Boxermotors. Die schlechte Fahrbahn machte bei dem Tempo jede Kurve zu einer Herausforderung, vor allem wenn auf dem schmalen Weg ein Auto entgegenkam. Auf der Hälfte der Strecke zog der Wagen plötzlich ruckartig nach rechts. Lucien steuerte gegen, bremste ab und ließ den Wagen ausrollen.

Merde. Hatte sich denn heute alles gegen ihn verschworen? Er öffnete die Tür und zog sie rasch wieder zu, als ein energisch hupendes Auto dicht überholte. Lucien gestikulierte wild mit den Armen und schrie dem Verkehrsrowdy übelste Schimpfwörter hinterher. Nach einem erneuten Kontrollblick in den Seitenspiegel öffnete er diesmal die Tür etwas vorsichtiger. Er stieg rasch aus und sprintete um den Wagen herum. Schon raste das nächste Auto an ihm vorbei, und Lucien erhaschte gerade noch einen Blick auf den grinsenden Autofahrer, der ihm schadenfroh zuwinkte. Es war Paul Braque, wenn ihn nicht alles täuschte. Na warte, am liebsten würde er den Bauern auf der Stelle verhaften lassen, aber jetzt musste er sich erst einmal um seinen Wagen kümmern.

Seufzend bückte er sich zu dem augenscheinlichen Problem. Der vordere Reifen hatte einen Platten. Ein verrostetes Metallteil steckte in dem Gummimantel.

Ausgerechnet hier. Der Commissaire nahm das Handy aus der Innentasche seines Trenchcoats und rief Chevalier an.

«Chevalier, gut, dass ich Sie erreiche. Sie kennen sich doch mit den hiesigen Abschleppunternehmen aus. Gibt es hier in der Nähe eine kompetente Werkstatt für mein Auto? Ja, ich bin liegengeblieben. Wo genau? Keine Ahnung, auf der Allee zwischen Contis und Lit-et-Mixe. Ja, rufen Sie umgehend dort an und bestellen Sie ihn hierher, und in der Zwischenzeit holen Sie mich ab. Ich kann hier nicht ewig rumstehen, wir haben schließlich einen Mord aufzuklären. Ja gut, aber beeilen Sie sich. Ich warte!»

Lucien setzte sich auf die Beifahrerseite und begann damit, die Notizen der letzten Zeugenbefragung in seine Datei einzutragen. Er notierte sich zudem in der «TO DO»-Spalte, den Bogosch-Brüdern und ihren Immobiliengeschäften auf den Zahn zu fühlen und beim Subventionsbüro in Brüssel nachzuforschen, ob Thomas seine Drohung nicht doch schon wahrgemacht hatte. Dann überflog er die Einträge seiner Kollegen. Dubertrand hatte inzwischen die Konten geprüft, aber keine Auffälligkeiten entdecken können. Der Hofladen warf in den Sommermonaten erstaunlich viel ab, und im Winter kamen Honorare in wechselnder Höhe dazu. Alles in allem reichte es nicht, um reich zu werden, aber er konnte ganz gut davon leben. Soweit man das von einem Toten sagen konnte. Außerdem hatte Dubertrand die Telefonlisten kontrolliert, aber auch dort gab es keine Auffälligkeiten. Der letzte Anruf war am Samstagabend vor zehn Tagen getätigt worden. An den Tagen davor hatte er zudem häufiger als sonst telefoniert. Die meisten Telefonnummern konnten Personen aus dem Dorf zugeordnet werden, so unter anderem dem Büro des Bürgermeisters und dem Metzger Fournet. Ferngespräche gingen an Apparate in Paris und nach Deutschland in Berlin zu Sophie. Der Kontakt in Paris war ein Ornithologe, der an der Sorbonne unterrichtete. Yves erreichte jedoch nur seine Sekretärin. Sie teilte ihm nach kurzem Zögern mit, dass der Professor zurzeit auf einer Expedition in Grönland sei und erst im Laufe der Woche zurückkehren würde. Sie kannte Monsieur Schumacher nicht persönlich, hatte ihn aber damals direkt zum Professor durchgestellt, soweit sie sich erinnerte. Ob sich das Opfer und der Professor kannten oder um welches Thema sich das Gespräch der beiden gedreht hatte, konnte sie aber nicht sagen. Außerdem hatte Yves mit einer Redaktion gesprochen, die Monsieur Schumacher vor etwa zwei Wochen mit einem Artikel über die Einhaltung der Umweltauflagen in der Papeterie beauftragt hatte. Sie hatten ihm vergangene Woche einige Terminvorschläge zugeschickt, aber er habe sich nicht zurückgemeldet. Lucien notierte sich ein paar Fragen, die er im Zuge der Ermittlung noch unbedingt klären musste, als er den kleinen blauen Dienstwagen von Sergeant Chevalier am Ende der Allee erblickte. Na, immerhin etwas, das klappte.

Chevalier wendete den Wagen und stellte sich mit Blaulicht hinter den Porsche. Nur mühsam konnte er beim Aussteigen ernst bleiben, als er auf seinen gestrandeten Vorgesetzten zuging. Er steckte sich das beim Aussteigen herausgerutschte Poloshirt wieder in die Hose. Lucien konnte sich nicht so recht an die neue Arbeitskleidung der Gendarmerie gewöhnen. Zu seiner Zeit trugen die Sergeanten jedenfalls noch ein anständiges Hemd.

«Mon Dieu, was gibt es da zu grinsen? Wenn Sie die Sache

so amüsiert, haben Sie bestimmt nichts dagegen, hier auf den Abschleppwagen zu warten. Ihr Freund kann Sie dann ja mit zur Wache nehmen und dort rauslassen. Die Schlüssel, bitte.»

«Monsieur le Commissaire, wie stellen Sie sich das vor? Sie können doch nicht einfach meinen Wagen nehmen und mich hier stehen lassen.»

«Doch. Als Ihr Vorgesetzter kann ich das.»

«Ich dachte, ich soll Sie abholen und dann zur Wache fahren.» Dem jungen Sergeanten schoss das Blut ins Gesicht, als er an die Ware dachte, die er zwar noch schnell vom Beifahrersitz in den Kofferraum geräumt, aber nur notdürftig abgedeckt hatte.

Lucien deutete die Röte im Gesicht des jungen Sergeanten fälschlicherweise als Wut und versuchte ihn zu besänftigen.

«Hören Sie, Chevalier. Das ist ja nicht gegen Sie persönlich gerichtet, aber ich kann meinen Wagen doch nicht einfach so hier auf der Straße stehen lassen. Es dauert doch bestimmt nicht lange, bis der Abschleppdienst auftaucht. Vielleicht schaffen Sie es ja noch zum petit-déjeuner ins ‹Les Landes›, wo wir Sie erwarten. Zum Ausgleich lad ich Sie zum Essen ein», beendete Lucien jovial den Satz, während er sich hinters Steuer setzte und den Sitz einstellte. Wieder knirschte etwas beim Verstellen des Sitzes, aber der Commissaire ging großzügig darüber hinweg. Der Wagen war schließlich ein Dienstfahrzeug und keine Rumpelkammer. Er übernahm keinerlei Haftung für private Gegenstände, die der Sergeant mit diesem Wagen transportierte. Im Rückspiegel erhaschte Lucien noch einen Blick auf den perplexen Sergeanten.

Schwungvoll kam Lucien vor der rosa gestrichenen Wache zum Stehen. Wer hatte nur diese Farbe ausgesucht? Lucien schüttelte angewidert den Kopf. Er strich seine helle Anzughose glatt, korrigierte den Sitz seines Hemdes und strich sich durchs Haar, bevor er die Wache betrat.

Als Lucien schwungvoll die Tür öffnete und ein kraftvolles Bonjour in den Raum schmetterte, hob Sophie augenblicklich ihre Augen vom Monitor und lächelte ihn verlegen an. Lucien freute sich insgeheim über diese kleine Geste, mehr als der Situation angemessen schien, zumal er den interessierten Blick von Sergeant Dubertrand auffing.

«Bonjour, Mademoiselle Schümasche. Wie schön, Sie zu sehen. Vielen Dank für Ihr Angebot, bei der Durchsicht der Bilder zu helfen. Haben Sie schon etwas Interessantes entdeckt?» Lucien siezte sie bewusst. Es ging Dubertrand nichts an, dass er die Grenzen der formellen Zeugenbefragung letzte Nacht überschritten hatte.

«Nein, leider nicht», fiel ihm Dubertrand ins Wort, bevor Sophie antworten konnte. Es nervte ihn gewaltig, dass er als Sergeant mit einer Zivilistin die wichtige Ermittlungsarbeit gemeinsam machen sollte. Die Aufgabe hatte sich zudem als äußerst uninteressant herausgestellt. «Vögel, Dünen, Möwen, Dünen, Möwenküken, ein paar Kraniche, noch mehr Möwen, brütende Vögel in ihren Nestern», fasste Dubertrand die Aufnahmen zusammen. «Das einzig Interessante sind Aufnahmen von der Papeterie in Mimizan. Die Aufnahmen haben wir vergrößert. Er scheint die Fotos durch einen Zaun geschossen zu haben. Möglich, dass er das Gebäude ohne Erlaubnis der Besitzer fotografiert hat.»

«Papeterie, da fällt mir gerade noch was ein.» Lucien nahm sein Tablet und rief die Datei auf. «Von der Fabrik hat mir Etienne erzählt. Ein Betriebsunfall hat der Pathologie Kunden verschafft. Diese Fabrik sollten wir uns unbedingt anschauen.»

«Mein Bruder hatte mir von einem Auftrag erzählt, bei dem

er über marode Firmen und deren Sicherheitsvorkehrungen schreiben sollte», fiel Sophie dem Commissaire ins Wort.

«Mh.» Lucien strich sich nachdenklich über seinen nicht mehr ganz so gepflegten Dreitagebart. «Das würde sich mit unserer Ermittlungsarbeit decken. Wann wurden eigentlich die Aufnahmen von der Fabrik gemacht?»

Dubertrand blätterte geräuschvoll in seinen Notizen.

«Am Donnerstag, dem 19. Juli, also etwa vor drei Wochen. Circa eine Woche vor seinem Tod.»

Energisch legte Lucien sein Tablet auf den Schreibtisch zurück. Endlich kam Bewegung in die Sache.

«Das hört sich doch ganz vielversprechend an. Also, Dubertrand, ich denke, Sie kommen am besten mit mir. Wir fahren gleich nach dem Mittagessen mal unangemeldet hin und schauen uns um.» Er griff nach den Bildern mit den brütenden Vögeln und den Küken. «Und das sind die letzten Bilder, die er gemacht hat?»

«Nein. Das hier sind die letzten. Sie stammen vom Tag vor seinem letzten Handygespräch. Also höchstwahrscheinlich vom Tag vor dem Mord.» Der Sergeant schob seinem Vorgesetzten einen Stapel mit Bildern zu, die auf einem Extraplatz lagen. Lucien blätterte sie sorgfältig durch. Er konnte jedoch beim besten Willen nichts Verwertbares entdecken.

«Ich glaube, diese Spur führt uns nicht weiter. Zur Sicherheit schicken Sie die Fotos aber heute noch an den Ornithologen von der Sorbonne. Der Professor soll sich die Bilder anschauen, sobald er wieder im Büro ist, und sich dann bei mir melden.»

Dubertrand notierte sich den Auftrag, suchte die Nummer des Büros heraus und griff nach dem Hörer, als das Geräusch eines großen Fahrzeugs von draußen hereindrang. Lucien sprang auf und öffnete die Tür. Erfreut sah er den hellen Haarschopf von Chevalier, der geschmeidig vom Beifahrersitz herabstieg. Allerdings weniger erfreulich war der Anblick der leeren Ladefläche des Abschleppwagens. Augenblicklich erkannte er die kräftige Gestalt des Fahrers, der gemächlich von seinem erhöhten Sitz abstieg.

«Ah, Monsieur le Commissaire. So sieht man sich wieder.»

«Wo ist mein Wagen?» Lucien konnte sich gerade noch verkneifen, «Sie Hornochse» hinterherzuschieben.

«Ihr Wagen? Soweit ich mich an unser letztes Gespräch erinnere, haben Sie mich ziemlich direkt aufgefordert, die Finger von Ihrem Auto zu lassen.» Der stämmige Mann kratzte sich genüsslich am Bauch. Man sieht sich halt immer zweimal im Leben, dachte er voller Genugtuung an ihre letzte unangenehme Begegnung.

«Hören Sie, Monsieur Montabaur. Sie fahren jetzt auf der Stelle zu meinem Wagen und verladen ihn vorsichtig auf Ihren Schrottwagen, und dann schaffen Sie ihn in eine Werkstatt. Nur dass eines klar ist: Sie machen sich strafbar! Behinderung der Staatsgewalt, unterlassene Hilfeleistung, ordnungswidrige Verkehrsbehinderung ... mir fällt noch mehr ein, wenn Sie jetzt nicht sofort mein Auto bergen!», zischte Lucien und starrte ihn finster an. Sekundenlang hielt Montabaur dem Blick stand, dann schlug er die Augen nieder und schluckte. Lucien wusste, dass er den stillen Machtkampf gewonnen hatte. Jetzt musste er ihm nur noch etwas entgegenkommen, damit der Mann sein Gesicht wahren konnte.

«Also gut. Sie holen jetzt meinen Wagen und bringen ihn in eine professionelle Werkstatt und nicht zu irgend so einem Hinterhofschrauber, und ich zahle Ihnen eine Prämie für die prompte Erledigung dieser Sache.»

Der Fahrer schaute erfreut auf, als er die Summe hörte, die

Lucien zahlen wollte, und schlug in die vorgestreckte Hand des Commissaires ein. Das Geld konnte er gut gebrauchen, und so beeilte er sich, den Auftrag wie befohlen zu erledigen.

Den Blick auf seine Uhr hätte sich der Commissaire sparen können, da sich gleichzeitig ein intensives Hungergefühl in seinem Bauch ausbreitete.

Rasch ging er in die Wache zurück und griff nach seiner Tasche, die am Schreibtisch stand, an dem Yves gerade die Bilder zusammenpackte.

«Eh bien, gehen wir essen. Mademoiselle, darf ich Sie zum Dank für Ihre Hilfe bei der Durchsicht der Beweismittel zum Mittagessen einladen?», wandte er sich charmant an Sophie. «Sie sind natürlich auch eingeladen», beeilte sich Lucien hinzuzufügen, der das schiefe Lächeln seines Sergeanten falsch deutete.

«Danke für die großzügige Einladung, Monsieur le Commissaire, aber ich möchte zurück in das Haus meines Bruders fahren und die Spuren des letzten Einbruchs aufräumen. Im Haus war doch niemand mehr, oder?», fragte Sophie noch einmal besorgt.

Lucien verteilte einen tadelnden Blick Richtung Chevalier und Dubertrand, der inzwischen auch dazugestoßen war.

«Selbstverständlich. Die beiden Sergeanten haben das Anwesen persönlich bewacht und bürgen mit ihrer Ehre dafür, dass heute Nacht niemand das Grundstück betreten hat. Oder, meine Herren?»

«Natürlich.» Yves konnte nur hoffen, dass nach ihrer Abfahrt um Mitternacht wirklich kein Einbrecher mehr gekommen war.

Sophie nickte skeptisch und hoffte, dass sie diesem Duo trauen konnte. Nach der nächtlichen Lektüre war sie sich da nicht mehr so sicher. Am Ende hatten die beiden was mit dem

Einbruch zu tun, und Lucien hatte ihnen unwissentlich noch den Weg geebnet, ihren Einbruchsversuch zu wiederholen.

In Gedanken versunken, nickte sie den Sergeanten und dem Commissaire kurz zu und verließ die Wache.

«War jetzt eigentlich schon jemand bei den Rettungsschwimmern am Strand?» Die Inkompetenz seiner Männer schlug ihm vehement aufs Gemüt. Um alles musste man sich selber kümmern.

«Ja, ich war vorhin da», erklärte Dubertrand. Es wurde wirklich Zeit, diesen nervigen Vorgesetzten loszuwerden. Vielleicht sollte er ihm doch ein paar mehr Informationen über die Dorfstruktur geben, um ihm die Chance zu geben, den Fall aufzuklären und danach zu verschwinden. Andererseits ging den Schnösel das alles hier nichts an. Zudem hatte er selber genügend Probleme, die er schleunigst lösen musste. Leider hatte sein größtes direkt mit dem Mordopfer zu tun.

«Und? Mann, jetzt lassen Sie sich doch nicht alles aus der Nase ziehen! Was haben Sie herausgefunden?»

Mit einer Bewegung schob der Sergeant die am Gürtel befestigte Waffe zur Seite und zog ein zerfleddertes Notizbuch aus der Hosentasche.

«Also, der Leiter der Station, Paul-Henry Vermon, hat sich die Strömungsverhältnisse und Wetterlage von der vermeintlichen Tatnacht, also dem Datum von seinem letzten Telefongespräch, angeschaut.»

«Das weiß ich selber. Ich hab bereits gestern mit Vermon telefoniert und ihn gebeten, sich die Daten anzuschauen. Sparen Sie sich die Einleitung. Was hat er gesagt?» Lucien hasste Dubertrands langatmige Art.

«Also, Vermon behauptet, dass die Leiche nicht aus dem Bassin hinausgebracht worden sein kann, da sonst der Körper garantiert nicht wieder hier an Land angespült, sondern weit abgetrieben worden wäre. Die Sandbänke haben in diesem Jahr eine Art Bucht gebildet, die Richtung Meer noch mal wieder flacher wird und die Leiche sozusagen eingekesselt hat. Richtig?»

«Also hat jemand die Leiche zwar aufs Meer rausgefahren, aber nicht weit genug vom Ufer entfernt versenkt.»

«Ja.»

«Jemand muss also ziemlich überhastet die Leiche beseitigt haben, aus Angst vor Entdeckung oder einem anderen Grund. Oder er hatte nicht die Möglichkeit, sich weiter vom Ufer zu entfernen.»

«Ja genau, davon geht Vermon auch aus.»

«Wer könnte ihn denn gestört oder beobachtet haben? Sind nachts oft Leute am Strand?»

«Na ja, soweit ich weiß, sind es in der Regel die Schüler und Trainer der Surfschulen, die Kiffer und Touristen, die sich die ganze Nacht am Strand aufhalten und Party machen», mischte sich François lapidar ein.

«Also gut, Chevalier, dann sollten Sie nach dem Essen noch mal zum Strand gehen und schauen, ob Sie einen Zeugen für die Nacht finden.» Lucien nahm sein Jackett von der Stuhllehne und ging zur Tür.

«Das bringt nichts, ich habe die Leute doch schon am Tag des Leichenfunds befragt», erwiderte Chevalier, während er sein Diensttelefon ablegte und den AB aktivierte. «Die meisten konnten sich nicht erinnern, was sie vor zwei Wochen am Strand gemacht hatten. Die Touristen, die ich gesprochen habe, waren in der fraglichen Nacht noch nicht da, und die, die da waren, waren bereits abgereist. Ein Lehrer von der Surfschule meinte, dass der Wind gegen Abend zugenommen und sich das Wetter verschlechtert hätte, deshalb hatten sie eine Grillparty am Strand abgeblasen und waren stattdessen in die Strandhütte der Surfschule ausgewichen.»

Yves registrierte Lefevres fragenden Blick. «Ich bin mit meinem Bericht ja noch nicht fertig. Vermon hat ausgesagt, dass in der mutmaßlichen Tatnacht, etwa gegen 2 Uhr morgens, eine kleine Gewitterfront über Contis gezogen ist, die Orkanböen und heftigen Regen gebracht hat. Aber der Sturm war schnell weitergezogen.»

«Hält Vermon es für möglich, dass in dieser Zeit die Leiche im Meer versenkt wurde und der Mörder aufgrund des plötzlich einsetzenden Sturmes die Leiche zu früh über Bord geworfen hat, um sich selber in Sicherheit zu bringen?»

«Keine Ahnung, Chef, aber ich ruf ihn von unterwegs noch mal an und frag ihn.»

«Ja, und fragen Sie ihn, ob er aufgrund der Strömung sagen kann, wo die Leiche ungefähr ins Meer gebracht worden sein könnte.»

«Ist gut, mach ich.» Eifrig nahm Yves sein Handy aus der Tasche und rief erneut bei dem Leiter der Rettungsstation von Contis an. «Er ist gerade zu Tisch, ruft aber an, sobald er wieder zurück ist, hat mir die Rettungsschwimmerin versprochen, die ihn vertritt», berichtete Yves atemlos, als er zu den anderen aufschloss, die bereits beim Auto waren.

Kurze Zeit später saßen sie auf ihrem Stammplatz im Bistro und bestellten das preisgünstige Tagesgericht. Der Rückruf von der Rettungsstation kam schneller als gedacht. Yves aß gerade seine Vorspeise, als sein Telefon klingelte. Nach einem kurzen Blick auf die Nummer gab er den Hörer direkt an Lefevre weiter. Lucien rollte mit den Augen. Er wollte jetzt in Ruhe essen und nicht telefonieren, nahm den Apparat aber dann doch, den Dubertrand ihm demonstrativ vor die Nase hielt. Anschließend fasste er für seine beiden Untergebenen das Gespräch zusammen.

«Also, Vermon meint, wenn die Leiche zur Zeit des Sturms ins Meer geworfen wurde, müsste sie etwa fünf Kilometer nördlich von Contis, ungefähr in Höhe der Bunkeranlage, versenkt worden sein. Kennen Sie die Stelle?»

«Na klar. Der Bunker liegt etwas nördlich von der Surfschule, auf halbem Weg Richtung Mimizan.»

«Also gut. Gehen wir erst einmal diesem Hinweis nach und schauen uns am Bunker um. Dubertrand und ich fahren dann anschließend nach Mimizan. Noch was anderes: Wo ist eigentlich Ihr ominöser Stationsleiter?», merkte Lucien an.

Die beiden wechselten einen unsicheren Blick.

«Ach verdammt, ich habe keine Lust mehr, ständig der Depp vom Dienst zu sein!»

François gab Yves unter dem Tisch einen kräftigen Tritt, um ihn zu bremsen.

«Hör auf», fuhr der seinen jüngeren Kollegen an. «Mir tanzt doch eh jeder auf der Nase rum. Ich mach mich eh schon zum Gespött im ganzen Dorf.»

Yves war nicht mehr zu bremsen, der Frust der letzten zehn Jahre, in denen er beruflich nicht weiterkam, weil seinem Schwiegervater die Leitung der Wache oblag, brach aus ihm heraus. Zudem zerrte der heftige Streit und das Handgemenge mit seiner Frau, als er nach der Observation nach Hause gekommen war, zusätzlich an seinen Nerven.

«Hören Sie, Monsieur le Commissaire, die Sache ist so. Mon Dieu, ich weiß gar nicht, wo ich anfangen soll.» Die Wucht der aufgestauten Wörter, die alle gleichzeitig aus ihm herausbrechen wollten, nahm ihm die Luft.

Lucien spürte Dubertrands innere Zerrissenheit zwischen

dem Wunsch, alles geheim zu halten oder sich jemandem zu offenbaren. Er orderte beim Kellner noch eine Runde Pastis, legte behutsam seine Hand auf Dubertrands Arm und drückte ihn freundschaftlich. Die Geste wirkte. Yves setzte sich aufrecht hin, räusperte sich und begann erst langsam, dann immer schneller damit, die Sache mit dem abwesenden Vorgesetzten zu erklären.

16. KAPITEL

Sophie war froh, als sie die Räume der Wache verlassen konnte. Die beginnende Mittagshitze brannte auf ihrem Nacken. Ein Sommertag am Meer. Duftende Luft. Sonnengeküsste Touristen und Sommerfrischler aus Paris und Bordeaux tummelten sich an den Stränden und im Dorf. Sophie ließ sich von der Leichtigkeit ihrer Umgebung einfangen und fand sich vor der Metzgerei von Marianne und ihrem Mann wieder. Das Geschäft war wie immer gut gefüllt, alleine schon weil die Dorfbewohner hier nicht nur Fleisch kaufen konnten, sondern ihr Fleisch auch noch in schlachtfrische Neuigkeiten eingewickelt wurde. Sie setzte ihre Sonnenbrille auf die Locken, als sie aus der Mittagshitze in das kühle Geschäft trat. Während sich die Schlange stetig weiterschob, überlegte sie, was sie eigentlich kaufen wollte. Doch als sie vor dem großen Grill stand, in dem sich kontinuierlich die Hähnchen drehten, merkte sie, wie hungrig sie war. Das Fett aus der knusprigen Haut tropfte auf die heiße Oberfläche der Heizschlangen und verdampfte in einer Aromaexplosion. Stimmt, sie hatte ja gar nicht gefrühstückt und hatte nach der unruhigen Nacht gleich ausgecheckt, bevor sie auf die Wache gegangen war.

«Ah, ça va, Sophie.» Die Neugierde sprang Marianne förmlich aus dem Gesicht.

«Bonjour, Marianne. Ça va bien, ça va?»

«Weiß die Polizei schon, wer deinen Bruder ermordet hat?» Marianne lehnte sich über die Theke.

Es wurde schlagartig still in dem Geschäft, und Sophie bereute ihre Entscheidung, hergekommen zu sein.

«Ich hätte gerne ein halbes Hähnchen zum Mitnehmen», versuchte sie der Inquisition durch Marianne zu entkommen. Doch da kannte sie die Frau des Metzgers schlecht. Marianne kam hinter dem Tresen hervor, griff mit der Zange eine Hähnchenhälfte, steckte sie in die Thermotüte, reichte sie Sophie und schob sie zum Ausgang. Wie ein Schaf zum Schlachtplatz fühlte sich Sophie am Arm der übergewichtigen Matrone nach draußen geführt. Wichtigtuerisch drehte sich Marianne auf dem Weg noch einmal um und genoss, dass ihnen sämtliche Kunden hinterherschauten. Sie freute sich schon darauf, gleich zurückzukehren und alle Aufmerksamkeit auf sich ruhen zu haben, bevor sie der Meute ein paar Brocken Information hinwerfen würde.

«Also, Sophie, mir kannst du es doch im Vertrauen erzählen. Hat die Polizei schon einen Verdacht?»

Sophie blieb stehen. Hier half nur ein Frontalangriff, wollte sie sich aus dem neugierigen Griff der fleischgewordenen Dorfzeitung befreien.

«Nein. Aber du weißt doch bestimmt, wer meinen Bruder umgebracht hat.»

«Ich?» Die gespielte Entrüstung wollte ihr nicht ganz gelingen. «Woher soll ich denn etwas wissen? Ich komm ja aus meinem Geschäft nie raus. Ich war diese Woche noch nicht mal beim Friseur», schob sie etwas unzusammenhängend hinterher.

«Ach komm, Marianne. Du willst mir doch nicht weismachen, dass es hier im Dorf etwas gibt, von dem du keine Ahnung hast?»

«Na ja, Ich bin halt eine anständige Frau und will keine falschen Verdächtigungen aussprechen.»

«Du weißt schon, dass du zur Polizei gehen musst, wenn du einen begründeten Verdacht hast.»

«Pfft, die Polizei», schnaufte die dicke Frau verächtlich. «Was sollte das denn bringen?»

«Ich mein nicht die Sergeanten aus dem Dorf, sondern den Commissaire aus Bordeaux.»

«Ach, du meinst deinen neuen Lover! Man hört da ja höchst interessante Sachen. Nicht, dass es mich etwas angeht, aber ist der nicht sogar noch verheiratet?»

«Geschieden», presste Sophie hervor. Es war höchste Zeit, den Spieß umzudrehen. «Nichts für ungut, Marianne, ich wollte dich ja auch nur warnen. Mit Mördern ist nicht zu spaßen. Nicht, dass er der Meinung ist, dass du vielleicht doch zu viel weißt und besser auch für immer schweigst. An deiner Stelle wäre ich da vorsichtig. Aber du weißt ja eh nichts, nicht wahr?»

«Ja, genau so ist es.» Marianne war merklich nervös geworden und vermied es, ihr ins Gesicht zu schauen, sondern blickte demonstrativ an ihr vorbei. Sie raffte ihren Seidenrock und ruckelte mit den Schultern, als ob sie eine drohende Gefahr abschütteln wollte.

«Ich muss jetzt wieder ins Geschäft. Meine Kunden warten.»

Sophie schaute der flüchtenden Marianne hinterher. Eine dunkle Wolke schob sich vor die Sonne und ließ sie frösteln. An der plötzlichen Stimmungsschwankung war nicht nur das drohende Gewitter schuld, das sich vom Meer ins Land schob, sondern es lag etwas in der Luft, das ihr die Nackenhaare aufstellte. Sie hatte den Eindruck, dass Marianne überlegte, wie sie ihr Wissen gewinnbringend verwenden könnte. Umsonst würde sie ihr Geheimnis garantiert nicht mit der Polizei teilen, sondern dann schon lieber ihr Schweigen an den Mörder verkaufen.

«Bei Agatha Christie wäre sie mit Sicherheit die nächste Leiche», sprach Sophie laut mit sich.

«Verdient hätte sie es jedenfalls», ertönte eine dunkle Stimme direkt neben ihrem Ohr.

Sophie schaute sich verschämt zu dem neben ihr stehenden Mann um. Verdammt, sie musste sich die Selbstgespräche endgültig abgewöhnen.

«Oh, Pardon, so habe ich das nicht gemeint.»

«Wieso denn? Sie haben doch recht. Aber wenn der Mörder sein Geheimnis wahren will, muss er wohl auch die gesamte Kundschaft umbringen.» Der Mann nahm seine Einkaufstasche wieder auf, die er kurz abgestellt hatte, und schob beim Weggehen noch nach: «Oder am besten alle Dorfbewohner, oder?»

Verwirrt schaute Sophie dem ihr fremden Mann hinterher. Konnte es wirklich sein, dass jemand aus dem Dorf der Mörder war und die anderen ihn deckten? Warum sollten sie das tun? Dieses Dorf war eine Art Symbol ihrer unbeschwerten Kindheit gewesen. Wenn sie eine unangenehme Situation durchleben musste, wie zum Beispiel beim Zahnarzt, hatte sie sich immer das tobende Meer, den Strand und die kreischenden Möwen in Erinnerung gerufen. Nun war dieser Rückzugsraum besudelt. Überdeckt von dem schrecklich zugerichteten Körper ihres Bruders und von der Vorstellung, dass sie seinem Mörder, ohne es zu wissen, jederzeit gegenüberstehen könnte.

Sie dachte an das Buch ihres Bruders. Sein Vermächtnis. Hatte Lucien vielleicht doch recht, und Thomas hatte seinen Mörder selber unbedacht herausgefordert?

Entschlossen drehte sie sich um und betrat noch einmal die Metzgerei. Erneut verstummten die Gespräche. Sie schaute über die Köpfe der Menschen, die vor ihr in der Schlange standen, konnte aber Marianne nicht erblicken.

«Bonjour, Philippe. Kann ich deine Frau noch mal sprechen? Es ist wichtig.»

«Ah, bonjour, Sophie, mein Beileid. Marianne hast du verpasst, sie ist gerade gegangen. Eigentlich brauche ich sie hier, aber sie hat gemeint, dass sie dringend etwas zu erledigen hat. Ich weiß nicht, wohin sie jetzt ist, aber heut Nachmittag ist sie bestimmt wieder hier im Geschäft. Soll ich ihr was ausrichten?»

Warum hatte sich dieser nette Mann ausgerechnet eine Furie wie Marianne zur Frau genommen? Als sie wieder auf die Straße trat, stieß sie beinahe mit einer jungen Frau zusammen. Es war Minou Beauchamp, die Tochter des Bürgermeisters, die sie von früher noch flüchtig kannte. Sophie erkannte das junge Mädchen sofort. Das lag vor allem an ihren Sommersprossen, die aussahen, als wären sie von einem impressionistischen Maler mit einem feinen Pinsel auf dem hübschen Gesicht aufgetragen worden, und die wunderbar mit den tizianroten Haaren harmonierten. Sophie freute sich, dass Minou inzwischen zu einer wahren Schönheit herangewachsen war. Sie überlegte, dass sie das Mädchen zum letzten Mal an ihrem sechzehnten Geburtstag gesehen hatte. Ihr Vater, der damals schon Bürgermeister gewesen war, hatte mit seiner Frau Emilia seiner Tochter zu Ehren ein großes Fest gegeben, zu dem alle Dorfbewohner und Freunde eingeladen waren.

«Allô, Minou. Ich weiß nicht, ob du mich noch kennst, ich bin Sophie.» Sophie schob sich ihre großflächige Designer-Sonnenbrille ins Haar hoch, die ihr halbes Gesicht verdeckte, als Minou sie unsicher ansah.

«Ah, oui. Sophie. Ça va?» Offene Augen, in denen kurz der Moment des Wiedererkennens aufblitzte, strahlten Sophie freundlich an.

«Entschuldige, Minou, wenn ich dich jetzt so überfalle, aber hast du kurz Zeit? Es geht um meinen Bruder.»

Ein Schatten fiel über das junge Gesicht. Die dunklen Wolken hatten inzwischen die Sonne erreicht und legten das Dorf wie unter eine undurchdringliche Decke heißer Luft. Der aufkommende, böige Wind zerrte an Sophies Haaren, während Minou offensichtlich mit sich rang.

«Was willst du wissen?»

Das wusste Sophie selber nicht genau. Daher sprach sie das Erstbeste aus, was ihr durch den Kopf ging.

«Die Polizei geht davon aus, dass mein Bruder seinen Mörder kannte. Hast du eine Ahnung, worum es hier eigentlich geht?»

«Nein, tut mir leid. Seit ich in Paris studiere, bekomme ich vom Dorfklatsch nicht mehr so viel mit. Ich bin nur für ein paar Tage hier, um meine Eltern mal wieder zu sehen.» Sie schaute sich betont unauffällig um.

«Ach komm, Minou. Ich muss wissen, was hier eigentlich gespielt wird.»

Minou Beauchamp zuckte mit den Schultern und schob mit der rechten Hand ihre Schultertasche höher. Ein eindeutiges Signal zum Aufbruch. Sophie musste schnell etwas einfallen, um die Chance nicht ungenutzt verstreichen zu lassen. Sie dachte an die Aufzeichnungen ihres Bruders.

«Warte. Ich verspreche dir, dass weder die Polizei noch jemand anderes von mir erfährt, was du mir erzählst.»

«Da gibt es nichts zu erzählen. Ich kannte deinen Bruder ja kaum.» Sie biss sich auf die Lippen und schien schon zu bereuen, dass sie überhaupt was gesagt hatte.

«Ich weiß, aber dein Vater ist der Bürgermeister. Du kannst mir nicht erzählen, dass er nicht Bescheid weiß.»

«Dann frag ihn doch selbst. Ich hab wirklich keine Ahnung, und jetzt muss ich los, sonst komme ich in den Regen.»

«Gut, dann muss ich wohl mit deinem Vater reden. Es wird ihn bestimmt auch interessieren, was seine kleine Tochter nachts auf dem Vordach des alten Apartmentkomplexes oben auf der Düne so treibt.» Sie erinnerte sich an die pikanten Details, die Thomas sehr ausführlich aufgezeichnet hatte. Er war einmal zum Zuschauer geworden während eines langen Abendspaziergangs am Meer und in den Dünen.

«Ich glaub, das war an deinem sechzehnten Geburtstag. Wer war noch der andere, ach ja, ich weiß wieder. Er war etwas älter als du, oder?»

Mit jedem Satz erblasste Minou zusehends, bevor aus dem Schreck purer Hass wurde und sich das Gesicht langsam rötete und die Sommersprossen betonte.

«Mon Dieu, Sophie. Bist du wahnsinnig? Lass mich mit der alten Geschichte in Ruhe, dafür habe ich lange genug büßen müssen.» Mit schief in den Nacken gelegtem Kopf musterte sie Sophie kalt.

«Woher weißt du eigentlich davon? Ach, verstehe. Thomas hat es dir erzählt, und jetzt nimmst du seine Stelle ein und willst mich erpressen.»

Sophie erschrak über Minous heftige Reaktion.

«Minou, hör zu. Glaub mir. Ich hatte nicht vor, dich zu erpressen. Ich habe nur das Gefühl, dass alle im Dorf Bescheid wissen. Ich brauch deine Hilfe.»

«Versprichst du mir, dass mein Vater nichts erfährt, oder ist dein Versprechen so wenig wert wie das deines Bruders?»

«Ich verspreche es dir, außerdem tust du Thomas unrecht. Er hat es mir nicht erzählt, ich hab es erst nach seinem Tod erfahren.»

«Ehrlich, Sophie, ich weiß es nicht. Aber ich glaube, dass die meisten hier nicht gut auf ihn zu sprechen waren, weil er seine Nase ständig in ihre Angelegenheiten gesteckt hat. Bei meinem Vater hat er sich mindestens einmal in der Woche über irgendwelche ‹Umweltskandale› beschwert. Meistens waren das echt Lappalien. So wie die Geschichte mit der alten Marielle. Du kennst sie auch, oder?»

«Nein, der Name sagt mir nichts.»

Sophie ging im Geist schnell das Buch durch, ob er diesen Streit notiert hatte, aber sie konnte sich nicht erinnern.

«Also, wie gesagt, die Sache war eigentlich harmlos. Marielle fährt, solange ich mich erinnern kann, jeden Morgen mit ihrer Ente auf die Düne und stellt ihren Wagen dort auf den Behindertenparkplatz, obwohl sie natürlich gar nicht dort stehen dürfte.»

«Ach, stimmt, die hab ich auch schon mal da gesehen. Hat die immer einen Hund dabei?»

«Ja, genau. Ich glaub, einen Jack Russell oder so. Jedenfalls bleibt sie meistens den ganzen Vormittag dort im Auto sitzen und liest ein Buch.»

Sophie erinnerte sich daran, die grauhaarige Frau, die sie immer an Miss Marple erinnerte, schon oft dort sitzen gesehen zu haben.

«Was hat die mit meinem Bruder zu tun?»

«Eigentlich nichts, aber dein Bruder hat sich bei meinem Vater beschwert, weil sie oft den Motor laufen lässt, damit sie Radio hören kann.»

«Das ist ja auch wirklich eine schwachsinnige Idee.»

«Ja, aber doch kein Grund, sich so aufzuregen. Dein Bruder hat immer wieder die Polizei angerufen. Mein Vater hat Marielle dann einfach kurzerhand einen Behindertenausweis ausgestellt, damit sie sich offiziell auf die Düne stellen darf. Da ist dein Bruder total ausgerastet, weil die alte Ente zudem Öl verliert und er Marielle dabei beobachtet hat, dass sie manchmal ihren Aschenbecher in die Dünen auskippt.»

«Na ja, das muss ja auch wirklich nicht sein, oder?»

«Na klar. Aber mein Vater hat nun wirklich andere Probleme, als sich mit den beiden Dickköpfen rumzuärgern. Ganz schlimm wurde es dann zur Brutzeit im Frühling. Thomas war ganz aufgeregt zu meinem Vater gekommen, weil er wohl irgendeinen blöden Vogel entdeckt hatte, und wollte unbedingt, dass der gesamte Dünenabschnitt gesperrt und die Baugenehmigung für die Dünenbebauung zurückgezogen wird. Aber mein Vater hat ihn natürlich abblitzen lassen. Dann hat dein Bruder mich eines Tages in Paris angerufen und mir erzählt, dass er recht schöne Bilder von mir habe. Und dass er sich vorstellen könnte, dass sich mein Vater über ein vergrößertes Bild seiner Tochter bestimmt freuen würde. Stell dir vor: Er hat von mir verlangt, dass ich ihn in Lit-et-Mixe ins Archiv vom Einwohnermeldeamt lasse, damit er mein nächtliches Abenteuer für sich behält. Was blieb mir übrig? Ich habe meine Eltern für ein paar Tage besucht, damit es nicht so auffiel, dass ich ihn in der Mittagspause mit Papas Schlüssel reinlasse. Ich musste sogar vor der Tür Schmiere stehen. Keine Ahnung, was er dort gesucht hat, aber er kam ziemlich aufgewühlt heraus und hat mich kommentarlos stehen lassen. Dann ist er ins Vorzimmer zur Sekretärin gestürmt und hat wütend nach meinem Vater verlangt.

Ich weiß wirklich nicht, was er dort wollte oder was er gefunden hat. Er hat sich danach nicht mehr bei mir gemeldet. Ich hatte gehofft, dass er sich an sein Versprechen gehalten hätte und wir quitt wären.»

«Seid ihr auch, das verspreche ich dir.» Als Sophie an die

gesammelten Leichen im Keller der Dorfbevölkerung im Buch ihres Bruders dachte, war sie froh, es doch nicht der Polizei gegeben zu haben. Das ganze Dorf saß ja auf einem Pulverfass, und sie hatte es in der Hand, es hochgehen zu lassen.

«Wie lange ist das denn eigentlich her?»

«Ungefähr einen Monat. Ich hatte die alte Geschichte auf dem Dach schon ganz verdrängt. Aber wenn mein Vater das rausbekommen würde, dass ich mit seinem Freund rumgemacht hab, weißt du, was dann los wäre?»

Der Skandal war wirklich fast zu schön, um ihn geheim zu halten, dachte sich Sophie.

«Und du meinst, die Geschichte mit Marielle könnte etwas mit dem Mord zu tun haben?»

«Keine Ahnung. Ich wollte dir nur klarmachen, warum Thomas hier so unbeliebt war. Das Spielchen hat er nämlich auch mit anderen gespielt. Vor etwa zwei Wochen hat sich mein Vater bei mir entschuldigt, dass er nicht zu meiner Geburtstagsfeier kommen könne, weil der «verdammte Ecolo» genau an dem Tag eine Bürgerversammlung einberufen hatte. Das fand ich allerdings richtig gut, weil ich keine Lust auf eine Familienfeier hatte. Dadurch konnte ich mit meinen Freundinnen die ganze Nacht durch die Clubs ziehen, das war echt cool.»

«Und du meinst, da könnte ein Zusammenhang bestehen?»

«Ja, weil meine Eltern mich dann am darauffolgenden Wochenende besucht haben und mein Vater noch immer aufgebracht war. Er hatte versucht, Thomas am Tag nach der Versammlung noch mal anzurufen, um mit ihm zu sprechen, ihn aber nicht erreicht.»

«Worum ging's denn bei der Versammlung?»

«Ich glaube, es ging noch mal um die Bebauung der Dünen. Wie immer. Aber ich muss jetzt wirklich los. Mein Vater wird stocksauer, wenn ich die Fenster nicht schließe, bevor der Regen kommt. Ich sollte längst wieder zu Hause sein. Also salut. Und denk an dein Versprechen!»

«Salut, Minou. Ja, mach ich, und danke für deine Hilfe.»

17. KAPITEL

Vom Meer schoben sich die tiefhängenden Wolken der Gewitterfront bereits bedrohlich näher, als Lucien mit den Sergeanten auf der Düne neben der Rettungsstation parkte. Der Commissaire kam sich zwischen den leicht bekleideten Strandbesuchern, die fluchtartig den Strand verließen, in seinem teuren Maßanzug und den beiden uniformierten Polizisten an seiner Seite etwas deplatziert vor. Sie gingen zur höchsten Stelle der Düne, von wo aus sie einen ungehinderten Blick über den gesamten Küstenabschnitt hatten.

Dubertrand zeigte mit ausgestrecktem Arm Richtung Norden. «Dort geht es nach Mimizan Plage, wo auch die ‹Papeterie de Gascogne› steht. Ungefähr auf halber Strecke liegt die Bunkeranlage.»

«Verlieren wir also keine Zeit», sagte Lucien. «Fahren wir zum Bunker.»

Der Weg war im Prinzip kein Weg, sondern eine provisorische Abkürzung für die Surfer, die am Bunker ihr Brett ins Wasser ließen und keine Lust hatten, ihr Equipment den ganzen Strand entlangzutragen. Chevalier bog hinter dem Parkplatz vom befestigten Weg ab und fuhr die instabile Sandspur Richtung Bunkerruine. Die drei Männer wurden in dem kleinen

Wagen ordentlich durchgerüttelt und waren froh, als sie sich endlich der Bunkeranlage näherten, die sich trist vor der gelbbraunen Dünenlandschaft abzeichnete. Lucien bat Chevalier, wenige Meter vor dem Bunker zu stoppen.

Nachdenklich betrachtete er die eigenen Reifenspuren, die der Wind schon wieder verwischte. Hier würden sie nichts mehr finden. Der Himmel hatte sich derweil dramatisch verdunkelt. In der Ferne zuckten hinter den Dünen Blitze übers Meer. Der kurz darauf ertönende Donnerhall ließ keinen Zweifel an der Nähe der Gewitterfront aufkommen, die sich bereits über dem Meer abregnete. Er stieg ein, und sie fuhren die verbleibenden paar Meter bis zur Ruine. Schweigend schauten sie sich um. Der böige Wind schleuderte ihnen Sand entgegen. Lucien schlug den Kragen seines Jacketts hoch und ärgerte sich, dass er den Trench auf der Wache gelassen hatte. Sie beeilten sich, in den Schutz des Bunkers zu kommen.

«Merde, hier ist es ja stockduster. Sergeant, haben Sie Ihre Taschenlampe dabei?»

«Oui, Monsieur, natürlich», ereiferte sich Dubertrand, «im Auto.»

Ein Donner ließ die Wände der Anlage unnatürlich vibrieren. Lucien schaltete schon mal seine Taschenlampen-App auf seinem Smartphone ein. Das schwache Licht leuchtete die Ecken der dunklen Räume notdürftig aus. Im Laufe von über siebzig Jahren hatte sich der feine Sand tief in die Anlage hineingefressen und die Räume allmählich gefüllt. Daher war die Decke nun bedrückend niedrig. Lucien versuchte den intensiven Geruch nach menschlichen Exkrementen zu ignorieren. Er beugte sich vor und fokussierte den schwachen Lichtstrahl auf einen dunkleren Fleck am Boden. Der Sand war an dieser Stelle eingedrückt und lies den Abdruck eines länglichen Gegenstands erkennen.

«Halten Sie mal und leuchten Sie bitte auf diese Stelle.» Der Commissaire gab Chevalier sein Handy, zog sich Handschuhe an, nahm einen Probenbeutel aus seinem Anzug und löffelte mit einem kleinen Spatel die dunkel gefärbten Sandkörner hinein.

«Haben Sie was gefunden, Monsieur le Commissaire?» Lucien war sich nicht sicher, ob ihm der schnoddrige Chevalier nicht vielleicht doch lieber war als der seit seiner Beichte etwas übereifrige Dubertrand.

«Mh, schauen Sie mal, hier könnte jemand gelegen haben, der Fleck könnte Blut sein. Vielleicht hat der Mörder ihn hier kurz abgelegt.»

«Na ja, ich sehe da nicht so viel. Da könnte auch ein Surfbrett gelegen haben. Bei dem Blut wäre ich auch vorsichtig. Hier lässt sich bestimmt jede Menge Blut finden. Ist nämlich ein beliebter Platz für Fixer, die hier auch mal eine Nacht schlafen.» Beinahe hätte Chevalier sich verplappert, dass er selber schon oft hier gewesen war.

«Mag sein, aber sicher ist sicher. Ich lasse das im Labor überprüfen. Vielleicht haben wir ja Glück. Ansonsten gebe ich Ihnen recht, hier ist nicht viel zu sehen. Trotzdem müssen wir uns auch draußen noch umsehen.»

«Bei dem Wetter?»

«Ja, bei dem Wetter. Maus oder Mann, Sergeant Chevalier. Sie können sich aber auch im Auto verkriechen, wenn Sie das bisschen Regen fürchten.»

Chevalier schluckte eine Entgegnung hinunter. Sein einziger Trost bestand darin, dass der Schnösel aus Bordeaux genauso nass werden würde wie er.

Gewitterböen zerrten an ihrer Kleidung, als sie den windgeschützten Bunker verließen. Eine für die Tageszeit unangemessene Dunkelheit lag über den Dünen, die stroboskopartig durch aufzuckende Blitze beleuchtet wurden. Lucien wies jedem eine Suchrichtung zu und stieg selber den Dünensteilhang hinauf. Von oben hatte er einen atemberaubenden Blick auf das tobende Meer und die bedrohliche Wolkenwand, die sich bis zum Horizont zu erstrecken schien. Sein Blick wanderte weiter auf die sich vor ihm ausbreitende, unendlich scheinende Waldlandschaft, die sich hinter den Dünen landeinwärts erstreckte. Der Wind ließ seine Hosenbeine wie Segel knattern. Kalte Tropfen peitschten ihm ins Gesicht. Direkt vor ihm bogen sich Strandhafer und Gräser unter dem Druck des Sturmes. Aufgewirbelter Sand wanderte über den Erdboden und verdeckte bereits seine eigene Spur. Schritt für Schritt entfernte er sich vom Bunker und betrachtete den Boden, ohne einen Hinweis entdecken zu können.

Die Sinnlosigkeit seines Unterfangens war ihm schon seit den ersten Metern klar, aber er konnte die Aktion jetzt nicht ohne Gesichtsverlust abbrechen. Nachdem er eine Weile gegangen war, änderte sich das monotone Bild der Dünenbepflanzung plötzlich. Der Commissaire blieb stehen. Hatte der Sturm hier schon gewütet, oder woher kam diese Verwüstung?

Lucien drehte sich um, hielt sich die Hände an den Mund und rief durch den zunehmenden Lärm nach den beiden Sergeanten. Als keine Reaktion erfolgte, nahm er sein Handy und rief die beiden zu der Stelle. Während er wartete, ließ er den Anblick vor seinen Füßen auf sich wirken. Hier stimmte etwas nicht. Er konnte zwar noch nicht in Worte fassen, was es im Detail war, aber sein Bauchgefühl und sein natürlicher Ordnungssinn schlugen Alarm.

«Commissaire, was gibt es?» Atemlos erschienen «Pat und Patachon» neben ihm, wie Lucien die beiden inzwischen heimlich nannte.

«Fällt Ihnen hier etwas auf?»

«Na ja, nicht viel. Wahrscheinlich hatten ein paar Möwen Streit. Vielleicht wollte ja die Möwe nichts von ihrem Leckerbissen abgeben», meinte Chevalier lapidar.

Lucien musste wieder an die streitenden Möwen in der Nähe der Leiche denken.

«Sehr lustig, Sergeant. Können wir jetzt wieder ernst werden? Schauen Sie sich doch um: Überall liegen ausgerissene Federn in ganzen Büscheln. Die Nester sind kotverklebt und ölverschmiert. Die Strandpflanzen sind umgeknickt und zum Teil herausgerissen worden.»

«Vielleicht eine Wildkatze oder Ratte, die Jagd auf die Jungvögel gemacht hat, und die Alten haben ihre Brut verteidigt. Da sind Reste eines Geleges, sehen Sie?»

Chevalier stupste mit der Schuhspitze ein Gebilde aus abgeknickten Ästen und Strandhafer an, das dabei auseinanderfiel.

«Ups. Scheint nicht sehr stabil zu sein.»

«Können wir jetzt endlich gehen, ich hab keine Lust, mich wegen ein paar Vögeln zu erkälten. Ich hab schon nasse Füße.»

Lucien nickte. Hier gab es momentan nicht viel zu sehen, was mit dem Mord zu tun hatte. Chevalier hatte recht. Das sah nach einem Kampf unter Tieren aus. Trotzdem hatte er ein mulmiges Gefühl, als ob sie etwas übersehen hätten. Sicherheitshalber fotografierte er die Stelle mit seinem Handy. Vielleicht fiel es ihm im schützenden Wagen wieder ein, jetzt wurde es wirklich Zeit, von der Düne zu verschwinden. Immerhin waren sie hier auf dem höchsten Punkt der Landschaft, und das Gewitter entlud sich jetzt direkt über ihnen. Blitze und Donner schlugen fast ohne Zeitverzögerung ein. Lucien war froh, als sie kurze Zeit später im Auto saßen und die Blitze ihnen nichts mehr anhaben konnten. Sturmböen peitschten den Regen fast waagerecht gegen die Scheibe und ließ sie blind durch die Wasserwand fahren. Chevalier hielt schließlich den Wagen an.

«Monsieur le Commissaire, entschuldigen Sie bitte, aber das ist zu gefährlich. Ich sehe wirklich überhaupt nicht, wo ich hinfahre, und der Sand unter den Reifen rutscht einfach so weg. Warten wir lieber, bis der Regen aufhört. So ein Sommergewitter geht ja meistens schnell vorbei.»

Der Sturm schaukelte den kleinen Wagen hin und her, und Lucien befürchtete, dass er ihn glatt umpusten könnte. Regen prasselte mit einer Lautstärke auf das Metalldach, dass eine Unterhaltung kaum möglich war.

«Solange wir hier festsitzen, können wir doch über die Hintergründe des Falls sprechen. Was ich immer noch nicht kapiert habe, ist diese Sache mit dem Deutschen und der Bürgerversammlung, die Sie vorhin angedeutet hatten, Dubertrand. Können Sie mir das noch mal erklären?», versuchte Lucien gegen die Lautstärke des Sturmes anzuschreien.

«Eigentlich war gar nichts Besonderes. Ich hab gehört, dass der Deutsche ständig zum Rathaus ging und darauf bestand, etliche Bürgerversammlungen einzuberufen, bei denen irgendwelche Nebensächlichkeiten diskutiert werden sollten. Dabei ging es meist um völlig überflüssigen Umweltschutz. Er wollte den Naturschutz stärken und den Tourismus schwächen. Wissen Sie, wir leben hier alle auf die eine oder andere Weise vom Tourismus. Umweltschutz ist nämlich bei weitem nicht so einträglich, verstehen Sie?»

«Mh, schon. Was wollte er denn genau durchsetzen?»

«Monsieur Schumacher wollte zum Beispiel, dass der Müll strenger getrennt wird, obwohl sich alle dagegen ausgesprochen hatten. Wie sieht das denn aus, wenn oben auf dem Dünenparkplatz unzählige Tonnen stehen? Aber er hat das wirklich durchgesetzt. Ein anderes Mal wollte er einen Bürgerentscheid gegen den Ausbau der Apartmentanlage auf der Düne durchsetzen. Stellen Sie sich vor, der wollte sogar den Bau der neuen Aussichtsplattform verhindern, den die Bogosch-Brüder gesponsert haben.»

«Die Plattform neben der Rettungsstation?»

«Ja, genau. Die sieht doch gut aus, oder? Also alle waren glücklich, sogar die alte Marielle, weil der Bürgermeister zehn neue Behindertenparkplätze geschaffen hat.»

«Halt, da komm ich nicht mit. Was für eine Marielle?» Der Commissaire bereute schon, nach dem deutschen Querulanten gefragt zu haben.

«Also früher ist Marielle jeden Morgen mit ihrer alten Ente auf den Behindertenparkplatz auf der Düne gefahren. Die hatte deswegen schon immer Streit mit dem Deutschen. Aber wegen der Plattform war Monsieur Schumacher richtig sauer, genauso wie wegen der Dünenbebauung generell. Hat keiner so recht verstanden. Die Dünenpflanzen mussten halt rausgerissen werden, damit die Plattform guten Halt hatte, na und? Das Unkraut wächst doch eh von selbst wieder.»

«Und der Deutsche hatte wegen dieser Plattform Krach mit dem ganzen Dorf?»

«Na ja, nicht nur deswegen. Eigentlich war er gegen jede Veränderung. Der Deutsche faselte immer was von Dünenerosionsschutz und Nachhaltigkeit. Der Spinner hat sogar durchgesetzt, dass der Waldrand zum Naturschutzgebiet erklärt wurde und die Autos dort nicht mehr parken durften. Erst gab es großes Geschrei deswegen, aber dann kamen die Bogosch-Brüder, denen fast das gesamte Areal gehört, auf die Idee, aus dem kostenlosen Parkplatz einen kostenpflichtigen ‹bewachten› Parkplatz zu machen. Auch die Caravanmobile, die dort vorher frei campieren durften, wurden auf eigens ausgewiesene Stellplätze gelotst und dann natürlich zur Kasse gebeten.» Yves lachte gehässig. «Und wir können nun alle verwarnen, die nicht auf den ausgewiesenen Plätzen stehen. Da kommt ganz schön was in die Kasse.»

Chevalier zuckte kurz bei der Erwähnung seiner Einnahmequelle zusammen, ahnte Yves etwa etwas davon?

«Also alle waren mit der Situation zufrieden. Nur der feine Monsieur Schumacher hat sich natürlich wieder aufgeregt. Dabei lebte er selbst genauso vom Tourismus.» Chevalier beugte sich vor und schaute zum Horizont, der sich bereits wieder leicht aufhellte. Das Gewitter war schon fast über sie hinweggezogen.

«Und was war das für eine Vogelgeschichte?» Lucien hatte das Gefühl, endlich eine kleine Ahnung von dem zu erhaschen, was so unter der Oberfläche schwelte.

«Ach, die nervigen Mistviecher», brummte Dubertrand unwillig. «Das war eigentlich auch keine große Sache. Schumacher hatte mal wieder eine Bürgerversammlung beantragt, weil er bei seinen Wanderungen eine Vogelart entdeckt hatte, die hier nicht heimisch ist. Ich bin mir nicht mal sicher, ob es diesen Vogel wirklich gibt. Bei der Bürgerversammlung hat er zwar Fotos gezeigt, aber für mich waren das ganz normale Möwen. Wir waren alle ziemlich genervt, dass wir extra deswegen kommen mussten. Es gab viele Buhrufe und Gelächter, doch der Deutsche stand auf dem Tisch und hat rumgeschrien, dass er einen Freund an der Sorbonne habe, der dort Professor für Ornithologie sei. Den würde er darüber informieren, sobald er von seiner Forschungsreise am Pol zurück sei. Dann würden schon alle sehen, dass er recht hätte. Bis dahin dürfte niemand mehr die Dünen betreten. Die Gefahr wäre zu groß, dass die Vögel bei der Aufzucht gestört würden.

Ganz begeistert sprach er von der großen Chance, ein Naturschutzgebiet bis hoch nach Bordeaux aufzubauen. Contis könnte sogar in die Biologie- und Forschungsbücher als Brutort einer unbekannten Rasse eingehen. Bei uns hielt sich die Begeisterung in Grenzen, das können Sie mir glauben. Er konnte froh sein, dass er nicht geteert und gefedert durchs Dorf getragen wurde. Nein, Scherz beiseite», meinte er mit Blick auf den Commissaire, der ihm entgeistert zuhörte. «Es gab einen heftigen Streit. Der Deutsche ging dann ziemlich sauer aus dem Raum und meinte, er würde dann halt auf eigene Faust seinen Freund herholen und das Europäische Amt für Naturschutz anrufen.»

«Und dann?»

«Nichts weiter. Die Sache hat sich irgendwie wieder beruhigt.» Yves schloss seine Zusammenfassung: «Sie sehen, viel Aufregung um nichts.»

«Mh.» Nachdenklich rieb sich Lucien den Bart. Zu viele unwichtige Details und zu viel Dorftratsch lenkten ihn ab. Vielleicht war die Spur mit dem Umweltskandal doch nicht so abwegig, wie er gedacht hatte. Lucien musste jetzt endlich in die Papeterie fahren und der Sache auf den Grund gehen. «Chevalier, es tröpfelt doch nur noch, fahren Sie endlich los, Mann.»

Der Sergeant stellte seinen Scheibenwischer demonstrativ auf die höchste Wischgeschwindigkeit, was angesichts des noch immer starken Regens auch nötig war, und fuhr los. Die Reifen drehten im nassen Sand immer wieder durch. Kurze Zeit später bogen sie auf die befestigte Hauptstraße ein. Entspannt lehnte sich der Commissaire zurück. Er genoss die Fahrt durch die lange Allee. Sergeant Chevalier fuhr vorsichtig um die auf dem Boden liegenden Äste herum. Die Sonne hatte sich bereits durch die Wolken geschoben und ließ die Pfützen auf dem dunklen Asphalt rasch verdampfen. Nebelschwaben stiegen auf und waberten über die Straße. Schließlich erreichten sie die kleine Wache von Lit-et-Mixe.

«Chevalier, machen Sie mir doch bitte noch einen café crème, bevor wir nach Mimizan aufbrechen. Ich will noch rasch die Proben für den Transport fertig machen.»

«Oui, Monsieur le Commissaire, wird erledigt.»

«Und dann möchte ich, dass Sie im Rathaus Näheres über diese Bürgerversammlung rausfinden. Da muss es doch ein Protokoll geben, samt Teilnehmern und besonderen Vorkommnissen. Dubertrand, Sie kommen mit mir nach Mimizan.»

Mit einem Seufzer setzte sich der Commissaire an seinen provisorischen Schreibtisch und begutachtete seine eleganten Schuhe aus italienischem Leder. Vollkommen ruiniert, dachte er unglücklich und zog ein Papiertaschentuch aus der Verpackung. Doch der klebrige Dreck ließ sich nicht entfernen. Lucien nahm den Schuh hoch und warf angeekelt das mit Vogelkot, Öl und Federn verschmierte Tuch in den Papierkorb. Dann hielt er einen Moment inne, als ein penetranter Fischgeruch in seine Nase stieg. Der Geruch ließ eine Alarmglocke in seinem Gedächtnis schrillen. Sofort entstand das Bild vor seinen Augen, das er lieber verdrängt hätte, als Etienne ihm eine Probe aus dem Haar des Opfers unter die Nase gehalten hatte. Unverwechselbar derselbe Geruch. Eine Mischung aus Fischabfall, vergammelten Algen und verfaulten Eiern. Angewidert nahm er einen Kugelschreiber vom Tisch, zog mit spitzen Fingern das Tuch aus dem Abfalleimer und verstaute es in einem Probenbeutel. Dann kratzte er sicherheitshalber weiteres Material von seinem Schuh ab und füllte damit einen zweiten.

«Hier, Chevalier, sorgen Sie bitte dafür, dass die Proben unverzüglich in die Rechtsmedizin nach Bordeaux gebracht werden. Die Proben bekommt Etienne Bouché, der Leiter der

Gerichtsmedizin, Sie haben ihn ja schon kennengelernt. Er soll die Proben mit den Ölspuren aus dem Haar des Opfers vergleichen und die DNA der Blutprobe vom Bunker und der Hose aus der Wohnung des Opfers. Mit etwas Glück haben wir den Tatort gefunden.»

Endlich bewegte sich etwas. Neue Energie schoss durch seine Adern. Unternehmungslustig sprang Lucien auf, schaute noch einmal mitleidig auf seine teuren Schuhe, nahm seinen Trench diesmal vorsichtshalber mit und ging zur Tür.

«Kommen Sie, Dubertrand, wir machen eine Werksbesichtigung.»

«Natürlich, gerne.» Der Sergeant stürzte seinen Kaffee runter, knallte den Becher auf den Schreibtisch und eilte zur Tür.

«Arschkriecher», raunte ihm Chevalier hinterher. Einen kurzen Augenblick lang überlegte er, ob er die Proben in der «Schublade des Vergessens» unterbringen sollte, wie er die unterste Lade des großen Aktenschranks im Nebenraum nannte. Dort schlummerten schon etliche Schriftsätze, die er aus verschiedenen Gründen nicht bearbeiten wollte oder konnte. Unter anderem auch die manipulierten Quittungen der zahlreichen Verkehrsdelikte, die er zu seinen Gunsten ausgelegt hatte.

Schließlich tütete er die Unterlagen ein und brachte sie zur kleinen Poststelle von Lit-et-Mixe. Der Commissaire hatte sicherlich damit gerechnet, dass er die Proben persönlich nach Bordeaux fahren würde, aber ausdrücklich angeordnet hatte er es ja nicht. Also konnte er die Proben genauso gut mit der Post schicken.

Den vom Postbediensteten angebotenen Expresszuschlag für einen sicheren und beschleunigten Transport lehnte der junge Sergeant ab. Eine Spurensicherung am Bunker, mit Absperrung der Anlage, war nun wirklich das Letzte, was er momentan gebrauchen konnte. Sicherheitshalber würde er am Abend noch schnell vorbeifahren und sichergehen, dass keine Spuren mehr von ihm zu finden sein würden.

18. KAPITEL

Sie fuhren durch Pinienwälder und Dünenausläufer auf der Landstraße parallel zum Strand. Vereinzelt stehende Häuser fügten sich malerisch in die Natur ein. Die Landschaft war in ihrer Wildheit überwältigend schön. Lucien ertappte sich bei dem Gedanken, dass er diese Freiheit des Blickes vermissen würde, wenn er wieder an seinem Schreibtisch in der hektischen Großstadt säße. Er wandte seinen Blick von der an ihm vorbeifliegenden Landschaft ab und nutzte die Zeit, die neuen Erkenntnisse in die Datei einzugeben. Er stockte, als er die Ergebnisse von Dubertrands Erzählung eintragen wollte. Wenn er die Geschichte mit dem sogenannten Leiter der Wache, Sous-Brigadier André Lepoutre, einfügte, wurde sie aktenkundig, und er musste den Vorfall seinem Vorgesetzten in Bordeaux melden. Ihm graute vor dem Papierkram, der mit der internen Revision einhergehen und ihn bestimmt noch lange nach Abschluss der Mordermittlung beschäftigen würde. Hin- und hergerissen zwischen seiner Liebe zur Bürokratie und seiner im Laufe der Dienstjahre erworbenen Scheu vor ebendieser, löschte er schließlich André Lepoutre aus der Datei.

«Dubertrand, ich mache Ihnen einen Vorschlag. Ich vergesse unser Gespräch über Ihren Vorgesetzten und Ihre Beteiligung an dem Schlamassel, wenn Sie mir im Gegenzug zusichern, dass es künftig keine Geheimnisse mehr vor mir gibt. Ich will alles über dieses Dorf wissen, was es zu wissen gibt.»

Yves schluckte. Er wägte im Geiste sein eigenes Wohl gegen das der Dorfbevölkerung ab. Schnell kam er zu dem Schluss, dass er der Dorfbevölkerung nichts schuldig war. Sie hatte ihn stets wie einen Fremden behandelt und gemieden. Die letzte Verbundenheit zu dieser eingeschworenen Gemeinschaft hatte er eh in der letzten Nacht, durch den schrecklichen Streit mit seiner Frau, verloren. Er brauchte jetzt auch nicht mehr seinen Schwiegervater zu decken. Leider war er selber inzwischen so tief in die Sache verstrickt, dass er im hohen Bogen aus dem Polizeidienst fliegen würde. Er hatte vielleicht eine etwas unorthodoxe Vorstellung von der Ausübung seines Berufes, doch er schätzte ihn trotzdem sehr.

«Also gut, Monsieur le Commissaire. Sie vergessen die Sache mit meinem Chef und meine Beteiligung daran, und ich stehe Ihnen zur Verfügung. Was wollen Sie wissen?»

«Prima, dann wäre diese Sache ja geklärt. Erzählen Sie mir einfach alles, was Sie bisher zurückgehalten haben, aber bitte nicht so ausführlich.» Zufrieden lehnte sich Lucien zurück, strich sich durch das Haar, das durch den Fahrtwind ein Eigenleben führte. Er nahm sein Tablet zur Hand, um die Erkenntnisse, die nun kommen würden, gleich in seine Tabellen einzufügen.

Etwa eine halbe Stunde später starrte der Commissaire vollkommen desillusioniert auf seine Notizen. So viele Details über das geheime Leben der Dorfbevölkerung hatte er bestimmt nicht wissen wollen. Sexuelle Beziehungen mit minderjährigen Schutzbefohlenen, Vergewaltigungen, Inzucht, Ehebruch, dazu Drogendelikte, Betrug, Steuerhinterziehung, Subventionsbetrug.

Eigentlich war der Deutsche mit seinem moralischen Zeigefinger mit fast allen im Dorf aneinandergeraten. Es mochte ja angehen, dass hier jeder sein kleines schmutziges Geheimnis hatte. Schockierend war die Tatsache, dass jeder im Dorf auch noch davon zu wissen schien. Durch diese Überlappung von Tätern, Opfern und Mitwissern war das Dorf zu einem einzigen Organismus verwachsen, der sich gegen Fremde perfekt abschirmte und nach innen nach einer eigenen Ordnung funktionierte. Diese gewachsene Ordnung wurde nur im Sommer gestört, wenn die Touristen kamen. Doch der Organismus funktionierte auch hier perfekt, indem das gesamte Dorf von den Einnahmen profitierte. Der Deutsche hatte diese Ordnung massiv bedroht. Er war ein Fremdkörper, dem keiner eine Träne nachweinte.

«Sehen Sie, Monsieur le Commissaire, hier hat jeder Dreck am Stecken und daher keine Lust, mit der Polizei zu kooperieren. Wir haben uns, sagen wir mal, miteinander arrangiert. Aber ich habe Ihnen gegenüber keine ermittlungsrelevanten Details zurückgehalten», versuchte sich Yves zu verteidigen.

«Mh, verstehe. Konzentrieren wir uns jetzt lieber mal auf den Geschäftsführer der Papeterie. Was können Sie mir über den Mann erzählen?»

«Den Directeur Thierry Le Fur kenne ich nicht persönlich. Er leitet die Papeterie erst seit einigen Jahren. Es gab bereits in der Vergangenheit Beschwerden über den Gestank, der von der Fabrik ausgeht. Die Fischer und Anwohner befürchten, dass das Werk heimlich Giftstoffe ins Meer oder in die Luft ablässt. Bei den unangekündigten Werksüberprüfungen konnten aber keine Unregelmäßigkeiten entdeckt werden. Also wenn die Prüfinspektoren nicht geschmiert wurden oder jemand die Stichproben vorher ankündigt hat, hält sich das Werk im Großen und Ganzen an die Umweltauflagen.»

«Aber es gab trotzdem Beschwerden von Anwohnern?»

«Oui, habe ich doch gesagt. Der Geruch liegt bei Landwind wie eine stinkende Giftwolke über der gesamten Küste bis nach Contis. Wissen Sie, ich bin hier in Mimizan aufgewachsen. Wir haben als Kinder oft in den Dünen in der Nähe der Fabrik gespielt. Man gewöhnt sich an den Geruch.»

«Als Kind? Ich will Ihnen ja nicht zu nahe treten, aber wie lange gibt es die Fabrik denn schon?»

«Ich glaub, seit den Zwanzigern.»

Yves öffnete das Fenster, und ein ölig-muffiger Geruch kroch hinein, als der Wagen vor dem großen Werkstor zum Stehen kam. Lucien erinnerte der Geruch an den speziellen Duft einer feuchten Pappkartonage. Ein Wachmann saß in dem Häuschen neben dem gusseisernen Tor. Er schaute kurz hoch, bevor er sich erneut in die Tageszeitung vertiefte, die über die Ergebnislosigkeit der Ermittlungen in Sachen Strandleiche berichtete.

Yves hupte, um auf sich aufmerksam zu machen. Lucien stieg seufzend aus und ging auf das Häuschen zu.

«Machen Sie jetzt gefälligst das Tor auf.»

«Haben Sie eine Durchfahrtsgenehmigung?», fragte der Wachmann gelassen, ohne von der Zeitung aufzuschauen.

«Eine Durchfahrtsgenehmigung? Sieht das Auto etwa nach einem Eiswagen aus? Sind Sie blind?» Er zog seinen Ausweis aus der Hosentasche und drückte ihn an die Scheibe. «Hier ist meine Genehmigung. Ich bin Commissaire Lefevre aus Bordeaux. Jetzt machen Sie sofort auf und bestellen Sie den Geschäftsführer runter zum Empfang.»

Das autoritäre Auftreten des Commissaires zeigte Wirkung. Kommentarlos drückte der Portier auf den Türöffner neben dem grauen Telefon und griff dann nach dem Hörer, um den Befehl weiterzugeben.

«Ich habe mit Madame Soriere, der Sekretärin des Directeurs, gesprochen. Monsieur Le Fur erwartet Sie in seinem Büro. Fahren Sie bitte durch das Tor und folgen Sie der Straße bis zum Haupteingang. Rechts neben der Drehtür können Sie parken. Madame Soriere wird Sie in Empfang nehmen.»

«Na, geht doch, schönen Tag noch.» Lucien tippte sich zum Gruß kurz an die Stirn und stieg wieder ins Auto.

«Probleme?»

«Nein, Monsieur Le Fur erwartet uns.»

Das große Fabriktor glitt lautlos zurück. Yves hielt auf das graue Gebäude zu, das sich am Ende des Weges abzeichnete. Große Teile der Fabrik stammten noch aus dem letzten Jahrhundert. Hier und da hatte die moderne Technik Einzug gehalten. Eine gepflegte junge Frau im dunkelblauen Kostüm stand schon neben der Drehtür und kam einige Schritte auf sie zu.

«Bonjour, Mademoiselle. Ich hoffe, Sie hatten keine Umstände durch unser unangekündigtes Kommen. Ich bin Commissaire de Police, Lucien Lefevre, leitender Ermittler aus Bordeaux», begrüßte Lucien höflich die Sekretärin.

«Bonjour, Mademoiselle, Yves Dubertrand, angenehm.»

Die junge Frau schob sich kokett eine blondierte Strähne aus der Stirn, die sich aus dem strengen Zopf gelöst hatte. Elegant strich sie sich mit einer Hand über den Rock, um eine imaginäre Falte zu glätten, wissend, dass diese Geste ihre schlanke Figur noch betonte.

«Meine Herren, wenn Sie mir bitte folgen würden. Monsieur le Directeur erwartet Sie bereits. Er hat extra für Sie seine Sitzung unterbrochen. Ich hoffe, Ihr Anliegen rechtfertigt die Umstände», näselte sie arrogant und etwas gouvernantenhaft.

Lucien wechselte einen Blick mit Dubertrand. Bei näherer Betrachtung erlosch der Reiz der Dame zusehends. Lucien fand ihre Figur, im Vergleich zu der sportlichen Sophie, nun eigentlich eher unattraktiv abgemagert und ihr affektiertes Auftreten bieder. An den Sohlen ihrer für den Büroalltag zu hohen High Heels klebte noch ein Preisschild, wie es bei Discountern üblich war. Mit einer hochmütigen Geste wies sie auf zwei Stühle neben der Tür ihres Vorgesetzten und bat sie noch einen Moment Platz zu nehmen.

Lucien hasste diese leicht zu durchschauenden Machtspiele, die nur darauf abzielten, dass man sich klein und untergeben fühlte. Aber dieses Spiel beherrschte er selber perfekt, samt der Kniffe, die nötig waren, den Spieß umzudrehen. Lucien hatte sich schon früh für den wenig lukrativen Beruf eines Kriminalisten entschieden, statt den von seinem Vater vorgezeichneten Karriereweg einzuschlagen. Seine Familie entstammte einer reichen Linie adligen Ursprungs, die eine Reihe erfolgreicher Geschäftsleute hervorgebracht hatte. Lucien hatte jedoch bereits als Kind lieber auf dem alten Holzstuhl im Garten gesessen und Kriminalromane verschlungen, als sich für die Betriebe und Immobilien seiner Familie zu interessieren. Bis heute hatte sein Vater die Hoffnung jedoch nicht aufgegeben, Lucien irgendwann in den Betrieb einzubinden. Doch solange Lucien es sich leisten konnte, wollte er lieber das Leben eines Durchschnittsbürgers führen statt das der «haute société». Breitbeinig positionierte er sich vor dem antiken Schreibtisch der Sekretärin aus geöltem Nussbaum und schweren Messingbeschlägen.

«Hören Sie, ich werde jetzt direkt durch diese Tür gehen und Ihren Vorgesetzten vernehmen. Es bleibt Ihnen überlassen, ob Sie uns standesgemäß anmelden oder ob wir sicherheitshalber Ihren Arbeitgeber vor versammelter Mannschaft wegen Verdunklungsgefahr verhaften müssen», erklärte er ruhig mit emotionsloser Stimme, die keinen Widerspruch duldete.

Bei der jungen Frau zerbrach die anerzogene Maske der Vorstandssekretärin, und zum Vorschein kam das unscheinbare Wesen einer grauen Maus.

«Moment, Monsieur le Commissaire. Ich sehe gerade, dass ich Sie jetzt hineinbitten soll», erklärte sie eilfertig nach einem prüfenden Blick auf ihren Computerbildschirm.

Lucien beugte sich blitzschnell vor, um ebenfalls einen Blick auf ihren Monitor zu werfen. Bunte Fische füllten den Bildschirm aus und ließen Luftblasen aufsteigen.

«Oh, Madame. Sie beherrschen die Sprache der Fische», schmeichelte Lucien sarkastisch.

Verschämt stand sie auf und strich sich erneut den Rock glatt. Die Geste, die vorher noch sexy und verführerisch gewirkt hatte, verfehlte nun ihre Wirkung. Mit leicht hochgezogenen Schultern ging sie zur Tür und schloss sie sofort hinter sich. Lucien trat ebenfalls auf die Tür zu und stieß sie geräuschvoll auf. Der Geschäftsführer saß lässig in dem ledernen Chefsessel hinter einem gewaltigen Schreibtisch. Anders als das Vorzimmer trug dieses Zimmer eindeutig die Handschrift des neuen Directeurs. Chrom, Glas und weiße Hochglanzflächen ließen das Zimmer wie eine elegante Zahnarztpraxis erscheinen.

«Was soll das?», versuchte der überrumpelte Directeur seine Autorität zurückzugewinnen. «Louise! Ich hatte doch ausdrücklich gewünscht, dass die Herren noch einen Moment draußen warten sollten, bis ich meine Geschäfte erledigt habe.»

«Und ich habe Ihrer Sekretärin deutlich gemacht, dass die Herren nicht warten werden. Ich bin Commissaire Lucien Lefevre, Leiter der Mordermittlung der Direktion Bordeaux und mit allen Rechten ausgestattet, Sie wegen Behinderung der Polizei festzunehmen, wenn Sie nicht freiwillig kooperieren. Die Einzigen, die auf Sie warten, sind der verweste Leichnam im

Keller der Gerichtsmedizin sowie der Staatsanwalt, der über Sie urteilen wird», donnerte Lucien und stellte sich breitbeinig vor den glänzenden Schreibtisch des eingeschüchterten Directeurs.

«Mon Dieu, ein Mordfall? Wie kommen Sie darauf, dass ich damit etwas zu tun habe? Eine menschliche Tragödie sicher, für die ich als Directeur die moralische Verantwortung übernehme. In der Tat. Aber doch kein Mord. Ich bitte Sie. Es war eindeutig ein selbstverschuldeter Unfall, das hat die Versicherung doch schon bestätigt.» Der Mann sprang bei dem Versuch, sich zu verteidigen, förmlich von seinem Stuhl auf.

Dubertrand wollte gerade anfangen zu erklären, warum sie eigentlich hier waren, als ihn ein warnender Blick seines Vorgesetzten zurückhielt.

Doch das Überraschungsmoment ebbte bereits ab, und Monsieur Le Fur beruhigte sich zunehmend. Mit einem kleinen Zucken der rechten Hand signalisierte er seiner Sekretärin, den Raum zu verlassen. Lucien sah mit einem Blick, dass die beiden ein relativ einseitiges Verhältnis hatten. Auf dem Schreibtisch waren demonstrativ Bilder einer glücklichen Familie mit lachenden Kindern aufgestellt. Auf diese Familienfotos fiel immer wieder kurz der hektische Blick des Mannes vor ihm. Lucien war aufgefallen, dass er die ideelle Verbindung zu den Bildern suchte, aber nicht zu seiner Sekretärin. Louise Soriere suchte hingegen verzweifelt den Augenkontakt zu ihm, um ihn irgendwie zu unterstützen.

Thierry Le Fur fing den verräterischen, intimen Blick auf und versuchte ihn zu neutralisieren.

«Mademoiselle Soriere, ich benötige Sie jetzt nicht mehr. Danke, Sie können gehen.»

Louise schlug verletzt die Augen nieder und verschwand. Lucien nutzte den Augenblick, um seinen Stachel auszufahren.

«Sie haben Familie, Monsieur le Directeur?» Lucien legte bewusst den Finger in die Wunde.

«Ja.» Ein unbedarftes Lächeln huschte über das Gesicht des Directeurs, als sein Blick erneut die Fotos streifte.

«Und Ihre hübsche Frau duldet Ihre Eskapade mit Ihrer Sekretärin? Ist das nicht ein ziemlich abgegriffenes Klischee?»

Thierry Le Fur zuckte kurz zusammen, bevor er sich gezwungen aufrichtete, schmierig lächelte und es mit Verbrüderung versuchte.

«Aber Monsieur le Commissaire. Sie als Mann von Welt wissen doch, wie das ist. Ein kleines amuse-gueule zwischendurch ist doch nicht strafbar, oder? Aber das ist doch keine ernstzunehmende Liaison, ich bitte Sie.» Mit einer Handbewegung schob er die Angelegenheit zur Seite. «Also, was wollen Sie eigentlich genau von mir?» Le Fur hatte seine arrogante Selbstsicherheit wieder zurückerlangt und lehnte sich betont unbeteiligt in seinem Chefsessel zurück.

«Wir ermitteln in einem Mordfall, bei dem Ihr Name und Ihre Fabrik mehrfach aufgetaucht sind. Es handelt sich bei dem Opfer um den deutschstämmigen Biobauern Thomas Schümake.»

«Thomas Schümake? Nie gehört. Der Name sagt mir überhaupt nichts. Wann und wo soll der ermordet worden sein?»

«Thomas Schümake hat freiberuflich als Journalist gearbeitet und wollte einen Bericht über den von Ihnen vertuschten Umweltskandal veröffentlichen. Seine Leiche wurde vor kurzem an den Strand gespült.»

«Ach, Sie sprechen von der Wasserleiche von Contis. Über die ergebnislosen Ermittlungen habe ich heute Morgen bereits einen Artikel in der Lokalzeitung gelesen. Sie leiten also die Suche, jetzt wird mir einiges klar.» Arrogant zündete er sich eine

Zigarette an und blies den Rauch in die Luft. «Aber ich wüsste nicht, was das mit mir zu tun haben sollte. Ein Umweltskandal, sagen Sie? Hier? Vollkommen absurd. In diesem Werk gibt es nichts zu vertuschen. Wir produzieren absolut umweltverträglich. Wer hat Ihnen den Unsinn erzählt? Wie hieß der Mann noch?»

«Thomas Schümake. Sie erlauben?» Der Commissaire griff nach der Zigarettenschachtel.

«Aber gewiss doch, oder fällt das unter das Bestechungsgesetz?», versuchte er einen lauwarmen Scherz und warf ihm das Feuerzeug zu.

«Schümake, Schümake. Der Name sagt mir immer noch nichts. Wir hatten vor kurzem viele Journalisten hier wegen des schrecklichen Unfalls, aber ob ein Schümake dabei war, kann ich Ihnen wirklich nicht sagen. Moment, bitte.» Der schlanke Mann lehnte sich geschmeidig über die Arbeitsplatte und griff nach dem Hörer.

«Louise, schauen Sie bitte nach, ob vor kurzem ein Thomas Schümake bei uns war. Oui, sofort. Ich warte.» Einen Moment lang herrschte Stille in dem Raum. Lucien betrachtete den adretten Geschäftsführer, der mit luxuriösen Accessoires wie eleganten Manschettenknöpfen, einem obligatorischen Siegelring und einem goldenen Füllfederhalter, mit dem er nun ungeduldig spielte, seine Zugehörigkeit zur gehobenen Gesellschaft unterstreichen wollte. Doch Lucien spüre die aufgesetzte Fassade eines sozialen Aufsteigers. Der zur Schau getragene Wohlstand war nicht authentisch. Sein Erscheinungsbild entsprach nicht der angeborenen Souveränität einer alteingesessenen Familie, sondern eher einer naiven Vorstellung dessen, wie diese Schicht sich darstellte.

«Oui, eh bien, merci, Louise.» Geräuschvoll legte er den Hörer zurück. «Also, vor etwa drei Wochen war ein Monsieur Schumacher hier, wenn Sie den meinen. Aber ich habe nicht persönlich mit ihm gesprochen. Meine Sekretärin hat ihm entgegenkommend alle Fragen beantwortet und ihm unsere Werbebroschüre mitgegeben. Zudem hatte sie mit ihm einen Termin zu einer Werksbesichtigung vereinbart, zu dem er aber nicht erschienen ist. Sie sehen, ich habe Ihre Fragen ausreichend beantwortet. Wenn Sie mich jetzt bitte entschuldigen wollen, ich habe noch zu tun.»

Er strich sich seine nach hinten gegelten Haare zurück, zog sein feines Jackett glatt und wies den beiden Polizisten mit einer flüchtigen Handbewegung den Weg nach draußen.

«Dafür haben wir natürlich größtes Verständnis. Entschuldigen Sie bitte, dass wir Ihre kostbare Zeit in Anspruch genommen haben.» Yves verfolgte die Bewegung seines Vorgesetzten ungläubig, bevor er sich ebenfalls Richtung Tür wandte. Ein unwillkürliches Siegeslächeln flackerte kurz über das Gesicht des Directeurs, bevor er seine Züge wieder kontrollierte.

Lucien legte seine kräftige Hand auf die Klinke, öffnete die Tür einen Spalt und drehte sich noch einmal zu Le Fur um:

«Bitte richten Sie Ihrer Familie doch die besten Grüße aus. Sie können sich auf meine Diskretion verlassen, dass ich über diese unbedeutende Affäre kein Wort verliere. Oh, Pardon, Mademoiselle Soriere, darf ich Ihnen noch ein paar Fragen zu den Unregelmäßigkeiten in der Buchhaltung bei der Prämienzuteilung und Spesenabrechnung der Geschäftsführerebene stellen?»

Mit einem Satz war Thierry Le Fur an der Tür, zog den Commissaire und seinen verdutzten Sergeanten wieder ins Zimmer und knallte die Tür vor der Nase der hübschen Sekretärin zu.

«Monsieur le Commissaire, was soll das?»

«Das frag ich Sie! Schluss mit den Spielchen, die können Sie mit Ihrem Betthäschen spielen, aber nicht mit mir. Haben wir uns verstanden?» Lucien ließ den Satz stehen, bis die Stille kaum noch auszuhalten war.

«Also, was wollen Sie wissen? Ich stehe Ihnen zur Verfügung.» Le Fur setzte sich angespannt auf die Kante seines Drehstuhls.

«Monsieur Le Fur, jetzt erzählen Sie uns bitte ausführlich alles über Ihren Kontakt zu Thomas Schumacher.»

«Einverstanden, wobei es wirklich nicht viel zu erzählen gibt, was Ihnen bei Ihren Ermittlungen weiterhelfen könnte.»

«Das entscheide immer noch ich», knurrte Lucien.

«Oui, schon gut. Ich meine ja nur. Also, vor etwa drei Wochen rief mich der Werkschutz an. Sie hatten auf den Überwachungskameras eine Person entdeckt, die vom Zaun aus das Werk fotografiert hatte. Wissen Sie, wir müssen uns nach wie vor ständig vor Werkspionage schützen. Erst letztes Jahr haben wir einen Journalisten enttarnt, der heimlich im Werk gefilmt hat und auffälliges Interesse für die Produktionsstraße an den Tag gelegt hatte. Er hat in Anwesenheit des Werkschutzes zugegeben, Material im Auftrag eines chinesischen Industriellen zu sammeln. Die verdammten Chinesen wollen jetzt auch groß in das Papiergeschäft einsteigen. Der Absatz von stabilen Pappkartons für den Versand ist sprunghaft angestiegen. Wir haben momentan Umsatzzuwächse von nahezu 60 Prozent und fördern jährlich fast 200 000 Tonnen Kraftpapier mehr als früher.»

«Schön für Sie», knurrte Lucien. «Macht sich bestimmt gut in Ihrer Bilanz und wirkt sich positiv auf Ihre Prämie aus.»

Lucien hatte ins Blaue geraten, als er ihm Unregelmäßigkeiten in der Buchführung vorwarf. Erfahrungsgemäß hatten aber die meisten Direktoren seines Schlages ein paar Leichen im Keller.

«Doch damit können sich ja meine Kollegen von der Steuerbehörde beschäftigen. Zurück zum Überwachungsvideo, haben Sie die Bänder noch?»

«Nein, wir speichern die Aufzeichnungen nicht. Der Werkschutz hat mich informiert, und wir haben ein paar Leute hingeschickt, die ihn auffordern sollten, sich auszuweisen. Leider ist er trotz der freundlichen Aufforderung weggelaufen und gestolpert, dabei hat er sich an der Nase verletzt und geblutet. Wir haben ihn dann im Werk versorgt und die Blutung gestillt.»

«Freundlich aufgefordert, alles klar.»

«Ich lege die Hand für meine Mitarbeiter ins Feuer, dass sie ihn nicht angefasst haben. Jedenfalls hat er uns mit den unglaublichsten Vorwürfen konfrontiert, die wir aber allesamt entkräften konnten.»

Ein dunkles Brummen durchbrach die gespannte Atmosphäre. Lucien griff genervt in die Hosentasche und sah auf sein Handy. Er entschuldigte sich kurz und entfernte sich ein paar Schritte.

«Lefevre», brummte er kurz angebunden. «Verstehe, ich komm sofort.»

Yves schaute ihn fragend an.

«Das war der Einsatzleiter der Feuerwehr. Der Hof brennt. Sie haben einen Großeinsatz, weil der Pinienwald wie Zunder brennt. Ich muss sofort los. Dubertrand, Sie führen die Befragung fort und nehmen das Werk genau unter die Lupe. Zögern Sie nicht, Verstärkung anzufordern, wenn der zuvorkommende Monsieur doch nicht so zuvorkommend ist, wie er uns glauben machen will.»

«Sie lassen mich alleine hier? Wie komm ich dann zurück?»

«Sergeant Dubertrand. Wir sind doch hier nicht im Kindergarten. Sie kommen schon zurück. Ich schicke Ihnen einen Wagen, sobald ich kann. Ansonsten nehmen Sie sich halt ein Taxi.»

Lucien ließ den verdutzen Mitarbeiter ebenso verwirrt zurück wie den Geschäftsführer und die Sekretärin, die unglücklich mit verlaufender Mascara hinter ihrem Schreibtisch saß. Irgendwie ja ganz süß, dachte Lucien mit erwachendem Beschützerinstinkt. Gut, dass er ihr die Augen geöffnet hatte, dachte er selbstgefällig, während er die Treppe hinunterrannte und das Auto ansteuerte.

Hoffentlich war Mademoiselle Schumacher nichts passiert. Lucien rief sie an, doch sie ging nicht ran. Der Brand stand eindeutig im Zusammenhang mit den fortschreitenden Ermittlungen, da war er sich sicher. Sie waren dem Bösen einen Schritt zu nahe gekommen. Merde. Die Spur mit dem Umweltskandal hatte ihn abgelenkt. Obwohl er sich sehr sicher war, dass der feine Herr dort oben in seinem Designerbüro einiges zu verbergen hatte und eine genaue Untersuchung bestimmt das eine oder andere zutage fördern würde. Wie bei fast allen hier, dachte Lucien genervt.

Sophie hatte den aufsteigenden Rauch bereits von weitem gesehen, als sie über die Allee nach Hause fuhr, und panisch die Feuerwehr angerufen. Nun starrte sie mit tränenden Augen auf die brennende Scheune und hielt sich ein Tuch vor den Mund, um sich vor dem beißenden Rauch zu schützen. Das Geräusch eines heranpreschenden Wagens ließ sie hoffnungsvoll den Kopf herumdrehen und erleichtert ausatmen, als sie Lucien erblickte.

Mit einem Satz sprang Lucien aus dem Wagen und rannte auf Sophie zu, nahm sie stürmisch in den Arm und küsste sie erleichtert auf die Stirn. Sophie schaute ihn überrascht an.

«Nicht weinen, ma petit chérie, nicht weinen. Pst, es wird ja alles gut.»

Entrüstet drückte Sophie ihn von sich weg.

«Ich weine doch gar nicht. Der Rauch brennt in den Augen. Behandele mich nicht wie ein kleines Kind.»

«Oh, Pardon, wenn ich dir zu nahe getreten bin.»

Sophie schüttelte den Kopf. «Nein, es ist alles in Ordnung.»

Merde. Lucien hatte sich auf dem Weg hierher so sehr in ein Katastrophenszenario, bei dem Sophie als verbrannte Leiche vorkam, hineingesteigert, dass ihn seine Erleichterung glatt mitgerissen hatte. Peinlich berührt schaute er sich unauffällig um, doch die Feuerwehrleute waren beschäftigt. In dem Moment krachte das Dach mit lautem Getöse zusammen. Funken stiegen auf und wurden im Flug von den Wassermassen der Feuerwehr abgefangen, die ein Übergreifen der Flammen auf den Pinienwald verhinderten. Die Feuerwehr hatte vorsorglich die Umgebung der Scheune intensiv bewässert. Der Plan ging auf, und die letzten Flammen züngelten noch kurz auf den verkohlten Holzdielen, bevor sie ganz erloschen. Der beißende Rauchgeruch lag jedoch noch immer auf den glühenden Überresten der Scheune.

«Die Feuerwehr muss noch einige Stunden hierbleiben, um ein erneutes Aufflackern zu verhindern, aber ich denke, das Schlimmste ist überstanden. Soll ich dich ins Haus begleiten? Dann kannst du mir alles in Ruhe erzählen.»

Sophie nickte erleichtert. Nicht auszudenken, wenn das Haupthaus abgebrannt wäre. Schmerzlich schaute sie auf die verkohlten und geschmolzenen Reste des alten Citroën DS, auf den ihr Bruder so stolz war.

Der Commissaire besprach sich noch kurz mit dem Einsatzleiter der Feuerwehr und hinterließ Anweisungen, den Spezialisten für Brandermittlung für den kommenden Tag zu bestellen.

«Komm, steig ein, ich fahr dich», wandte er sich wieder an Sophie.

«Darf ich dann auch das Blaulicht anmachen?», fragte sie überraschend schelmisch.

Lucien warf einen Seitenblick auf Sophie, unsicher, wie er die Frage deuten sollte. Machte sie sich etwa über ihn lustig?

«Wenn es dir Spaß macht», antwortete er mürrisch.

«Nein, schon gut. Das war ein Scherz», beeilte sie sich zu antworten.

Der Commissaire war ja allerbester Laune, dachte sie gefrustet, dabei war sie es doch, die einen Scheißtag hatte.

«Brauchst deine schlechte Laune ja nicht an mir auszulassen. Ich habe für heute wirklich genug mitgemacht», murmelte sie eingeschnappt, stieg aus dem Auto und schmiss die Tür demonstrativ in einem Anfall von Trotz zu. Lucien zögerte einen Moment, unschlüssig, ob es mit seiner Männlichkeit zu vereinbaren wäre, ihr hinterherzurennen, oder ob es besser wäre, ihre unverständliche Wut möglichst unbeteiligt verrauchen zu lassen.

Aufgewühlt rannte Sophie den Weg zum Haupthaus hinunter und ärgerte sich über Luciens arrogante Art und ihre Reaktion darauf. Verdammt, und sie hatte sich gestern Abend auch noch dazu hinreißen lassen, ihn zu küssen. Gut, dass sie dann die Reißleine gezogen hatte, obwohl sie vor unterdrückter Lust kaum schlafen konnte.

Was sie nicht ahnen konnte, war, dass Luciens schlechte Laune alleine von seiner Sorge um sie herrührte. Ein Umstand, der ihm selber nicht ins Konzept passte und ihn daher ärgerte. Kein privater Kontakt mit Personen eines Falles, wiederholte er wie ein Mantra in Gedanken immer wieder, bevor er ausstieg und ihr mit bedächtigen Schritten folgte.

19. KAPITEL

Der beißende Geruch von verbranntem Gummi und Holz brannte ihr noch in der Lunge. Ihr schlug das Herz bis zum Hals, als ihr mit einem Schlag klarwurde, dass der Mörder und Brandstifter vielleicht noch in der Nähe war und sie beobachtete – oder noch schlimmer: im Haus auf sie wartete. Erschrocken blieb sie stehen.

«Was mach ich hier eigentlich? Bin ich total bescheuert, dem Mörder auch noch direkt in die Arme zu laufen?», machte sie ihrer Angst Luft.

«Da kann ich nicht widersprechen. Der Gedanke ist mir auch schon gekommen», ertönte eine männliche Stimme neben ihr.

Sophie schoss herum und blickte in Luciens besorgtes Gesicht.

«Komm, ich begleite dich ins Haus.»

Sophie erstarrte, als sie sich nun vollends bewusst wurde, dass die Gefahr real war. Das hier war kein Spiel. Sie war nicht sicher, solange der Mörder auf der Suche nach dem Buch war. Verdammt, sollte sich doch Lucien mit dem verfluchten Notizbuch rumschlagen. Sophie wollte die Aufzeichnungen gerade aus der Tasche ziehen, als Lucien sie zur Seite schob, mit einer dramatischen Geste seine Dienstwaffe aus dem Holster unter seinem Jackett zog und ihr signalisierte, leise zu sein. Langsam drückte er die Tür auf und schlüpfte lautlos durch den Spalt. Wie angewurzelt stand sie auf der Stelle, unschlüssig, ob sie ihm folgen sollte, als ein panischer Schrei aus dem Inneren des Hauses drang, gefolgt von heftigem Gezeter. Die Stimme kam ihr irgendwie bekannt vor. Vorsichtig lugte sie durch den Türspalt.

Im Halbdunkel des durch Holzjalousien verdunkelten Raumes erkannte sie schemenhaft die große, schlanke Gestalt des Commissaires. Er stand über eine kleine, unförmige Frau gebeugt, die sich gegen seinen festen Griff mit aller Macht zu wehren versuchte. Sophies Augen gewöhnten sich an das Dämmerlicht, und sie schaute verblüfft in das zorngerötete Gesicht von Marianne.

«Lassen Sie mich los, verdammter Flic! Sie tun mir ja weh. Ich zeig Sie an!»

Lucien ließ die wilden Beschimpfungen an sich abperlen und zog genüsslich ein paar jungfräuliche Handschellen von seinem Gürtel. Obwohl er lange im Außendienst gewesen war, hatte er doch nie jemanden selber verhaftet, dafür hatte er immer genug Sergeanten dabeigehabt. Er ließ die Handschellen einschnappen und drückte die aufgeregte Frau in den Sessel. Dann zog er sich einen Küchenstuhl heran und setzte sich ihr gegenüber.

«So, jetzt mal ganz ruhig, Madame. Ich bin bereit, Ihre impertinenten Äußerungen zu vergessen, wenn Sie mir erzählen, warum Sie hier eingebrochen sind.»

«Fragen Sie doch die deutsche Schlange.»

«Marianne! Das ist ja wohl die Höhe. Du brichst in mein Haus ein, und dann beschimpfst du mich auch noch!?»

«Ach, das ist also schon dein Haus, das ging ja schnell. Du bist genauso ein Miststück wie dein Bruder. Hättest du das verfluchte Buch gleich verbrannt, hätte ich nicht herkommen müssen. Du hast mich ja praktisch dazu gezwungen, es zu suchen.»

Lucien nickte nachdenklich. Also darum ging es. Sophies

Bruder hatte den Dorfklatsch wohl nicht nur aufgeschrieben, sondern auch zu seinem Vorteil genutzt. Und jetzt glaubte Marianne, dass Sophie das Erbe antrat und weiterführte. Stellte sich nur die Frage, was er eigentlich selber dachte. Verbarg die schöne Deutsche mehr vor ihm, als ihm lieb war?

«Das stimmt nicht, Marianne, und das weißt du genau. Dich wurmt es nur, dass du nicht mehr die Einzige bist, die eure kleinen schmutzigen Geheimnisse kennt. Du hast den Dorfklatsch doch selber zu deinem Vorteil genutzt, oder wie habt ihr trotz allgemeinem Baustopp die Genehmigung für euer Geschäft an der Hauptstraße bekommen?»

«Das hat damit gar nichts zu tun. Der Bürgermeister ist ein alter Freund meines Vaters, und außerdem geht dich das gar nichts an.»

«Und ob mich das was angeht, schließlich bist du in mein Haus eingebrochen!» Ein Funken der Erkenntnis blitzte in ihren Augen. «Du hast meinen Bruder umgebracht und das Feuer gelegt», flüsterte sie mit unnatürlich ruhiger Stimme.

Luciens Nackenhaare stellten sich hoch.

«Sophie, was redest du für einen Quatsch? Nein, natürlich nicht. Ich bin doch keine Mörderin!»

«Was sind Sie denn dann?» Lucien versuchte die Gesprächsführung wieder an sich zu reißen, schließlich war er hier der Polizist und vor allem der Mann.

«Unschuldig! Ich bin vollkommen unschuldig. Die Scheune brannte schon, als ich kam, und Sophie hat mich doch selbst mit ihren gemeinen Andeutungen heute Morgen zum raschen Handeln gezwungen.»

Lucien schaute fragend zu Sophie, die im Geiste das Gespräch vom Vormittag noch einmal durchging.

«Marianne. Ich habe dich doch nur vor dir selber schützen

wollen und dir geraten, zur Polizei zu gehen, wenn du etwas weißt, bevor es der Mörder rausbekommt, mehr nicht.»

«Na klar, und dann kommt am Ende doch noch alles raus.»

«Was kommt raus?» Das Gespräch drohte Lucien vollkommen zu entgleiten.

«Dass sie bei ihrer Heirat schon schwanger war und der Metzger Fournet nicht der leibliche Vater ihrer Tochter ist.»

«Sophie! Bist du wahnsinnig, das ausgerechnet dem Commissaire zu erzählen?» Mariannes Stimme überschlug sich hysterisch.

«Moment mal, ich komm da nicht mit. Und wer ist der eigentliche Vater von dem Kuckucksei?», fragte Lucien, erstaunt über die neuen Entwicklungen.

«Das geht Sie überhaupt nichts an!», schrie Marianne und versuchte sich aus dem Sessel hochzustemmen, was aufgrund ihrer Leibesfülle gar nicht so einfach war.

Doch der Commissaire legte ihr eine Hand auf den Arm und drückte sie zurück.

«Dubertrand», konnte sich Sophie nicht verkneifen auszuposaunen.

«Wie, Dubertrand? *Unser* Sergeant Dubertrand?», stotterte der Commissaire verwirrt.

«Ja, genau der», flüsterte Marianne und gab ihre Angriffshaltung auf.

«Aber das muss doch schon ewig her sein.» Der Commissaire konnte und wollte sich nicht bildlich vorstellen, wie sein umständlicher Sergeant sich vor Jahren mit der fülligen Furie vergnügt hatte.

«Na und? Seit fast zehn Jahren muss ich jeden Tag in das Gesicht meiner Tochter sehen und daran denken, dass dieser Trottel zu betrunken war, um aufzupassen. Mein ganzes Leben hat er in einem kurzen Moment ruiniert. Ich hätte den Sohn des Grafen heiraten können, stattdessen musste ich, um die Ehre der Familie zu retten, diesen naiven Metzger heiraten.»

Sophie konnte sich ein Kichern nicht verkneifen.

«Was gibt es da zu lachen?», explodierte Marianne und versuchte erneut erfolglos hochzukommen. «Ja klar, schon gut, mach dich nur lustig über mich. Es ist sowieso alles vorbei», flüsterte Marianne schließlich resigniert.

«Entschuldige. Der Gedanke ist zu komisch, dass du dachtest, du würdest mal den Grafen Hugo Rarécourt de La Vallée heiraten, ich glaube nicht, dass du oder eine andere Frau jemals eine Chance bei ihm hättest.»

«Was?» Marianne erstarrte, als ihr heimlicher Lebensplan, den sie nie ganz aufgegeben hatte, in tausend Stücke zerbrach.

«Das glaub ich dir nicht.»

«Ach, komm schon. Dich ärgert doch nur, dass du keine Ahnung hattest. Der Graf ist in der Tat sehr diskret und hat schon seit ewigen Zeiten einen Liebhaber.»

«Was, etwa jemand aus dem Dorf? Wer?» Die Neugierde hatte sie wieder voll im Griff und ließ sie ihr eigenes Elend umgehend vergessen.

«Ts, ts, Marianne. Meine Lippen sind versiegelt.»

«Genug vom Dorfklatsch», ging Lucien entschlossen dazwischen und klatschte kräftig in die Hände, um sich bei den beiden Grazien Gehör zu verschaffen.

«Meine Damen, ich bitte Sie. Darf ich Sie daran erinnern, dass es hier um Mord geht und nicht um irgendwelche Klatschgeschichten. Von denen es hier, weiß Gott, mehr als genug zu geben scheint. Ich will davon nichts mehr hören. Mademoiselle Schümake, wären Sie bitte so liebenswürdig mir, einen gekühlten Pastis zu bringen? Ich brauche dringend eine Stärkung.»

Sophie nickte.

«Also, Madame Fournet, was wissen Sie über den Mord an Thomas Schumaker?» Lucien rückte seinen Stuhl näher an den Sessel von Marianne.

«Mon Dieu, ich sage gar nichts mehr.»

Marianne beugte sich vor, und der Commissaire befürchtete schon, sie würde auf den Boden spucken. Doch Marianne räusperte sich nur, verschränkte die Arme ineinander und schaute betont gelangweilt an die Decke.

«Madame. Sie wissen wohl nicht, mit wem Sie es hier zu tun haben. Ich bin kein Flic aus dem Dorf, den Sie schikanieren können. Sie stehen unter Mordverdacht. Ich habe Sie an einem Tatort in flagranti erwischt und lasse Sie umgehend einsperren, wenn Sie mir nicht sofort wahrheitsgemäß antworten.»

Lucien beugte sich vor und flüsterte in Mariannes Ohr.

«Entweder Sie sagen mir jetzt, was Sie wissen, oder ich erzähle im Dorf, dass Sie wissen, wer der Mörder ist, und überlasse Sie dann Ihrem Schicksal.»

Ängstlich riss die Metzgersgattin ihre Schweinsäuglein auf.

«Aber Monsieur le Commissaire. Das können Sie doch nicht machen. Ich weiß doch gar nichts, das ist ja das Problem», gab sie verzweifelt zu. «Jeder im Dorf denkt, ich wüsste, wer der Mörder ist. Aber ich weiß es wirklich nicht. Das ist ja der Schlamassel, Monsieur le Commissaire.»

Der Commissaire erkannte die Angst in ihren Augen. So sah keine Mörderin aus.

«In Ordnung, aber vielleicht fällt Ihnen etwas ein, was von Bedeutung wäre. Wann haben Sie Monsieur Schumake das letzte Mal gesprochen? Ist Ihnen dabei etwas aufgefallen? War er anders als sonst?»

«Mon Dieu, wie soll er gewesen sein? Aufgebracht war er.

Aufgebracht wegen dieser dummen Vögel. Das war doch der Grund für die letzte Bürgersitzung. An dem Abend waren fast alle Einwohner von Contis-Plage und Lit-et-Mixe im Gemeindehaus. Besonders aufgefallen ist mir, dass Emilia, die Frau des Bürgermeisters, sehr nervös war. Die hatte bestimmt Angst, dass die schwangere Frau des Gärtners, mit dem Emilia doch ein Verhältnis hat, eine Szene machen könnte. Aber das dumme Schaf saß ganz friedlich neben ihrem untreuen Mann und hat ihn verliebt angeschaut und sich über den Bauch gestrichen. Schämen sollte sich Emilia.»

«Ähm, könnten Sie bitte beim Thema bleiben, oder hat das was mit dem Mord zu tun?»

«Nein, wohl nicht. Wobei: Woher soll ich das denn wissen? Ich bin ja nicht die Mörderin. Vielleicht war jemand auf den Deutschen eifersüchtig, es gibt da so Gerüchte, aber ich will Sie nicht langweilen. Jedenfalls kam es bei dem Treffen mal wieder zu einem heftigen Streit.»

«Ja, das wissen wir schon», unterbrach Lucien sie ungeduldig. «Haben Sie ihn danach noch mal irgendwo gesehen?»

«Nein, ich habe Monsieur Schumacher nach dieser Schlägerei nicht mehr gesehen. Normalerweise treffe ich ihn immer auf dem Wochenmarkt, aber ich hatte so viel im Geschäft zu tun, dass ich gar nicht rausgekommen bin. Stellen Sie sich vor: Ich hatte nicht mal Zeit, zum Friseur zu gehen, schrecklich.»

«Schlägerei? Was für eine Schlägerei?» Lucien richtete sich im Stuhl auf.

«Monsieur le Commissaire, was denn nun!»

«Madame, entschuldigen Sie, dass ich Sie eben unterbrochen habe. Erzählen Sie mir von der Schlägerei.»

«Also, ich kann Ihnen eigentlich gar nichts darüber sagen. Die war ja draußen vor der Tür. Ich habe das nicht mit eigenen

Augen gesehen. Wir waren doch alle von dem Streit noch so aufgebracht, dass ich noch lange mit den anderen Frauen zusammenstand und diskutiert habe. Ich habe nur eine Blutlache vor der Tür im Sand gesehen.»

«Halt. Moment.» Lucien schaute verzweifelt auf seine Unterlagen und dann zu Sophie, die breit grinste, als sie seine Versuche beobachtete, von Marianne eine verwertbare Aussage zu erhalten.

«Ich glaube, Sie fangen doch noch mal von vorne an und beginnen ausführlich mit der Versammlung. Erzählen Sie mir, was sich dort abgespielt hat.»

«Also wirklich, Monsieur le Commissaire. Ich verstehe Sie nicht. Erst soll ich gar nichts erzählen und dann ganz ausführlich.» Empört richtete sich Marianne auf.

«Ja, schon gut. Erzählen Sie mir einfach alles, was Sie wissen, und ich pick mir dann schon selber heraus, was ich davon gebrauchen kann», seufzte Lucien, während er sehnsüchtig nach dem Pastis Ausschau hielt.

Marianne ruckelte ihr ausladendes Hinterteil in dem engen Sessel. Sie begann langatmig zu erzählen, dass es an dem Abend einen regelrechten Tumult gegeben hatte, bei dem einige Männer entrüstet aufgesprungen waren und Thomas eigenhändig rauswerfen wollten. Doch der Bürgermeister war dazwischengegangen und hatte die Streithähne getrennt. Der Deutsche hatte beantragt, dass der gesamte Strandabschnitt von der Flussmündung südlich von Contis bis zur Papeterie von Mimizan unter Naturschutz gestellt werden sollte. Das würde bedeuten, dass der Strand über eine Länge von 30 Kilometern für Touristen gesperrt und renaturiert werden würde. Durch den Rückbau wäre Contis dann auch endlich wieder das kleine Dorf seiner Kindheit, das er so geliebt hatte. Ohne Grillbuden und Surfschulen am Strand, sondern eine Perle inmitten unbebauter, reiner Natur.

«Sie können sich nicht vorstellen, was da los war. Das wäre eine Katastrophe für die ganze Region. Die Existenz aller Bewohner wäre bedroht gewesen.»

Lucien konnte sich denken, wie begeistert die Bewohner von dieser Art der Dorfverschönerung waren, die auf ihre Kosten ging und sie die Existenz kosten würde. Im Grunde hatten dadurch sämtliche Bewohner ein handfestes Motiv. Aber er konnte nun ja schlecht das ganze Dorf verhaften. Obwohl der Gedanke vielleicht gar nicht so schlecht war.

«Ah, oui, und Sie denken, dass dieser Eklat der Grund für den Mord gewesen sein könnte?»

«Mon Dieu, natürlich nicht. Wer bringt einen denn wegen eines blöden Vogels um? Nein. Ich habe keine Ahnung, warum der Deutsche umgebracht wurde. Monsieur le Commissaire, wir sind doch keine Mörder.»

Vielleicht hatte die Dorfgemeinschaft tatsächlich den Mord gemeinsam ausgeführt und die Leiche beseitigt. Nur das schlechte Wetter und der frühe Spaziergang des holländischen Touristen hatten den Mord auffliegen lassen, der ansonsten ohne Auffinden der Leiche einfach zu den Akten gewandert wäre. Lucien schüttelte den Kopf. Dieser Fall machte ihn noch wahnsinnig. Ein Gemeinschaftsmord, so ein Blödsinn. Er griff nach dem Pastis, den Sophie vor ihm abgestellt hatte, goss kaltes Wasser aus dem danebenstehenden Krug dazu, bis sich die Flüssigkeit milchig gelb färbte, und leerte das Glas mit einem Schluck.

«Kommen wir noch einmal zu der Schlägerei zurück. Wer war daran beteiligt?» Lucien wischte sich den Mund mit dem Handrücken ab und goss das Glas wieder voll. Sophie, die ihn dabei beobachtete, fiel ein, dass er seinen Pastis ja am liebsten mit Minzsirup und Grenadine trank. Sie ging zu der gutsortierten Bar ihres Bruders, in der sie auch den Pastis gefunden hatte. Neben diversen Flaschen mit französischem Armagnac und Single-Malt-Whisky aus den schottischen Lowlands fand sie tatsächlich das Gesuchte. Sie nahm die kleinen Flaschen mit und stellte sie neben die Wasserkaraffe. Ein Leuchten ging über das Gesicht des Commissaires.

«Na, die Männer aus dem Dorf haben ihn in die Mangel genommen», antwortete Marianne, «bis Yves sie getrennt und nach Hause geschickt hat.»

«Ach, Dubertrand war auch dabei? Das hat er mir gar nicht erzählt.»

«Na, da gibt es wohl noch einiges, was er nicht erzählt hat.» Marianne hatte ihre alte Selbstsicherheit wiedergefunden und freute sich darüber, ihren Senf dazuzugeben. «Oder wissen Sie schon, dass Yves letzte Nacht einen heftigen Streit mit seiner Frau hatte? Lola, die Frau vom Fischgeschäft, hat gesehen, wie seine Frau mitten in der Nacht weinend aus dem Haus gerannt ist. Yves stand am Fenster und hat ihre Kleider im hohen Bogen hinausgeworfen. Stellen Sie sich das mal vor. Die arme Frau musste von einem Fleck zum nächsten rennen und ihre Sachen wieder aus dem Dreck ziehen. Yves hat sie angeschrien, dass sie ein verlogenes Miststück sei. Und ob das der Dank dafür wäre, dass er die ganze Zeit für ihren Vater den Kopf hinhielt, dass sie dann hinter seinem Rücken mit dem erstbesten Mann ins Bett ging. Und ausgerechnet mit dem deutschen Mistkerl, der jedenfalls seine gerechte Strafe bekommen hätte.»

Marianne richtete sich mit vor Begeisterung strahlenden Augen auf, als sie in das sprachlose Gesicht des Commissaires schaute.

«Yves deckt schon seit Jahren seinen Schwiegervater, müssen Sie wissen. Der ist nämlich spielsüchtig und bis vor etwa einem Jahr jeden Tag ins Spielcasino von Biarritz gefahren. Natürlich hat der Dummkopf das gesamte Geld der Familie durchgebracht und sich hoch verschuldet. Und stellen Sie sich vor: Als ob das nicht schlimm genug wäre, hat er auch noch den Tod seiner Frau verschuldet. Ich bin mir sicher, dass sie vor lauter Sorgen Krebs bekommen hat. Jedenfalls brauchte sie Geld für die teuren Medikamente. Doch selbst ihre Krankheit konnte ihn nicht davon abhalten, weiterzuspielen und alles zu verlieren. Nach ihrem Tod wurde es dann ganz schlimm. Ich habe gehört, dass er den ganzen Tag auf seinem Bett sitzt und an die Decke starrt.

Yves hat seinen depressiven Schwiegervater gedeckt, der schon seit einem Jahr nicht mehr arbeitet. Die Polizisten aus den Nachbarorten halten natürlich auch dicht. Wissen Sie, da hat doch keiner was davon, wenn der Staat das Geld spart. Der alte André steht doch eh kurz vor der Pensionierung und würde seine Abfindung und Rente verlieren, wenn rauskäme, dass er wegen Depressionen und Spielsucht seinen Dienst gar nicht ausübt. Jetzt kann Yves mit dem Gehalt jedenfalls einen Teil der Schulden abbezahlen.»

Lucien nickte. Die Kurzgeschichte dieses Lohnbetrugs kannte er schon. Yves hatte sie sich beim Mittagessen im «Les Landes» von der Seele geredet. Die Dramatik der ganzen Angelegenheit verstand er allerdings nun besser. Doch der handgreifliche Streit des gehörnten Ehemanns mit seiner Frau war eine neue Information. Die Lucien gar nicht schmeckte, denn das würde bedeuten, dass auch sein eifriger Sergeant verdächtig war. Eifersucht war ein starkes Motiv. Er konnte sich den ungelenken Sergeanten zwar nicht als Mörder vorstellen, aber es fiel ihm genauso schwer, ihn als Mariannes Geliebten zu sehen, und doch gab es dafür einen lebenden Beweis. Seine uneheliche Tochter.

«Weiß Dubertrand überhaupt von seiner Tochter?»

«Ich glaube nicht, jedenfalls nicht von mir, aber sicher bin ich mir jetzt nicht mehr. Immerhin hat es Thomas ja auch irgendwie rausbekommen.»

Langsam entwirrte sich das verzwickte Dorfleben. Der Mord aber lag immer noch im Dunkeln der Verflechtungen dieser Gemeinschaft. Vielleicht muss ich wie bei einem Wollknäuel einfach nur die einzelnen Stränge herausziehen, damit sich alles auflöst. Nur ein Strang hatte zu der Explosion der Emotionen und zu dem Mord geführt, die anderen Stränge liefen parallel ab und hatten nur indirekt mit dem Mord zu tun.

Marianne verstand die entstandene Stille als unausgesprochene Aufforderung weiterzuerzählen. Sie war in ihrem Element und hatte noch mehr saftige Geschichten, die sie loswerden wollte. Nun, wo sie selber keine Angst mehr vor der eigenen Bloßstellung hatte, konnte sie nach Herzenslust die dreckigen Geheimnisse anderer ausplaudern.

«Würden Sie mich bitte endlich von diesen lächerlichen Handschellen befreien?», meinte sie schnippisch mit wiedergewonnener Selbstsicherheit.

Lucien gefiel jedoch der Gedanke ausnehmend gut, die Handschellen noch ein wenig länger an Ort und Stelle zu lassen.

«Madame, was denken Sie, es besteht immer noch Fluchtgefahr. Sie sind nach wie vor verhaftet. Ihnen wird schwerer Einbruch und Brandstiftung mit Mordabsicht zur Tatverschleierung vorgeworfen.»

Marianne schluckte. Mit diesem verdammten Flic war wohl wirklich nicht zu spaßen.

«Also gut, was wollen Sie denn noch wissen?»

«Wie sind Sie hier reingekommen? Haben Sie das Schloss aufgebrochen?»

«Nein! Ich hab den Rauch schon von weitem gesehen, als ich ziellos durch die Gegend gefahren bin, um den Kopf freizubekommen. Dann habe ich die Feuerwehr gesehen, die an mir vorbeiraste. Mein Auto habe ich auf einem Waldweg geparkt, von wo aus man das Haus gut sehen kann.»

«Und woher kennen Sie den Platz, waren Sie etwa schon öfter dort?»

«Nun ja.» Marianne wand sich unruhig in dem Sessel. «Das eine oder andere Mal.»

«Was? Du hast das Haus meines Bruders beobachtet? Warum?», platzte Sophie irritiert dazwischen.

«Sophie, du kennst mich doch. Es interessiert mich einfach, was so in der Nachbarschaft vor sich geht. Einer muss doch aufpassen.»

«Lassen Sie es gut sein, Mademoiselle Schümake. Ich stell hier die Fragen. Also, warum haben Sie das Haus observiert?»

«Das Haus observiert! So weit kommt es noch, dass ich die Polizeiarbeit übernehme, wenn sich Ihre beiden Trottel um Mitternacht verdünnisieren.»

«Woher wissen Sie das denn schon wieder!» Lucien verlor langsam wirklich die Nerven.

«Woher ich das weiß? Seien Sie doch nicht so dumm. Lola hat doch gehört, wie Yves sich mit seiner Frau gestritten hat. Ich habe Ihnen doch eben gerade erzählt, dass er um Mitternacht zu Hause war. Und wenn er nicht an zwei Orten gleichzeitig war, dann war er wohl nicht mehr beim Observieren.»

Lucien rang mit seiner Fassung. «Und was haben Sie so Interessantes beobachtet?», presste er mit zusammengekniffenen Lippen hervor, um nicht vollkommen die Contenance zu verlieren.

«Ich weiß ja nicht, ob das wichtig ist, aber ich habe letztes Jahr beobachtet, dass die kleine Schwester der Ducasse-Zwillinge oft bei ihm zu Hause war und sich bei ihm ausgeheult hat. Einmal habe ich sogar zufällig ein Gespräch mitgehört.»

Lucien winkte nur matt ab. «Und was haben Sie da zufällig gehört?»

«Na ja, die kleine Monique hat sich dem Deutschen anvertraut. Sie wollte von zu Hause weg. Aber ihre Brüder, die nach dem frühen Tod der Eltern das Sorgerecht für sie hatten, wollten ihr nicht erlauben, den Führerschein zu machen und fortzugehen. Thomas hatte ihr eine Lehrstelle bei einem Freund in Berlin vermittelt und ihr Geld gegeben, damit sie die erste Zeit über die Runden kam.»

«Moment. Ich dachte, sie hatte ein Verhältnis mit ihm und er hat sie verarscht und dann sitzen lassen und dann ist sie vor lauter Liebeskummer ins Auto gestiegen und verunglückt.» Lucien zückte sein Notizbuch und blätterte hektisch die Seiten zu dem Eintrag zurück.

«Nun ja ...» Marianne beugte sich vor und freute sich, dass sie eine andere Version zum Besten geben konnte. «Diese Geschichte haben die Zwillinge absichtlich in Umlauf gebracht. Weil sie nicht wollten, dass die Wahrheit herauskam. Die beiden waren auf Thomas sauer, weil er ihrer Schwester Flausen von der Großstadt Berlin in den Kopf gesetzt hatte, und haben ihm deshalb die Schuld für den Unfall gegeben. Sie hat nach einem Streit das Auto von Serge geklaut, obwohl sie gar keinen Führerschein hatte. Schrecklich. Sie hat dann die Kontrolle verloren und ist mit dem Auto verunglückt. Nein, der Deutsche hatte eigentlich nicht direkt Schuld an ihrem Tod.»

«Und das Verhältnis. Warum hat er die Sache dann nicht öffentlich aufgeklärt?»

«Das hätte Monique ja auch nicht wieder lebendig gemacht, und dem Ecologiste war die Meinung der anderen offensichtlich egal. Außerdem konnte er so ja ganz gut von seiner eigentlichen Geliebten ablenken.»

«Aha, und die wäre?»

«Monsieur le Commissaire, können Sie sich denn gar nichts merken? Das war natürlich Isabelle. Die Frau von Dubertrand. Ihrem Sergeanten. Sie erinnern sich an ihn?» Sarkasmus tropfte von ihrer Stimme wie Säure in die Wunde der nervlichen Verfassung des Commissaires.

«Mon Dieu, mir reicht es jetzt! Ich nehme Sie auf der Stelle in Untersuchungshaft. Soll sich doch morgen der Haftrichter mit Ihnen beschäftigen.»

Lucien erhob sich, holte sein Handy heraus und wählte eine Nummer. Dabei ließ er sich von Mariannes Gezeter nicht beeindrucken.

«Sergeant Dubertrand. Schön, dass Sie wieder zu Hause sind. Hat die Werksbesichtigung noch etwas ergeben? Ich weiß, Sie haben schon Feierabend. Kommen Sie bitte trotzdem jetzt sofort mit einem Einsatzwagen mit Gitterabtrennung zum Biohof. Es gab eine Festnahme, und ich möchte, dass Sie den Gefangenentransport übernehmen. Wer verhaftet wurde? Kommen Sie her, Sie werden sich wundern.» Zufrieden beendete er das Gespräch.

«So, und während wir warten, erzählen Sie mir endlich, wie Sie hier reingekommen sind. Sie haben also das Schloss nicht aufgebrochen», wandte er sich wieder an seine offizielle Gefangene.

«Nein, das war ich nicht. Ich gebe ja zu, dass ich mich hergeschlichen habe, weil ich wusste, dass Sophie bei der brennenden Scheune war, aber ich bin hier doch nicht eingebrochen. Die Tür stand einen Spaltbreit offen.»

«Sie behaupten also, dass jemand anderes den Einbruch

begangen hat. Haben Sie den ominösen Einbrecher auch gesehen?»

«Nein, es war alles ganz still im Haus. Mon Dieu! Sie meinen, der Einbrecher war vielleicht noch im Haus? Dann hätte er mich ja umbringen können.» Erschrocken zog Marianne die Luft ein.

«Also, die Tür stand offen. Was haben Sie dann gemacht?»

«Ich bin reingeschlichen, weil ich dachte, Sophie hätte in der Aufregung vergessen, die Tür zu schließen. Dann habe ich mich vorsichtig umgeschaut, ob ich das verflixte Notizbuch irgendwo liegen sehe, das er immer bei sich trug.»

«Sie wissen, wie es aussieht?»

«Natürlich. Der Deutsche hat es immer in der Hosentasche stecken gehabt und damit gewunken, wenn er etwas wollte. Aber warum fragen Sie nicht Sophie, sie hat es doch und kann es Ihnen zeigen.»

Der Commissaire unterdrückte den Impuls, Sophie zur Rede zu stellen. Die Blöße wollte er sich und ihr nicht geben.

«Es geht hier nicht um Mademoiselle Schümake, sondern um Sie. Haben Sie irgendetwas Verdächtiges im Haus bemerkt?»

«Nein, mir ist nichts Ungewöhnliches aufgefallen, außer dass die Bücher zum Teil auf dem Boden verstreut lagen und die Kleidungsstücke aus dem Reisekoffer überall herumflogen. Aber ich habe mir gedacht, dass das hier vielleicht die normale Unordnung ist. Es sind ja nicht alle Leute so ordentlich wie wir oder Monsieur le Commissaire.»

«Das ist ja wohl die Höhe. Das Miststück bricht bei mir ein und ist dann auch noch unverschämt.» Sophie wandte sich in ihrer Wut an den Commissaire, doch der winkte nur müde ab.

«Mon Dieu, Sophie. Sei doch nicht gleich so eingeschnappt. Das war doch nur ein Scherz unter Freunden», meinte Marianne schnippisch.

Sophie blieb der Mund offen stehen, und sie verkniff sich eine Entgegnung. Das Geräusch eines Motors und von Reifen, die langsam über den Kiesweg fuhren, ließ Sophie erleichtert ausatmen. Sergeant Dubertrand würde den ungebetenen Gast mitnehmen, und dann würde endlich Ruhe einkehren. Für heute hatte sie wirklich genug erlebt.

Der Commissaire packte Marianne Fournet unsanft am Arm und zog sie aus dem Sessel. Dann schob er sie zur Tür, die sich gerade öffnete und das überraschte Gesicht von Dubertrand freigab.

«Marianne, was machst du denn hier?» Verblüffung spiegelte sich in seinem Gesicht wider, als sein Blick auf die Handschellen fiel.

«Madame Fournet hat unter Zeugen zugegeben, unrechtmäßig in das Haus eingedrungen zu sein», übernahm Lucien die Antwort. «Zudem steht sie unter Verdacht, Informationen über den Mörder zurückzuhalten, deshalb nehme ich sie für 24 Stunden in Untersuchungshaft, da Fluchtgefahr besteht.»

«Aber Monsieur le Commissaire. Wir haben doch gar kein Arrestzimmer.»

«Dann sperren Sie sie eben in das Dienstzimmer mit der Notpritsche ein und setzen sich vor die Tür. Das ist ja nicht so schwer, oder? Sie werden schon eine Lösung finden. Ansonsten müssen Sie Madame Fournet eben noch heute Abend nach Dax oder Bordeaux bringen.»

Yves, der keine Lust hatte, nach Dienstschluss noch eine lange Autofahrt auf sich zu nehmen, lenkte ein.

«Verstanden. Dann nehme ich sie mit auf die Wache von Lit-et-Mixe.»

«Also gut. Dann wäre das ja geklärt, aber die Handschellen nehmen Sie ihr bitte erst auf der Wache ab.»

Amüsiert über ihren entrüsteten Blick und bevor sie etwas entgegnen konnte, schloss er die Tür hinter den beiden. Er hielt einen Moment in der Bewegung inne, um seine Gedanken zu sammeln, und drehte sich dann entschlossen zu Sophie um.

«Ich glaube, wir beide sollten uns jetzt einmal intensiv über deinen Bruder und deine Rolle in diesem Fall unterhalten. Ich bin wirklich enttäuscht, dass du mir wissentlich so wichtige Informationen vorenthältst. Her mit dem Buch.»

Lucien hatte versucht, seinen Zorn zu unterdrücken, aber Sophie erkannte die Zeichen des inneren Kampfes und versuchte ihn zu besänftigen.

«Lucien. Es tut mir leid, aber ich wusste nicht mehr, wem ich noch trauen konnte. Zumal die Sergeanten ja irgendwie auch mit in alles verwickelt sind. Hier, schau selbst.»

Sie zog ihre große Handtasche zu sich und entnahm ihren Tiefen das kleine abgegriffene Notizbuch im roten Einband. Sanft legte sie es wie eine Opfergabe in die ausgestreckte Hand des Commissaires.

Lucien starrte auf das kleine unscheinbare Büchlein in seiner Hand. Hier befand sich die Spur des Mörders, der Fall stand kurz vor dem Abschluss. Seine Wut auf Sophie, ihm das Buch vorzuenthalten, verrauchte.

«Warum hast du mir das nicht schon früher gegeben?»

Sollte sie ihm von ihren Ängsten erzählen, dass ihr Bruder das Heft möglicherweise dazu benutzt haben könnte, sich Vorteile zu verschaffen? Erpressung war eine schwere Straftat. Auch wenn ihr Bruder keine Verfolgung mehr fürchten musste, wollte sie sein Andenken nicht unnötig beschmutzen. Doch da war noch ein Aspekt, denn sie nicht recht zugeben mochte. Sie fühlte sich sicherer, wenn sie etwas gegen den Mörder in der Hand hatte, auch wenn er nicht aufgeben würde, bis er das Buch hatte.

«Ich wollte das Buch erst einmal selber lesen. Mein Bruder hat es mir anvertraut. Er wollte, dass ich es finde und entscheide, was ich damit anfange. Es steht aber nichts darin, was nicht schon allgemein bekannt ist. Das meiste sind uralte Klatschgeschichten wie die von Marianne. Deine beiden Assistenten kommen auch nicht gerade gut weg. Chevalier drückt ganz gerne mal die Augen zu, wenn es zu seinem Vorteil ist. Er schreibt Verwarnungen aus oder verhängt ein Bußgeld, wenn er Geld braucht, und beliefert die Surfer am Strand mit Hasch und anderen Drogen. Und was Dubertrand angeht, weißt du ja nun schon Bescheid. Was ich über die beiden gelesen habe, fand ich nicht sehr vertrauenerweckend. Daher wollte ich das Buch eigentlich nicht ausgerechnet den beiden geben. Nachdem ich die Verwicklungen der Dorfbevölkerung gelesen hatte, war ich ganz schön desillusioniert, aber ich kann beim besten Willen kein Mordmotiv entdecken. Deshalb habe ich keine Veranlassung dafür gesehen, es dir zu zeigen.»

Der Commissaire legte nachdenklich den Kopf auf die Seite und betrachtete sie. Die Erklärung war simpel und klang ganz plausibel. Merde! Es wäre ja auch zu einfach gewesen.

«Wenn du nichts dagegen hast, werfe ich jetzt erst mal selber einen Blick hinein.»

Ohne ihre Antwort abzuwarten, setzte sich Lucien in den gemütlichen Loungesessel, der vor dem Kamin stand, und goss sich noch ein Glas Pastis ein. Er beobachtete, wie sich der grüne und rote Farbstoff mit dem klaren Gelb des Pastis verbanden. Die Farben flossen ineinander, gaben ihre Selbständigkeit auf und vermischten sich zu einem dreckigen Braun. Genussvoll ließ er den Geschmack die Kehle hinunterrinnen und spürte dem Geschmack der Minze nach. Eine wohlige Wärme breitete sich in seinem Bauch aus.

Sophie hatte sich neben ihn gestellt. In ihrer Hand hielt sie ein Glas Armagnac. Sie schaute versunken in die bernsteinfarbene Flüssigkeit und trank einen großen Schluck. Der Alkohol brannte in ihrer Kehle, und sie musste husten.

Sie zog sich ebenfalls einen Stuhl vor den Kamin und zündete die großen Kerzen an, die ihr Bruder für die Sommermonate, wenn der Kamin ausblieb, dort platziert hatte. Im flackernden Licht der Kerzen und der plötzlichen Stille, die nur durch das Geräusch der umgeblätterten Seiten unterbrochen wurde, spürte sie die Anspannung des Tages. Sie war auf der einen Seite unglaublich erschöpft, fühlte aber gleichzeitig eine prickelnde Lebendigkeit und Unruhe. Der Tod ihres Bruders machte ihr mit aller Urgewalt klar, wie endlich das eigene Leben war. Sie hatte immer ihre ehrgeizigen Karrierepläne wie einen Schutzschild vor sich hergetragen. Frank hatte recht gehabt, als er ihre Verlobung auflöste. Sie war emotional gehemmt und noch nicht bereit, sich auf ein Leben zu zweit einzulassen. Vielmehr brannte jetzt in ihr der Wunsch, das eigene Leben in die Hand zu nehmen, sich um keine Konventionen zu kümmern und keine Kompromisse zu machen. Ihr Blick fiel auf den Commissaire, der im Licht der Kerzen mit äußerster Konzentration in dem Buch las und ihren Blick nicht bemerkte. Das flackernde Licht fiel auf die silbergrauen Lichtreflexe in seinem ansonsten dunklen Haar. Sein markant geschnittenes Gesicht übte eine magische Anziehung auf sie aus. Sie war nach den ganzen Ereignissen wohl nicht ganz zurechnungsfähig und wurde von widersprüchlichen Gefühlen überrannt. Vielleicht tat auch der ungewohnte Alkohol seine Wirkung, versuchte sie eine klägliche Selbstdiagnose, um den inneren Sturm zu erklären.

Lucien schaute überrascht auf, als sich der Schatten von Sophies Körper vor das Licht der Kerzen schob.

20. KAPITEL

«Ma petit, Sophie», flüsterte Lucien und küsste zärtlich ihre Stirn. Dann zog er seinen Arm unter ihrem schlafenden Kopf hervor und rieb sich die Hände. Merde, der Arm war ganz taub. Sie waren beide in der unbequemen Haltung auf dem harten Fußboden eingeschlafen. Zärtlich betrachtete er ihr friedliches Gesicht, das nach all den schrecklichen Ereignissen scheinbar endlich Ruhe gefunden hatte. Was war falsch daran? Sie waren beide verletzte Seelen und fanden beieinander Trost. Wenn nur nicht immer die überflüssige Alarmglocke in seinem Kopf läuten würde, die ihn an sein Berufsethos erinnerte. Seufzend schob er ihren Kopf vorsichtig zur Seite und hob sie an, um sie aufs Sofa zu legen. Er bedeckte ihren entspannten Körper mit einer Kaschmirdecke. Unter ihrer straffen Haut zeichnete sich die vom Joggen gestärkte Muskulatur deutlich ab, und er spürte, wie ihm dieser Anblick den Atem nahm. Doch er riss sich zusammen und wandte den Blick ab. Sie hatten noch viel Zeit. Doch jetzt musste er erst sein sich selbst gegebenes Versprechen einlösen, den Mörder ihres Bruders zu finden.

Er zog sich seine verknitterte Anzughose wieder an und steckte das Hemd in den Bund. Dann knipste er die messingfarbene Leselampe an, goss sich ein Glas Pastis ein und rückte den

Lesesessel näher an das Licht. Die Kerzen brannten noch immer und warfen springende Schatten auf das abgegriffene Buch.

Lucien vertiefte sich auf die mit exakter Handschrift akribisch beschriebenen Seiten des ehemaligen Lehrers. Nach der Hälfte überblätterte er die restlichen Seiten wie ein Daumenkino. Er hatte nichts entdeckt, was ihm im Zusammenhang mit dem Fall interessant erschien. Allerdings wusste er nun, wer der ältere Freund der kleinen Minou, der Tochter des Bürgermeisters, war, mit dem sie auf dem Vordach der Apartmentanlage gewesen war. Und dass er sich gerade an die kleine Florence, die Tochter des Biobauern Braque, ranmachte, obwohl sie noch minderjährig war. Und dass die Frau des Bauern schon vor Jahren mit einem Touristen durchgebrannt war und ihre Tochter einfach zurückgelassen hatte. Außerdem wusste er nun, wer der ominöse Liebhaber des Grafen war. Marianne würde aus allen Wolken fallen, wenn sie es jemals erfahren sollte. Lucien spürte den verführerischen Sog der Klatschgeschichten. Unglaublich, was sich alles unter der biederen Oberfläche der Dorfgemeinschaft abspielte. Das meiste war im eigentlichen Sinne gar nicht mal strafbar, aber vieles war unehrenhaft und verlogen. Den Leuten hier war es sehr wichtig, was die anderen über sie dachten, und daher wollte jeder seine eigenen kleinen dreckigen Geschichten gerne verbergen, was durchaus nachvollziehbar war. Aber ohne es zu wollen, halfen sie mit ihrer Verschwiegenheit auch dem Mörder.

Resigniert legte er das Notizbuch in Sophies Tasche zurück. Er griff nach seinem Jackett, das er beim Verhör ausgezogen hatte, und holte sein eigenes Notizbuch hervor. Dieser Fall war von vorn bis hinten durcheinander und chaotisch. Er war daran nicht ganz unschuldig. Er war kopflos von einer Spur zur nächsten gehüpft und hatte seine persönliche Stärke, nämlich Ordnung in das Chaos zu bringen, vollkommen vernachlässigt. Das musste er sofort ändern. Auf der Stelle würde er damit beginnen, endlich die Zügel selber in die Hand zu nehmen, statt immer nur zu reagieren. Es war Zeit, den Fall neu zu ordnen. Er spürte, dass er die entscheidende Antwort schon längst hatte. Er hatte nur noch nicht die richtige Frage gestellt.

Lucien nahm sein Tablet aus der Aktentasche und trug die Aufzeichnungen des Tages akribisch nach. Zufrieden überflog er die umfangreiche Datei, die sich nun vor ihm öffnete. Die Aussage von Dubertrand, dass es keinen Hinweis auf irgendein Techtelmechtel des Deutschen mit einer Frau aus der Dorfgemeinschaft gebe, durfte man sicherlich streichen. Er ging die Aussagen der Sergeanten durch und setzte bestimmte Aussagen in Klammern. Was für ein Pech, dass er ausgerechnet Dubertrand mit den Frauengeschichten des Opfers und Sergeant Chevalier mit der Zeugenbefragung am Strand beauftragt hatte. Er musste Chevalier noch mal auf den Zahn fühlen und ihm damit drohen, seine illegalen Geschäfte dem Präsidium zu melden. Lucien wusste, dass er sowohl Chevalier als auch Dubertrand und seinen Schwiegervater beim Präsidium anzeigen müsste. Doch trotz seiner korrekten Art widerstrebte es ihm gewaltig, Kollegen, auch wenn es Dorftrottel waren, zu denunzieren. Er verhielt sich wohl selber auch nicht immer ganz korrekt, wenn er seine häufigen Bußgeldstrafen für Verkehrsdelikte mit einem Anruf in der Zentrale löste.

«Also gut. Schauen wir uns den Fall noch mal von vorne an.» Sophie beantwortete sein Selbstgespräch mit einem sanften Schmatzen. Erschrocken schaute er sich zu ihr um, aber er hatte sie nicht aufgeweckt. Sein Arm griff automatisch zur Pastisflasche, doch er hielt in der Bewegung inne und stellte sie wieder ab. Ein starker Koffeinschub wäre wohl die bessere Wahl, wollte er mitten in der Nacht noch Ordnung in den Wirrwarr bringen.

Leise schlich er in die offene Küche und versuchte geräuschlos seinen café crème zuzubereiten. Doch die hochmoderne Maschine tat ihm nicht den Gefallen, als das heiße Wasser mit Hochdruck durch die Kaffeekapsel gedrückt wurde. Sophie hob verschlafen den Kopf und sah sich desorientiert um.

«Entschuldige, ma chérie. Ich wollte dich nicht wecken. Ich muss mir die Unterlagen noch mal ansehen und brauche einen klaren Kopf.» Doch sie war bereits wieder eingeschlafen. Also nahm er seine Tasse und setzte sich in den Sessel am Kamin.

Doch er fand nichts, was den Fall in einem neuen Licht erscheinen ließ.

Seufzend speicherte er die Daten und ließ das Tablet sinken. Er trank den letzten Schluck des starken café crème. Versonnen lehnte er sich wieder zurück und betrachtete den gemauerten Kamin mit einem Bild von Didier darüber. Sein Blick wanderte zu dem gutsortierten Bücherregal und den prächtigen Fotobildbänden. Er griff nach dem obenauf liegenden Band.

«Vögel des Polarmeers» stand in knallblauen Buchstaben auf einem farbenprächtigen Porträt eines Eisvogels. Gedankenverloren blätterte er die Seiten durch. Die Farbenpracht einzelner Exemplare war erstaunlich. Andere unscheinbarere Exemplare wie die Sturmvögel erinnerten ihn dagegen an die Möwen hier am Strand, deren Geschrei ihn wiederum täglich an das abgefressene Gesicht der Leiche erinnerte. Also, er würde den Unterschied zwischen einem Sturmvogel und einer Möwe nicht erkennen, dachte er, als sein Blick plötzlich von einem Foto in seinen Bann gezogen wurde. Das Bild zeigte einen spuckenden Vogel, der sich aufgeplustert zwischen sein Nest und einen Marder stellte.

In der Bildunterschrift hieß es dazu: «Der Eissturmvogel verteidigt sein Nest, indem er Hustengeräusche von sich gibt und Salven von gelbem Magenöl aus seinem Schnabel stößt.» Lucien las weiter, dass der Eissturmvogel bis zu zwei Meter weit spucken konnte. Und das sogar mehrere Male hintereinander.

Aufgeregt legte er das Buch offen auf den kleinen Tisch neben ihm, wobei er beinahe die Pastisflasche umgeworfen hätte, und griff nach seinem Tablet. Er gab den «Eissturmvogel» bei einer Suchmaschine ein und fand mehrere längere Artikel. Das Magenöl wurde als klebriges Öl mit unangenehmem süßlich-fischigem Geruch beschrieben, das auf andere Tiere einen abschreckenden Effekt hat.

Lucien las noch, dass die bespuckten Vögel aufgrund des ölverklebten Gefieders qualvoll verendeten und dass schon Jungvögel das stinkende Magenöl gegen jeden spien, der sich ihnen näherte. Doch seine Gedanken waren bereits abgedriftet und ließen vor seinem inneren Auge eine Szene auftauchen: Panisch kreischende Eissturmvögel kämpften verzweifelt ums nackte Überleben. Er sah Beine, die nach den Tieren traten, und Knüppel, die auf sie einschlugen. Blutige Federn flogen im Wind hoch und verbanden sich mit dem stinkenden Öl und Kot zu der klebrigen Masse, die ihm der Pathologe unter die Nase gehalten hatte und die unter seinen Schuhen geklebt hatte.

Der Commissaire war sich nun sicher, dass dort in den Dünen der Mord geschehen war. Sie würden morgen noch einmal hinausfahren und gründlich nach weiteren Spuren suchen. Er blickte auf seine Armbanduhr. Ein Anruf um 2:47 Uhr würde seine Beliebtheit wohl eher nicht steigern. Entschlossen schrieb er der Spusi eine SMS, damit sich das Team aus Bordeaux gleich in der Frühe auf den Weg machen konnte. Danach schickte Lucien dem Gerichtsmediziner Etienne ebenfalls eine kurze Nachricht, dass der Pathologe die Proben vom Strand und der Leiche mit dem Sekret eines Eissturmvogels vergleichen sollte. Lucien suchte in seinem Notizbuch die E-Mail-Adresse des

Ornithologischen Instituts in Paris heraus. In schneller Folge glitten seine Finger über die Tastatur, als er dem Professor der Sorbonne einen kurzen Abriss der Ermittlungsergebnisse zusammenstellte. Er beendete die Mail mit der dringenden Bitte, sich sobald wie möglich mit ihm in Verbindung zu setzen, und schickte die Nachricht ab.

Adrenalin- und koffeingeputscht versuchte er sich wieder auf seine Unterlagen zu konzentrieren. Er gab den Begriff «Vogel» in die Suchmaske seiner Datei ein und war erschüttert, wie viele Einträge sich mit diesem Thema beschäftigten. Eine ganze Reihe von Aussagen ergab nun einen neuen Sinn. Die spuckenden Vögel des Fischers, die Ölspuren von der Autopsie, das verwüstete Dünenareal in der Nähe des Bunkers, die Blutspuren im Bunker, die Spuren im Netz. Lucien war bei seinen Recherchen immer wieder auf diesen Hinweis gestoßen und hatte ihm doch keinerlei Bedeutung beigemessen, sondern sich von dem Dorfklatsch ablenken lassen und dort das Motiv gesucht. Er schlug wütend auf die Lehne und zuckte erschrocken zurück, als Sophie mit einem unwirschen Stöhnen antwortete.

Hatte die Lösung wirklich die ganze Zeit vollkommen offen vor seinen Augen gelegen, ohne dass er die Zeichen erkannt hatte? Konnte es so einfach sein? Ging es am Ende gar nicht um das Notizheft des Opfers?

Lucien rieb sich die Augen. Das Ganze ergab irgendwie noch kein vollständiges Bild.

Er ging seine Aufzeichnungen erneut chronologisch durch. In der Tat hatte niemand den Deutschen nach der Veranstaltung noch lebend gesehen, das deckte sich auch mit dem letzten Telefonat des Opfers. Zufrieden strich sich Lucien durch seinen Fünftagebart. Mit der Tatzeit und dem Tatort hatte er nun schon mal zwei Parameter, an denen er den Rest neu aufhängen konnte. Die gesamte Dorfbevölkerung einte die Angst vor finanziellem Verlust und dem Verlust ihrer Existenzgrundlage. Er würde sich die laufenden Kredite bei der Bank anschauen müssen, um zu sehen, wer besonders hohen Leidensdruck hatte.

Sophie schlug die Augen auf, als der aromatische Duft von frisch zubereitetem Kaffee in ihre Nase stieg. Sie richtete sich auf und zog sich die leichte Kaschmirdecke, die ihr von den nackten Schultern gerutscht war, rasch wieder bis zur Nasenspitze hoch. Verlegen suchte sie in den Augen des Mannes vor ihr nach Spuren von eitler Selbstgefälligkeit, konnte darin aber nichts als Zärtlichkeit erkennen. Erleichtert zog sie die Beine an und griff nach der Tasse, die er ihr unter die Nase hielt.

«Mein Gott, ist das noch früh», flüsterte sie mit belegter Stimme. Die große antike Standuhr zeigte 5:37 Uhr an.

«Tut mir leid, ma chérie, dass ich dich so früh wecken musste, aber ich wollte mich nicht einfach so ohne Abschied aus dem Haus schleichen. Ich muss dringend los.»

Er legte eine Hand in ihren Nacken und zog ihr Gesicht sanft zu sich. Sie schloss die Augen und genoss die zärtliche Begrüßung.

«Du musst schon los? Können wir nicht noch schnell zusammen frühstücken?»

Erstaunt schaute er sie an.

«Wieso, wir frühstücken doch gerade zusammen. Ich trinke zu Hause normalerweise morgens immer nur eine Tasse Kaffee, bevor ich ins Büro fahre.»

Sie legte ihren Kopf in den Nacken und schaute ihn an. Die Lust sprang aus seinen Augen, und sie hatte den Verdacht, dass er sie nicht nur so früh geweckt hatte, um sich zu verabschieden. Sanft öffnete er ihre Hand, und die leichte Kaschmirdecke glitt an ihrer zarten Haut hinab.

21. KAPITEL

Der unangenehme Geruch von verkohltem Plastik und Holz nahm an Intensität zu, als sich Lucien der abgebrannten Scheune näherte, wo er seinen Dienstwagen stehen gelassen hatte. Seine testosteronbedingt gute Laune bekam einen Dämpfer, als er daran dachte, dass der Mörder immer noch frei herumlief und Sophie bedrohen konnte.

Auf der Fahrt zur Wache hielt er kurz an der kleinen Bäckerei an, um für sich und Dubertrand, der bei der Gefangenen Wache geschoben hatte, frische Croissants zu kaufen. Beschwingt von dem schönen Morgen und dem blauen Himmel, der einen wunderbaren Sommertag versprach, bog Lucien in die Auffahrt der Wachstation ein und parkte neben seinem Porsche, der schon auf ihn zu warten schien. Dieser Tag begann wirklich großartig. Zwei Stufen auf einmal nehmend, sprang er die Treppe zur Wache hinauf. Die Tür war jedoch noch verschlossen, das Metallgitter zugezogen und mit dem «Fermé»-Schild dekoriert.

Komisch. Die Wache sollte eigentlich längst geöffnet sein. Er beschloss, sich davon nicht die Laune verderben zu lassen, und versuchte durch die Scheibe zu schauen. Trotz der gehäkelten Vorhänge meinte er eine hektische Bewegung registriert zu haben. Er drückte erneut die Klingel und ärgerte sich, dass er seine Schlüssel bei Sophie vergessen hatte.

Ein Geräusch ließ ihn aufhorchen. Fröhlich schwenkte er die Tüte mit den Croissants, als sich die Tür endlich öffnete und Dubertrand ihn einließ.

«Das hat aber gedauert, mein Lieber, haben Sie etwa verschlafen?» Der Commissaire drängte sich gut gelaunt an dem verschlafen wirkenden Sergeanten vorbei.

«Also, Dubertrand, schmeißen Sie bitte schon mal die Kaffeemaschine an. Es gibt viel zu tun.» Er klatschte in die Hände und setzte sich schwungvoll auf seinen Schreibtischstuhl, der altersschwach ächzte. «Ich bin mir ganz sicher, dass es sich bei dem Platz neben der Bunkeranlage um den Tatort handelt. Die Spusi ist schon informiert und fährt gerade zur Düne hinaus. Ich denke, sie werden so in etwa einer Stunde hier eintreffen. Bis dahin müssen wir dringend noch ein paar Dinge eruieren. Aber vorab schnell noch ein Wort unter Kollegen. Ich habe von dem Streit mit Ihrer Frau erfahren.»

«Chef, es tut mir leid, ich hätte es Ihnen selber erzählen müssen, aber ...»

«Sergeant Dubertrand», unterbrach Lucien seinen Rechtfertigungsversuch im Keim, «das Ganze geht mich wirklich nichts an, also sparen Sie sich bitte Ihre Erklärung. Ich will nur Ihr Versprechen als Polizist und Ehrenmann, dass der Vorfall nicht in Verbindung mit der Mordermittlung steht.» Lucien verließ sich auf seine Menschenkenntnis. Dubertrand war ein gehörnter Ehemann und Trottel, aber bestimmt kein Mörder.

«Chef, natürlich habe ich mit dem Mord nichts zu tun. Obwohl ich zugeben muss, dass ich ihn am liebsten umgebracht hätte, nachdem ich von dem Verhältnis erfahren hatte, aber da lag er schon in der Gerichtsmedizin.»

«Ich glaube Ihnen, mon ami. Außerdem glaube ich inzwischen, dass wir auf der falschen Fährte waren. Der Deutsche hatte hier bestimmt nicht nur Freunde, aber der Mord hat nicht direkt mit den Geheimnissen der Dorfbevölkerung zu tun.»

«Nicht?»

«Nein. Die Hinweise verdichten sich meiner Meinung nach in eine andere Richtung. Sie wissen doch, dass der Deutsche eine hier unbekannte Vogelart entdeckt hat und er das gesamte Gebiet zum Naturschutzgebiet erklären wollte. Ich habe diese Episode als normales Geplänkel abgetan, aber jetzt glaube ich, dass hier das eigentliche Mordmotiv liegen könnte.»

Kurz fasste er die Ergebnisse seiner nächtlichen Recherche zusammen.

«Und Sie meinen wirklich, jemand hat ihn wegen dieses blöden Vogels umgebracht?»

«Vielleicht nicht direkt wegen des Vogels, sondern wegen der Aussicht, alles zu verlieren. Stellen Sie sich mal vor, der Deutsche hätte seinen Plan mit dem Schutzgebiet durchgesetzt.»

«Das hätte das Leben hier in der Tat grundlegend verändert.»

Das Schrillen des Telefons schallte durch den Raum. Lucien griff rasch nach dem Hörer und meldete sich.

«Ah, bonjour, Etienne. Danke für deinen Rückruf.»

«Bonjour, Lucien. Du machst es ja spannend. Ich weiß nicht, wie du darauf gekommen bist, aber du hattest recht. Das Vogelsekret stimmt mit meinen Proben überein, wenngleich es leichte Abweichungen zu der genormten Eissturmvogel-Probe gab, die ich hatte. Anscheinend hast du eine Unterart entdeckt, die noch nicht erfasst ist. Aber die Probe von dem Öl unter deinem Schuh stimmt auf jeden Fall exakt mit der Probe überein, die ich der Leiche entnommen habe. Auch der Blutfleck im Sand stammt vom Opfer.»

«Danke, Etienne, endlich geht es vorwärts.»

«Hast du schon eine Ahnung, wer es war?»

«Ehrlich gesagt habe ich zwar einen leisen Verdacht, aber noch keine greifbaren Beweise.»

«An deiner Stelle würde ich jemanden mit stinkenden Hosen suchen. Die Tiere müssen ihn mit Unmengen von dem ekligen Zeug bespuckt haben.»

«Ach komm, du glaubst doch nicht, dass jemand so beschränkt ist und die verdreckten Klamotten aufbewahrt.»

«Ich würde es trotzdem versuchen. Du glaubst gar nicht, wie dumm die meisten Menschen sind.»

Lucien gab ihm lachend recht und verabschiedete sich rasch. Sein Schreibtischstuhl hatte sich beim Hin-und-her-Rollen in irgendetwas verheddert. Er bückte sich und kam entgeistert wieder hoch. In seinen Fingern hielt er einen etwas überdimensionierten BH.

Mit hochrotem Kopf riss ihm Dubertrand den BH aus der Hand und stürmte zur Tür des Raumes hinaus, die das provisorische Arrestzimmer darstellte. Verwundert schaute Lucien ihm nach. Na so was. In dem Moment betrat Chevalier die Wache. Lucien kam sich wie bei einem Bauerntheater vor, bei dem der Liebhaber auf der einen Seite der Bühne die Tür durchschritt, während auf der anderen Seite der gehörnte Ehemann eintrat. Doch er ließ sich nichts anmerken und begrüßte den Sergeanten freundlich, mit dem er eh noch ein Hühnchen zu rupfen hatte.

«Mein lieber Chevalier, das ist aber schön, dass Sie heute überhaupt noch erscheinen. Haben Sie mal auf die Uhr geschaut, oder mussten Sie noch Ihre Drogen ausfahren?»

Wie vom Blitz erschlagen erstarrte der junge Polizist vor ihm. Schweißtropfen bildeten sich auf seinen Schläfen, während sich sein Blick erschrocken weitete.

«Na, na, nun beruhigen Sie sich wieder. Ich würde vorschlagen, ich vergesse meine Informationen, die ich aus sicherer Quelle über Ihren, sagen wir mal, Nebenjob habe, und Sie rücken dafür alle Informationen zu dem Fall raus, die Sie mir bisher vorenthalten haben.»

«Ich habe Ihnen nichts vorenthalten, mon Capitain.»

Lucien hatte fast Mitleid mit dem Häufchen Elend vor seinem Schreibtisch. Dennoch wollte und konnte er dessen Verfehlungen nicht einfach so durchgehen lassen.

«Aber ich sage Ihnen eins, wenn Sie nicht auf der Stelle mit Ihren illegalen Mauscheleien aufhören, vergesse ich mich und rufe umgehend die interne Revision an. Geben Sie mir als Erstes bitte mal den Stapel mit Bußgeldbescheiden, den Sie in Ihrem Schrank horten.»

«Ja, Monsieur.» Kleinlaut ging François zu der «Schublade des Vergessens» und zog einen dicken Stapel Strafzettel heraus.

Lucien nahm den Packen in die Hand und staunte nicht schlecht, als er sah, dass einige der Bescheide auf seinen Namen ausgestellt waren.

«Was soll das sein?», fragte er irritiert.

«Die wollte ich eigentlich erst später einreichen», meinte der Sergeant kleinlaut.

«Sie haben es gewagt, mich aufzuschreiben, wenn ich im Einsatz zu schnell gefahren bin oder falsch geparkt habe?» Lucien war fassungslos.

«Na ja, Sie fahren halt immer zu schnell und parken, wo Sie wollen, das geht doch nicht.»

«Glauben Sie, ich halte mich an Geschwindigkeitsgebote, die für Touristen gemacht sind? Ich bin hier schließlich die ganze Zeit über im Einsatz!», polterte der Commissaire ungehalten.

«Oui, Monsieur. Tut mir leid.»

«Voilà. Jetzt zerreißen Sie mal den Stapel, und dann vergessen wir die ganze Sache, wir haben Wichtigeres zu tun.»

Geknickt begann der getadelte Sergeant damit, die Bußgeldbescheide und damit seine Prämien einzeln zu zerreißen.

«Wenn Sie fertig sind, machen Sie sich zur Abwechslung mal nützlich und klappern Sie die Reinigungen und Wäschereien ab, ob dort jemand stark mit Öl verschmutzte Kleidung abgegeben hat, die nach Fisch stinkt.»

«Jawohl, Monsieur le Commissaire, ich klemm mich ans Telefon.» Der Sergeant war froh, so glimpflich davongekommen zu sein, und griff eifrig nach dem Telefonbuch neben dem alten Wählscheibentelefon.

Wie aufs Stichwort erwachte ebendieses zum Leben, und der Commissaire kam dem Sergeanten zuvor.

«Oui?»

«Bonjour. Spreche ich mit Commissaire Lucien Lefevre?

«Oui, hier spricht Commissaire Levefre, mit wem spreche ich?»

«Hier ist das Vorzimmer von Professor Pierre de Foucaud. Sie hatten um Rückruf gebeten. Bitte bleiben Sie am Apparat, ich verbinde.»

Lucien lauschte den knackenden Geräuschen, bis sich eine tiefe, gebildete Stimme meldete.

«Bonjour, Monsieur le Commissaire. Wie kann ich Ihnen helfen?»

«Bonjour, Professor. Bitte entschuldigen Sie die frühe Störung. Wie ich sehe, sind Sie von Ihrer Expedition zurückgekehrt. Ich führe die Ermittlungen im Mordfall Thomas Schumacher.»

«Ja, meine Sekretärin hat mir den Sachverhalt kurz erklärt. Schreckliche Sache. Doch mir ist nicht ganz klar, wie ich Ihnen helfen kann. Ich kannte den Deutschen ja kaum.»

Lucien fasste noch einmal kurz die Ergebnisse seiner Recherche zusammen.

«Monsieur le Commissaire, das ist ganz und gar unmöglich. Der Eissturmvogel wurde noch nie südlich der Normandie gesichtet. Er brütet normalerweise an den steilen Küsten Englands, aber doch nicht in Frankreich. Sind Sie ganz sicher, dass es sich um einen Eissturmvogel handelt? Das wäre in der Tat eine großartige Entdeckung.»

«Monsieur Schumacher war sich so sicher, dass er eine Bürgerversammlung einberief, um das Gebiet unter Naturschutz zu stellen. Meinen Sie, er wäre mit dem Antrag durchgekommen?»

«Mit Sicherheit. Das ganze Gebiet wäre zum Schutzgebiet für brütende Vögel erklärt worden. Es wäre großräumig abgesperrt worden und nur noch außerhalb der Brutzeit zu betreten gewesen. Also etwa zwischen September und März.»

«Ich habe Ihnen Fotos von der Kamera des Opfers geschickt, hatten Sie schon Zeit, sich die anzuschauen? Mich würde interessieren, ob es sich bei den fotografierten Tieren tatsächlich um Eissturmvögel handelt.»

«Nein, ich hatte noch keine Zeit, die Bilder zu sichten. Ich bin gerade erst von einer Expedition zurückgekehrt. Ich habe gleich eine Vorlesung, aber im Anschluss werde ich mir die Aufnahmen anschauen.»

Der Commissaire bedankte sich, legte auf und griff nach seiner Jacke. Die Spusi hatte eine SMS geschrieben, dass sie schon auf dem Weg zum Tatort waren. Lucien sollte direkt zur Rettungsstation am Strand kommen, um ihnen die exakte Fundstelle zu zeigen.

Sergeant Chevalier, der gerade ins Gespräch vertieft war und eifrig Notizen machte, signalisierte mit unters Kinn geklemmtem Hörer, dass er gleich nachkäme.

Der Commissaire ging zum Nebenraum, in den Yves eben mit dem verräterischen Stück Stoff verschwunden war. Kurz überlegte er, ob er vielleicht lieber anklopfen sollte, hielt das aber bei einer Arrestzelle für unangemessen.

«Bonjour, Madame, gut geschlafen?» Lucien konnte sich ein anzügliches Zucken der Mundwinkel nicht verkneifen. Doch die beiden vermeintlichen Turteltauben saßen wie begossene Pudel nebeneinander auf dem Bett.

«Hören Sie, Monsieur le Commissaire.» Doch Lucien schnitt ihm das Wort ab.

«Still, Dubertrand. Ich will nichts hören. Mir ist vollkommen egal, was Sie beide heute Nacht getrieben haben. Ich fahre jetzt zum Tatort, und Sie kommen mit. Madame, ich entlasse Sie aus der Untersuchungshaft. Ich sehe schon, dass es eh nichts bringt, Sie einzusperren. Verschwinden Sie.»

Dubertrand rannte an dem Commissaire vorbei und griff nach seinen Handschellen und seiner Dienstwaffe.

«Monsieur le Commissaire ...», begann Marianne mit weinerlicher Stimme, «das Ganze ist meine Schuld. Ich habe ihm heute Nacht gestanden, dass Amélie seine leibliche Tochter ist. Stellen Sie sich vor: Wir haben beschlossen, es nach all den Jahren noch mal miteinander zu versuchen. Jetzt, wo seine Frau ausgezogen ist und eh das ganze Dorf erfahren wird, dass mein Mann ein Kuckuckskind aufgezogen hat, haben wir beide nichts mehr zu verlieren.»

Lucien, der eigentlich gar keine Einzelheiten mehr hören wollte, nickte nur und ertappte sich dabei, dass er den beiden Glück für ihren schwierigen Weg wünschte.

Lucien steckte sein Handy ein, nahm den Autoschlüssel mit dem Zettel der Werkstatt vom Schreibtisch und ging rasch zu seinem Auto. Gierig sog er den vertrauten Geruch ein. Dubertrand saß bereits im Dienstwagen daneben und wartete auf Chevalier. Lucien signalisierte ihm, dass er schon mal vorfuhr. Die Bürgerversammlung war etwa zwei Wochen her. Unwahrscheinlich, dass sie noch verwertbare Spuren fanden, aber er war auf jeden noch so kleinen Hinweis angewiesen, wollte er den Mörder rasch zur Strecke bringen.

Der Commissaire bog in die lange Allee zum Strand ein und gab mit laut aufheulendem Motor Gas. In Rekordzeit stand er vor der Rettungsstation. Da von der Spurensicherung noch nichts zu sehen war, nutzte er die Zeit und betrat die Station.

Seine Augen mussten sich erst an die Dunkelheit des garagenartigen Baus gewöhnen. Surfbretter, Rettungsbojen und verschiedene Warnschilder und Flaggen schmückten die Wände. Lucien trat durch eine weitere Tür, hinter der eine Treppe aufwärtsführte. Licht fiel die Treppenstufen hinab und ließ die Staubteilchen vor ihm tanzen. Oben angekommen, stockte ihm fast der Atem. Der Atlantik breitete sich hinter einem großen Panoramafenster vor ihm aus. Die großen Schiebetüren standen offen und ließen die frische Meeresluft ungehindert in den Raum strömen. An den Wänden und Decken hingen Wimpel und Fahnen aus den unterschiedlichsten Ländern. Ein alter Rettungsring mit der Aufschrift «Contis-Plage» schmückte die Rückwand des holzvertäfelten Raumes. Durch die offene Glastür trat er auf die schmale Terrasse, die um das halbe Gebäude herumlief. Am Holzgeländer lehnten lässig braun gebrannte Rettungsschwimmer in roten Badeshorts und engen weißen Funktions-Shirts. Ein leicht stämmiger junger Mann mit schwarzen Haaren beobachtete durch ein Fernglas eine kleine Gruppe von Surfern, die etwas zu weit draußen außerhalb der Sandbank trieben. Die anderen beiden unterhielten sich und zeigten sich gegenseitig Fotos auf dem Handy. Einer der beiden nahm den Commissaire wahr und sprang von der Brüstung.

«Entschuldigen Sie bitte, hier ist kein öffentlicher Zutritt.»

Lucien zückte seinen Dienstausweis. «Kann ich bitte mit Ihrem Chef, Monsieur Paul-Henry Vermon, sprechen?»

Der Rettungsschwimmer nickte betont cool, drehte sich um und signalisierte dem Commissaire lässig mit dem Finger mitzukommen.

«Ah, Monsieur le Commissaire, ich bin der Leiter der Station, Paul-Henry Vermon. Wir hatten bereits miteinander telefoniert.»

«Bonjour, Monsieur Vermon, entschuldigen Sie den Überfall. Ich habe noch ein paar Fragen bezüglich des Wetters zur vermutlichen Tatzeit. Wir gehen inzwischen davon aus, dass das Opfer in der Nacht vom 24. auf den 25. Juli umgebracht wurde, und zwar etwa gegen Mitternacht. Könnten Sie noch mal schauen, wann das Gewitter einsetzte?»

«Natürlich. Moment, ich habe die Unterlagen noch irgendwo hier liegen. Also nach unseren Aufzeichnungen kamen die ersten Blitze und Sturmböen in der Nacht von Freitag auf Samstag etwa um ein Uhr morgens, aber auf die Minute genau kann ich Ihnen das nicht sagen.»

«Macht nichts, ich brauche nur eine ungefähre Angabe. Vielen Dank für Ihre Hilfe.»

Lucien verabschiedete sich rasch, als eine weitere SMS seiner Kollegen aus Bordeaux eintraf, die ihn bereits suchten. Schnell verließ er die Station und rannte den Dünenweg zum Parkplatz hinunter. Neben seinem Porsche standen zwei weitere Fahrzeuge. In dem einen erkannte er seine Sergeanten, in dem anderen das Einsatzfahrzeug aus Bordeaux. Er hob kurz die Hand zum Gruß, stieg ein und startete seinen Wagen, um vorwegzufahren, überlegte es sich aber wieder anders, als er sich an den schlechten Zustand des Weges erinnerte. Rasch stieg er zu den Kollegen aus Bordeaux ins Auto. So konnte er sie direkt auf den neuesten Stand bringen.

Die Dünenlandschaft mit dem im Wind wogenden Dünengras breitete sich neben ihnen in ihrer ganzen Schönheit aus, als sie langsam Richtung Bunker fuhren, der wie ein stets mahnender Finger die Landschaft verschandelte. Lucien wies den beiden Ermittlern den Weg zum Fundort der Blutspur und des möglichen Tatorts in den Dünen. Dann ging er den Weg durch die Dünen Richtung Bunker zurück, als Dubertrand plötzlich aus dem Schutz des Dünengrases auf den Trampelpfad sprang.

«Mon Dieu, Sergeant Dubertrand! Können Sie sich nicht einen Moment zusammenreißen? Was sollen denn die Kollegen von Ihnen denken? Dies ist ein Tatort, da können Sie sich doch nicht für ‹pippi rustique› ins Gebüsch verziehen.»

«Entschuldigung, Monsieur, aber wir sind so schnell aufgebrochen. Kommt nicht wieder vor.»

Erleichtert schaute Yves zu Chevalier, der gerade winkend vom Auto auf sie zugerannt kam.

«Chef, ich habe interessante Neuigkeiten. Ich habe sämtliche Wäschereien und Reinigungen der Gegend abtelefoniert. Stellen Sie sich vor: In der Wäscherei ‹Le Printemps› in Soustons hat sich eine Angestellte wirklich daran erinnert, dass sich ihre Chefin über einen Kunden beschwert hat, der mehrere bestialisch nach Fisch stinkende und mit Öl verschmutzte Kleidungsstücke abgegeben hatte. Sie konnte mir aber nicht sagen, wie der Kunde hieß. Die Chefin kommt erst heute Nachmittag ins Geschäft, wird mich aber dann anrufen.»

«Soustons, sagen Sie? Nie gehört, wo liegt das?»

«Richtung Biarritz. Etwa 50 Kilometer von hier entfernt.»

«Eh bien, gute Arbeit, Chevalier.»

«Danke, Chef. Was meinen Sie, ist das Opfer wirklich hier umgebracht worden?» Die drei Polizisten standen in der bereits gleißenden Morgensonne und beobachteten ihre Kollegen, die in weißen Schutzanzügen durch die Dünen krochen.

«Mh, schwer zu sagen. Aber ich vermute, dass jemand die gesamte Vogelkolonie vernichten wollte und Monsieur Schumacher dazwischengegangen ist, um die Tiere zu schützen. Möglich, dass er bei diesem Kampf einen tödlichen Schlag abbekommen hat. Auf jeden Fall hat der Mörder danach versucht, die Leiche zu beseitigen und nicht damit gerechnet, dass das Meer die Leiche ausgerechnet am Strand von Contis wieder ausspucken würde.»

«Warum haben sie ihn nicht einfach ins Auto gepackt und irgendwo in die Dünen geworfen? Den hätte doch keiner gesucht.»

«Mh. Eine Leiche im Auto hinterlässt immer Spuren. Viel zu gefährlich.»

«Vielleicht haben sie die Leiche ja auf ein Surfbrett gebunden und einfach ins Meer geschoben, so weit, wie sie schwimmen konnten», wagte Dubertrand zu mutmaßen.

«So ein Blödsinn kann auch nur dir einfallen», wies Chevalier ihn zurecht. «Wie sollen die die Leiche über die Brandung ziehen? Ausgeschlossen. Ich glaube, die haben die Leiche hier liegen gelassen, ein Boot geholt, um die Leiche abzutransportieren, und dann kam ihnen das Unwetter in die Quere.»

Lucien ließ nachdenklich den Blick über die weite Landschaft schweifen. Momentan war Ebbe und das Wasser ziemlich weit vom Bunker entfernt. Bei Flut war der Weg deutlich kürzer. Wahrscheinlich wurde die Leiche kurz im Bunker zwischengelagert und dann zum Meer getragen. Es sprach einiges dafür, dass es mindestens zwei Täter waren. Zumal die Angestellte der Reinigung von mehreren Kleidungsstücken gesprochen hatte.

Chevalier griff in seine Hosentasche und zog sein vibrierendes Handy heraus. Wegen des Windes konnte er kaum etwas verstehen. Er rannte den kurzen Weg hinunter und setzte sich in den windgeschützten Wagen. Lucien sah ihn aufgeregt mit den Händen gestikulieren und ging ebenfalls hinunter. Vielleicht hatte er ja Glück, und die Frau erinnerte sich an ihren stinkenden Kunden.

Chevalier riss die Fahrertür auf.

«Volltreffer, Chef. Die Inhaberin hat sich gemeldet. Sie hat mir sowohl eine Beschreibung des Mannes durchgegeben, der die Kleidung abgegeben hat, als auch von dem, der sie wieder abgeholt hat.»

«Ach, das war nicht derselbe?»

«Nein, aber sie meinte, sie hätten eine gewisse Ähnlichkeit gehabt.»

«Vielleicht Geschwister?»

«Das konnte sie mir nicht sagen. Sie hatte auch nur darauf geachtet, weil der Mann, der die Kleidung gebracht hatte, schon vor der Tür gewartet hatte, als sie das Geschäft öffneten, und darauf bestand, dass die Kleidung noch am selben Tag wieder fertig sein müsste. Es war ihm offensichtlich unangenehm, die dreckige Kleidung abzugeben. Der Mann, der am Abend die Kleidung abgeholt hatte, hatte sich strikt geweigert, einen Aufschlag für den Mehraufwand zu bezahlen.»

«Mh, konnten Sie etwas mit der Personenbeschreibung anfangen?»

«Nicht wirklich. Aber die Dame konnte sich an das Auto der beiden erinnern. Sie hatten zwei seltsam geformte Surfbretter auf dem Dach eines Kombis befestigt, die weit über die Windschutzscheibe ragten. Sie nahm an, dass die beiden gerade vom Surfen in Biarritz kamen.»

«Hat sie sich das Kennzeichen gemerkt?»

«Habe ich sie auch gefragt, aber sie hat nicht darauf geachtet.»

«Surfbretter, sagen Sie, das hilft uns wohl nicht viel weiter. Ich habe alleine heute Morgen auf dem Weg zum Strand bestimmt fünf Fahrzeuge mit Brettern auf dem Dach gesehen. Chevalier, Sie kennen sich doch in der Surfszene aus. Könnte die Beschreibung auf jemanden von Ihren ‹Freunden› zutreffen?»

Chevalier war sich sicher, dass der Commissaire das Wort Drogendealer nur vermied, weil die Kollegen aus Bordeaux in Hörweite waren.

«Nein, Commissaire. Von den Jungs, die ich kenne, passt keiner dazu. Die einzigen Männer, die regelmäßig gemeinsam surfen gehen, sind die Zwillinge. Aber die fahren nie nach Biarritz. Die beiden fahren außerdem einen alten Bully. Die meisten einheimischen Surfer lassen ihre Bretter an der Grillbude von Gustave stehen, die im Sommer geöffnet ist.»

«Ist das der Holzverschlag unten am Strandzugang? Ich hab mich schon gefragt, was das für eine Bude ist.»

«Ja, die gehört Gustave. Tagsüber grillt er Fisch für die Touristen und verkauft Eis und Getränke, und abends treffen sich die Surfer bei ihm und sitzen bis spät in die Nacht am Lagerfeuer. Hinter der Bude hat er eine Art Schuppen, wo jeder sein Brett abstellen kann. Allerdings ohne Garantie, dass es später immer noch dort steht. Aber die neuen Bretter gehören eh den Touristen, und die sind selber schuld, wenn die dann über Nacht verschwinden.»

«Jaja, schon gut. Also fällt Ihnen niemand ein, auf den die Beschreibung passen würde.»

«Also, ich hätte da so eine Idee.» Dubertrand rieb sich nachdenklich den Nacken.

Lucien, dem die eifrige, aber recht einfältige Art des Mannes zunehmend auf die Nerven ging, reagierte nicht auf seinen Einwurf.

«Was meinen Sie, Chevalier? Macht es Sinn, beim Surfshop vorbeizuschauen und nachzufragen, wer zwei Surfbretter auf dem Dach transportiert?»

«Chef, hören Sie. Vielleicht waren es gar keine Surfbretter, die die Frau gesehen hat.»

«Ach, Dubertrand, reden Sie doch keinen Unsinn, die Frau hat doch ausdrücklich von Surfbrettern gesprochen», raunte der Commissaire ungeduldig.

«Mh, Yves könnte schon recht haben. Die Frau sprach, soweit ich mich erinnere, nur davon, dass sie zwei merkwürdig geformte Bretter gesehen hatte; die weit über die Kühlerhaube ragten. Surfbretter sind eigentlich nicht so lang. Die einzigen Bretter, die ich kenne, die eine flüchtige Ähnlichkeit mit Surfbrettern haben, nur dass sie etwas größer sind, sind die Kiele von einem Katamaran.»

«Genau das war meine Idee!», warf Dubertrand erfreut ein.

«Ein Katamaran! Chevalier, was erzählen Sie denn da? Man kann doch kein Segelboot auf dem Dach eines Kombis transportieren.»

Commissaire Lefevre verlor langsam die Geduld. Außerdem brannte ihm die Sonne schmerzhaft auf den Nacken. Er schlug den Kragen seines weißen Hemdes hoch.

«Doch, Chef», ließ Chevalier nicht locker. «Die neuen Katamarane kann man problemlos auf dem Autodach transportieren. Die sind allerdings wahnsinnig teuer. Im Dorf haben nur die Zwillinge und die Bogosch-Brüder so einen Regatta-Katamaran. Das Boot kann man in seine Einzelteile zerlegen und transportieren und dann ganz ohne Werkzeug einfach wieder zusammenstecken. Serge, einer der Zwillinge, meinte, das wäre kinderleicht.»

«Stimmt, du hast recht! Die Bogosch-Brüder haben ihr Boot eigentlich immer auf dem Dach ihres alten Kombis dabei, falls sie irgendwo zwischendurch Zeit zum Segeln haben. Zu Kundenterminen fahren sie meistens mit dem Cabrio, aber privat fahren sie oft den Kombi», ergänzte Dubertrand eifrig die Ausführungen seines Kollegen.

«Die Bogosch-Brüder, sagen Sie?» Lefevre blätterte in seinem Notizbuch. «Sind das nicht die beiden ehemaligen Freunde des Opfers, die ihm das Haus besorgt hatten und denen die neue Apartmentanlage auf der Düne gehört?»

«Ja, genau.» Dubertrand schlug sich mit der flachen Hand an die Stirn. «Mensch, dass ich daran nicht gleich gedacht habe. Die beiden hatten mal wieder ihren Wagen während der Bürgerversammlung vor dem Gemeindehaus geparkt. Ich hatte ihnen angedroht, dass sie einen Strafzettel bekommen, wenn sie ihren Kombi nicht auf der Stelle wegfahren. Dabei habe ich einen Blick in das Auto geworfen. Dort herrschte das übliche Chaos. Schaufeln, leere Getränkeflaschen, Netze, Segel und Taue lagen quer über die umgeklappte Rückbank verteilt. Die beiden waren ziemlich gereizt, aber das lag wohl mehr an der vorangegangenen Diskussion mit dem Deutschen. Sie sind dann stinksauer weggefahren.»

«Mh.» Die Brüder hatten als Großgrundbesitzer natürlich ein gewaltiges Interesse daran, dass das Gebiet touristisch erschlossen wurde. Dem Commissaire war der Gedanke schon früher gekommen, er hatte ihn aber als zu klischeebehaftet zur Seite geschoben. Seine Erfahrung bewies ihm zwar, dass meistens die einfachste und wahrscheinlichste Lösung zutraf und spektakuläre Fälle mit überraschenden Wendungen nur im Fernsehen vorkamen. Die meisten Mörder waren viel simpler gestrickt, als ein Fernsehzuschauer akzeptieren würde. Nach Luciens Erfahrung stolperten die Verbrecher über ganz banale Dinge des alltäglichen Lebens. Genau wie hier. Hätte einer der beiden sich nicht geweigert, den Aufpreis zu bezahlen, wären sie der Besitzerin vielleicht nicht in Erinnerung geblieben. Wobei der Besitz eines Katamarans alleine noch kein Beweis war. Und die mutmaßlichen Spuren auf der Kleidung waren längst vernichtet.

Lucien angelte nach dem Handy in seinem Jackett und wählte die Nummer seines Vorgesetzten in Bordeaux. Er schilderte René Pontarrasse kurz die Fortschritte der Ermittlungen und bat um die Ausstellung eines Durchsuchungsbeschlusses sowie Einsicht in die Konten von Stéphane und Jean-Pierre Bogosch und die Steuerunterlagen. Kurz darauf sah er grinsend zu seinen Kollegen.

«Der Durchsuchungsbeschluss ist genehmigt. Ich denke, wir sollten sofort losfahren und den beiden mal einen unangekündigten Besuch abstatten. Die Assistentin meines Vorgesetzten kümmert sich um den finanziellen Hintergrund der Immobiliengesellschaft und des Privatvermögens. Ich sage nur den Kollegen aus Bordeaux rasch Bescheid, dass wir aufbrechen.» Lucien ließ die beiden Kollegen stehen, die zustimmend nickten und in den Dienstwagen einstiegen, während er den beschwerlichen Weg durch den feinen Sand zurücklief.

«Wie kommen Sie voran?»

«Wir haben verschiedene Spuren gefunden. Ich denke, Sie hatten recht, was diesen Platz angeht. Die Reste von zerstörten Gelegen sind noch gut zu erkennen. Ich bin zwar kein Ornithologe, aber wir haben sehr viele verklebte Daunen gefunden.

Dies war mit Sicherheit ein Brutplatz. Die Küken sind schon geschlüpft. Sehen Sie, hier liegen die zerbrochenen Eierschalen.»

«Warum sind sie dann nicht weggeflogen, statt sich niederknüppeln zu lassen?»

«Keine Ahnung, aber ich denke, dass sie noch nicht fliegen konnten. Wahrscheinlich wurden sie von ihren Eltern verteidigt.»

«Haben Sie Hinweise auf den oder die Täter gefunden?»

«Nein, keinen direkten Hinweis. Wir haben Proben von den Blutspuren im Sand genommen, aber ich kann Ihnen noch keine Auskunft über deren Herkunft geben.»

«Irgendein Hinweis auf die Tatwaffe? Ihr Kollege Etienne Bouché meinte, es würde sich wahrscheinlich um einen Spaten oder eine Schaufel handeln. Er hat Metallabsplitterungen in der Wunde gefunden.»

«Ja, das passt zu unseren Beobachtungen. Schauen Sie mal hier. Auf diesem Stein haben wir Kratzspuren gefunden, die nach Metallabschürfungen aussehen. Wir müssen die Proben noch untersuchen.

«Sonst noch irgendwas?»

«Mh, an dem Stein haben wir Stofffasern entdeckt, aber ob die mit dem Fall in Verbindung gebracht werden können, weiß ich natürlich nicht. Sie könnten auch älter sein.»

«Verstehe. Bitte melden Sie sich umgehend bei mir, wenn Sie irgendetwas entdecken, was den Fall weiterbringt.»

«Sie tappen noch ganz schön im Dunkeln, oder, Monsieur le Commissaire?»

«Nein, gar nicht», knurrte der Commissaire genervt. «Ich habe den Durchsuchungsbeschluss und den Haftbefehl in der Tasche und fahre jetzt direkt zu den Tatverdächtigen. Salut.»

Der Mann von der Spurensicherung grinste und hob kurz die

Hand zum Gruß, bevor er sich in seinem weißen Schutzanzug wieder auf den Boden kniete.

Lucien ging den Weg durch den tiefen Sand zurück zum Bunker. Seine Schuhe konnte er nach dem Einsatz wegwerfen. Sie waren immer noch mit dem klebrigen Öl verschmiert und vom Sand verkratzt. Hoffentlich hatte er den Mund nicht zu voll genommen und konnte den Tag wirklich mit einer Verhaftung abschließen.

Laute Musik drang schon von weitem durch die geöffneten Fenster des Dienstwagens. Die beiden Sergeanten saßen entspannt im Auto und hatten die Augen geschlossen, sodass sie die Ankunft ihres Vorgesetzten nicht mitbekamen. Mit einem lauten Knall schmiss Lucien die Tür hinter sich zu und ließ sich auf die Hinterbank fallen.

«Los, fahren Sie zum Grundstück der Brüder, aber halten Sie bitte noch einmal an der Strandwache an. Ich will mein Auto holen.»

«Ja, Chef.» Dubertrand drehte die Musik leiser und gab Gas. Sandkörner schleuderten hoch und hinterließen eine Staubwolke, als der Wagen langsam den provisorischen Weg entlang zur Rettungsstation fuhr.

22. KAPITEL

Der kühle Fahrtwind duftete nach Pinien, Algen und Salz. Lucien ließ seinen Blick einen Moment auf der friedlichen Dünenlandschaft ruhen. Der azurblaue Himmel schien von unendlicher Weite, und das angrenzende Waldgebiet bot während der Autofahrt ein wenig Schatten. Nur vereinzelt wurde das einsame Bild von Häuseransammlungen durchbrochen. Es war wirklich wunderschön hier, dachte Lucien und ertappte sich bei dem Gedanken, den ihm noch zustehenden Jahresurlaub einzureichen, wenn er den Fall abgeschlossen hatte.

Auf der wenig befahrenen Straße, die vom Meer Richtung Biarritz wegführte, kamen ihm nur wenige Fahrzeuge entgegen. Vor ihm fuhr der Renault mit den beiden Sergeanten, die sich seit neuestem anscheinend bestens verstanden. Er sah den Blinker aufleuchten und bog ebenfalls in die kleine Auffahrt ein, die zum Besitz der Brüder führte. Langsam folgte er dem Wagen vor ihm, der an einem Schild kurz stehen blieb und dann wieder beschleunigte. Auf dem Schild stand in großen Buchstaben:

«Tout contrevenant sera abattu, les survivants pursuivis»

«Eindringlinge werden erschossen, Überlebende gerichtlich belangt.» Der Commissaire hoffte, dass die Bewohner ihr

Warnschild nicht doch am Ende noch wörtlich nahmen. Er öffnete das Handschuhfach und nahm seine Dienstwaffe heraus. Er sicherte sie und steckte sie vorsichtig in den Hosenbund, als er ausstieg.

Das alte Gebäude lag malerisch an einem kleinen See. Weißblühende Seerosen bedeckten mit ihren ausladenden grünen Blättern die in der Sonne glitzernde Wasseroberfläche. Libellen flogen im hektischen Zickzack dicht über der Oberfläche. Lucien ging über den Kiesweg auf das Haupthaus zu, die Sergeanten folgten ihm. Noch immer war im Haus alles still. Lucien drückte die Türklingel. Als niemand öffnete, gingen die beiden Sergeanten um das Haupthaus herum, während Lucien die Garage ansteuerte. In dem Holzschuppen standen die Tore weit offen und gaben den Blick auf einen feuerroten Sportwagen frei. Daneben stand der dunkelgrüne Kombi. Lucien verstand nun, was die Reinigungsangestellte gemeint hatte. Der weiße Kiel des Katamarans sah von der Seite bei flüchtiger Betrachtung in der Tat wie ein aufgestelltes Surfbrett aus. Zwischen dem Kiel waren die beiden Elemente des zweiteiligen Mastbaums befestigt. Lucien schaute durch die verstaubte Heckscheibe. Auf der umgeklappten Rückbank lag die zusammengefaltete Plane, die als Sitzfläche zwischen den Kiel gespannt wurde. Im Halbdunkel der Scheune konnte er Getränkeflaschen und Kleidungsstücke im Auto erkennen. Er ging um das Fahrzeug herum, in der Hoffnung, einen Blick auf die Schaufel zu erhaschen, von der Dubertrand gesprochen hatte. Vielleicht lag sie irgendwo unter dem Gerümpel. Lucien versuchte sein Glück an der Heckklappe. Tatsächlich, sie war nicht abgeschlossen. Lucien beugte sich gerade ins Wageninnere, als er eine Stimme hinter sich hörte.

«Was zum Teufel treiben Sie hier? Sie befinden sich auf

Privatbesitz. Können Sie nicht lesen? Eindringlinge werden erschossen.»

Der Commissaire drehte sich vorsichtig um und griff langsam in sein Jackett.

«Ganz ruhig. Ich bin Commissaire Lucien Lefevre, Direktion Bordeaux, ich werde mich jetzt ausweisen, bitte stecken Sie Ihre Waffe weg.»

Lucien bekam ein Schnaufen als Antwort. Mit gezücktem Ausweis drehte er sich um.

«Monsieur Bogosch, nehme ich an.»

«Oui, ich bin Jean-Pierre Bogosch. Was wollen Sie von mir?» Der großgewachsene gepflegte Mann ließ den Besenstock sinken, den Lucien im Dämmerlicht für ein Gewehr gehalten hatte.

«Entschuldigen Sie den Überfall, wir müssen Ihnen einige Fragen stellen. Würden Sie mich bitte auf die Wache begleiten?»

«Auf die Wache? Können wir uns nicht in der Küche unterhalten?»

Lucien seufzte. Die Dorfbevölkerung hatte einfach keinerlei Respekt vor der Polizei, aber wem sollte man das auch verdenken, wenn man an die örtlichen Vertreter des Rechts dachte. Er nickte und erkundigte sich nach dem Bruder.

«Stéphane müsste eigentlich im Haus sein. Haben Sie schon geklingelt?»

«Ja, mehrfach.»

«Mh, vielleicht hat er es nicht gehört. Wir bekommen hier draußen nicht oft Besuch, da wir unsere Kunden in unserem Stadtbüro treffen.» Er öffnete die Tür und ließ den Commissaire und die dazugestoßenen Sergeanten ins Haus. Das Gebäude war innen genauso beeindruckend wie außen. Die freigelegten weiß gekalkten Dachbalken überspannten den riesigen Raum des ehemaligen Bauernhauses. Jean-Pierre bat die drei Gäste auf dem überdimensionalen Sofa Platz zu nehmen. Eine Panoramascheibe ermöglichte einen freien Blick auf den idyllischen Naturteich und die bepflanzte Uferbefestigung. Er selber setzte sich auf die vordere Kante des freistehenden Sessels. Seine Körpersprache verriet innere Anspannung. Schwere Schritte polterten die Treppe herab, und Stéphane Bogosch betrat das Wohnzimmer.

«Was macht ihr beiden Versager denn hier?», sprach er die beiden Sergeanten an.

«Ich nehme an, Sie sind Stéphane Bogosch. Ich bin Commissaire Levefre. Ich leite die Ermittlungen in dem Mordfall Schumacher. Im Rahmen der Ermittlungen sind einige Fragen aufgetaucht, zu denen wir Ihre Stellungnahme benötigen.»

«Ist mir egal, wer Sie sind. Wer gibt Ihnen das Recht, einfach mein Haus zu betreten? Haben Sie einen Durchsuchungsbefehl?»

«Beruhig dich, Stéph. Ich habe sie reingelassen, außerdem hat der Commissaire doch nur ein paar Fragen. Setz dich.» Lucien staunte über den sachlichen Ton des jüngeren Bruders. Er hatte sich von der aufbrausenden Art des älteren Bruders täuschen lassen. Stéphane war der Heißsporn, aber Jean-Pierre war der Kopf der beiden.

Stéphane fügte sich und setzte sich auf einen zweiten Sessel, der Gruppe gegenüber.

Der Commissaire betrachtete die beiden Brüder interessiert. Sie waren auf ihre Weise attraktiv. Beide waren schon leicht ergraut, aber ihre Körper waren vom jahrelangen Surfen noch immer gut in Form. Jean-Pierre strich sich seine gegelten Haare aus dem Gesicht und schob seine moderne Edelstahldesignerbrille mit dem Zeigefinger die Nase hoch.

«Also, Monsieur le Commissaire, was können wir für Sie tun?»

«Wie Sie sicher wissen, ist vor kurzem Ihr Freund Thomas Schumacher ermordet worden.»

«Als Freund würde ich den Mann nicht gerade bezeichnen», unterbrach Stéphane den Commissaire. «Er war ein alter Bekannter. Eine Urlaubsfreundschaft, wenn Sie verstehen, was ich meine. Nichts Echtes. Später wurde er ein Kunde von uns, ansonsten verbindet uns nichts», schob er ungefragt hinterher.

«Ja, stimmt, Sie haben ihm den Biohof verkauft, oder? Ich habe gehört, es gab Verstimmungen zwischen Ihnen wegen des Verkaufs.»

«So würde ich das nicht nennen. Er hatte das Haus zu einem fairen, marktüblichen Preis erworben. Von seiner Seite aus gab es wohl noch Bedenken wegen des Vorbesitzers, aber das war eine Sache zwischen den beiden, die uns nicht tangiert hat.»

«Mh.» Luciens natürliche Abneigung gegen Makler hatte wieder neuen Nährboden bekommen. Er überlegte, wie er den aalglatten Mann aus der Reserve locken könnte. «Das Opfer wurde am Abend der Bürgerversammlung zum letzten Mal lebend gesehen. Mehrere Zeugen haben ausgesagt, dass Sie einen heftigen Streit hatten.»

«Natürlich hatten wir Streit», lachte Jean-Pierre, «oder wie würden Sie reagieren, wenn ein selbsternannter Ökoidealist plötzlich durchdreht und ein ganzes Dorf in seiner Existenz auslöschen will, nur um ein paar Vögeln einen gemütlichen Brutplatz zu bieten? Sollen die verdammten Vögel doch in seinem Garten brüten.»

«Und dann ist der Streit eskaliert. Wo waren Sie nach Ende der Veranstaltung?»

«Wo sollen wir gewesen sein? Natürlich hier. Wir sind direkt nach Hause gefahren, wie alle anderen auch.»

«Und Sie sind nicht noch mal zum Strand gefahren, zum Nistplatz der Vögel etwa?», hakte Lucien nach, der sich mit der lapidaren Antwort nicht zufriedengeben wollte.

«Nein, verdammt. Was soll die Frage? Ich war nicht bei den Vögeln, was soll ich denn im Dunkeln auf der Düne? Wir sind direkt nach Haus gefahren.»

«Kann das jemand bezeugen?» Lucien schaute von seinem Notizbuch auf.

«Na klar. Stéph kann das bezeugen. Er war ja auch hier.»

«Außerdem hat uns doch Dubertrand persönlich von unserem Stammplatz vor dem Gemeindehaus verjagt», mischte sich Stéphane ein. Jean-Pierre brachte ihn mit einem bösen Blick zum Schweigen.

Ein kurzer Pfeifton verkündete den Empfang einer SMS. Der Commissaire zog sein Handy aus der Tasche und warf einen schnellen Blick auf das Display. Die Nachricht kam vom Büro des Professors und lautete: «habe die Vögwl auf dr Foto erkannt. Es handelt sich würklich um einen Eissturmvogwl. Das ist eine ornithologische Sensation. Ich fähre sofort los. Hoffe sie später zu treffen. Hochachtungsvoll Pierre de Foucaud.»

Der Professor stand anscheinend genauso mit den kleinen Tasten auf dem Kriegsfuß wie er selbst. Er entschuldigte sich für die Unterbrechung und wandte sich wieder an die beiden Tatverdächtigen.

«Wir haben Grund zur Annahme, dass Sie eben doch noch an den Strand gefahren sind und den Brutplatz aufgesucht haben. Wir haben die Aussage eines Vogelexperten, dass es sich bei dem Vogel um eine geschützte Art handelt, die zudem noch nie in diesen Gefilden gesichtet worden ist. Der Deutsche hatte mit seiner Vermutung recht. Nach Aussage des Experten wird der gesamte Küstenabschnitt unter Naturschutz gestellt.»

«Aber es gibt doch gar keine Vögel mehr.»

Jean-Pierre unterbrach seinen Bruder unwirsch.

«Was redest du für einen Quatsch? Mein Bruder meint, es gibt doch gar keinen Beweis, dass der Deutsche die Vögel wirklich hier in der Gegend gesichtet hat. Wir haben mit dem Bürgermeister letzte Woche den Strand abgesucht und keinen Nistplatz gefunden. Das sind doch alles Hirngespinste des Deutschen.»

Wieder unterbrach ein Pfeifen die angespannte Stimmung. Gereizt griff Lucien zum Gerät, um es endgültig auszuschalten, doch sein Blick blieb auf der Kurznachricht aus der Pathologie hängen: «Die Blutproben von der Düne stimmen mit der DNA des Opfers überein. Das Vogelsekret ist identisch. Es handelt sich sicher um den Tatort.» Diese Bestätigung ermunterte ihn fortzufahren.

«Sergeant Dubertrand, benachrichtigen Sie bitte die Mitarbeiter der Spurensicherung. Sie sollen direkt hierherkommen, wenn sie am Tatort fertig sind.»

Dubertrand ging aus dem Raum, um mit den Kollegen zu telefonieren.

«Was soll das? Wieso die Spurensicherung?»

«Ich glaube, Sie wissen ganz genau, worum es hier geht. Sie wurden von der Angestellten der Reinigung in Souston erkannt.»

«Mon Dieu, ist es jetzt etwa schon ein Verbrechen, seine Wäsche in die Reinigung zu bringen?»

«Nein, aber es ist verboten, Beweismittel in einem Mordfall zu vernichten.»

«Beweismittel? Unsere Hosen?»

«Nicht Ihre Hosen, sondern das Vogelsekret, das sich darauf befand. Es stammt von den Vögeln, deren Existenz Sie eben geleugnet haben. Wie erklären Sie sich das?»

«Das brauch ich Ihnen gar nicht zu erklären. Was geht Sie meine Wäsche an?»

«Eine ganze Menge.» Der Commissaire verlor langsam die Geduld. «Also, wie kam das Vogelsekret auf Ihre Hose?»

«Ich weiß nichts von Vögeln. Die Sachen waren in der Reinigung, weil mir eine besoffene Touristin in den Schoß gekotzt hatte.»

«Die Reinigungskraft hat ausgesagt, dass die Kleidung ölverschmiert war und einen ekligen Fischgestank ausdünstete.»

«Keine Ahnung, was Ihnen diese Frau da für wirres Zeug erzählt hat. Vielleicht hatte die Touristin ja tranigen Fisch gegessen und sich deshalb übergeben.»

«Aha. Und danach hat sie sich auch noch in den Schoß Ihres Bruders übergeben. Wollen Sie mich für blöd verkaufen? Ersparen Sie mir die Märchen und erklären Sie mir lieber, warum die Tiere Sie bespuckt haben.»

«Ich sag jetzt gar nichts mehr.» Jean-Pierre setzte sich aufrecht hin und verschränkte die Arme vor der Brust.

«Auch egal. Wir haben euch eh dran. Ich bin mir sicher, dass sich an dem Katamaran genügend eindeutige Spuren finden lassen, die Sie beide in Zusammenhang mit dem Mord bringen.»

Der Commissaire erhob sich und wies Sergeant Chevalier an, die beiden festzunehmen.

«Monsieur le Commissaire, machen Sie sich doch nicht lächerlich. Sie wollen mich ohne Beweis festnehmen? Spätestens in einer Stunde bin ich wieder frei. Sie hören noch von meinem Anwalt. Das ist Nötigung», regte sich Jean-Pierre auf, als Chevalier die Handschellen um seine Handgelenke zuschnappen ließ.

Schon wieder eine SMS. Der Commissaire stellte als Erstes

den Ton ab, bevor er es wieder vergaß. Die Nachricht kam diesmal vom Büro seines Vorgesetzten. Die Prüfung der Konten hatte ergeben, dass die Immobilienfirma der Brüder kurz vor der Insolvenz stand und den beiden auch privat ein Offenbarungseid bevorstand. Lucien vermutete, dass sie sich mit dem Kauf des Dünenareals übernommen und bis über beide Ohren verschuldet hatten. Nach den Unterlagen hatten sie alles auf eine Karte gesetzt und ihren gesamten Immobilienbesitz als Sicherheit hinterlegt. Bei den Unterlagen befand sich zudem ein Vorvertrag, der eine stille Beteiligung eines Investors für das gesamte Areal auswies. Lucien wurde klar, dass, wenn die beiden die Baugenehmigung verlieren würden, sie noch am selben Tag Privatinsolvenz beantragen müssten. Zudem wurden in unregelmäßigen Abständen höhere Geldbeträge in bar abgehoben.

Lucien konfrontierte sie mit den neuen Fakten, doch die beiden schwiegen demonstrativ desinteressiert. Er gab Chevalier den Befehl, die Verdächtigen zur Wache zu bringen und für den Transport nach Bordeaux vorzubereiten, wo sie dem Haftrichter vorgeführt werden würden. Angespannt knetete er seine Unterlippe. Natürlich war ihm klar, dass er die beiden Verdächtigen unvorschriftsmäßig behandelte. Ohne Beweis keine Anklage. Entschlossen, der Sache schnell auf den Grund zu gehen, begleitete er die Gefangenen nach draußen. Der Wagen der Spurensicherung stand bereits neben der Scheune. Die beiden Mitarbeiter hatten das Segelequipment vom Dach des Kombis gehoben und breiteten gerade die Plane aus.

«Ich denke, die beiden haben die Leiche des Opfers mit dem Boot abtransportiert. Meinen Sie, dass sich auf dem glatten Material Spuren finden lassen könnten?»

«Schwer zu sagen. Ich glaube eher nicht, dass wir etwas finden.

Riechen Sie mal.» Er hob die Plane hoch, und ein penetranter, beißender Geruch schlug ihm entgegen.

«Chlor?» Dubertrand beugte sich ebenfalls über die Plane und verzog angewidert das Gesicht.

«Oui, genau. Der Katamaran ist von oben bis unten mit chlorhaltigem Reiniger abgewaschen worden. Da lässt sich nichts mehr finden.»

«Versuchen Sie es trotzdem.»

Lucien drehte sich schnell um und stoppte den Gefangenentransport, der gerade losfahren wollte. Er riss die hintere Tür auf und beugte sich zu den Brüdern.

«Was soll das? Wieso ist der Katamaran desinfiziert?»

«Aber Monsieur le Commissaire. Sie können uns den Mord wirklich nicht in die Schuhe schieben, nur weil Ihnen kein anderer Täter einfällt. Wir haben damit nichts zu tun. Ich habe Ihnen doch gesagt, dass die Touristin sich mehrmals übergeben hat. Wir hatten eine kleine Segeltour mit ihr gemacht. Sie war anscheinend nicht besonders seetüchtig und hat das ganze Trampolin eingesaut. Da haben wir einfach einen Eimer voll Reinigungsmittel über das Boot geschüttet und es hinterher mit dem Schlauch abgespritzt.»

«Und wo finde ich diese ominöse Touristin? Ach, lassen Sie mich raten: Sie haben keine Ahnung, weil sie am schon nächsten Morgen abgereist ist und Sie nur den Vornamen kennen.»

«Monsieur le Commissaire, Sie sollten den Beruf wechseln und Hellseher werden. Genau so war es. Ihr Name lautete Corry, und sie kam aus Utrecht, wenn Ihnen das irgendwie weiterhilft.»

Lucien schlug genervt mit der flachen Hand auf das Autodach, um dem Sergeanten zu signalisieren, dass das Gespräch beendet war. Sollte sich doch die Staatsanwaltschaft mit den beiden rumschlagen, dachte er, während er der Staubwolke nachschaute, die der Polizeiwagen aufwirbelte. Er würde seinen Job machen und die nötigen Beweise finden, um die beiden für lange Zeit hinter Schloss und Riegel zu bringen.

Der Commissaire besprach sich kurz mit den beiden Ermittlern und wies sie an, auch das Haus auf Spuren zu untersuchen. Er musste die Kleidungsstücke aus der Reinigung mitnehmen. Lucien instruierte Chevalier, die Zeugin noch einmal um eine detaillierte Beschreibung der Kleidung zu bitten, damit sie nicht den gesamten Kleiderschrank untersuchen mussten. Dann wies er Dubertrand an, sich im Haus umzusehen und sich die privaten Kontoauszüge und Belege einmal anzuschauen.

Merde, er hatte sein Auto in der prallen Sonne abgestellt, die unbarmherzig auf die schwarze Hochglanzlackierung brannte. Das schwarze lederbezogene Lenkrad ließ sich kaum anfassen. Entschlossen zog er seine Autohandschuhe aus weichem Leder aus dem Handschuhfach und öffnete sämtliche Fenster. Doch während der ersten Meter, die er noch langsam über den Kiesweg fahren musste, drang nur heiße Luft hinein. Schweißtropfen rannen ihm den Rücken hinunter, und er spürte, wie sein Hemd an der Rückenlehne festklebte. Als er beschleunigte, spürte Lucien den kalten Zug an seinem verschwitzten Hals. Na großartig. Die ideale Kombination für steifen Hals und Sommergrippe, dachte er entnervt. Widerwillig schloss er die Fenster und schaltete die Klimaanlage auf die höchste Stufe. Die blies allerdings genauso heftig um seinen Hals und war zudem auch noch laut und roch staubig. Gefrustet schaltete Lucien sie ab und öffnete das Fenster einen Spaltbreit.

Die Innentasche des Jacketts vibrierte, und Lucien zog sein Handy heraus.

«Oui?», meldete er sich kurz angebunden. Das Team aus

Bordeaux hatte seine Arbeit abgeschlossen und fuhr zurück zur Einsatzzentrale. Das Chlor hatte sämtliche organischen Reste vernichtet. Einzig der nicht auffindbare Spaten ließe sich mit dem Mord in Verbindung bringen, was aber keinen Staatsanwalt davon abhalten würde, ihm den Fall um die Ohren zu schlagen.

Als er auf die lange Allee, die nach Lit-et-Mixe führte, einbog, erwachte sein Handy erneut zum Leben.

«Oui?»

«Hier spricht Dubertrand. Chef, ich sollte mich doch ein bisschen umsehen, und ich glaube, ich habe was Interessantes gefunden.»

Lucien richtete sich schlagartig auf und klammerte sich ans Lenkrad. Nach dem nervigen Gespräch mit den schmierigen Immobilienhaien brauchte er jetzt wirklich mal zur Abwechslung etwas Handfestes.

«Los, Dubertrand, machen Sie es nicht so spannend, was gibt es?»

«Also, Monsieur le Commissaire, ich sollte mir doch die Kontoauszüge und Geschäftsbelege anschauen.»

«Und? Mensch, sagen Sie schon!»

«Also, um es kurz zu machen: Die Unterlagen sind alle absolut korrekt geführt. Sie bestätigen, dass die beiden komplett verschuldet sind.»

«Aha.» Desillusioniert verlor Lucien bereits das Interesse und löste sich aus der angespannten Haltung.

«Ja, aber ich gebe ja nicht gleich auf, wie Sie wissen. Ich habe dann den Ordner mit den Bauanträgen aus dem Schrank geholt, weil eine Cousine von mir in Marseille im Bauamt arbeitet. Die hat mir bei der Hochzeit ihrer Tochter, bei der ich auch eingeladen war, die tollsten Geschichten von gefälschten oder manipulierten Bauanträgen erzählt und mir genau beschrieben, wie man die Fälschungen erkennt.»

«Das ist ja großartig. Ich hoffe, Sie haben sich auf dem Fest gut amüsiert. Und haben Sie was gefunden? Sind die Anträge manipuliert?»

«Das ist es ja eben, die sind absolut in Ordnung, korrekt eingereicht und offiziell genehmigt.»

«Aha.» Lucien überlegte, ob er lieber gleich auflegte, bevor er den Mann noch durchs Telefon erwürgte.

Dubertrand spürte die angespannte Stimmung seines Vorgesetzten und sprach schnell weiter.

«Monsieur le Commissaire, warten Sie. Was ich sagen wollte, der Punkt ist der: Die Unterlagen sind in der Tat vollkommen korrekt genehmigt worden, aber ich weiß aus sicherer Quelle, dass für den Küstenabschnitt und insbesondere für die Düne schon seit einigen Jahren ein stark eingeschränktes Bebauungsgesetz gilt. Die eingereichten Bauanträge der Bogosch Immobilien GmbH hätten allesamt nicht genehmigt werden dürfen.»

«Aber Sie haben doch gerade gesagt, dass die Baupläne einwandfrei sind.»

«Pardon, Monsieur le Commissaire, denken Sie doch mal nach! Wenn die Anträge nicht gefälscht sind, dann sind sie trotz des geltenden Baustopps genehmigt worden, und das würde bedeuten?» Er fügte eine theatralische Pause ein, um zu sehen, ob der Chef aus Bordeaux von selber draufkam.

«Dass die Genehmigungsstelle mit drinhängt», beendete der Commissaire den Satz.

«Genau. Und jetzt raten Sie mal, wer die ominösen Baupläne genehmigt hat.»

«Dubertrand, wir sind hier nicht bei einem Fernsehquiz. Nun

sagen Sie es schon, mir ist nicht nach Raten zumute», würgte er den Sergeanten unwirsch ab.

«Das Bauamt von Lit-et-Mixe.»

«Wie, das Bauamt? Mon Dieu, Dubertrand, nun lassen Sie sich doch nicht alles aus der Nase ziehen!»

«Ja, schon gut. Also, die Genehmigungen tragen alle das offizielle Wappen der Stadt. Ich habe bei der Stadtverwaltung angerufen und die Grundbuchauszüge heraussuchen lassen. Die Sekretärin hat mir dann bestätigt, dass allen Anträgen offiziell von der Stadtverwaltung stattgegeben wurde. Aber jetzt kommt das Beste.» Er machte erneut eine dramaturgische Pause, um die Spannung zu heben und das Gefühl zu genießen, im alleinigen Besitz von wichtigen Informationen zu sein.

«Dubertrand!», brüllte ihn der Commissaire durchs Telefon an.

«Jaja, schon gut. Die Genehmigungen tragen die Unterschrift von Viktor Beauchamp, dem Bürgermeister.»

Lucien brauchte einen Moment, um die neue Entwicklung zu verstehen.

«Moment, Sie behaupten, dass der Bürgermeister gemeinsame Sache mit den beiden Brüdern gemacht hat? Da fällt mir ein, ist der Bürgermeister nicht sogar der Schwager der Brüder?»

«Ja, genau. Vielleicht ist da ja auch das Geld hingeflossen, das sie bar abgehoben haben.»

«Gute Arbeit, Dubertrand. Bleiben Sie im Haus, vielleicht fällt Ihnen ja noch etwas auf. Ich fahre zum Bürgermeister und konfrontiere ihn mit den Vorwürfen.»

Kurze Zeit später bog Lucien auf den großen Parkplatz vor der «Marie» ein, dem Rathaus der Stadt. Er ging über den parkähnlichen Vorplatz, der mit seinen akkurat abgesteckten Rasenstücken und in Form geschnittenen Buchsbäumen ein wenig an die Prachtgärten von Versailles erinnern sollte, und betrat das massive Gebäude aus grauem Stein.

Zwei Stufen auf einmal nehmend, ignorierte er den Fahrstuhl und eilte die große geschwungene Treppe hinauf. Zielstrebig steuerte er das Büro des Bürgermeisters an und öffnete, ohne anzuklopfen, die schwere Holztür. Die Sekretärin zuckte hinter ihrem Schreibtisch zusammen.

«Monsieur, was erlauben Sie sich? Sie können doch nicht einfach so hier hereinstürmen!» Empört schob sie ihre randlose Brille in Position.

«Mademoiselle, entschuldigen Sie die Störung. Ich bin Commissaire Lefevre aus Bordeaux, und ich muss sofort Ihren Chef sprechen.»

«Selbstverständlich. Nehmen Sie doch einen Moment Platz, ich melde Sie an.» Sie wies auf zwei einladend aussehende Ledersessel neben der großen Doppelflügeltür.

«Pardon. Ich warte nie.»

Der Commissaire griff trotz ihres Protestes nach dem Türgriff und öffnete die dunkle Holztür. Der Raum dahinter erinnerte noch mehr als der Vorgarten an Versailles. Schwere Samtvorhänge in dunklem Grün sperrten die gleißende Sonne aus. Hinter dem schweren Holztisch aus der Zeit Ludwigs XIV. erhob sich empört der Bürgermeister der kleinen Gemeinde.

«Ah, Monsieur Beauchamp, bemühen Sie sich nicht. Ich habe nur ein paar Fragen.» Rasch trat er an den wuchtigen Schreibtisch und stemmte beide Hände auf die polierte Oberfläche.

«Ich bin Commissaire Lefevre und ermittle in dem Mordfall an dem Deutschen Thomas Schumacher. Sie stehen im dringenden Verdacht, mit der Ermordung des Deutschen etwas zu tun zu haben. Es steht Ihnen frei, einen Anwalt zur Befragung auf der Wache hinzuzuziehen, Sie können mir aber auch gleich vor Ort Rede und Antwort stehen, wenn Sie nichts zu verbergen haben.»

Der Bürgermeister verstand das Angebot zur diskreten Abwicklung und wies ihm den Platz vor dem Schreibtisch zu und schloss nachdrücklich die Tür.

«Monsieur Lefevre, natürlich stehe ich Ihnen bei Ihren Nachforschungen zur Verfügung. Wie kann ich Ihnen helfen?»

«Im Rahmen der Ermittlungen sind gewisse, sagen wir mal, Ungereimtheiten aufgetreten, die ich gerne klären würde, bevor wir unsere Ergebnisse der Staatsanwaltschaft von Bordeaux übergeben.»

«Ungereimtheiten?»

Lucien betrachtete den aufgedunsenen Mann vor ihm. Er strahlte die Dekadenz eines vergangenen Jahrhunderts aus, und seine vollen Lippen umspielte die Aura der Genusssucht.

«Oui. Können Sie mir erklären, warum Sie dem Immobilienbüro der Brüder Bogosch Baugenehmigungen erteilt haben, obwohl seit Jahren ein Bebauungsstopp für die gesamte Küstenregion und vor allem das Dünenareal gilt?» Ein erschrecktes Flimmern zuckte im rechten Mundwinkel des Bürgermeisters, bevor er sich wieder fasste.

«Die Baugenehmigungen habe ich zum Wohl der Gemeinschaft von Contis erteilt. Durch den Bau der Apartmentanlage, der Ferienwohnungen und des Parkplatzes konnten wir die Einnahmen deutlich steigern. Zudem haben die Brüder uneigennützig den Bau der Aussichtsplattform gesponsert.»

«Erzählen Sie mir nichts von Gemeinnützigkeit. Ich ermittle hier in einem Mordfall, und durch die gefälschten Baugenehmigungen stecken Sie tief mit drin.»

«Mord? Ich habe doch nichts mit dem Mord zu tun! Ich gebe

ja zu, dass ich die Baupläne genehmigt habe, aber doch nur zum Nutzen der Gemeinschaft.»

«Haben die beiden Sie erpresst? Oder haben Sie sich schmieren lassen?»

«Pfft, erpresst, was reden Sie denn da? Womit sollten die beiden mich denn erpresst haben? Und über Geld spreche ich nicht, davon habe ich genug.» Eine Spur der alten Selbstsicherheit kam wieder zum Vorschein.

«Also gut, dann gebe ich die Kopien der von Ihnen signierten Bauanträge unkommentiert an die Staatsanwaltschaft weiter. Vielleicht kommen Ihre Märchen da besser an.»

«Staatsanwaltschaft? Hören Sie, ich weiß wirklich nicht, was Sie von mir wollen.»

«Reden wir Klartext. Ich kann Ihnen nachweisen, dass Sie illegale Bauanträge genehmigt haben, und vermute, dass die Brüder Sie mit Ihrem Verhältnis zum Grafen erpressen.»

«Mon Dieu, seien Sie doch still! Meine Sekretärin wird uns noch hören, wenn Sie so rumschreien. Sind Sie denn wahnsinnig?» Der Bürgermeister sank in sich zusammen. Leise schob er hinterher: «Woher wissen Sie eigentlich davon?»

«Hören Sie, es ist mir egal, wo und mit wem Sie Ihre Nächte verbringen, und ich habe nicht vor, Sie zu demütigen. Ich will einzig und allein den Mord an dem Deutschen aufklären. Danach bin ich wieder weg. Was sonst noch hier im Dorf passiert, ist mir verdammt scheißegal. Also, entweder Sie helfen mir, oder ich klage die Brüder wegen Erpressung an, und dann kommt Ihr Fall mit zu den Akten, die ich der Staatsanwaltschaft übergebe.»

«Schon gut, Monsieur le Commissaire», gab sich der Bürgermeister kleinlaut geschlagen. Er beugte sich vornüber. «Sie haben recht. Die beiden haben damit gedroht, es auszuplaudern. Meine Frau denkt, dass ich ein Verhältnis mit einer anderen

Frau habe, weil ich mich oft nachts aus dem Haus schleiche, und fängt daher mit jedem dahergelaufenen Trottel etwas an, um es mir heimzuzahlen. Meine Tochter hat an ihrem sechzehnten Geburtstag mit einem engen Freund von mir geschlafen, mit dem ich auch mal was hatte. Stellen Sie sich mal vor, was da los wäre, wenn das alles rauskäme. Entsetzlich. Mein Leben ist eine Katastrophe, und ich kann nichts daran ändern.»

«Warum nicht? Es gibt doch jetzt die Homo-Ehe.»

«Pfft. Das gilt vielleicht in Paris. Stellen Sie sich mal vor, was hier los wäre. Ein schwuler Bürgermeister. Außerdem würde es den Grafen ins Grab bringen. Nur seinetwegen verstecken wir unsere Liebe. Können Sie sich vorstellen, wie das ist, wenn man noch in meinem Alter ständig in Angst lebt, entdeckt zu werden?»

Lucien schüttelte den Kopf. Nein, das konnte er sich wahrscheinlich nicht vorstellen. Aber die Angst davor, den Vater nicht zu enttäuschen und das eigene Leben nach dessen Erwartungen auszurichten, kannte er.

«Hören Sie, ich werde versuchen, Sie aus dem Schussfeld zu nehmen, wenn Sie mir erzählen, wie sich der Deal mit den Brüdern genau abgespielt hat.»

«Viel ist es nicht, was ich Ihnen erzählen kann. Die beiden kamen etwa vor einem halben Jahr mit den Bauplänen zu mir und haben mir erklärt, dass ich sie besser genehmige, wollte ich mir die öffentliche Blamage ersparen. Widerstrebend habe ich die Anträge schließlich genehmigt. Prompt stand der Deutsche einen Tag später vor meinem Büro. Lautstark hat er meine Sekretärin angebrüllt, dass er die dreckige Vetternwirtschaft auffliegen lassen würde. Er war wahnsinnig wütend. Ich habe ihn mit dem Versprechen, dass ich die Sache noch mal prüfen würde, erst mal vertröstet und nach Hause geschickt. Doch er war hartnäckig und kam täglich in mein Büro, um sich nach dem Fortschritt zu erkundigen.

Ich war in einer Zwickmühle und habe die Brüder gebeten, noch mit dem Bau zu warten, bis Gras über die Sache gewachsen wäre, doch die konnten die Bauarbeiten nicht verschieben, da sie einige Apartmenteinheiten schon unter der Hand verkauft hatten. Vor etwa drei Wochen hat sich die Angelegenheit dann weiter zugespitzt, als die Arbeiten auf der Düne begannen.

Auf einmal kam Monsieur Schumacher mit dieser Vogelgeschichte. Er behauptete, eine unbekannte Vogelart in den Dünen entdeckt zu haben, und wollte sie unter Naturschutz stellen. Ich schenkte ihm erst keinen Glauben. Doch dann hat er mir Fotos vorgelegt und die Brutstelle genau beschrieben. Die Fotos wollte er nach der Bürgerversammlung an die Sorbonne zu einem Ornithologen schicken.»

«Woraufhin Sie die Bürgerversammlung einberufen haben, so weit bin ich auf dem Laufenden. Was passierte bei der Versammlung?»

«Der Deutsche wollte darüber abstimmen lassen, ob er die Unterlagen zum Europäischen Institut für Artenschutz schicken sollte. Alle lehnten seinen Plan ab, bei einer Gegenstimme. Seiner. Doch Monsieur Schumacher wollte das nicht gelten lassen. Er beschimpfte uns als rückständig und ignorant. Daraufhin kam es zu einer Schlägerei. Jean-Pierre und Stéphane nahmen mich zur Seite, während alle Bürger nach draußen strömten. Sie haben mir ein Ultimatum gestellt, um das Problem mit dem Deutschen zu lösen. Ich habe die Schuld an dem Dilemma auf die verdammten Vögel geschoben. So kamen die beiden wohl auf die Idee, die Kolonie zu zerstören. Mehr weiß ich nicht.»

«Ist Ihnen nie der Gedanke gekommen, dass die beiden etwas mit dem Verschwinden des Deutschen zu tun haben könnten?»

«Nein, wirklich nicht. Ich kenne die beiden doch schon so lange. Sie sind nur auf ihren Vorteil aus, aber ein Mord ist ein ganz anderes Kaliber. Das kann ich mir nicht vorstellen.»

«Aber dass sie eine ganze Kolonie mit seltenen Vögeln brutal niedergeknüppelt haben, das können Sie sich vorstellen?» Lucien wurde dieses Dorf immer unheimlicher.

«Eh bien, was sollten wir denn machen? Der Deutsche hat uns ja praktisch gezwungen, etwas zu unternehmen. Ohne Vögel kein Naturschutzgebiet.»

23. KAPITEL

Lucien hatte fluchend das Rathaus verlassen. Er hatte die Sache falsch angepackt und das Motiv in dem verdammten Notizbuch gesucht und sich in das Dorfgeschehen hineinziehen lassen. Dagegen schienen sich die Indizien zu verdichten, dass die beiden Brüder den Mord begangen hatten, um die drohende Pleite abzuwenden. Der Deutsche musste wohl für sämtliche Probleme der Dorfbevölkerung herhalten. Aus diesem Grund hatten sie sich gegenseitig gedeckt. Auch wenn sie den Mord vielleicht nicht unmittelbar vertuscht hatten, so waren sie dennoch mit der Lösung des Problems einverstanden. Die Geschäfte konnten so weitergehen wie vorher, als es noch keinen Deutschen und keine seltene Vogelrasse gab. Der Frieden war in das beschauliche Dorf zurückgekehrt, und alles schien in Ordnung, bis das Schicksal seine eigenen Regeln aufstellte und die ungeliebte Opfergabe wieder an den Strand spuckte.

Verdammt, er war sich sicher, die Mörder gefunden zu haben, und doch fiel ihm keine Möglichkeit ein, die beiden zu einem Geständnis zu bringen. Wenn er nicht schnell ein beweiskräftiges Indiz fand, würde er die beiden wieder laufenlassen müssen. Er musste den Fall noch mal aufrollen. Er hielt am Straßenrand und zog sein Tablet heraus. Irgendeinen Hinweis hatte er übersehen. Konzentriert vertiefte er sich in seine Aufzeichnungen.

Nachdenklich ließ er das Tablet sinken und ging die Informationen noch mal im Geiste durch. Dann wählte er die Nummer der Gerichtsmedizin in Bordeaux.

«Salut, Etienne, hier ist Lucien, kann ich dich kurz sprechen?»

«Lucien. Natürlich, du störst mich gar nicht, lass mich nur nebenbei schnell die Leber des armen Kerls hier wiegen. Wie kann ich dir helfen?»

«Ich habe mir gerade die Aufzeichnungen zu dem Mordfall Schumacher noch einmal angeschaut. Du hast mir damals erzählt, dass das Opfer einen Schlag auf den Kopf bekommen hatte und erst postmortal ins Wasser gebracht wurde.»

«Ja, das stimmt, soweit ich mich erinnere. Moment, ich hole gerade mal meine Aufzeichnungen. Bleib dran.»

Lucien hörte das gedämpfte Geräusch von sich entfernenden Schritten, dann ein Rascheln und sich schnell wieder nähernde Geräusche. Ein Knacken und Knistern entstand beim Aufheben des Hörers.

«Allô, Lucien? Ich habe meine Aufzeichnungen jetzt hier. Ihm wurde in der Tat zuerst der Unterarm zertrümmert und dann der Schädel eingeschlagen. Das Wasser ist erst postmortal in die Lunge eingedrungen.»

«Mh, was meinst du, passen die Wunden zu einer Verteidigung? Ich nehme an, dass das Opfer die Täter dabei beobachtete, wie sie die Vogelkolonie zerstörten. Dann ist er dazwischengegangen, um die Tiere zu verteidigen. Dabei hat er Unmengen von dem Sekret abbekommen, welches die Vögel panisch um sich spuckten.»

«Ja, das erklärt auch die Ölspuren in Rachen und Lunge.»

«Meine eigentliche Frage ist nun: Waren die Schläge tödlich, oder hätte man den Mann noch retten können?»

«Mh, die Leichenflecken, soweit man sie noch erkennen kann, deuten darauf hin, dass er unmittelbar nach dem Schlag auf den Schädel gestorben ist, weil die Hauptschlagader dabei zerschmettert wurde. Zwischen Todeseintritt und dem Einbringen ins Wasser sind aber mit Sicherheit zwei Stunden vergangen. Ansonsten hätten sich keine Leichenflecken bilden können. Er hat mit Sicherheit noch einige Zeit auf festem Boden gelegen.»

«Ja, das deckt sich mit meinen Vermutungen. Konntest du an der Leiche irgendeinen Hinweis auf den Täter finden?»

«Nein. Unter den Fingernägeln waren keine fremden Hautzellen zu finden. Ich habe nur die Vogel-DNA gefunden, aber das weißt du ja schon. Ansonsten hatte er ein paar Gewebefasern von einem festen Stoff in der Lunge. Aber die lassen sich wohl bei fast jedem Menschen finden. Ich kann auch nicht feststellen, wann er sie eingeatmet hat.»

«Hat das Opfer eigentlich viel Blut verloren?»

«Du hoffst auf Leuchtspuren im Dunkeln, oder? Schwer zu sagen. Der Schlag hat zwar die Hauptschlagader im Gehirn zerschmettert, aber ich kann dir nicht verlässlich sagen, wie viel Blut tatsächlich aus der Platzwunde ausgetreten ist. Da das Herz recht schnell aufgehört hat zu schlagen, wurde kaum Blut nachgepumpt. Im Prinzip läuft die Ader leer. Ein Teil versickert ins angrenzende Gewebe, der andere tritt aus der Öffnung nach außen.»

Es rumorte in Luciens Gehirngängen.

«Was meinst du eigentlich genau mit Leuchtspuren?»

«Na, Lucien. Schaust du etwa keine amerikanischen Krimis? Man kann doch alte Blutspuren noch ewig mit Luminol nachweisen, das weiß doch heutzutage jedes Kind.»

«Luminol? Hilf mir mal auf die Sprünge.»

«Mein lieber Lucien, ich mag ja gerade vor meiner Pensionierung stehen und nicht mehr ganz auf dem Laufenden sein, aber dass du nicht weißt, was Luminol ist, erschüttert mich doch etwas. Wird wirklich Zeit, dass du dein Büro verlässt.»

Lucien ließ die Moralpredigt unwirsch über sich ergehen. Er ärgerte sich schon genug über sich selber, da brauchte er nicht noch den Rüffel von Etienne.

«Also, was ist jetzt mit dem Zeug, oder muss ich das erst googeln?»

«Nein, nein», wiegelte der Pathologe vergnügt ab. «Ich erzähle es dir. Also, Luminol ist ein Pulver zum Aufspüren von alten Blutspuren. Das feste Luminol wird in Wasserstoffperoxid gelöst und mit Natronlauge vermischt, dann dünn auf das zu untersuchende Areal gesprüht. Die Oxidation des Bluteisens erzeugt eine bläuliche Lumineszenz, die sich im Dunkeln unter Verwendung von Schwarzlicht gut sehen lässt. Allerdings ist der Test so empfindlich, dass er schon bei minimalen Spuren von Blut anschlägt.»

«Aber der Test wird nicht oft bei Tatortsicherungen durchgeführt, oder? Ich habe das noch nie mitbekommen.»

«Nein, hast du wahrscheinlich nicht. Meistens lassen sich Blutspuren ja auch so leicht finden. Luminol kommt eigentlich nur zum Einsatz, wenn es sich um gründlich desinfizierte Flächen handelt oder die Blutspuren schon längst eingetrocknet sind und daher nicht mehr auf die herkömmlichen Tests reagieren.»

«Desinfiziert? Du meinst, es besteht die Möglichkeit, auf einer mit chlorhaltigem Reiniger abgewaschenen Fläche noch Blutspuren zu finden?»

«Ja, natürlich. Man kann keine DNA-Probe mehr nehmen, aber der reine Nachweis auf Blut ist möglich. Meist ist die

Anwesenheit von Blut alleine nicht besonders aussagekräftig, wie du weißt, daher wird der Test nur selten durchgeführt.»

«Danke, Etienne, du hast mir echt geholfen. Ich muss Schluss machen und die Spurensicherung informieren. Salut, ich revanchiere mich für den Tipp demnächst mit einer Einladung zum Essen.»

«Ich nehme dich beim Wort. Mach's gut, alter Freund.»

Lucien wählte rasch die Nummer seiner Kollegen und hoffte, dass die beiden noch vor Ort waren. Der Wagen war natürlich schon auf dem Weg nach Bordeaux, aber noch nicht weit entfernt. Lucien beorderte sie zurück und schickte sie wieder zum Haus der Brüder.

Lucien genoss die kurze Fahrt zum abseitsgelegenen Besitz der Makler. Er war sich sicher, dass der Fall kurz vor der Auflösung stand. Gut gelaunt wählte er Sophies Nummer und hinterließ einen zärtlichen Gruß auf dem Anrufbeantworter. Grinsend fuhr er an dem freundlichen Warnschild vorbei. Gar nicht schlecht, so ein Schild. Vielleicht sollte er sich den Spruch in Gold prägen und an seine Bürotür hängen.

Als er um die letzte Kurve fuhr, sah er bereits den Wagen der Sergeanten. Chevalier war ebenfalls nach dem Anruf losgefahren und noch vor ihm angekommen. Er stand mit Dubertrand neben der Scheune und öffnete die Versiegelung der Spurensicherung.

Lucien stieg energiegeladen aus und begrüßte seine Sergeanten. Kurze Zeit später kam der Wagen der Gerichtsmediziner langsam um die Kurve.

«Monsieur le Commissaire, so sieht man sich wieder.» Die beiden Männer stiegen aus, grüßten kurz angebunden und öffneten den Kofferraum, um ihre Ausrüstung herauszunehmen. Wortlos reichten sie dem Commissaire und den Sergeanten die dünnen weißen Schutzanzüge aus faserfreiem Material, bevor sie selber in ihre personalisierten Exemplare schlüpften.

«Ist das nötig?», maulte Dubertrand unwillig.

«Wenn Sie sich nicht Ihre Kleidung verderben wollen, sollten Sie ihn tragen, außerdem ist der Nachweis so empfindlich, dass wir auch kleinste Blutspuren im Urin finden, und wir wollen Ihnen doch die Peinlichkeit ersparen, dass Ihre Hose im Schritt leuchtet, oder?» Die beiden Forensiker grinsten sich verschwörerisch an und brachen kurz in heftiges Gelächter aus.

«Mon Dieu, können wir jetzt bitte weitermachen?» Lucien fühlte sich in seinem Vorurteil bestätigt, dass alle Pathologen und Forensiker einen skurrilen Humor haben.

«Eh bien, fangen wir an. Der Raum muss erst einmal abgedunkelt werden. Ich denke, die Scheune ist dunkel genug, wenn wir die Fenster abhängen. Sergeant Chevalier, kümmern Sie sich bitte darum. Monsieur le Commissaire, zeigen Sie uns bitte genau die Flächen, die Sie noch mal untersucht haben wollen. Nicht dass Ihnen heute Nacht im Schlaf noch eine neue Stelle einfällt und wir erneut anrücken müssen.»

Lucien nickte. Gemeinsam zogen sie mit behandschuhten Fingern den Kiel und das Trampolin hervor, das sie bereits vorhin untersucht hatten. Der beißende Chlorgeruch stieg dem Commissaire wieder in die Nase, als die beiden Forensiker das Boot auf den Boden legten und die Bootsplane ausbreiteten.

«Also gut, versuchen wir es noch einmal, obwohl ich nicht glaube, dass wir etwas finden, was wir vorhin übersehen haben.» Fabien Leclerc entnahm seinem Koffer Chemikalien und füllte sie in eine Plastikflasche. Vorsichtig schwenkte er die offene Flasche im Kreis, bis sich die Stoffe miteinander vermischt hatten. Mit der anderen Hand zog er einen Sprühverschluss aus dem Koffer und schraubte ihn fest auf den Flaschenhals.

Der Raum war inzwischen abgedunkelt, als Fabien die nackte Glühbirne, die von der Decke hing, ausschaltete. Er wartete einen Augenblick, bis sich die Augen an die Dunkelheit gewöhnt hatten. Dann ging er um das Boot herum und besprühte die Oberflächen. Ein beißender Geruch erfüllte den Raum. Lucien spürte die Kühle des feinen Sprühnebels, der auf seine Knie und die Handschuhe niederging. Das gleichmäßige Pumpen war das einzige Geräusch.

Lucien hielt die Luft an, als ein unheimliches Leuchten schwach die Dunkelheit durchbrach. Kaum wahrnehmbar leuchtete die Plastikplane bläulich auf, als wenn jemand flüssiges Licht über die Fläche ausgegossen hätte. Doch noch bevor er etwas sagen konnte, war das zarte Leuchten erloschen, und Schwärze floss wie Teer über die Plane.

«Haben Sie das gesehen?», fragte Lucien in die Richtung, in der er den Forensiker vermutete.

«Oui, aber das war leider zu wenig. Das Chlor hat ganze Arbeit geleistet. So wenig gilt nicht als Nachweis. Erst wenn das Leuchten deutlich zu erkennen ist, dürfen wir den Test positiv notieren», flüsterte der Forensiker direkt neben Luciens Ohr, was ihn zusammenzucken ließ.

«Merde, das heißt, wir können nicht beweisen, dass Blut auf der Plane war, obwohl wir es gerade gesehen haben?»

«Ja, so ist es. Vielleicht finden wir ja noch eine Stelle, die nicht so gründlich abgewaschen wurde.»

«Ja, aber Sie haben doch bereits alles untersucht. Den Kiel, die Plane, die Segel.»

«Wie wäre es mit dem Auto, haben Sie das gründlich untersucht?», wagte Dubertrand nachzufragen.

«Natürlich. Wir haben Proben vom Lenkrad und den Oberflächen genommen. Nichts.»

«Fassen wir noch mal zusammen. Die beiden erschlagen den Deutschen, dann schleppen sie ihn zum Bunker und holen den Wagen. Sie bauen den Katamaran auf und wickeln die Leiche ins Netz. Dann befestigen sie die Leiche auf dem Boot und werfen sie über Bord. Anschließend überschütten sie das Boot mit Chlorreiniger und fahren nach Hause.» Lucien schaute nachdenklich in die Dunkelheit. Hatte er etwas übersehen?

«Das Segel haben wir vergessen», kam die schüchterne Stimme des Assistenten des Forensikers aus dem Off.

«Was?»

«Merde, du hast recht, Sean. An die Segeltücher haben wir gar nicht gedacht.»

«Eh, qui? Ihr habt das Segel nicht untersucht?»

«Da war kein Segel», rechtfertigte Fabien sich kleinlaut.

«Das gibt es doch nicht.»

«Schauen Sie mal hier hinüber, Monsieur le Commissaire.» Chevalier wies auf eine Art überdimensionale Wäschespinne in der Ecke der Scheune, auf der mehrere Segel ordentlich sortiert nach Größe und Einsatzart zum Trocknen aufgehängt waren. Der Commissaire ließ den Lichtkegel der schweren Polizeitaschenlampe, die er aus Chevaliers Einsatzwagen geborgt hatte, darübergleiten. Auf den ersten Blick konnte er keine auffälligen Flecken oder Spuren auf den bunten Segeln erkennen. Sie rochen ebenfalls leicht nach Chlor. Vielleicht waren sie nicht so gründlich gereinigt worden.

Fabien Leclerc begann damit, die Segel großflächig zu besprühen. Lucien hielt vor Anspannung die Luft an, die nun mit einem gepressten Seufzen entwich, als unter Fabiens Speziallicht ein Fleck übernatürlich blau leuchtete.

In der Dunkelheit der Scheune schien der blaue Handabdruck wie eine anklagende Botschaft aus dem Reich der Toten über dem Segel in der Luft zu schweben. Weitere verwischte Spuren leuchteten schwach auf. Fabien drückte auf den Auslöser der Spezialkamera und hielt den leuchtenden Fleck für die Staatsanwaltschaft fest, bevor er wieder schwächer wurde und schließlich erlosch. Einer der Täter hatte noch das Blut des Opfers an der Hand gehabt, als er das Segel einrollte.

24. KAPITEL

Verdammtes Pech, dass sie beim Reinigen das Segel vergessen hatten, das bereits zwischen den anderen zum Trocknen hing. Stéphane starrte durch die dreckigen Scheiben des vergitterten Einsatzwagens, der sie nach Bordeaux brachte. Die vorbeifliegende Landschaft verschwamm vor seinen Augen zu einem braungrünen Fleck, den seinen Pupillen rasend schnell verfolgten. Doch er nahm die instinktive Bewegung nicht wahr und starrte auf einen Punkt, der nicht im vorbeifliegenden Hintergrund, sondern in der Vergangenheit lag. Wie eine Filmsequenz spielte sich alles erneut in seinem Kopf ab.

Die Luft war aufgeheizt, was nicht nur an den Vorboten des aufziehenden Gewitters, sondern vor allem an der explosiven Stimmung im Saal lag. Er stand mit Jean-Pierre nachdenklich neben dem Kombi und diskutierte das weitere Vorgehen. Der verdammte Flic Dubertrand hatte sie gerade von ihrem Stammparkplatz im Halteverbot vor dem Gemeindehaus verjagt, und dementsprechend geladen war Stéphane.

«Was bildet sich dieser Flic ein, uns so zu behandeln? Der sollte lieber erst mal zu Hause aufräumen, bevor er andere schikaniert.»

«Lass gut sein, wir haben echt andere Probleme.»

Jean-Pierre warf seine Zigarette auf den Boden und zertrat die Glut mit dem Absatz im Sand.

«Merde, der deutsche Scheißkerl mit seinem Naturschutz hat mir gerade noch gefehlt. Wenn die Sache mit den Vögeln rauskommt, sind wir geliefert. Dann können wir uns gleich die Kugel geben.»

«Verdammt, was musstest du auch so gierig sein? Was meinst du, was los ist, wenn der Investor mitbekommt, dass du schon fast alles verkauft hast? Am Ende will er seine Anzahlung zurück, und was machen wir dann? Wenn der Investor aussteigt, verlieren wir alles. Also, die Sache ist ja wohl klar. Die verdammten Vögel müssen weg. Ohne Vögel kein Naturschutzgebiet. Komm, steig endlich ein.»

Der alte Kombi setzte sich schwerfällig in Gang, als er über den unbefestigten Strandweg rollte. Die Sonne war bereits in den Ozean eingetaucht, und schwarze Gewitterwolken schluckten das letzte Licht des Tages.

Die beiden Männer beugten sich über die Heckklappe und griffen nach der schweren Metallschaufel und dem Fischernetz, das sie immer im Auto dabeihatten, um ihre Segel darunter zum Trocknen auszubreiten und vorm Wegwehen zu sichern.

Jean-Pierre signalisierte ihm, leise zu sein. Die beiden Männer nahmen das Netz zwischen sich und schlichen vorsichtig durch den weichen Sand Richtung Nistplatz.

Ein empörtes Krächzen, begleitet von heftigem Husten, übertönte die Geräusche des aufziehenden Sturmes. Die aufgeregten Tiere spürten die drohende Gefahr und verteidigten sich. Hektisch versuchten die Brüder das Netz über sie zu werfen, doch immer wieder entwischten welche. Die schwere Schaufel sauste durch die Luft und zertrümmerte die Schädel der flüchtenden Vögel mit einem hässlichen Geräusch. Wie im Blutrausch schlugen sie auf die sich verzweifelt wehrenden Tiere ein.

«Aufhören, verdammt, was macht ihr denn da?!»

Wie aus dem Nichts war der Deutsche aufgetaucht. Ohne nachzudenken, schlug Stéphane zu. Der verdammte Deutsche war doch an allem schuld. Das Geräusch von zersplitternden Knochen wurde vom Wind fast vollständig verschluckt. Thomas war auf die Knie gesunken und beugte sich schützend über seinen zertrümmerten Arm. Stéphane schlug noch einmal mit voller Kraft zu und traf den sich vor Schmerzen krümmenden Mann mit dem schweren Schaufelblatt mitten auf dem Kopf. Es klang wie das Zerplatzen einer Wassermelone auf Betonboden. Er erstarrte in der Bewegung und schaute emotionslos zu dem am Boden liegenden Menschen.

«Stéphane, hör auf! Bist du wahnsinnig geworden? Du bringst ihn ja noch um!» Brutal hielt Jean-Pierre seinen Arm fest, der sich wie ferngesteuert bereits zum nächsten Schlag erhoben hatte.

Stumm ließ er die Schaufel sinken. Sein Blick fiel auf das frische Blut auf der rostigen Oberfläche des Schaufelblattes. Vorsichtig stupste er den vor ihm liegenden Körper an. Doch der reagierte nicht. Jean-Pierre beugte sich hinunter und versuchte einen Puls zu finden.

Entsetzt weiteten sich seine Augen, als er zu seinem großen Bruder aufschaute.

«Du hast ihn umgebracht.»

«Was hat er, ist er ohnmächtig?», rief Stéphane, der seinen Bruder nicht gehört hatte. Jean-Pierre sprang auf und schüttelte ihn.

«Du hast ihn umgebracht, du verdammter Idiot!»

Stéphane schaute fassungslos auf das Bild vor seinen Füßen.

Der Deutsche lag zusammengekauert auf dem Netz, unter dem die zerschmetterten Vögel lagen. Blutverschmierte Federn wurden vom Wind aufgewirbelt und landeten auf seinem Körper. Sein Arm stand im unmöglichen Winkel ab. Dunkles, dickflüssiges Blut sickerte aus der Platzwunde am Kopf und verband sich mit dem Blut der Vögel.

«Was machen wir jetzt?» Er starrte seinen jüngeren Bruder hilfesuchend an. Jean-Pierre hatte schon immer gewusst, was zu tun war.

«Na, was schon? Wir rufen die Presse an und lassen uns neben der Leiche fotografieren!», schrie sein Bruder seine Wut heraus.

«Echt?» Stéphane stand unter Schock, den nicht einmal Sarkasmus durchbrechen konnte.

«Stéphane!» Er schüttelte seinen Bruder. «Wir müssen den Deutschen loswerden. Ohne Leiche kein Mord. Verstehst du?»

«Und wie willst du das machen?» Er starrte auf seine Hände, die noch immer die Schaufel umklammert hielten. Seine Knöchel traten weiß hervor. Angewidert blieb sein Blick auf der fleckigen Schaufel hängen. Er warf die Schaufel neben den Toten.

«Mh, lass mich nachdenken. Am besten läufst du schon mal los und fährst das Auto direkt neben den Bunker. Ich räum den Mist hier auf. Aber beeil dich. Ich brauch dich dann hier zum Tragen.»

Stéphane schüttelte seine Starre ab, dankbar, einen einfachen Befehl ausführen zu können. Er konnte sich zwar immer noch nicht vorstellen, was sein Bruder geplant hatte, aber er war sich sicher, dass es klappte.

Währenddessen sammelte Jean-Pierre die Vogelkadaver auf und warf sie zu dem Toten auf das Netz. Dann zog er den Deutschen aus und wickelte den Spaten in die Kleidung ein, damit die scharfe Kante das Netz nicht zerschnitt. Angewidert warf er die letzten Vogelleichen auf den nackten Körper und legte die eingewickelte Schaufel zum Beschweren des Päckchens dazu. Das Netz verknotete er eng am Körper. Vorsichtig versuchte er den schlaffen Körper anzuheben, doch er schaffte es nicht alleine. Das sollte reichen, um die Leiche am Meeresboden zu halten. Sie würden so weit wie möglich rausfahren, so weit, wie es das Gewitter zuließ. Erschrocken drehte er sich um, als sich eine Gestalt im Dunkeln abzeichnete. Erleichtert erkannte er die Silhouette seines Bruders.

«Komm, fass an», raunte er ihm ungeduldig zu. «Wir müssen uns beeilen, der Wind wird immer stärker. Das Gewitter kommt rasch näher.»

Stöhnend hoben die Brüder den zusammengeschnürten Leichnam hoch. Zerfledderte Flügel schoben sich hier und da durch das Netz. Stéphane warf einen Blick zurück. Außer ein paar Federn und den zerstörten Nestern war nicht viel übrig. Das würde der Wind beseitigen. Es bestand keine Gefahr, dass hier jemand suchte. Der Deutsche hatte, soweit er wusste, nur Viktor verraten, wo der Brutplatz war. Und Viktor würde dichthalten, dafür würden sie schon sorgen.

Der Bunker hob sich düster vor dem Nachthimmel ab, der von in der Ferne zuckenden Blitzen erhellt wurde. Sie verschwanden mit ihrem Gepäck in der Dunkelheit der maroden Anlage und legten die Leiche ab. Dann hoben sie routiniert den Kiel vom Dachgepäckträger und begannen damit, den Katamaran zusammenzustecken.

Nachdem sie die Plane zwischen die beiden Schwimmkörper gespannt hatten, schleppten sie das Boot zum Ufer, holten den Leichnam und befestigten ihn auf der Sitzfläche des filigranen Segelbootes mit Karabinern. Jean-Pierre hob einen großen

Stein auf, der am Ufer lag, und schnürte ihn mit in das Paket. Sicher war sicher. Schließlich steckten sie den Mast auf und befestigten das Segel. Stéphane nahm neben der Leiche Platz und versuchte nicht hinzusehen. Die toten Augen starrten ihn durch das enge Netz an. Der Flügel eines Vogels bedeckte seinen Mund. Stéphane riss sich von dem grauenvollen Anblick los und unterdrückte seine aufkommende Panik. Mon Dieu, das hatte er doch nicht gewollt.

«Hey, Mann. Reiß dich zusammen.» Jean-Pierre kannte seinen Bruder, es würde nicht mehr lange dauern, bis er zusammenbrach. Sie mussten sich beeilen.

Er schob den Katamaran in die Brandung, die wild an den Strand schlug, und versuchte das Segel hochzuziehen.

Der böige Wind fuhr wütend in das kleine Sturmsegel und peitsche das schmale Schiff durch die tobende Brandung. Die beiden waren erfahrene Segler und ließen schnell die Brandungswellen hinter sich, indem sie sich mit dem gesamten Körpergewicht über die Kante lehnten, bis das Trapez, mit dem sie gesichert waren, sich bedrohlich spannte. Nach dem enormen Wellengang der Brandung durchfuhren sie kurz fast unnatürlich ruhiges Wasser, als sie die Sandbank passierten, bevor ihnen die Wucht der aufgepeitschten Wellen des Atlantiks wieder mit voller Kraft entgegenschlug. Blitze zuckten in hektischer Folge über den Nachthimmel. Kalter Regen peitschte den beiden ins Gesicht und vermischte sich mit dem Salzwasser der spritzenden Gischt.

Sie kämpften sich durch die von Sturmböen aufgewühlten Wassertäler. Sie waren bis auf die Haut durchnässt. Stéphane zitterte unkontrolliert vor Kälte und ließ das Tau für das Segel für den Bruchteil einer Sekunde aus den Händen rutschen. Der Sturm fuhr brutal in das Segel, und das wendige Sportboot stellte sich quer zu den Wellen, bevor Jean-Pierre es durch sein Eingreifen wieder auf Kurs bringen konnte.

Mit einem Knall schlug der Bug des Katamarans nach einer hohen Welle auf das Wellental auf. Jean-Pierre sah im Augenwinkel, dass das Netz aus seiner Halterung gesprungen war. Merde. Einer der Karabiner war gebrochen. Der Leichnam rutschte zur Seite. Jean-Pierre schrie Stéphane eine Warnung zu, die in dem Sturm ungehört verhallte. Er versuchte die plötzliche Gewichtsverlagerung auszugleichen und hängte sich weit hinaus über die Bordkante. Der Lee-Rumpf bohrte sich bei der nächsten Welle in den sich hochtürmenden Wellenberg und bremste den filigranen Katamaran abrupt ab. Der Leichnam rutschte von der Plane. Das einseitige Gewicht ließ den Katamaran kentern. Stéphane verlor den Halt und wurde von dem Kiel unter Wasser gedrückt. Das Trapez, mit dem er gesichert war, verhinderte, dass er sich wieder hochziehen konnte, und drückte ihn noch zusätzlich unter Wasser. Hektisch schlug er um sich. Auch Jean-Pierre klammerte sich nach Luft schnappend am Rumpf fest. Das Gewicht des Toten drohte sie mit in die Tiefe zu ziehen. Der Rumpf des Bootes ächzte bedrohlich unter dem Gewicht. Panisch suchte er seinen Bruder. Dann sah er einen Arm seines Bruders, der verzweifelt versuchte, etwas zu packen, an dem er sich hochziehen konnte. Er griff nach seinem Messer, das er immer im Hosenbund stecken hatte, und schnitt das Netz los. Durch den plötzlichen Gewichtsverlust schoss das Boot hoch. Kurz befürchtete er, dass der Katamaran auseinanderbrechen würde, was ihren sicheren Tod bedeuten würde, doch das Schiff stabilisierte sich. Erleichtert sah er den Haarschopf seines Bruders hinter dem Segel auftauchen. Schwer atmend und Wasser spuckend klammerte sich Stéphane an den Kiel. Jean-Pierre zog seinen Bruder zu sich rüber. Mit vereinten Kräften richteten sie routiniert das Boot trotz der tobenden See wieder auf.

«Merde! Wir waren noch nicht weit genug draußen!», schrie Stéphane panisch, als er auf die leere Plane schaute.

Jean-Pierre schüttelte resigniert den Kopf.

«Ich musste ihn losschneiden, sonst wären wir mit ihm abgesoffen. Wenn wir Glück haben, zieht ihn die Strömung direkt bis nach Amerika.»

«Na super. Und wenn nicht?»

«Dann taucht er vielleicht eines Tages wieder auf. Verdammt, wir sind noch viel zu nah am Ufer.»

«Und jetzt?»

«Nichts ‹und jetzt›, oder willst du ihn etwa wieder rausholen? Sehen wir zu, dass wir nach Hause kommen, bevor uns noch jemand sieht.»

EPILOG

Lucien war nach dem erfolgreichen Verhör direkt zu Sophie gefahren, um ihr alle Einzelheiten zu erzählen. Gebannt hatte sie seinem Bericht zugehört, wobei er die brutalen Szenen etwas sanfter umschrieben hatte.

«Dann haben die beiden also alles zugegeben.» Sophie knabberte geistesabwesend an ihrer Unterlippe.

«Ja, nachdem wir sie mit den Blutspuren auf dem Segel und der Aussage des Bürgermeisters konfrontiert hatten. Jean-Pierre hat behauptet, sein Schwager hätte selber so viel Dreck am Stecken, dass ihm jeder Sündenbock recht wäre, aber Stéphane hat während des Verhörs die Nerven verloren und alles gestanden. Schlussendlich haben sie aber auch den Einbruch bei dir und die Brandstiftung zugegeben. Sie wollten dich vergraulen, weil sie Angst hatten, du könntest in dem Notizbuch Hinweise auf sie oder die Vögel finden.»

Lucien beugte sich mit ernstem Gesichtsausdruck vor.

«Ich würde dir übrigens raten, das verdammte Buch öffentlich zu vernichten, denn auch wenn der Inhalt nicht über das hinausgeht, was die meisten hier eh schon wissen, ist es in der Phantasie der Leute zu einer Art allgegenwärtiger Bedrohung angewachsen.»

Lucien schenkte sich einen Pastis aus der dunklen Glasflasche nach, die neben ihm auf dem kleinen Tisch stand, und drückte seine Zigarette nach einem tiefen Zug auf der Untertasse aus. Sie saßen im Garten auf den Deckchairs aus verwittertem Teakholz im Schatten der großen Bäume.

«Ich habe auch etwas rausgefunden, während du die Brüder verhört hast», begann Sophie zaghaft, ihre Gedanken zu sortieren. Lucien schaute sie aufmerksam an. «Bei der Durchsicht der Unterlagen meines Bruders habe ich einen Hinweis darauf gefunden, dass Thomas als anonymer Investor bei den Brüdern eingestiegen war. Das Geld, das wir bei ihm zu Hause gefunden haben, war für eine weitere Teilzahlung gedacht. Mein Bruder hatte anscheinend über einen Strohmann mit den Brüdern einen Vorvertrag abgeschlossen, der die Bebauung der Dünen regelte. Er hatte ihnen angeboten, das gesamte Areal zu kaufen und sogar schon einen kleinen Teil angezahlt.»

Lucien riss erstaunt die Augen auf.

«Dein Bruder war der Investor? Wir haben bei den Akten einen Hinweis auf einen stillen Teilhaber gefunden, aber ich wäre nicht im Traum draufgekommen, dass ausgerechnet Thomas gemeinsame Sache mit den Brüdern macht. Er war doch gegen die Bebauung der Düne!»

«Natürlich war er dagegen, aber er ahnte wohl, dass es einfach zu lange dauern würde, bis die Bürokraten aus Brüssel das Areal unter Naturschutz stellen würden. Er sah sich gezwungen, sofort zu handeln, und die einzige Möglichkeit, die ihm einfiel, war, die beiden mit Geld zu ködern und anzudeuten, dass er das gesamte Areal kaufen würde. Natürlich wollte er das Gebiet nicht wirklich kaufen, sondern den Vertrag rechtzeitig platzen lassen. Anders als die restliche Dorfbevölkerung wusste mein Bruder, dass die beiden nur über sehr begrenzte Liquidität verfügten und alles auf eine Karte setzen mussten, um sich vor dem Ruin zu retten. In seiner naiven Art wollte er die beiden von der Bebauung der Düne abbringen, indem er ihnen versprach, das gesamte Areal zu einem hohen Preis zu kaufen. Doch entgegen der Abmachung begannen die beiden damit, einzelne Parzellen unter der Hand zu verkaufen. Daher rastete Thomas auch so aus, als die Bagger anfingen, das Fundament auszuheben. Mein Bruder war wirklich ein weltfremder Idealist, wenn er glaubte, die Bogosch-Brüder so von der lukrativen Bebauung der Düne abhalten zu können.»

Sofie schüttelte traurig den Kopf. «Besonders bitter ist, dass sein Plan, die beiden hinzuhalten, um die Vögel zu schützen, das Todesurteil für die Tiere war.»

«Ja, und zudem noch sein eigenes.» Lucien richtete sich seufzend auf. «Die beiden plädieren übrigens darauf, dass es nicht Mord, sondern ein Unfall mit Todesfolge war. Doch aufgrund der professionellen Beseitigung der Leiche wird ihnen das Gericht diese Version wohl nicht abnehmen. Ihr Pech, dass die starke Strömung an den Sandbänken das beschwerte Netz durchgescheuert hat.»

Sophie nickte seufzend. «Auch wenn es schmerzt, ich bin froh, dass das Meer seinen Leichnam freigegeben hat. So kann ich jedenfalls einen Abschluss finden.»

«Mh, was den Abschluss angeht», druckste Lucien wie aufs Stichwort ungeschickt herum. «Ich müsste mich dann auch mal verabschieden. Mon Dieu, das bedeutet natürlich nicht, dass es zwischen uns aus ist, ma chérie. Ich muss bedauerlicherweise zurück ins Büro und meinen Abschlussbericht schreiben. Sehen wir uns am Wochenende?»

Sophie zog ihn statt einer Antwort zu sich und küsste ihn sanft. Lucien erwiderte den Kuss leidenschaftlicher. Doch

Sophie entwand sich ihm kokett und stand rasch auf. «Du weißt ja, wo du mich findest.»

Lucien nickte und trank sein Glas Pastis in einem Zug aus.

«Ich muss leider jetzt gleich los. Mein Vorgesetzter hat ein Treffen aller Abteilungsleiter anberaumt. Ich wollte dir nur noch schnell alles persönlich erzählen.»

Sophie nickte dankbar und begleitete ihn zu seinem Auto. Als sie um die Hausecke bogen, schreckten sie eine kleine Gruppe von flauschigen Küken auf.

«Oh, wie süß. Schau mal, sind die nicht goldig?» Sophie strahlte Lucien an. «Ich wusste gar nicht, dass mein Bruder Küken züchtet.»

Sie beugte sich vorsichtig zu einer der aufgeregt krächzenden Federkugeln herab. Durch die rasche Bewegung erschreckt, plusterte sich das Küken auf und spuckte eine Salve eklig nach Fisch stinkenden Öls direkt auf ihre eleganten Schuhe.

Die beiden schauten sich verblüfft an.

«Na super. Ich ruf dann wohl besser mal den Professor von der Sorbonne an!», erklärte Sophie mit gefasster Stimme.

«Du kommst doch sicher alleine klar, oder, chérie? Ich muss jetzt wirklich los.»

Mit jedem Meter, den er sich vom Meer entfernte, änderte sich der Charakter der Landschaft. Der Commissaire sog genüsslich die nach Pinien und würzigem Dünengras duftende Luft ein, bevor er das Fahrerfenster schloss. Gut gelaunt drehte Lucien die Musik lauter und tippte mit den Fingern den Takt auf dem Lenkrad mit. Seufzend ließ er seinen Blick noch einmal über die Ausläufer der Dünenlandschaft schweifen, bevor er auf die Autobahn in Richtung Bordeaux einbog und sich in den stetig zunehmenden Verkehr einfädelte. Das satte Geräusch des zufriedenen Motors, der endlich mal wieder Strecke fahren durfte, wurde vom Klingeln seines Handys übertönt.

«Oui, Lefevre», nahm er entspannt das Gespräch an. Dummerweise hatte Lucien nicht auf die Nummer geachtet, was er sofort bereute, als er die Stimme seines Vorgesetzten hörte.

«Bonjour, Lucien.»

«Ah, bonjour, Monsieur Pontarrasse, bin schon unterwegs. Ich müsste eigentlich pünktlich zur Sitzung kommen, wenn der verdammte Verkehr nicht noch mehr zunimmt.»

«Ach, Lucien, kein Problem, deswegen rufe ich eigentlich gar nicht an. Ich wusste doch, dass Ihnen ein Tritt in den Hintern guttut, um den Schreibtischmief abzuschütteln.»

Lucien schnaufte empört.

«Mon Ami, ich merke schon, Sie sind froh, wieder im aktiven Dienst zu sein. Das trifft sich gut. Vergessen Sie das Abteilungsleitertreffen in Bordeaux und fahren Sie stattdessen bitte direkt nach Périgueux, ins Châteaux ‹Le Printemps›.»

«‹Le Printemps›? Von dem Châteaux habe ich schon viel gehört. Das wäre doch nicht nötig gewesen, mich in so ein feines Lokal einzuladen. Die Küche hat, soweit ich weiß, sogar einen Michelin-Stern und einen exzellenten Weinkeller.»

«Zwei. Sie haben zwei Sterne, und wie kommen Sie darauf, dass ich Sie zum Essen einladen könnte? Seien Sie nicht albern. Nein, das Châteaux ‹Le Printemps› hat eine Leiche im Keller, und das beileibe nicht nur sprichwörtlich.»

– FIN –

MIX
Papier aus verantwortungsvollen Quellen
FSC® C083411
www.fsc.org

Das für dieses Buch verwendete FSC®-zertifizierte Papier
Holmen Book Cream liefert Holmen, Schweden.